大國擔當

DAGUO DANDANG

中国人民解放军援塞医疗队抗击埃博拉疫情纪实

王锦秋　洪建国◎著

時代文藝出版社

图书在版编目（CIP）数据

大国担当：中国人民解放军援塞医疗队抗击埃博拉疫情纪实 / 王锦秋 洪建国著.
—长春：时代文艺出版社，2016.4

ISBN 978-7-5387-5144-4

Ⅰ. ①大… Ⅱ. ①王… ②洪… Ⅲ. ①报告文学—中国—当代 Ⅳ. ①I25

中国版本图书馆CIP数据核字（2015）第309626号

出 品 人　刘丛星
选题策划　陈　琛　周　岚
产品总监　郭力家　邓淑杰
责任编辑　方　伟　杨　迪
装帧设计　李　斌
封面题字　何家英
排版制作　尹　爽　杨纪云

大国担当
中国人民解放军援塞医疗队抗击埃博拉疫情纪实

王锦秋　洪建国　著

出版发行 / 时代文艺出版社
地址 / 长春市泰来街1825号　时代文艺出版社　邮编 / 130011
总编办 / 0431-86012927　发行部 / 0431-86012957　北京开发部 / 010-63108163
网址 / www.shidaicn.com
印刷 / 三河市万龙印装有限公司
开本 / 710mm × 1000mm　1 / 16　字数 / 391千字　印张 / 30.25
版次 / 2016年4月第1版　印次 / 2017年4月第2次印刷　定价 / 78.00元

谨以此书献给

中国人民解放军援塞医疗队的抗埃勇士们！

中国共产党中央委员会

慰 问 信

值此2015年新年来临之际，我谨代表中共中央、国务院、中央军委，向正在西非抗击埃博拉出血热疫情的全体医疗队员们，致以诚挚的问候。祝同志们新年好。

西非部分国家埃博拉出血热疫情发生以来，我国军地医务人员组成的援非医疗队，坚决贯彻党中央决策部署，奔赴西非抗疫前线，不畏艰险，救死扶伤，同所在国家人民一道，在病毒检测、病人留观和治疗、公共卫生防疫培训等方面取得显著成效，用实际行动体现了风雨同舟、患难与共的中非友好情谊，赢得了受援国家政府和人民赞誉，受到了国际社会好评。

希望你们牢记使命、再接再厉，努力实现“打胜仗、零感染”的目标，为中非友谊作出新的贡献。

祖国和人民期待着你们胜利凯旋！

习近平

2014年12月30日

Today, we are here to celebrate the achievement of Chinese medical team made in fighting against Ebola. Thank you, members of Chinese medical team and every person present here, you have done a very great job in fighting against Ebola. Sierra Leone will continue to be a friend of China and continue to support one China policy forever. Hopefully, after the end of Ebola, I can visit China and say thanks to Chinese president and Chinese people personally for the great support you have set.

President of Sierra Leone: Ernest Bai Koroma

10, Mar, 2015

今天，我们在这里热烈庆祝中国医疗队在这次抗击埃博拉战役中所取得的成绩，感谢中国医疗队的队员和今天到场的每个人，感谢你们在控制埃博拉疫情中做出的巨大贡献，塞拉利昂人民是你们永远的朋友，我们将永远支持一个中国的政策。在埃博拉疫情结束以后，我希望有机会访问中国，亲自向习主席和中国人民表达我们的谢意，感谢中国朋友对我们一贯的支持。

塞拉利昂总统：欧内斯特·拜·科罗马

2015 年 3 月 10 日

河有源泉水才深。

——非洲谚语

2013 年 3 月 25 日，中国国家主席习近平在坦桑尼亚尼雷尔国际会议中心发表了题为《永远做可靠朋友和真诚伙伴》的重要演讲。习主席用非洲谚语“河有源泉水才深”形象地刻画了中非友好交往的历史状态，他说：“中非关系是双方风雨同舟、患难与共，一步一个脚印走出来的。”

中非友谊始于非洲民族解放运动，建立在平等互信的基础之上，其后历经数十载风雨考验，早已植根于彼此心中。1971 年 10 月 25 日，在这具有历史意义的一天，联合国大会第 1976 次会议以 76 票赞成、35 票反对、17 票弃权的压倒性优势，通过了阿尔巴尼亚、阿尔及利亚等 23 个国家提出的要求“恢复中华人民共和国在联合国的一切合法权利，立即把蒋介石集团的代表从联合国一切机构中驱逐出去”的提案。26 日，中国代理外交部长姬鹏飞收到联合国秘书长吴丹发来的正式通知，中华人民共和国在联合国和安理会中被非法剥夺了 20 多年的席位得到恢复。

需要注意的是，塞拉利昂是 76 个投赞成票的国家之一，当时非洲有 26 个国家投赞成票，这是具有决定性意义的。毛主席在获悉 2758 号决议后曾生动形象地说，是非洲兄弟把我们抬进去的。一个“抬”字极其传神地表达了非洲朋友对中国的热情、真诚、欢迎之意，既肯定了他们发挥的重要作用，也表达了我们对非洲朋友深藏的感激之情。这句话深获非洲国家赞赏，长期以来成为反映中非友谊的经典名言，也成为中国人民不忘非洲国家帮助的座右铭。

目录

序幕　生死大救援

目前正在非洲西部部分地区蔓延的埃博拉疫情是近40年来规模最大、最复杂且最严峻的一次，新增病人的数量正在迅速增长，已经超出了卫生部门的控制能力，急需国际社会增调医生、护士、医药补给和救济品加以应对。

——世界卫生组织总干事
陈冯富珍

第一章　超级病毒

埃博拉在10天里就做完了艾滋病10年才做完的事情。

——理查德·雷斯顿《热带》

美国疾病预防控制中心病毒学家麦科明克和他的妻子共同撰写的纪实小说《第四级病毒》里这样写道:“昏暗的煤油灯光下，只见10来个病人躺卧在草席上，有的痛得直打滚，徒劳地和一口一口吞噬他们的病毒奋战；有的身体僵硬，喉咙里嘎嘎作响，死亡离他们已经不远了。经过5天的潜伏期加上病发2天到3天，埃博拉病毒感染者的喉部就会严重发肿，甚至连口水都无法吞咽。埃博拉病毒感染速度快且致命，病症包括鼻子、牙床出血，有时其他部位也会大量出血。大部分病人在数天内死亡，所有治疗方法都告无效。”

1976年7月6日，在苏丹恩扎拉镇的一家棉花加工厂，一名工作人员出现不适症状后，不久便因休克死亡，他的身体多处出血，模样相当恐怖。8月，与苏丹相邻的扎伊尔（今刚果民主共和国）扬布库村的医院里来了一位发着高烧的病人，名叫玛巴罗。非洲当地的医院数量极为有限，医疗水平落后，一般发高烧的病人都会被医生诊断为当地最常见的疟疾。而注射抗疟疾药的护士手里只有有限的注射器，一天之内只能用几支注射器给上百个病人注射药品，针头用钝了才会更换。因此，有相当数量的人，因共用未经充分消毒的针头而感染包括艾滋病在内的各种疾病。

于是这家医院便成为瘟疫的源头，传染病在短时间内就席卷了周边55个村庄。大部分病人的症状和玛巴罗一样：有的发着高烧，有的身体僵硬，有的头痛欲裂甚至在地上打滚。发病之后，病情会在几天内迅速恶化，一些病人的鼻子、牙床、眼结膜处会往外渗血，严重的出血会引起低血压和休克，接着便是死亡。这次在苏丹和扬布库的疫情中，共有602人受到感染，其中431人死亡。

扎伊尔卫生部因此请求国际援助，这场神秘的疫病引起了世界卫生组织和美国疾控中心的重视。几周之后，一支由法国、比利时、加拿大、南非、扎伊尔和美国的医学专家们组成的专家组进驻了扬布库村，比利时专家彼得·皮奥特是其中的成员之一。

同年9月28日，比利时航空公司的一位飞行员将一份血液样本交给皮奥特的研究团队，这是扎伊尔的一名医生委托他带来的一个比利时修女的血液样本，这位修女也是扬布库村众多患病者之一。

接受委托后，皮奥特和团队的工作人员很快就从这位病人的血液样本中分离出了病毒，并排除了黄热病、拉沙热和伤寒等传染病的可能。他们将病毒注入老鼠的体内进行实验，几天后，接受实验的老鼠纷纷死去，病毒的高致命性令实验人员非常惊讶。这种病毒和20世纪60年代肆虐于德国的马尔堡病毒比较相似，在美国科学家的帮助下，他们最后确定这种病毒不是马尔堡病毒，而是一种人类从未发现过的新型病毒。这种病毒的形状就像柔软的面条一样，有的呈L形，有的呈S形，属于线状病毒，被命名为埃博拉病毒（Ebola virus），这个名字缘自扬布库一条美丽的小河——埃博拉河。

埃博拉病毒凶猛而传播迅速，医学文献中称之为“分子鲨鱼”。在

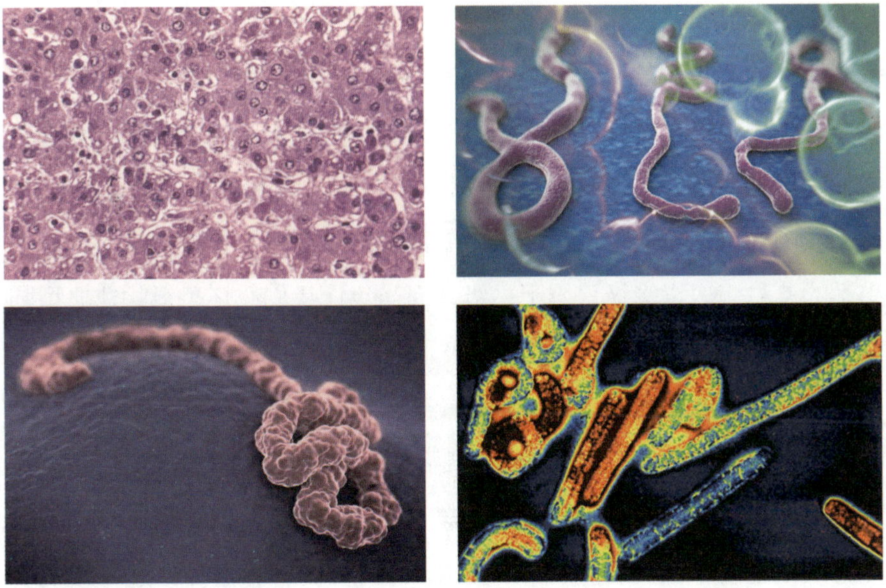

◎ 在最高等级的实验室里利用电子显微镜从各个角度拍摄到的埃博拉病毒的照片

1976 年的疫情中，扎伊尔地区一共有 318 人感染，280 人死亡，死亡率约为 88%；苏丹地区有 284 人感染，151 人死亡，死亡率约为 53%。

科学家还发现，扎伊尔和苏丹虽然几乎同时暴发埃博拉病毒疫情，但两地的埃博拉病毒有所区别，于是根据首发地点分别命名为不同类型——扎伊尔型和苏丹型。截至目前，一共发现了 5 种埃博拉病毒，分别为本迪布焦埃博拉病毒（BDBV）、扎伊尔埃博拉病毒（EBOV）、雷斯顿埃博拉病毒（RESTV）、苏丹埃博拉病毒（SUDV）和塔伊森林埃博拉病毒（TAFV）。

在之后的 30 多年里，一共发生过 24 次埃博拉疫情：塔伊森林型 1 次，只感染 1 人，患者最终幸运地活了下来；本迪布焦型 2 次，感染 206 人，死亡 66 人；剩下的 21 次都是由扎伊尔型和苏丹型引起的，这两种病毒致死的人数占埃博拉死亡总数的 96% 左右。2012 年，中国科学家从 32 只蝙蝠身上检测到了雷斯顿埃博拉病毒，这是首次在中国境内发现埃博拉病毒的案例，幸好是不会引起发病的雷斯顿型病毒。

在病毒学上，病毒根据危害程度分为四个级别，埃博拉被确定为最高级别的四级，是目前人类发现的最凶猛的病毒之一。“第四级病毒”是在实验室里进行分离、实验微生物组织结构时安全隔离分级的最高等级。第四级病毒在人类中引发的疾病，在绝大多数情况下是不可救治的。其中最著名、危害最大的病毒要数埃博拉病毒和拉沙病毒。我们所熟悉的艾滋病病毒等级只属于二级，而当年让我们心怀恐惧的非典型肺炎（简称“非典”）病毒被定为三级。做“非典”病毒研究三级实验室就可以，但要做埃博拉活病毒研究就必须在四级实验室里，实验室要始终保持负压状态，供风和排风都需要经过高效粒子空气过滤器过滤，研究人员进入实验室要经过几道门，穿上正压防护服，保持正压状态，因此有人把生物四级实验室叫作“魔鬼实验室”。世界上拥有这种级别实验室的国家和地区本来就不多，开展研究的难度很大。

埃博拉病毒是通过动物的血液、分泌物传播给人的，在人际间可以直接传播，一般通过接触到感染者的血液、分泌物或其他体液，或者

◎ 科研人员在四级实验室开展工作，必须穿戴高等级防护装备

间接接触到被这类体液污染的环境而受到感染，还没有证据表明埃博拉病毒能够通过空气传播。

非洲居民有捕食黑猩猩、猴子和蝙蝠等野生动物的习俗，一些威胁人类的病原体如人类免疫缺陷病毒等就是通过这个途径从野生动物传播到人类身上的。研究发现，有一类动物携带的病毒比较多，那就是果蝠。果蝠以水果为生，大的果蝠翼展长达 3 米，当地人捕捉到后会当作食物烤着吃。虽然其他的动物也有可能，但病毒携带率最高的还是果蝠。

实际上，因为埃博拉病毒是通过直接接触传播，只要远离传染源，或者戴上手套穿上防护服，就能大大降低被传染的可能。但非洲当地的殡葬习俗，无意中成了埃博拉的帮凶。当地人在去世后，尸体必须经过亲人处理后才能下葬。当埃博拉首位感染者玛巴罗死后，他的家人将其尸体带回家里，妻子、母亲和一些女性亲戚一起将他清洗并剖开，清除消化道里残留的食物和粪便。在整个过程中，所有操作者没

◎ 检测人员在四级实验室使用全自动核酸提取仪提取埃博拉疑似患者血液样本的RNA（核糖核酸）

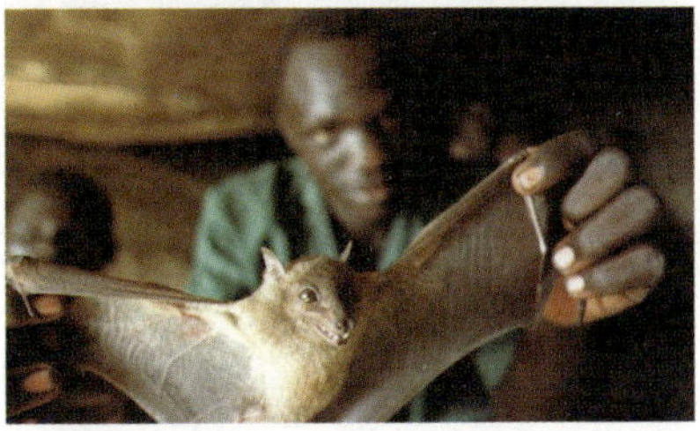

◎ 身上携带几百种病毒的果蝠

◎ 在塞拉利昂首都弗里敦市区的上空，能看见成群结队的果蝠

有任何防护措施，因此玛巴罗下葬后不久，参与葬礼的亲朋好友中有21人被埃博拉病毒感染，最终18人死亡。

埃博拉患者的呕吐物、排泄物、分泌物甚至是脱落的皮肤，都会带有病毒，一滴汗也可能感染他人。据报道，在一个葬礼上，一大家人在一个盆里洗手洗脸，病毒就感染了所有使用过这盆水的人。感染的后果十分严重，缺乏必要医疗条件的时候，死亡率极高。到后来经过防治，虽然治愈率有了提高，但病死率还是居高不下。

埃博拉患者的初期表现就是发热乏力，好像是普通病毒感染，症状并不是很明显，眼结膜、牙龈和鼻腔等部位会有轻微出血，但在经历完短暂的潜伏期后，病人会出现较为严重的症状，比如发热、极度虚弱、肌肉疼痛、头痛和咽喉痛，随后会出现呕吐、腹泻、皮疹、肾脏和肝脏功能受损以及严重出血。最后患者会流失大量体液，血压下降，心率增快，陷入休克。当诊断出来的时候，可能病人已经到了濒危的状态。潜伏的前期传染性比较小，在出现症状之后，传染性就会增大。

之所以会出血，是因为这种病毒会进入到人的血液里，病毒含量很高。据了解，埃博拉病人的1毫升血液中就含有1万至100万个埃博拉病毒，血液流到哪里，病毒就会破坏哪里的器官，有一些器官会感染得较重，有一些器官会感染得轻一些，严重的时候就造成出血，一旦出血，就说明血管被破坏了。血液里携带的病毒导致全身各个器官受到损伤，一般情况下，患者7天左右就会死亡。

还有一点需要说明，其实最后杀死患者的并不是病毒本身，而是患者自身的免疫系统。免疫系统如果失去控制，就会伤害到患者，而最猛烈的免疫攻击就是“细胞因子风暴”。当病毒进入血液的那一刻，就会瞄准并感染免疫系统的细胞，其中一个目标是树突状细胞。接下来抗体附着在病毒的表面，阻止其感染更多细胞。但是埃博拉病毒潜入树突状细胞内部，关闭它的报警系统，于是造成患者身体门户大开，毫无抵

◎ 2000年，乌干达。医务人员正在埋葬死于埃博拉病毒的人

抗力。紧接着，埃博拉病毒便疯狂地自我复制，一个细胞甚至可能遭到多个病毒的侵袭，免疫系统已经失去了防卫。很多未成熟的细胞被破坏或死亡，因此患者细胞组织坏死。死亡的细胞将它们所有的内容物释放到血液中，最终引发了“细胞因子风暴”。

细胞因子可以令免疫细胞冲到感染部位，吞噬受到损伤的细胞，甚至穿透血管壁。细胞因子还可以引发炎症，令被破坏的机体肿胀、发热以及疼痛。“细胞因子风暴”令血管壁变得更容易穿透，同时还会引发一氧化氮的大量释放，所有这些因素综合起来，会把患者的血压降到危险的水平，所以患者不是死于失血，而是死于严重感染性休克。

除了1976年的那次恐怖的疫情之外，后来还发生过几次比较大的疫情：

1995年，扎伊尔的基奎特地区暴发了大规模的埃博拉疫情，其中315人感染，244人死亡；1994年，加蓬国内首次发现了埃博拉出血热病人，1996年2月和7月，该国暴发两次疫情；2000年秋天，乌干达北部暴发了一次较严重的埃博拉疫情，死亡425人；2014年2月，位于非洲西部的几内亚东南部地区暴发了埃博拉疫情，最后导致 89 人感染，63 人死亡。

而 2014 年这次导致西非规模空前的埃博拉疫情暴发的正是扎伊尔型病毒，它是最凶残的埃博拉病毒，致死率高达 90%。到 2014 年 6 月 30 日，非洲境内已有 759 人被埃博拉病毒感染，其中 467 人死亡。如此高的患病数和病死率在当地引起恐慌，虽经世界卫生组织认定，病毒的暴发并未“失控”，但如此高的死亡率和治疗乏术难免让人谈虎色变。

这次西非埃博拉疫情的暴发，早期死亡率非常高，是因为大量的病人出现之后，国家没有收治能力，于是把很多病人都放在一个地方隔离起来。病患当中也有人并非是感染了埃博拉，但有相同的症状表现：发烧。疟疾也发烧，感冒也发烧，伤寒也发烧，因为无法及时检测，只能都放在一起，这样就形成交叉感染。病人多了以后，医务人员人手不足，病人无法得到照顾和治疗，所以死亡率极高，最后只得靠国外的援助才能渡过难关。

以往的埃博拉疫情暴发往往仅限于中非的偏远地区，而且范围小，比如一个小村庄，或者一个小的部落。据统计，过去 20 多次的疫情，被感染者少的几十人，多的也不超过 500 人。此次疫情是埃博拉第一次大规模地在非洲传播，它从热带雨林的乡村蔓延到了西非最大的城市，感染人数每周翻一番，世界卫生组织称之为全世界迄今为止所面对的“和平年代的最大挑战”。

而且，埃博拉第一次走出了非洲。一个重要的原因是当今的交通越来越发达。埃博拉病毒感染后的潜伏期为 2 天至 21 天，也就是说，一个感染埃博拉病毒的人可能长达 3 个星期都不会发病。然而，当病毒在人体内复制扩增到一定程度后就已具有传染性，一个不知道自己被感染的人，可能在十几个小时内坐飞机抵达地球的另一边，把病毒扩散出去。

过去的传染病是骑着骆驼“旅行”的，现在是坐着飞机扩散，所以一个地方出现了传染病，可能第二天就会到达千里之外的城市，传染病的防控变得更加困难。就如同当年的非典型肺炎，一部电梯里面有7个人，有一个人打了一个喷嚏，然后传播到了7个国家。

埃博拉病毒病很难诊断，当今世界尚无治疗埃博拉病毒病有效的方法，主要是对症与支持治疗，预防并发症的发生。对发病初期的埃博拉患者实施早期综合治疗很关键。针对这种病毒的疫苗，当前全世界也仅研究出几种，且多处于临床试验之中。

第二章　钻石之国的灭顶之灾

身上一块布，吃饭要上树，经济靠援助。

——民　谚

根据联合国开发计划署公布的《2012 年人类发展报告》，塞拉利昂的人类发展指数在 187 个国家中居第 177 位，53.4% 的人口生活在贫困线以下，2012 年人均寿命 48.1 岁，儿童死亡率较高，约有 19.2% 的儿童在 5 岁前夭折，孕产妇死亡率为 0.97%，疟疾、肺结核、伤寒、霍乱和拉沙热等传染疾病流行。

塞拉利昂，对大多数中国人来说，称得上是一个神秘国度。

塞拉利昂共和国位于西非大西洋边上，北部及东部与几内亚接壤，东南部与利比里亚相邻，首都弗里敦，意为“自由之城”。塞拉利昂 (Sierra Leone)，是源自葡萄牙语的一个派生词。1462 年，葡萄牙探险家辛特拉（Pedro De Cintra）用葡萄牙语将塞拉利昂命名为“Sierra Lyoa”，意思是“狮子山”；16 世纪，英国学者开始称塞拉利昂为“Sierra Leo”；1787 年，塞拉利昂成为英国殖民地后，国名变更为“Sierra Leona”，随后又变为“Sierra Leone”，中国台湾地区将塞拉利昂意译为“狮子山共和国”，中国大陆地区和中国香港地区将之音译为“塞拉利昂共和国”。

塞拉利昂的种族和宗教比较复杂，因为教育的原因，语言难以统一，当地主要说林姆巴语、克兰克语、泰姆奈语、克里奥尔语，官方语言是英语，这无疑限制了塞拉利昂的发展。

塞拉利昂有近200年的英属殖民地历史，曾经是给欧洲供应黑奴的“发货地”，虽然英式的文明影响了这片土地，但因为历史原因和地缘政治，塞拉利昂目前是全世界最贫穷的国家之一，生活水平低下，人民的人均购买能力、健康长寿指数以及受教育程度在世界排名上都是倒数，铁路、公路、机场、港口等基础设施极端落后。1991年，内战爆发后，大部分的经济活动都因内战而崩溃。一直到2002年，塞拉利昂才结束了长达11年的内战，之后大量的外国援助开始涌入塞拉利昂，但是，塞拉利昂的重建和发展还需要相当长的时间。

其实在内战之前，塞拉利昂的经济水平在西非还是比较靠前的，

◎ 塞拉利昂地图

◎ 塞拉利昂行政区划图。全国分为3个省(Province)和1个区(Area)，即北方省、南方省、东方省和首都弗里敦所在的西部区

◎ 塞拉利昂国旗。绿色象征农业，还代表国家的自然资源和山脉；白色象征国家的统一和人民对正义的追求；蓝色象征海洋和希望

◎ 塞拉利昂国徽。盾面上的狮子象征塞拉利昂，绿色背景象征农业和丰富的自然资源，锯齿形的图案象征山峰，下部两道蓝色波纹象征海岸线和天然良港，火炬象征启蒙和知识，棕榈树象征农业财富，底部绶带上用英文写着“团结、自由、正义”

国家不大，但还算富裕。塞拉利昂的渔业资源丰富，盛产邦加鱼、金枪鱼、黄花鱼、青鱼和大虾等。另外，全国森林面积约 32 万公顷，盛产红木、红铁木等珍贵木材。当时的教育也比较发达，塞拉利昂大学曾培养出 7 个西非总统。

塞拉利昂钻石储量保守估计为 2300 万克拉，在全世界排列第七。1972 年 2 月，在塞东方省科诺区发现一颗重达 969.8 克拉的钻石，世界排名第三，被命名为“塞拉利昂之星”（Star of Sierra Leone）。1972 年 10 月 3 日，时任塞总统史蒂文斯宣布该钻石以 250 万美元的价格出售给纽约珠宝商哈利 · 温斯顿。近年，塞拉利昂又发现一颗重 1000 克拉的巨钻，它将取代原世界排名第二的“高贵无比”（Excelsior，重 995 克拉）的金刚石。

2006 年全球上映的电影《血钻》就是以塞拉利昂内战争夺钻石为背景拍摄的。1991 年塞拉利昂发生内战，革命联合阵线和政府为了争夺钻石矿发动战争，持续了 11 年。片中阿彻（莱昂纳多 · 迪卡普里奥饰演）是一个地道的战争贩子，靠倒卖战区钻石为生，他在监狱里无意中得知渔夫所罗门（杰曼 · 翰苏饰演）手里有极品粉钻，便意识到这是

◎ 塞拉利昂矿工正在找寻钻石

◎ 世界排名第三的塞拉利昂之星钻石，重达969.8克拉

自己离开非洲的机会。出狱后，他找到所罗门，准备和他一起找出钻石，离开非洲。

所罗门是普通的渔民，因为内战和家人分离，被叛军强制开采钻石，他发现了一颗极品粉钻，藏了起来；战乱来临，所罗门进了监狱，后被阿彻救出，并在战地记者麦迪·鲍文（詹妮弗·康纳利饰演）的帮助下，找到了失散的家人，此时，他的儿子迪亚却被叛军带走，生死未卜。

悲愤的所罗门答应和阿彻合作，在叛军的控制范围内寻找钻石，并寻找儿子。两个截然不同的人，因为一颗钻石将命运联系在了一起……其实，一颗颗美丽晶莹的钻石背后，折射着利益的争夺、生命的角逐，甚至战争和流血。

内战重创了这个国家，600 多万人口中死了十几万，100 多万变成难民。基础设施和国内经济全部被摧毁，从一个地区内富裕的国家沦落成今天在世界倒数。由于营养不良，卫生条件又差，很多老百姓有病也得不到治疗，人口平均寿命在 45 岁到 50 岁之间，也就是说人值壮年时就死了。

在塞拉利昂，有一句民谚是这样说的：穿衣一块布，吃饭靠上树，经济靠援助。这话虽有些偏颇，但也从一些方面比较形象地反映了这个国家的现状。

“身上一块布”是塞拉利昂人一年四季的主要装束，一年四季之中，大多数的塞拉利昂人身上只围一块布。塞拉利昂地处热带，属热带季风气候，高温多雨。5 月至 10 月为雨季，11 月至 4 月为旱季。年平均气温约 26℃，2 月至 5 月气温最高，室外最高温度在 40℃以上，8 月至 9 月最为凉爽，最低温度在 15℃左右。年平均降水量在 2000 毫米至 5000 毫米之间，是西非降雨量最多的国家之一。

大多数人一天就吃一顿饭，甚至还有两天就吃一顿饭的，只有富裕的人，一天才能吃两顿饭。当地有一种木薯粉，捧在手里吃便叫一顿饭。因为是热带国家，有很多的果树，当地人就摘水果当饭吃。

◎ 身上一块布

塞拉利昂的农业基础薄弱，这与他们不会耕种有关系，也和他们的生活习惯有关。中国农业部曾经向他们援助小米和水稻的种子，结果他们直接就吃了，根本不知道种植。后来中国农业部想了一个办法，把提供给他们的种子染上颜色，告诉他们种子有毒，不能直接吃，只能种植。结果他们在收获后，把粮食统统吃掉，也不留种子，并没有意识到要长期耕种，要发展农业，把经济发展上去，基本就依靠经济支援。

在塞拉利昂，经常可以看到中国无私援助的痕迹，比如中国政府援建的友谊公路，双向两车道，长 11.26 公里，将弗里敦市郊的丽晶镇和科索镇连在一起，这条道路打通了首都通向内陆各地的中部通道，去外省的时间大幅缩短。目前在塞的中资企业超过 90 家，有 5000 余名中国员工。塞拉利昂国家体育场、友谊大厦、哥马水电站等都是二十世纪七八十年代中国政府援建的代表性项目。中国政府还援建了塞拉利昂议会办公楼、外交部办公楼等项目，还计划帮助塞拉利昂建设弗里敦市区供水项目和青年职业培训项目，进一步帮助塞拉利昂改善民生、培养人才。

虽然塞拉利昂以前是英国的殖民地，现在属于英联邦成员国，但

◎ 友谊公路，由中国捐建，2014年4月通车，目前是塞拉利昂最好的公路

◎ 中塞友谊大厦，又称塞拉利昂政府办公楼。它是20世纪70年代初中国的经援项目，该工程共包括：供塞拉利昂政府各部办公的部级办公楼，与部级办公楼相连的会议厅，警察总局办公楼

是国家的文明程度相对较低，人民受教育程度低，种族纷争频发，语言、宗教都很复杂。

首都弗里敦作为国内第一大城市，人口有 100 万，但是全城竟然没有一条下水道。由于地处热带，塞拉利昂一年只有雨季和旱季，雨季时，弗里敦的街道上常常是雨水和污水横流，全城如同一片污浊不堪的沼泽。无法想象在如此发达的今天，这样一座历史名城竟会如此落后。

在塞拉利昂面积 7 万多平方公里的国土上，只有中国援建的几百公里的沥青公路；殖民地时代遗留的几百公里铁路，已经 40 多年不曾运营，早已经废弃；国内的最后一段铁路，2006 年被卖给了一家废品收购公司，这就是塞拉利昂的基础设施。在这个计算机、飞机和高铁的时代，你能想象出还有这样落后的国家吗？

就是在这样的境况下，2014 年新一轮的埃博拉疫情对塞拉利昂人民来说，无异于雪上加霜。

这次疫情暴发始于几内亚。

2013 年 12 月，在几内亚临近利比里亚的一片原始森林中，有 55 个人莫名其妙地死去。非洲的传染病比较多，当时还以为是死于拉沙热，因为埃博拉还从没有在西非流行过。到了 2014 年，利比里亚的两个妇女去几内亚探望亲戚，参加完一个葬礼之后，两人同时发烧，而且很快死去。利比里亚有一位在中非待过的官员，觉得症状很像埃博拉，随后他建议把标本送去检测。由于这样的检测在非洲无法实现，于是送到了法国巴斯德研究所，果然检测出了埃博拉病毒。紧接着 3 月，疫情在利比里亚开始暴发。

塞拉利昂卫生部最终确认，国内首个病例是一名因高热和流产到凯内马医院就诊的年轻女性，她由于参加了几内亚一名死于埃博拉的医生的葬礼而感染上病毒，葬礼上还有其他 13 名妇女，正是她们将病毒从几内亚带到了塞拉利昂。那位几内亚东部边境小村的医生，自称有治疗埃博拉的非凡能力，于是来自塞拉利昂的病人越过边境寻求治疗，没想到她却被埃博拉感染不治身亡。在她的葬礼上，前来的悼念

◎ 塞拉利昂贫困百姓常常一家人挤在简陋的房子里

◎ 塞拉利昂贫富差距很大

者也被感染，随之引发了一连串感染、死亡、葬礼和更多感染的连锁反应。

2014 年暴发于西非几内亚、利比里亚、塞拉利昂等国家的埃博拉疫情，是埃博拉病毒被发现后近 40 年来最广泛、最复杂和最严重的一次大暴发，此次疫情，死亡率高达 90%。至 2015 年 5 月，此次埃博拉疫情大暴发已经导致有关非洲国家共 24300 多人患病，10000 多人死亡。令人担忧的是，埃博拉开始了洲际旅行，以前只局限于非洲的埃博拉病毒已经输入到美国、西班牙和菲律宾等国家，并有人感染和死亡。

在埃博拉暴发前，这 3 个疫情最严重的西非国家的卫生系统都非常脆弱，几乎没有钱投在医疗卫生方面。大部分西非国家，每人每年花费在医疗上的钱少于 100 美元，这些国家的母婴死亡率也是全球最高的。所以，受到埃博拉侵袭时，当地医疗资源极其有限。如果身处塞拉利昂的医院，会经常听见“我需要手套来检查病人”，却被告知“今天医院没有手套”，“干净的针头用光了”。

在暴发初期，大部分关于埃博拉的防治信息通过主流媒体发布，如电视和广播，那些居住在贫困地区的人们，几乎无法接触到网络、电视或广播，而埃博拉已经扩散到了塞拉利昂几乎

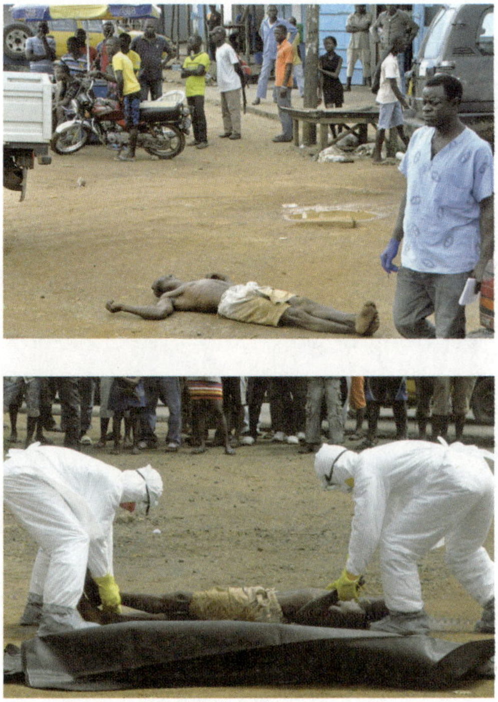

◎ 死于街头的埃博拉患者

所有的地区。识字率低、获取信息难、防控运动开展慢，导致与埃博拉相关的谣言更加泛滥。埃博拉没有经临床证实的有效疗法，但是各种所谓的民间秘方却传播得飞快。人们居然相信热水和盐可以控制埃博拉，热巧克力、咖啡加生洋葱能够杀死病毒，还有人倡导信仰疗法。

塞拉利昂已有的卫生系统非常简陋，没有有效的监控系统，而监控系统对埃博拉的防治至关重要。以曾暴发过4次埃博拉疫情的乌干达为例，由于其拥有完善的疾病监控系统，疑似病例能够迅速检测并上报，相关信息也会通过监控网络以最快速度传播到全国，这样预防措施和公共卫生系统可以立即启动。只要确诊一例埃博拉病例，公共卫生官员马上就会通过一切传播渠道，铺天盖地地宣传如何保护自身安全。民众会因为害怕感染而不敢离开自己的房子，遇到疑似病例会立即上报给监督部门。这也是乌干达成功扑灭了4次埃博拉的原因之一，在这4次疫情中，有的甚至发生在人口密集的市区。

而且，埃博拉在此前已经有过20次以上的暴发，但此次疫情直到2014年8月世界卫生组织才宣布进入公共卫生紧急状态——距离第一起跨国传播已经过去了5个月。这次疫情也暴露了全球传染病防控系统在应对疫情变化和准备上的一些问题。

对唤起社会对疾病的重视方面，塞拉利昂的反应显然有些迟缓。直到7月末，当地对于埃博拉的认识仍非常欠缺，而那时距离该国首次出现疑似病例已经过去了4个月。直到他们失去了舍克·汗医生，事情才引起足够的重视，政府才开始集中资源试图改善。

塞拉利昂卫生部门确认，领导塞拉利昂对抗埃博拉疫情的医生舍克·汗于7月29日因感染埃博拉病毒去世。实际上，在他去世之前，已经有数十名当地医务工作者死亡。舍克·汗被塞拉利昂卫生部称为“国家英雄”时，距离被感染还不到一星期。这对于塞拉利昂来说是巨大的、无可弥补的损失，他是全国唯一一位专攻病毒性出血热的专家。

◎ 塞拉利昂唯一一位专攻病毒性出血热的专家舍克·汗医生

目前还不清楚舍克·汗是如何被感染的。这种病毒经由唾液、汗水、血液、尿液等途径传播，医务工作者感染的风险非常大，即使穿戴上全套保护装置，也有相当大的风险。医务工作者的伤亡明显影响了士气，塞拉利昂凯内马一所医院连续有3名医疗工作者因埃博拉死亡，随后数十名护士举行了罢工，认为院方管理出现了严重问题。

公共卫生官员担心，对接触感染者的人的追踪已经赶不上疫情发展的速度。在过去，医务人员会对曾与感染者有过接触的人观察21天，以便确认这些人是否被感染。如果有人出现症状，就会被送到隔离区进一步观察，确保他们不会传染给其他人。这个方法曾经极其有效，它成功遏制了此前一些埃博拉疫情的蔓延。

但是2014年，利比里亚、塞拉利昂和几内亚这3个国家，每国都有数以千计的感染者，接触追踪变得不可能实现。对于这种疾病，遏制它的最有效手段在当时瘟疫蔓延的情形下已经完全失效。

舍克·汗之死引发了100位护士的罢工。每当埃博拉在某个地方第一次来袭时，医护人员总会损失惨重，因为他们缺乏防护经验。埃博拉病毒致命而凶猛，即使一点儿最轻微的失误，都可能导致感染。很多护士拒绝在埃博拉病房工作，剩下的那些继续工作的护士往往负荷过度、精疲力竭，而且她们对医护人员如此之高的死亡率感到惶惶不安。

在这次疫情中，医生、护士和医院的员工正以前所未有的速度被感染。据世界卫生组织报道，截至2014年9月22日，已经有384名医务工作者感染了病毒，其中186人死亡。世界卫生组织表示，如果要控制局面，还需要 20000 名本地医务工作者和 1000 名国外医务人员。

让本地的医务工作者坚守岗位是个极大的挑战。许多医生和护士并没有做好准备，而且也没有防护物资（手套、防护服、面具等）来保证他们的人身安全。物资极度缺乏，还要照顾病人，在这种压力和危险之下，许多医生感染了埃博拉甚至死去，就算没被埃博拉感染，看着那些被传染和垂死的同事，有些人最终还是选择了离开。

埃博拉几乎耗尽了塞拉利昂等国仅有的医疗防护物资补给，整个综合卫生体系正在崩溃。疫情暴发后，医院和诊所都陆续关门了，而那些还开着的医院和诊所里，全堆满了埃博拉患者。其他病人也不会去医院或诊所，因为他们被埃博拉吓坏了，而且也没有多余的药物和医护人员。这次疫情暴发将长期影响西非的医疗卫生，医生与人口的比例在一些地区是 1∶6000，医生严重缺乏。埃博拉又夺走了不少医生的生命，这使得原本稀缺的医生更加缺乏。

长期的疫情削弱了来之不易的经济增长，夺走了改善卫生和教育

◎ 塞拉利昂工作人员身穿防护服站在莫杜飞・科尔医生的棺木旁边。科尔是第二位死于埃博拉的资深医生（图片来源：法新社）

所必需的资源。这些国家通常经济基础本来就不好，因此对于长期的经济损失，他们没有缓冲的余地。9 月底，世界银行表示埃博拉可能会对西非国家的经济造成毁灭性的打击。

功能失调的卫生体系、一些国家对此事的冷漠，加上较高的人口流动性、当地习俗、人口高度密集的首都以及经历多年武装冲突之后对权力机关信赖的缺失……在这种复杂而恐怖的社会环境之下，在疾病肆虐的过程中，病人无法得到救治，无病的人受饥饿威胁，所有的贸易和商务活动都终止了。

第三章　中国来了

中国对塞拉利昂的支持力度是最大的，中国的援助是迅速的、全方位的、持续的。

——塞拉利昂总统欧内斯特·拜·科罗马

不到塞拉利昂，你无法想象，这个国家的医疗设施、设备之落后以及医护人员之匮乏会达到何种地步。塞拉利昂有600多万人口，但只有不到200名医生、1000来名护士和10辆救护车。塞拉利昂每年都会暴发疟疾和霍乱，而暴发于2014年的这一轮埃博拉疫情，已经杀死了塞拉利昂一半以上的医生，包括全国唯一一位专攻病毒性出血热的专家舍克·汗，剩下的医生们已经被埃博拉病毒病吓坏了。全国的10辆救护车中，2辆救护车已经报废，1000多名护士中，一小半连抽血都不会，更别提复杂的救治和护理了。早在中国人民解放军首批援塞医疗队抵达之前，塞拉利昂的公共卫生系统已基本瘫痪，往往是一个埃博拉患者入院，全院的医生护士立刻一哄而散，不见了踪影。

内战结束后，军方一直掌握着国内的防疫工作，但塞拉利昂军队连说得过去的军医都没有。他们只会用步枪封锁疫情严重的居民区，与示威人群发生一轮又一轮的冲突，除此之外，别无他法。

如此落后的基础卫生条件和设施，要在塞拉利昂有效地抗击埃博拉，注定不会是一件容易的事，难怪国际组织对塞拉利昂暴发的埃博拉疫情一时间也束手无策。

2014 年 9 月，世界卫生组织总干事陈冯富珍女士发表声明：“目前正在非洲西部部分地区蔓延的埃博拉疫情是近 40 年来规模最大、最复杂且最严峻的一次，新病人的数量正在迅速增长，已经超出了卫生部门的控制能力。”

随着疫情的发展，3 名美国人、1 名英国人、1 名西班牙人，还有 1 名菲律宾人、2 名荷兰人，因与埃博拉病人有接触而被感染……被感染的外国人被火速运回各自国家治疗。就人道主义而言，这么做没有什么问题，但是对疾病控制和全球的安全环境来说，则意味着巨大的隐患。病人洲际流动，埃博拉病毒就有可能被人为地输入到美国、西班牙和菲律宾等国，进而在全球范围内蔓延。

◎ 2014年8月10日下午，由中国货运航空公司承运的中国第一批援助非洲抗击埃博拉病毒药品物资在上海浦东国际机场启运。此次货运的航程是从中国飞往阿姆斯特丹，再转运至几内亚、塞拉利昂和利比里亚

◎ 中国驻塞拉利昂特命全权大使赵彦博与塞拉利昂卫生部官员在机场交接中国援助塞拉利昂抗埃物资

大多数国家面对失控的疫情局势，纷纷采取一系列严格的防控措施，严防埃博拉病毒流入本国。还有不少国家要求本国各类人员迅速撤离西非疫区国家，同时也严禁本国民众进入西非疫区国家，进而阻绝病毒的侵入，拒埃博拉于国门之外。

中国援非的态度是持续的、坚决的、无可置疑的。在西非埃博拉疫情暴发后，中国在第一时间先后向疫区国家提供了 15 批次、价值 1.02 亿元的卫生物资和 2600 余万元的其他保障性物资。

在疫情最为严重的时刻，2014 年 9 月 10 日，中共中央总书记、国家主席、中央军委主席习近平和国务院总理李克强分别做出重要批示，要求中国人民解放军充分发挥军队在技术、人才和组织上的优势，立刻组建防控队伍奔赴西非疫区，援助一直与我们保持着深厚情谊的非洲，肩负起负责任大国的重任。

2014 年 9 月到 2015 年 3 月间，经中央军委批准，由中国人民解放军第三〇二医院抽调医护人员组成的“中国人民解放军援塞医疗队”，分三批先后奔赴西非塞拉利昂执行埃博拉疫情防治任务。

有人不禁要问，在最危急的时刻，我们国家和军队为什么会把如此重要而又艰巨的任务交给了三〇二医院，并且从这里连续抽组三批医疗队赴塞抗埃？他们有什么特殊之处？

三〇二医院，坐落于北京市丰台区西四环中路100号，它西靠北京十分重要的交通要道——西四环，东邻新建的万丰公园，南依第七街区居民楼，北傍一条叫水衙沟的小河——前些年这里还是一条臭水沟，现在已被治理成了一条小清河。

京西郊外，这所貌似神秘的医院曾被业界这样描述：

工作在这里的人，长年累月与闻之色变的“病毒”“细菌”打交道，每天面对大量的传染病患者，每天接触大量的传染性物品，稍不留神，就有可能被感染……

病毒、细菌、传染病，相信一般人都避之唯恐不及。医学数据显示，传染病患者0.00004毫升血清就可能引起人的感染。这的确是一座非同寻常的医院，在这里工作，无异于在刀尖上行走，需要超凡的胆识和勇气，曾有人为医院编了段顺口溜：“院内建有隔离带，病区开门用脚踹，客人挡在家门外，谈个对象吹得快，地上有钱没人爱……”

在三〇二医院的病区里，水龙头是感应的，门是感应的，每间病房门口还挂了一个免洗的“手消液”器具，每检查完一个病人，医生就会消毒一次。因为长期消毒、洗手，手上皮肤更容易粗糙，这里的医护人员光从手上看就能判断是不是感染科的 。

不仅如此，当告诉他人自己是感染病科医生的时候，别人的眼神都充满着恐惧和同情，躲得远远的。

从传染病医院的设置就可以看出与一般医院的不同。传染病医院有明显的区域划分，它是按照呼吸道传染病的防治要求设置的，简称为

“三区两线”，即由两条走廊把医院分隔为清洁区、半污染区和污染区。医生从清洁区进入半污染区、污染区，一定要穿防护服、戴口罩、戴帽子、穿鞋套；而从污染区出来，则一定是先洗手，脱去防护服，再洗手、洗澡，最后换好干净的衣服。

有人称这里是“病毒窝子”，因为这里收治霍乱、传染性非典型肺炎、人感染高致病性禽流感、病毒性肝炎、病毒性脑炎、艾滋病、淋病、梅毒、麻疹、出血热、黑热病、丝虫病、包虫病、麻风病、流行性腮腺炎、手足口病等 39 种法定传染病……

普通人对传染病知之甚少，从医学专业的角度说，传染病是由病原生物侵入人体所引起的、能传播给他人的疾病。已知对人类有致病性的病原生物 500 多种，能引起人类疾病的病原生物统称病原体。病原体生物包括病原微生物——病毒、衣原体、立克次体、支原体、细菌、螺旋体、真菌以及原虫、蠕虫等。

传染病是人类不愿面对又不得不面对的可怕疾病。公元前 5 世纪，雅典发生瘟疫，城内一半人口死亡；14 世纪，一场淋巴腺鼠疫席卷欧洲，2000 多万人遇难；15 世纪末，在欧洲法西战争与梅毒同时爆发，法国军队因大量士兵感染梅毒，很快就溃不成军……近年来，世界卫生组织接连向全球发出警告：“我们正处在一场传染性疾病全球危机的边缘，没有哪一个国家可以逃避这场危机，也没有哪一个国家可以对此高枕无忧。”

新中国成立后，国家特别重视传染病的防治和计划免疫工作，不少传染病得到了有效的控制，不少人认为传染病已不是我国主要的卫生问题，心脑血管及肿瘤、癌症才是主要的敌人。2003 年，“非典”突然在广州和北京暴发，此后“禽流感”在我国局部地区散发流行……实际上，某些古老传染病始终存在或重新蔓延，新发传染病不断地出现和猖獗。进入 21 世纪以来，一连串的疫情，特别是动物源性传染病频繁向我们袭来：非洲的埃博拉病毒病屡屡夺走人命；艾滋病在某些地区已经泛滥成灾；西尼罗热和脑炎在俄罗斯南部暴发，又在美国和加拿大大规模流行；人禽流感 H5N1、H9N2、H7N2 在局部地区散发流行；“非典”在我国突然暴发；甲型 H1N1 流感全球流行。事实告诉我们，传染病绝不会因物质生活条件的改善而消亡，防控传染病永远不可能终止。

三〇二医院与佑安医院、地坛医院并称我国三大传染病医院。作为全军唯一传染病医院的三〇二医院，已有 60 多年的历史。追根溯源，抗日战争时期，曾立下赫赫战功的延安中央医院即是三〇二医院的前身；1947 年 5 月，转战西柏坡成立中共中央直属机关医院，开创者们在破庙里手术，在担架上治疗；1954 年 7 月，在北京西郊这片荒芜之地，“三〇二人”开荒建舍，医院正式命名为中国人民解放军第三〇二医院。它在炮火硝烟中诞生，在艰苦岁月里成长，在改革开放中发展。

◎ 原延安中央医院旧址

60 多年来，经过一代代传染病医务工作者的努力和建设，三〇二医院已成为目前国内整体实力最强、影响力最大、收治病人最多的三级甲等传染病医院，除了防治传染病之外，还担负着军事斗争卫勤准备的机动救援、防生反恐及应对突发公共卫生事件应急处置的任务，是全军传染

◎ 解放战争时期，三〇二医院的前辈们在疫区开展防治工作

病医疗、教学、科研、预防、保健、康复、培训和信息中心，是我军卫勤战线上一支独一无二的特种部队。

60多年来，一代代传染病医务工作者在不见硝烟的战场上，创造着中国传染病防治史上的一个又一个奇迹——

北京市第一例“小川型”“稻叶型”“O_{139}”型霍乱患者在这里收治；

华北地区首批输入性“非典”患者在这里收治；

中国大陆居民第一例艾滋病患者在这里收治；

全国第一个病毒研究所、全军第一个临床乙脑实验室在这里建立；

全军唯一的传染病研究所、中医药研究所在这里建立……

值得特别记录的是，2003年春天，“非典”疫情暴发。3月5日，华北地区首批输入性“非典”患者入住三〇二医院，在病原不明、无收治经验、缺少药品和防护设施的情况下，医护人员挺身而出，率先打响了首都抗击“非典”的第一枪，与“非典”展开了一场惊心动魄的“遭遇战”。

当时，有位74岁身患癌症的古稀老人，闯进院领导办公室，恳切地说：“让我去吧！虽然我已经退休了，但和传染病打了一辈子交道，我有经验。”这位老人就是著名传染病专家姜素椿教授。在抢救患者的过程中，姜素椿教授不幸被病毒感染。生命垂危之际，他请求在自己身上注射“非典”康复患者的血清，他说：“就用我这把老骨头做试验吧！”为救治更多的“非典”患者，他不惜用自己的身体做试验。或许是这种义无反顾的牺牲精神让奇迹发生，住院23天的姜素椿教授竟奇迹般地康复出院。

短短数日，患者在不断地增多，疫情也越来越严重，党中央决定在北京昌平小汤山镇成立小汤山医院，三〇二医院周先志、庄立文、申桂云3名专家临危受命，分别担任小汤山医院的副院长兼专家组组长、

◎ 护理人员向抗击“非典”英雄姜素椿教授（右二）献花

院务部部长和消毒供应室护士长，一方面指导医院的改建和防控工作，一方面与其他医务人员投入战斗，救治患者。

作为北京地区抗击“非典”的主力军，三〇二医院医务人员经过106个日夜的生死搏斗，收治了包括北京市首批输入性病例在内的155名“非典”患者，其中危重病人95例，治愈率达92.9%，最终取得抗击“非典”疫情的阶段性胜利。

居安思危，忘战必危。“非典”过后，为构建国家、军队传染病综合防治体系，三〇二医院抽组成立了全军唯一的野战传染病医疗所，定期开展以重大传染病暴发、防生化武器和反恐怖袭击等为背景的实战演练，进一步增强传染病防治能力。

2008年5月，四川汶川发生新中国成立以来最强烈的地震。灾情就是命令，为了确保大灾之后无大疫，三〇二医院派出7支医疗防治队千里驰援，奔赴灾区。当时已是83岁的陈菊梅教授主动请战，她说：

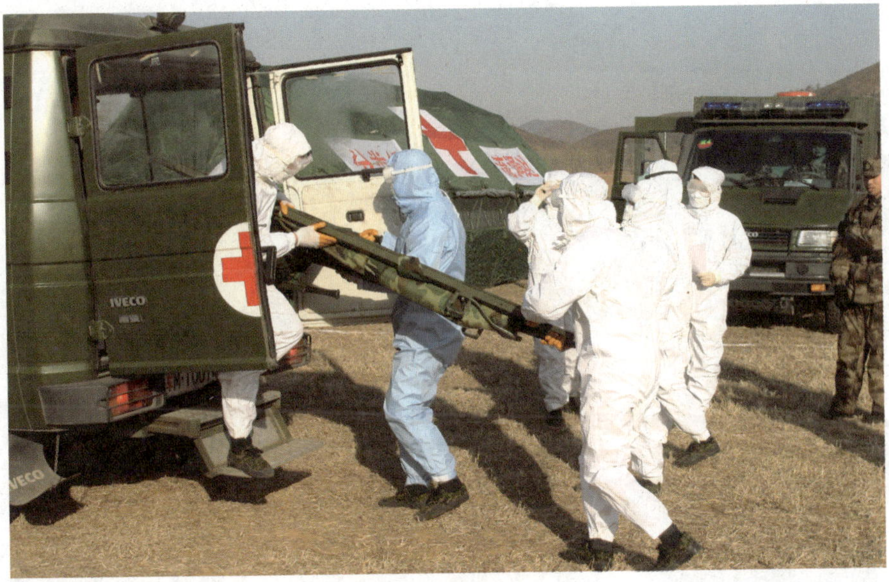

◎ 全军唯一野战传染病医疗所经常将队伍拉到陌生地域进行卫勤演练

“虽然我已经 83 岁，但我也是一名战士！不到一线我就不放心，不到现场看看我就没有发言权！”凭着这样的执着和坚韧，陈菊梅教授顶着高温酷暑，冒着余震频发的危险，走遍了北川、什邡、绵竹等重灾区，提出了 3 项预防大疫的重要建议，得到中央、军委和总部首长的高度重视。在异常恶劣的环境下，7 支医疗防治队保证了 13 万救灾部队中 8 万官兵的人身安全。

近年来，三〇二医院在承担和完成国内诸多医疗、防治任务之外，还走出国门，奔赴海地、巴基斯坦、尼泊尔、印度尼西亚、菲律宾等国家执行人道主义救援任务，为国家、军队赢得了许多荣誉。

60 多年来，在三〇二医院有两位一直受人尊敬的传染病专家，一位是皇甫玉珊，一位是陈菊梅。如今她们已是白发苍苍，年逾耄耋，但她们仍然不顾年事已高，坚持出门诊。“真诚热爱传染病专业，长期安心传染病工作，优质服务传染病患者，勇于献身传染病事业”是她们的崇高精神，“淡泊名利，大医精诚”是她们的优秀品格。60 多年来，“皇

◎ 2008年汶川抗震救灾时，陈菊梅教授正在听取某集团军领导介绍防疫工作情况

甫精神”和“菊梅品格”早已成为三〇二医院的价值坐标和精神支柱，也成为每位传染病医务工作者的人生追求和行为准则。

自从2014年埃博拉疫情发生后，三〇二医院就时刻关注着疫情的动向和病毒的研究，在国内外发表过多篇有关埃博拉防控的文章，并着手进行相关学术研究。埃博拉病毒有什么特点？它的传播途径是什么？它会不会传入我国？面对埃博拉，我们应该如何防控？

就这些问题，陈菊梅、姜素椿、王福生、赵景民、赵敏、秦恩强等传染病专家，接连撰写数十篇埃博拉防控科普文章，其中《三〇二医院传染病专家建言埃博拉疫情防控工作》作为十分重要的新华社内参，被送进了中南海。8月10日，习近平主席、李克强总理、张高丽副总理就埃博拉疫情防控问题分别做出重要批示。批示下达后，国家、军队有关部门认真贯彻落实，制定了一系列防控措施。

9月1日到8日，国家卫生和计划生育委员会专门派出专家组奔赴塞拉利昂考察疫情。在这个组里，三〇二医院副院长兼医务部主任李进是最后一个被通知出国的，一上飞机，才知道专家们大都是由中国疾病预防控制中心选派的疾控专家，考察的主要任务是为在塞拉利昂开展实验室检测选址。考察前，国家一直没有确定是否要向塞拉利昂派遣医疗队，让李进参加考察是为医疗队看选址，这是国家出于有备无患的考虑，一旦要组建医疗队，去塞拉利昂能找到救治患者的地方，但直到考察结束，国家始终没有确定是否要向塞拉利昂派遣医疗队。9 月 11 日，从塞拉利昂回国的考察组集体向国家卫计委做汇报，当时仍然没有定下来。

随着西非埃博拉疫情的迅速蔓延，出现了难以控制的局面。9 月 12 日，世界卫生组织总干事陈冯富珍在日内瓦召开的国际电话会议上指出，目前正在肆虐的这场近 40 年来波及地区最广、疫情最复杂、病况最严重的西非埃博拉疫情，急需国际社会伸出援手，有力量的国家要有所动作，紧急应对此次疫情。为此她发出了呼吁："我们现在最需要的是人力。合适的人员、合适的医疗专家、受过适当培训而了解如何保护自己免受感染的专家。"

让李进没有想到的是，向国家卫计委做完汇报仅仅过去了一天，也就是 9 月 12 日的 15 点 30 分，抽组中国人民解放军援塞医疗队的命令就到了。而且，更让李进没有想到的是，仅仅接到命令后 2 个小时，三〇二医院党委就决定让他担任中国人民解放军首批援塞医疗队的队长。

李进听到这个消息后，第一反应是有些犹豫。他回忆说："如果让我作为队员去，没有任何问题，如果让我作为队长带领 29 名队员去，我感到有点儿不托底，一旦队伍中有一个人出现了意外，感染了埃博拉，我没法向他的家人交代，也没法向医院交代，更没法向军委、总部首长交代……"

经过短暂的心里波动后，他改变了想法：“这个时候，我不去冒险，我不去蹚雷，医院的其他同志也会去，国家的使命，必须得有人履行，不允许个人在履行国家使命上讲条件……”于是他向医院党委表了态：“我是医务部主任，在作战部队相当于参谋长，参谋长就是上前线指挥作战的，况且我的专业是流行病学和传染病学，医院也只有我一个人去过塞拉利昂，对那边的情况更熟悉些，这个时候我去比其他人去更合适，这个险还是让我去冒，这个雷还是让我去蹚……”李进说得斩钉截铁、铿锵有力，让在座的所有党委成员感到震撼，不得不重新审视这位平日说话不多的副院长。

李进，1968年出生，一个典型的四川汉子，个头儿不高，却显得精明强干。中学毕业后考上了卫校，毕业工作两年后参加高考，令周围人惊讶的是，他的分数居然超过了除协和医大以外全国所有医科大学的

◎ 李进荣获2015“最美援外医生”称号

分数线。随后他在华西医科大学一上就是6年，不但是四川省优秀大学毕业生、优秀学生干部，还是四川省21世纪后备干部，毕业时学校保送3个研究生，他就是其中之一。然而李进拒绝了保送，选择报考了自己向往的解放军第二军医大学，从此穿上了军装。

他的硕士专业是流行病学，博士专业是传染病学，1996年调入解放军第三〇二医院，一干就是18年，曾获得过“2003年首都防治‘非典’工作先进个人”和总后勤部“优秀共产党员”的称号。多年来在医疗一线的历练，使他养成了心细如发、越遇大事越气定神闲、越遇困难越百折不挠的性格，个头儿不高，却能顶天立地。

其实，参加这次紧急任务让很多人没有想到，其中就有翻译王姝。42岁的王姝在三〇二医院《传染病信息》杂志编辑部工作，这是一个国内外发行的中英文互译的统计源期刊，她是编辑部的一名翻译。王姝身材高挑，皮肤白皙，一头短发，温文尔雅，带有几分书卷气。像这样天生坐在办公室里与文字打交道的女人，按说与这次凶险而异常的任务无缘。

就在任务下达的前几天，王姝的女儿在电视里看到关于埃博拉疫情的报道时问她：“妈妈，您会不会去非洲呀？”王姝连想都没想就干脆地回答：“不会，我不是学医的，医院里抽调的最后一个人，也不可能是我呀。”然而，几天后的9月12日下午16点30分，科主任的电话打过来：“准备一下，去援塞医疗队做翻译。”王姝几乎不敢相信自己的耳朵，不由地回了句：“不会吧？”电话那头是不容置疑的回答：“塞拉利昂是一个说英语的国家，医疗队需要带一个英语翻译，综合考虑你是最佳人选。院领导说即便是只有李进副院长一个人去非洲，你也得跟着去做翻译。”王姝半天没缓过神儿来，然后马上动手开始收拾行囊。

接到命令后，三〇二医院本来不想抽调王新华护士长，一是因为她自己动过大手术，体质较弱；二是因为她患有严重心脏病的母亲正躺在病床上，随时会上手术台。但她得到援塞的消息后，第一时间安排好了家人，主动打来了电话，积极要求参战。她说：“我参加过抗击‘非典’、防控‘甲流’、抗震救灾、印度尼西亚东盟地区救灾演练、菲律宾台风‘海燕’灾后救援，比别人更有经验。”

的确，王新华的业务素质是一流的，两次被三〇二医院和总后勤部推荐为国际护理界最高荣誉奖“南丁格尔奖”的候选人。王新华1988年考入护校，她说，她从小就被英国女护士南丁格尔献身护理事业的事迹所打动，梦想着做一名白衣天使，立志做一名南丁格尔式的好护士。

毕业后王新华就来到了三〇二医院，在这里一扎根就是24年，从最初中西医结合肝病科的普通护士到青少年肝病诊疗与研究中心的主管护师，再到妇产科担任护士长，6万多名青少年、婴幼儿、孕产妇等患者在她的精心护理下恢复了健康。然而，由于长年超负荷工作，王新华

◎ 2015年王新华荣获“第四十五届南丁格尔奖章”

积劳成疾。2013 年，她被确诊为宫颈癌 Ia1 期，需要进行“宫颈环切”手术治疗，为了能继续安心地为患者服务，她果断决定接受“子宫全切和盆腔淋巴结清扫”的大手术。术后 3 个月，她主动请缨，随“和平方舟”号医院船赴菲律宾，作为唯一一名传染科护士，参加强台风“海燕”灾后医疗救助行动。当时她的家人说：“你不要命了！”王新华却答道：“这是我的工作。”这一次，她对家人说着同样的话：“这是我的工作。”

就这样，在短短的 2 小时之内，中国人民解放军首批援塞医疗队 30 名队员抽调完毕。在这 30 名队员中，医护人员分别来自感染性疾病科、重症医学科、感染管理科、临床检验科和感染护理科等学科专业，其中有 5 名博士、6 名硕士，5 个科室主任、副主任。他们大都是全军唯一的野战传染病医疗所队员，每年都会参加大型的备战拉练和演练，2014 年 3 月，他们参加了首都联合防空演习；7 月，刚刚完成了总部对野战医疗所的野战拉动能力考核验收。有的队员还参加过抗震救灾、抗击“非典”、防控“甲流”、亚丁湾护航等多样化任务。他们不仅是三〇二医院的顶梁柱，也是国家和军队的宝贵专业人才。命令下达的 72 小时之内，医疗队完成了方案的制订和人员的防护培训，这一切都来自他们多年积累的经验和专业素养。

俗话说，“兵马未动，粮草先行”。就在接到命令的当天，上级说要随行携带半年的医疗和生活物资。三〇二医院军需办主任张扬一听头就大了，3 天时间要准备 30 个人半年的生活物资，还要运到万里之遥的塞拉利昂。“听起来就像是玩笑，却是不折不扣的命令。”张扬说。张扬是一名干部子弟，家庭条件比较好，从小养尊处优，父母对他呵护有加。他原本负责机关餐厅的伙食，相当于司务长的角色，以前从来没有见过如此规模的保障任务，而且刚刚接手军需办主任的职位，一上任就接了个“天一样的大活儿”，有些不知所措，再加上院务部周俊宝部长是个急脾气，他下了死命令：“不惜一切代价，上天入地也得在规定时间内把物资备齐，如果30名队员到了塞拉利昂吃不上喝不上，我们就是罪人，也就别在这儿干了。”任务像一座大山，压在了张扬身上，让他喘不过气来。直到今天，我们去采访张扬的时候，他仍然记忆犹新，心有余悸。

问：这次援塞医疗队的后勤保障任务和你以往参与的保障任务有什么不同？

答：这次援塞医疗队的物资采购和调运是最困难的，可以说，这也是三〇二医院建院以来执行的规格最高又最为紧急的一次任务。作为我军唯一的传染病医院，三〇二医院一直担负着各种重大救灾救援任务，而且每次任务都非常急迫，院里军需有常备的应急预案，根据全军的给养供应标准，按每个人每天大概需要多少物资，列出物资需求表，所以应对紧急任务有一定的经验。但没想到这次是按秒来计算的任务，准备时间只有3天。后勤物资的筹措比较复杂，品种繁多，都是与日常生活保障相关，到那样一个陌生的地域，必须考虑得足够周全，要按到无人区生活的最高标准来筹措物资。

以前三〇二医院也派人参加过小规模的赴外卫勤任务，比如2011年派遣了一支10人的医疗队去印度尼西亚万鸦老执行东盟地区论坛救灾演练任务。当时是依托当地保障，坐军用运输机到广州，然后转到印尼，由印尼军方提供保障，住宿吃饭都是现成的，10天就回来了。这次医院要完全依靠自己的力量去西非，而且西非条件艰苦，设施落后，当地基本没有可以利用的资源。医院完全处于临战状态，搞传染病这么多年，谁都知道埃博拉有多么凶猛。

赴塞拉利昂考察回来的专家说，当地人的生活条件非常简陋，没有污水处理系统，也没有垃圾处理系统，条件好的才有房子住，房子大多是铁皮搭的，就像抗震棚一样，条件不好的，找棵树底下就睡了。塞拉利昂没有什么大规模的农业种植，树上的果实、地里的土豆，什么都吃，当地的食物非常匮乏。为此，三〇二医院做了最坏的打算，就像当年抗“非典”一样，找一块空地，支上几十顶帐篷，拿个围挡一围，就变成临时野战医院，准备好两个月生活所需的物资，完全靠自力更生。

问：你们这次筹集了多少后勤物资，都有什么，筹集过程中遇到了哪些困难？

答：这次保障任务，我们三〇二医院院务部启动了应急采购机制，以常备预案为基础，根据人员的数量、年龄的差异、男女比例，把预案进一步细化。医院与石景山沃尔玛山姆店有大宗采购协议，那家店的商品品种丰富，合作过多次，他们奉行的宗旨是阳光采购，价格公道且建有质量追踪体系，比如一瓶酱油是第几批次、从哪里采购来的，一旦出了问题，都能有据可查。这次去塞拉利昂，保障要完全靠自己，能带上尽量带上，光矿泉水就准备了1000箱。因为这次远赴非洲，天气酷热，蚊虫盛行，就得准备50倍的防晒霜和驱蚊用品，还专门配备了一些护目镜、强光手电。饮食也充分考虑到当地的情况，购买了大量的副食品和调料，比如十三香、葱姜蒜、脱水蔬菜、牛肉干、罐头、压缩饼干等。

当然不只是日常用品，还有一些特殊用品，比如消毒柜、

◎ 张扬（右）在登记物资

盾牌、警用器械，都需要找不同的供货厂家。当时医疗队提出要求要配备两台1000升的消毒碗柜，如果没有这么大型的消毒设备，就无法保障医疗队的饮食卫生。于是院务部在微信群里发动大家积极帮着联系，最后和天津一个厂家联系上了，当时他们库里只有两台，而且是别的厂家定制的，这种东西价格昂贵，属于定制品。厂家听说是我们代表中国抗击埃博拉的援塞医疗队用，就答应让出来了。但是消毒柜个头儿很大，这么短的时间要运到有难度，医院就派人在夜里3点去北京的六环路上与他们接头，然后用自己的卡车运回来。类似的情况还有很多。

还有一批货是从上海调运过来的，连夜走航空。很多货都是这么过来的，短短3天之内，食品、日用品、水电器材等5大类、150吨后勤物资顺利完成了采购，有些稀缺的东西不容易买到，我们就通过各种办法，四处打听，然后采购回来。当时院里下了死命令，无论如何在队员上机前一定把所有物资调配到位。可以说，吃喝拉撒睡，油盐酱醋茶，大到野战猛士车，小到一块肥皂、一支牙膏、一个针线包，一应俱全，足足可以装备一个中等超市！当时的效率连我自己都感到吃惊。

问：医疗队的其他物资是怎么筹集的？

答：我们院务部主要负责后勤物资的筹集，政治部负责政工物资，护理部负责护理用品物资，医用物资由医务部感染控制科列出清单，医学工程保障科负责采购。当时情况紧急，感染控制科连夜组织专家查找有关文献资料，包括国外发表的一些文献，并登录世界卫生组织和美国疾病控制中心的网站，参考他们所制定的标准。其实他们很早就开始关注埃博拉疫情，时时追踪疫情的动态，而且参考了国家卫计委最新版的防控技术指南，短时间内查阅了上百篇文献，很快就拿出了一个比较成熟的防护标准，按照标准准备消毒防护物资，给医学工程保障科列出购买清单，包括防护服、口罩、靴套、雨鞋等。

感染控制科负责对物品进行把关，比如正压防护头盔必须符合医用标准，因为防护头盔是通过一个过滤盒，把空气抽进来过滤，然后再把空气送进头盔里，能够保证呼吸环境是清洁安全的，这些物品有的采用的是工业标准，有的是医用标准，所以物品送达后，必须反复进行检查。当时首批采购的一次性防水隔离衣运过来不符合标准，没有防水效果，医学工程保障科又紧急调换成另外一种品牌。所有人员都通

◎ 为首批援塞医疗队准备的各种物资堆满了室内篮球馆

宵达旦地清点物品种类和数量，以防出现差错与遗漏。

问：这100多吨的物资是如何装箱、打包、运送到机场的？

答：这次光后勤物资就有212个品种，分渠道采购同时展开，头一天下午开会宣布命令，第二天下午，东西已经陆续进来，全部堆放到医院的篮球馆里。

当时，全院上下紧急动员，从干部到文职人员、实习护士、保安、保洁、厨师、餐厅的服务员，包括下班和休假的人员都到场，分区域分组，登记、打包、搬运、装车。有些易碎的东西，还要进行加固处理。西非当时正值雨季，要充分考虑到防水，所以我们在包装之外又加盖了塑料膜，再加盖防雨布，最后用打包机捆好。为确保万无一失，我们还做了浸水实验，现场拿水往包装上浇，看漏不漏；最怕水的盐和面粉一类物品，就拿打好包的东西在水桶里面浸泡2分钟，一层不够弄两层，两层不够弄四层，直到滴水不进为止。

供货商也克服了很多困难，因为载货汽车进入北京有时间限制，所以医院接货安排在夜里12点，车开过来后再组织人搬卸。人员分批轮换，首批工作到夜里12点，然后换第二批接着干，流水作业，中间没有任何停歇。

当时姬军生院长刚调任医院不到3天，接到如此紧急的命令时，开始有些担忧。他当时对三〇二医院的情况还不是很熟悉，每天睡不好觉，对是否能完成如此艰巨的任务心里没有底，但是看到全院上下所有的干部、战士、医务人员，还包括聘用的人员，大家都不分昼夜、热火朝天地工作时，他十分感动，对刚来到的这所医院心生敬意。

整整三天三夜，堆放物资的篮球场馆人头攒动、灯火通明，从物资采购到入库验收，从清点登记到打包装运，大家忙得没合过眼，力求每个步骤都做到精准到位。接下来涉

◎ 运送物资向机场集结

及出关检查，物资是否符合要求。院方事先联系了首都机场货运部门，对方要求箱子长宽高都不能超过 1.5 米，否则就进不了飞机的货舱。医院按照限定的规格，统一采购了外包装箱。

院务部领导亲自带队，将货物送到了首都机场。海关例行对物资进行了细致的检查，尤其是对大批量药品进行了抽检，等到所有的物资通过了检验，大家这才松了一口气。

9 月 16 日，三〇二医院综合服务楼前，30 名精神抖擞的援塞医疗队员准时到位，整齐列队，他们身穿丛林迷彩服，脚蹬作战靴，身背野战背囊，胸前佩戴着鲜艳的大红花，在他们的右臂上，“中国人民解放军援塞医疗队”的臂章赫然醒目。军令如山，紧急响应，随时出动，对他们来说已经成为一种习惯。

出征仪式上，三〇二医院院长姬军生很郑重庄严地将“中国人民解放军援塞医疗队”的队旗交到了医疗队李进队长手中。此刻的李进心里清楚，他接过的不是一面普通的旗，而是承载着 29 位兄弟姐妹生命的旗，虽然自己已置生死于度外，但 29 位兄弟姐妹的家人都将亲人托付给了他一个人，不能有也不敢有丝毫的马虎和大意；同时，他接过的这面旗是担负党和国家、军队重托的荣誉之旗。出发前夕，总部首长给医疗队交代了四项任务：第一，用行动贯彻习主席“军队要走出去”的指示；第二，要向世界展示负责任大国的形象；第三，为国家防治埃博拉积累经验；第四，要深化中非友谊。使命入心，就这样沉甸甸地压在李进的肩上。

在出征前，李进深切地感受到了家人、同事、领导、上级首长对他们深入凶险之地的担忧，其中包含更多的是难以割舍的亲情和深切的关怀。在医院举行的壮行宴上，李进队长举起一大杯酒，当着全体医院领导的面，当着全体医疗队员和家属的面，郑重许下诺言，语气中饱含几分悲壮："我们一定不辱使命，把任务完成好，为祖国增光，为军旗添彩！我一定会把大家平安健康地带回来，如果有一个队员有个三长两短，我也不回来了，就留在非洲守着他！"他最清楚每一句话的分量。

和每一次出征仪式的现场一样，三〇二医院综合服务楼前一块小小的空地上挤满了人，大都是自发来的，来送一送30名援塞的队员们，在场的人谁都明白，谁也不敢保证他们中每个人都能幸运地涉险而归，也许今天的送行就是今生的永别。这时，人群中出现了三位慈祥的老人，她们满头白发，在别人的搀扶下来到队员面前，90岁高龄的陈菊梅教授深情地说："听说今天要出征，我来送送你们……""一代名师"皇甫玉珊教授说："你们是三〇二医院的大功臣、大英雄啊……"专家张玲霞教授说："你们都是好样的，向你们学习……"看到这三位受人尊敬的老人如此深情的关切，不少队员感动得落泪。

在队伍中，看不出秦玉玲护士长有什么异样，可就在几天前，秦玉玲的母亲突发肺栓塞被"120"送进医院抢救，她本来打算去探望母亲，也买好了赶往石家庄的火车票，只能退掉车票，给姐姐打电话说："我有任务，回不去了，你替我照顾好老妈。"对亲人的牵挂只能埋藏于心，直至今日，想到那一刻时，她还是忍不住掉泪。

与秦玉玲一样，所有队员心里只有八个字：服从命令，听从指挥。

随着出发的命令，30名队员整齐列队向运送车辆坚定地走去。身边送行的战友和亲人，或是拥抱，或是简短的告别。这次比以往任何一次出行都令人揪心，对在场的所有人来说，这是一次生死未卜的出征，队员们加快了脚步，只为尽早结束离别的悲壮。

9月16日16时，北京首都国际机场，一架银白色专机腾空而起——中国人民解放军首批援塞医疗队整装启程，穿越茫茫云海，一路向西，穿越亚、欧、非三大洲和太平洋、大西洋两大洋，飞向西非

◎ 2014年9月16日，中国人民解放军首批援塞医疗队30名队员光荣出征

◎ 三〇二医院战友送别首批援塞医疗队30名队员

◎ 首批援塞医疗队30名队员登上舷梯挥手告别

塞拉利昂首都弗里敦，等待他们的将是一次惊心动魄的经历。

正如非洲人民传唱的那首歌《消灭埃博拉》："别人因埃博拉走了，中国因埃博拉来了……"在最危险的时期，中国派出最精锐的队伍，进入到最危险的区域，实施人道救援，以实际行动表明我国鲜明的态度：一个正在崛起的大国应该承担它相应的国际责任。这次援助不单单是一次国际医疗援助行动，更具有深远而重大的政治意义，这次以生命守护生命的国际大救援，将永载史册。

第一战役　杀出一条“血路”

我们常说，“狭路相逢勇者胜，勇者相逢智者胜，智者相逢义者胜，义者相逢道者胜”。中国人民解放军首批援塞医疗队抵达塞拉利昂后，当地环境不明、疫情态势不明、治疗手段不明，30 名“敢死队员”就像在黑暗的悬崖边探路一样，一不小心就会跌下去。然而，进退已没得选择，唯有一点是明确的，那就是死也要杀出一条“血路”！

——中国人民解放军首批援塞医疗队

队长　李进

第四章　Jui Hospital[①]的中国速度

在我们遇到困难的时候，中国人冲到前面，而且时时刻刻全力保护着我们。

——中塞友好医院院长卡努

经过 17 个小时的飞行和 5 个小时的地面颠簸，总行程 17000 公

◎ 中国人民解放军首批援塞医疗队抵达弗里敦机场后，先要进行入境体温测量

① Jui Hospital：中塞友好医院。

里，中国人民解放军首批援塞医疗队于当地时间2014年9月17日顺利抵达塞拉利昂首都弗里敦。上午8时，队员们来到弗里敦市郊的宾图玛尼宾馆（Bintumani Hotel）。

宾馆由北京城建集团投资经营，位于塞拉利昂首都弗里敦阿伯丁区，是塞拉利昂规模最大、设施最齐全的宾馆。宾馆占地面积6亩，三面环海，景色优美，毗邻著名的蓝茉莉海滩，交通方便，距离市中心20分钟车程。

首批援塞医疗队最初准备在弗里敦找个空旷的地方搭帐篷，只在宾图玛尼宾馆住一天。尽管只住短短一天，人数有限的酒店人员却尽了最大努力，提前4天开始准备。从房间布置到车辆出行，从厨房卫生到食堂菜谱，每一个环节都仔细核对，为医疗队的顺利入住提供合理快捷的方案。所有房间干净整洁，网线配置到位，电视信号清晰，配餐荤素得当。看到宾馆里的中国员工，医疗队员们感到特别亲切。后来，经过中国驻塞拉利昂大使馆与塞拉利昂政府协调，考虑到越来越严重的埃博拉疫情，为了确保医疗队的人员安全，最终把宾图玛尼宾馆作为医疗队

◎ 宾图玛尼宾馆大门

◎ 宾图玛尼宾馆队员宿舍。这是援塞队员在塞拉利昂的家，医疗队很多重要活动都在这里举行

驻扎的营地。

队员们抓紧时间把行囊放到各自的房间，然后集体到食堂简单吃了点儿饭。长途跋涉，有的队员由于时差、睡眠等原因，出现了头晕的症状。北京时间刚好比塞拉利昂弗里敦时间早了 8 个小时，也就是说北京早 8 点时，弗里敦刚好是 0 点；北京下午 4 点时，弗里敦则是早上 8 点。任务紧急，疫情如火，大家没时间倒什么时差了。

简短休息了一会儿，上午 10 点，也就是队员们到达弗里敦 2 个小时后，教导员孙捷带上防控组、治疗组、医疗保障组和后勤保障组的 10 名队员，忍着身体的不适，匆匆赶往位于弗里敦市郊的中塞友好医院，他们要及早实地察看一下，尽快熟悉环境。

驻地宾图玛尼宾馆在弗里敦的阿伯丁区，中塞友好医院则位于城外的科索镇，从驻地到中塞友好医院有 28 公里路程。沿途有一片干净的海滩，椰树成林，草屋林立，有三三两两的人在悠闲地散步，这里是塞拉利昂著名景区蓝茉莉海滩。醉人的风景与队员心中的压力形成强大

◎ 塞拉利昂著名景区蓝茉莉海滩。医疗队员每天上下班都路过这片海滩

的反差，有人吃惊地问：“这里会有埃博拉？埃博拉是真的吗？”

穿行在热闹的街市，队员们又看到在路边张贴着大量诸如“Ebola is real！”“Ebola stop！”的标语和预防埃博拉传播的宣传画，不断警示人们“埃博拉是真的”“埃博拉就在我们身边”。但是，大街上几乎见不到戴着口罩、手套等有任何防护措施的路人，没有任何异常，一片热闹的景象，好像这里什么也没有发生。

接下来，行驶到了一段尚未修好的土路，这是很难走的一段路，

◎ 埃博拉宣传标语和宣传画。在塞拉利昂的许多马路上、墙上，能随时看到

◎ 中塞友好医院外景图。大门为医院正门，接收转运的埃博拉留观患者都是走这个门，队员们进出均走后门

又是雨季，车轮在泥泞的路上总是打滑。从土路尽头再向前走 2 公里，有一个英国驻塞拉利昂的军事基地，门口站着全副武装的英军士兵，围墙上还有一个瞭望哨，似乎在提醒我们“这里曾是英国的殖民地”。再向前行驶 5 公里，就来到了塞拉利昂最好的高速公路——友谊公路，在路上能看到各种熟悉的路标和标记线，仿佛行驶在国内高速公路上一样。路两旁有一座座山丘，还有稀稀落落的村庄，村庄里散布着零乱破落的茅草屋和锈迹斑斑的铁皮房。

友谊公路连接着塞拉利昂交通重镇——科索小镇。小镇的特别之处在于拥有一所远近闻名的现代化医院，名叫 Jui Hospital，2012 年由中国政府援建，在塞拉利昂的中国人称之为“中塞友好医院”。中式风格的医院依山而建，三幢精致的两层白色小楼由两个廊桥相连呈“王”字形，主体结构是两栋医疗楼，另一幢小楼是专家楼，专门供专家休息用的，它们被高高的黄色院墙环绕，院外有几棵高大挺拔的芒果树，枝叶茂盛，常有人在树下乘凉。

中塞友好医院称得上是塞拉利昂全国最好的综合性医院之一，占地面积 16000 平方米，有门诊楼、住院楼、住宅楼和食堂，内设内科、外科、儿科、妇科、手术室等多个科室，有 100 多张床位，还配备了 B 超、CT、X 光机及其他大型自动化分析仪。这里曾经因为医疗条件优越，

◎ 中塞友好医院院长卡努

每天来看病的人络绎不绝，有塞拉利昂本国人，也有在塞的中国人和其他外国人。

院长卡努是一位地道的“中国通”，说着一口流利的中文，个头儿不高，头发有点儿花白，50岁左右。早在1988年，卡努就来到中国留学，就读于位于沈阳的中国医科大学，当年和他一同出国的有8个人，其他人则选择到欧美等发达国家留学。他十分庆幸自己当初的选择，现在中国提供奖学金的名额虽然增加到50人，但竞争十分激烈。如今的卡努已经成为国内为数不多的“院士”级别的医生，8年的留学生涯让他熟知了中国，对中国有着深厚的情感。留学回国后，他就做了外科大夫。中塞友好医院建成启用后，他被选为首任院长。

整个医院外科只有他一个大夫，可见塞方医护人员短缺到什么程度。援塞医疗队到达之时，在塞拉利昂注册的医生只有150名左右，而这150名医生里面，私立医院就占了100名左右，塞拉利昂卫生部能管理的公立医院的医生大概50名。

当时医院与山东的一家医院合作，医院的档次就相当于塞拉利昂的“北京协和医院”，一是设施高档，二是医疗技术水准较高。在疫情出现之前，这里的医生也好，护士也好，背景都不一般。因为塞拉利昂是小费制的国家，看病是要给医护人员小费的，而能到医院看得起病的人大都是有钱人。

2014年8月，中塞友好医院收治了一个埃博拉患者。有一位孕妇生病到医院治疗，后来孕妇死亡了，最终确诊这位孕妇为埃博拉患者。当时做手术的几个人，包括医生和护士，所幸都没有感染，当时他们只戴着手套，并没有其他防护措施。

当得知孕妇是感染埃博拉而死的消息后，医院的医生和护士都纷纷选择了离开，医院不得不关门停业，卡努便成了名副其实的“光杆司令”。虽然医院只剩下卡努，但他个人还是有很强的号召力，因为整个国家还是很尊重医生的，所以他在塞拉利昂的地位也很高，对援塞医疗队以后工作的开展有很大的帮助。

当队员们到达这里时，这家医院就像海中一座孤岛。“敲了半天门，才出来两个看门的。院子里面是齐腰深的野草。”一名队员这样回忆道。队员们深一脚浅一脚地来到了办公楼，而办公楼大门的锁已在风吹雨淋日晒下生了厚厚的一层锈，教导员孙捷用钥匙拧了半天，好容易才打开。他们走进一间办公室，窗台上散落着一堆碎玻璃，窗框上还残留着横七竖八的玻璃碴儿，桌子和椅子上积了一层厚厚的土。纸张散落了一地，显然是下暴雨时大风刮的。屋子里凌乱不堪，如同被盗匪劫掠过一样。

在中塞友好医院转了几圈后，大家的目光都投到了医疗队医师组

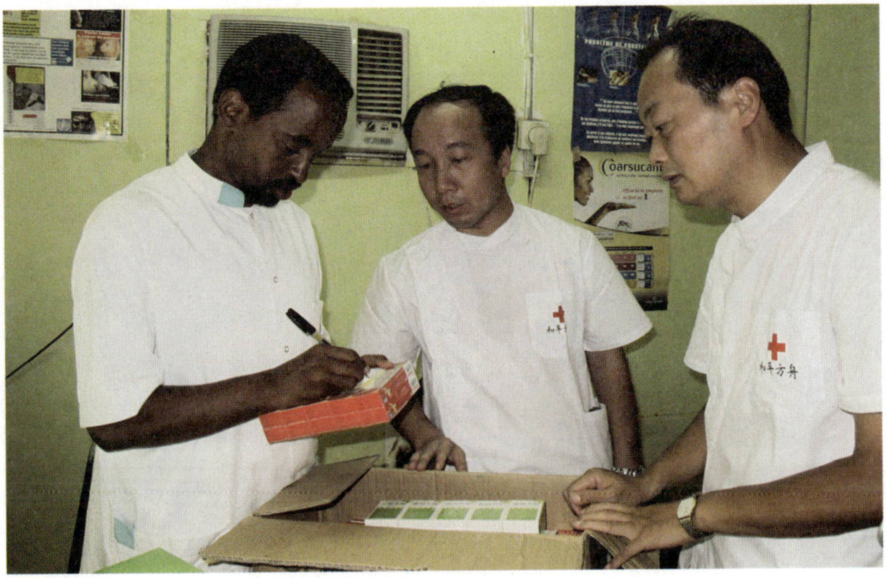

◎ 秦恩强（中）参加“和谐使命-2010”行动

组长、三〇二医院感染性疾病诊疗与研究中心副主任兼二科主任秦恩强身上，他在传染病业界是公认的权威，他的意见非常重要。大学毕业后，秦恩强就被分到三〇二医院传染科，硕士、博士读的都是传染病专业，他一直和传染病病毒、细菌打交道。秦恩强曾经两次去非洲执行任务，一次是到坦桑尼亚和马达加斯加协助两国建立国家抗疟中心，一次是伴随海军“和平方舟”医院船参加“和谐使命—2010”行动出访吉布提、肯尼亚和塞舌尔，对非洲的状况、当地的风俗以及医疗实际情况有所了解。

秦恩强当时十分肯定地说:“中塞友好医院目前的结构和布局根本不符合收治传染病患者的要求。如果直接按照普通综合医院接收普通病人的标准来接收传染病患者，结果只有一个，那就是清洁的与污染的混在一起，会迅速引起医院内部人员的交叉感染。”此话一出，让所有队员的心猛地一沉。

中塞友好医院不能马上收治埃博拉患者，接下来怎么办？是另选新址，还是改建医院？这是摆在首批援塞医疗队面前的最大难题。当天

◎ 医疗队研究讨论中塞友好医院改建事宜

下午，队员们根据中塞友好医院的整体布局及环境条件，结合防控、医疗、护理、后勤等各组的任务特点，进行了反复认真的探讨。

经过专业的论证，最后医疗队达成共识，借鉴我国防控“非典”“甲流”等重大疫情处置的成功经验，按照传染病医院“三区两带两线”的设置要求，决定将中塞友好医院由一所综合性医院改建为能够满足烈性传染病患者收治要求的专科医院。

“三区”即清洁区、潜在污染区或半污染区、污染区；“两带”即在清洁区与半污染区之间、半污染区与污染区之间分别设立缓冲带；“两线”为清洁通道和污染通道。

“清洁区”是传染病诊治的病区中不易受到患者血液、体液和病原微生物等物质污染及传染病患者不应进入的区域，其中包括医务人员的值班室、卫生间、男女更衣室、浴室以及储物间、配餐间等。

“潜在污染区”位于清洁区与污染区之间，是传染病诊治的病区中有可能被患者血液、体液和病原微生物等物质污染的区域，其中包括医务人员的办公室、治疗室、护士站、患者用后的物品、医疗器械等的处理室、内走廊等。

“污染区”是传染病诊治的病区中传染病患者和疑似传染病患者接受诊疗的区域，包括被其血液、体液、分泌物、排泄物污染物品暂存和处理的场所，其中包括病室、处置室、污物间以及患者入院、出院处理室等。

“第一缓冲间”是传染病诊治的病区中清洁区与潜在污染区之间设立的两侧均有门的小室，为医务人员的准备间。“第二缓冲间”是传染病诊治的病区中潜在污染区与污染区之间设立的两侧均有门的小室，为医务人员的准备间。

“清洁通道”是传染病诊治的病区中的医务人员、清洁物品、医疗器械出入的通道。医务人员通道、出入口设在清洁区一端。“污染通道”是患者、尸体、医疗垃圾、标本、卫生被服出入的通道，患者通道、出

◎ 队员们冒着瓢泼大雨卸载、搬运各种物资，并整理入库

入口设在污染区一端。

其实，这样设置传染病医院，目的只有一个，就是实现清洁的和污染的不交叉。在当时的情况下，改建中塞友好医院难度很大，但“三区两带两线”的设置必不可少。于是，医疗队迅速开始拟订中塞友好医院布局改造需求计划以及工作展开预案。

当天晚上，队员们不顾疲惫和时差的困扰，连夜将随机运抵的药品和其他物资，在驻地进行了卸载。好不容易卸完，队员们刚睡了2个小时的觉，凌晨4时，弗里敦突然电闪雷鸣，下起了西非雨季特有的倾盆暴雨，雨点击打着房顶，发出很大的响声，像是要把房顶掀掉一样，这是医疗队在弗里敦遭遇的第一场突如其来的大雨。

大家顶风冒雨赶到了中塞友好医院，雨一直下，一点儿也没有停的意思。如果物资不及时入库，会有很大的损失。来不及多想，队员们马上动手将医院的10间病房腾空，改作临时库房。在没有机械卸载工具的情况下，全体队员与大使馆安排的搬运工人，冒着暴雨，手抬肩扛，卸载、搬运物资，并按照各业务组的需要分类摆放至临时库房。

队里的女队员也不例外，孙娟的手蹭破了皮，张悦的腿抽起了筋，张洁利的脚磨起了泡，但没一个人叫苦叫累。中午大家草草地吃了简单的盒饭，便又开始投入紧张的卸载物资工作之中。由于过度劳累，刁锴的老毛病胃病复发，疼痛难忍，但他依旧坚持着，吃上几片止痛药，又加入到战斗的行列。

经过8个多小时的连续奋战，终于将9辆大卡车运抵的47类、近50吨医疗和后勤物资设备进行了卸载搬运、整理入库。工作结束后，每个人都成了落汤鸡，身上弄得黑一块红一块，但能在第一时间将物资入库，最大限度降低了物资损耗，大家算松了一口气。

18日晚7点左右，中国驻塞拉利昂特命全权大使赵彦博带着使馆工

◎ 中国驻塞拉利昂特命全权大使赵彦博

作人员及10多家中资机构、企业的负责人代表，来到中塞友好医院慰问医疗队，对队员们刚到塞拉利昂就积极开展工作提出了表扬，同时从讲政治、维护国家利益的角度给医疗队提出了要求。赵彦博曾经在埃及、加拿大、新几内亚、新西兰大使馆工作过，还在湖北宜昌市当过副市长，2014年1月16日，被任命为中华人民共和国驻塞拉利昂共和国特命全权大使。他刚到塞拉利昂没几个月，就遇到了埃博拉疫情。埃博拉疫情也让这个原本冷清的大使馆一下子忙碌起来，他们每天要向国内通报疫情情况，还要对疫情做出研判。在关乎中国援塞抗埃的大事上，赵大使可以直接与塞拉利昂总统对话。医疗队一到塞拉利昂，他就到机场、码头迎接，一有困难，他就会帮着解决。

为了控制埃博拉病毒的扩散，帮助医疗卫生人员确诊病例，2014年9月19日至21日，塞拉利昂政府出台了隔离措施，决定实施为期3天的全国闭户措施，全体国民不得离开家门，由志愿者挨家挨户上门进行检测。一时间，弗里敦的各个交通要道，都设起了临时检查站，过往车辆必须接受严格盘查。即使医疗队人员乘车进入中塞友好医院，也必须持有塞方政府发放的特别通行证。

19日上午10时，赵彦博大使再次来到中塞友好医院现场查看，听取了李进队长有关医院改造方案和医疗准备情况的汇报，同时现场协调中方建筑公司以最快速度对医院格局做出结构性调整，设计、改造并划分好工作区、病人区和缓冲区等，使医院的设置符合传染病收治的需求。

根据中国与塞拉利昂政府的协议，首批援塞医疗队负责运营的是一个埃博拉留观中心。所谓留观中心，就是把有明显症状的疑似病人收集在一处，进行观察和检测，确诊为埃博拉患者的就转去其他的治疗中心，排除了就返回社区。如果不严格按照传染病医院的正常流程设计、改造病房，病人之间的交叉感染、医护之间的相互感染，必然无法控制，那么这个埃博拉留观中心就有可能成为一个病毒传播中心，其后果不堪设想。尽量符合专业的改造，就是为了最大限度地保证对留观病人的监护，同时也能确保医护人员的安全。“零感染”是事关援塞医疗队人员生命安全，同时也关乎国家声誉的大事，决不能有丝毫纰漏，所以在医院如何改造的问题上需要慎之又慎。

根据既有的条件，设计如何趋于基本合理，为此大家绞尽脑汁。最后的设计方案，还是突破了传统的传染病隔离要求，没有办法做到完美，只能把握最根本的原则——清洁、污染分开，医务人员通过两个缓冲间，把污染尽可能降到最低，然后再去沐浴更衣，回到清洁区。

改造方案确定之后，首先是把第一栋门诊楼改为病房楼，即污染区；第二栋楼为缓冲区，用于医护人员从污染区出来以后的消毒和清洁；第三栋楼为清洁区，是医护人员在不穿防护服的情况下值班、办公和临时休息的地方。区与区之间进行隔断，设立门禁。就连院子里也用栅栏按区阻断隔离，把病人严格地限制在污染区里。医护人员进污染区走一条通道，出污染区走另一条通道，两条通道内单向前进互不交叉。每条通道都要按照从清洁到污染的顺序打几道隔断，设几道门，每进一道门应该穿什么，应该放什么，在哪个地方脱手套，在哪个地方洗手，都要设有明显的标志……

由于时间和材料有限，医院的改动也不可能太大，只能因地制宜，就地取材。三幢楼基本结构一样，这种情况下，考虑如何能够通过简单的改造把清洁区和污染区进行隔断，将患者和工作人员分别限定在各自的区域里。

作为中塞友好医院结构布局改造方案的主要设计者，秦恩强讲述了这次艰难的改造：

这实在是一套复杂的改造方案。方案一提出就产生了分歧，当时分歧的焦点在于是否要对医院进行这样的改造。卡努院长是外科医生，他没有充分地考虑传染病医院的设置要求，只是迫于日益严重的疫情压力，希望能够简化改造程序，使医院尽早开诊接收病人。而我们坚持从专业的角度出发，必要的改造程序一道都不能少。经过不断的讨论解释，卡努院长还是接受了我们的意见。

我们方案的主体部分是把第一幢楼改成污染区，第二幢楼作为缓冲区，不收治病人。当时赵彦博大使也提出了疑问，为什么第二栋楼不接收病人呢，这样改造下来，只有 40 张床位可用，数量有限，如果第二栋楼也接收病人，床位就会大大增加。赵彦博大使的意见是，缓冲区也可以用来收治病人。当时，我和李进队长一听就坚决不同意。理由是：如果这样做，整体设计的格局全乱了，从专业防控的角度来说非常危险，虽然表面上收治病人的数量增加了，但中塞医务人员感染风险加大了。经过几番商讨后，赵大使也最终同意了我们的方案。

最终各方的意见达成一致，在驻塞使馆的积极协调下，北京城建集团、中土公司、河南国际公司等驻塞中资企业留守人员，开始了对中塞友好医院的改建。

很快，中资企业的工人进驻了，总算可以开工了，但是困难也一个接着一个地来了。首先就是进不去门，因为原来医院的人离开得匆忙，钥匙也没有留下，没有办法，施工的时候只能将有些门撬开。门算是进去了，可屋子里的灯是坏的。没有灯，晚上就无法施工，为赶进度我们只好拆东墙补西墙，把偏僻地方能亮的灯先卸下来，装到施工需要的地方。灯亮了，可改造医院需要的三合板、铝合金板还没着落。在

◎ 队员们加紧指导施工单位对中塞友好医院进行结构改建

塞拉利昂，这些东西都属于高档的进口产品，一是缺，买不到；二是贵，价格是国内的三倍以上。最后，在赵彦博大使的帮助下，动用了大使馆计划建车库的材料，北京住建总公司海外部也拿出了公司正在装修房子的材料。结果，有的隔墙是拼凑而成的，又是三合板，又是铝合金板。

改造完毕后，有的门需要重新上锁，可这又成了一个大难题。在疫情严重的塞拉利昂，买锁或是请锁匠来修理都不太容易，还是卡努院长动用了私人关系，才找来了锁匠。但是锁芯还是没有配齐，只能有什么用什么。结果，锁是东拼西凑的，有的门是暗锁，有的门是挂锁，有的是自行车的环形锁，有的干脆就用一根铁链子将门锁住。各式各样的锁倒成了一道奇观，不过总算是都上了锁。

那些天，各种困难接踵而至，医院也是一会儿停水，一会儿停电，无奈之下，医疗队购买了三个大水箱，随时储藏用水，又搞来发电机，一旦停电了，就立刻用柴油发电。

施工过程中，防护门怎么装，要达到什么样的标准？窗户有多大，怎么才能满足通风需求？每一个环节我们都要和工人们进行详细的沟通说明。尽管改造后的中塞友好医院条件有些简陋，但基本上达到了医疗队最初的预想，具备了埃

中塞友好医院平面图

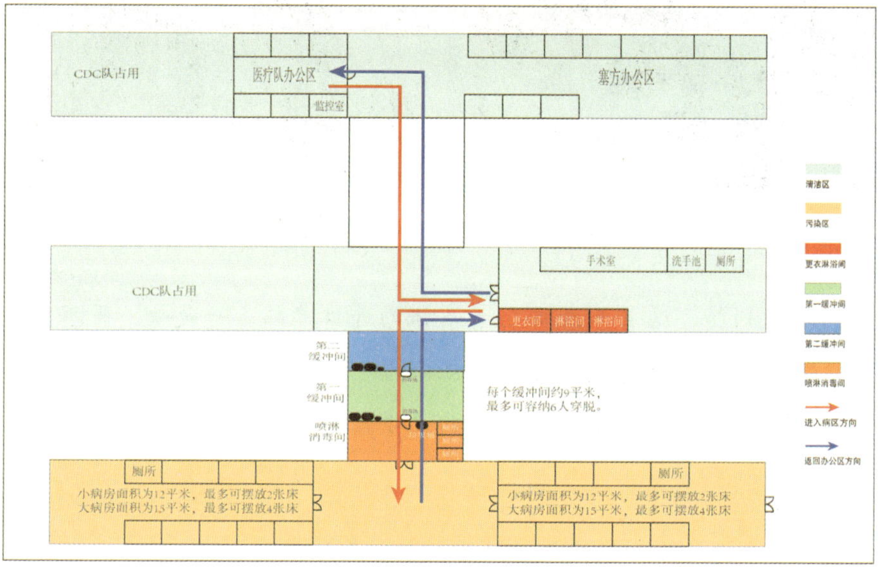

◎ 改建后的中塞友好医院平面图

◎ 标定队员进出病区的路线图

◎ 第二缓冲间

博拉留观中心的基本条件。而且这次改造方案还兼顾到预防呼吸道、消化道传染，更科学合理些。

我们在中塞友好医院还安装了视频监控系统和体温连续远程监测预警平台，这两套设备是我们的得意之作。视频监控系统不但能对医院所有重点部位实施全方位立体监控，还能将污染区的病历资料通过专用摄像头传输并储存到清洁区的电脑上，以便值班室随时调取整理，确保了病历资料的清洁完整。体温连续远程监测预警平台，可以24小时连续不间断地对留观患者进行远程体温监控。安装这两套系统，都是由我们自己完成的，这个过程中我们费了不少劲儿。弗里敦白天的气温一般都在35℃左右，像我们北京的桑拿天，就是拧一颗螺丝钉，也会让你大汗淋漓，我们一会儿爬上，一会儿爬下，汗会顺着你的裤子，直接流进你的鞋子里，所以鞋子总是湿漉漉的。

我们在改造医院的时候，特意预留了一个第四病区，有15张病床，这个病区不是给非洲患者留的，而是为我们医疗队员准备的。大家心里都清楚，万一医疗队有人感染了，我

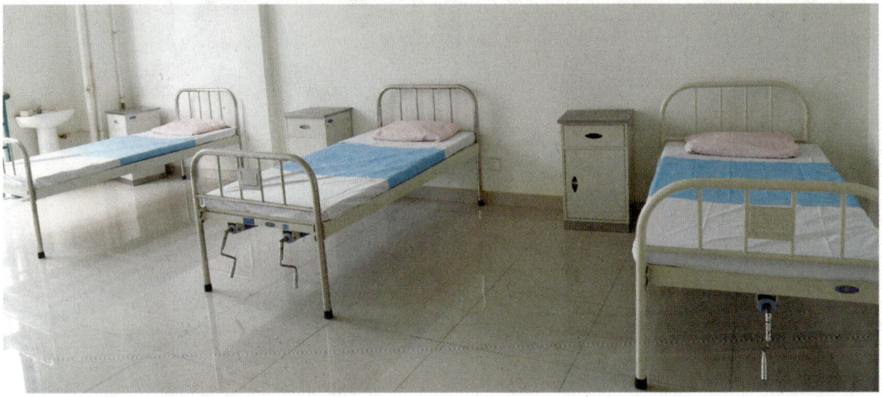

◎ 第四病区

们不可能请求让别人来救我们，也不希望被运回国内接受治疗，只能自己救自己。每次路过第四病区，看到那一张张病床，仿佛就是我们自己给自己准备的一张张棺材板似的，塞拉利昂没有殡仪馆，也没有火葬场，如果哪个队友牺牲在这里，可能连人带床板一起直接被抬走烧了。所以，每次路过这里，都会提醒我任何时候都不能放松警惕，决不能让队友感染埃博拉。幸运的是，那悲壮的一幕最终没有发生。

20日中午11点30分，赵彦博大使率大使馆工作人员来到医院，他给大家带来了一个好消息，传达了李克强总理、刘延东副总理对援塞抗埃工作所做的重要指示。李克强总理要求相关单位要切实加强对医疗队的保障工作；刘延东副总理则要求医疗队要确保队员绝对安全，顺利完成相关防疫任务。赵彦博大使还带来了国家卫计委给援塞医疗队发来

◎ 李进队长向中国驻塞拉利昂特命全权大使赵彦博介绍中塞友好医院改建情况

的慰问信。队员们听后，无不深受鼓舞。

24日，中塞友好医院改建工作完成，赵彦博大使率使馆工作人员仔细检查和验收了中塞友好医院的改造及开诊前的各项准备工作。李进队长抑制不住兴奋之情，自豪地说："在西非疫区，我们再现了当年'小汤山'的速度，也创造了同类医院改建的速度和质量之最。"

当年"非典"疫情暴发时，党中央、国务院要求迅速在北京昌平的小汤山镇建设一座能够收治"非典"患者的传染病医院。从2003年4月25日开始动工，一边盖简易房，一边改图纸，同时，药品、医疗器械、器材也要全部到位。仅仅7天7夜的时间，一所拥有1000张床位的传染病医院就建成启用。

如今在弗里敦再现了"中国速度"，这必将成为中国传染病防治史上的一段新的传奇。

2014年9月26日，中塞友好医院里显得异常热闹，医院上下洋溢

◎ 中塞双方医务人员参加中塞友好医院埃博拉留观中心落成典礼

◎ 科罗马总统在中塞友好医院埃博拉留观中心落成仪式上发表重要讲话

着喜悦之情，尤其是经历了初期艰难考验的援塞医疗队的队员们。上午10点，塞拉利昂总统科罗马在中国驻塞拉利昂特命全权大使赵彦博和塞拉利昂政府高官的陪同下，专程来到中塞友好医院埃博拉留观中心。

站在队员们面前的科罗马总统身材魁梧，体形略胖，头发有些花白。在平均寿命只有45岁的塞拉利昂，60多岁的科罗马已经算是健康高寿了。在塞拉利昂，科罗马有很高的威望，他毕业于塞拉利昂大学，曾获历史、哲学和法律综合专业学士学位及保险学研究生文凭，2007年9月当选为塞拉利昂总统，2012年11月连任，成功连任主要归功于5年来其在国家重建，特别是电力、基础设施建设等方面取得的成绩。

医疗队李进队长向科罗马总统汇报了中塞友好医院改造、床位设置、隔离以及下一步收治埃博拉患者的工作进展情况。

科罗马总统惊叹医疗队在这么短的时间内，克服了难以想象的困难，工作取得如此突破性的进展，他深受感动，激动地说："中国总是让我们惊讶，也总是让我们感动，我们永远忘不了中国的恩情，中国是我们永远的好朋友。"随后，科罗马总统在中塞友好医院门诊楼前接见了中塞双方医务人员，并与大家合影留念。如此高规格的礼遇，在塞拉利昂各个留观、治疗中心中，实属罕见。

科罗马总统在现场发表了热情洋溢的讲话，他说："今天是中塞友谊史上重要的一天，中塞友好医院留观中心的建成再次见证了中塞牢固的友谊。中国不但践行了积极支持塞拉利昂经济建设的承诺，而且在我国面对疫情的危急时刻，中国又再次伸出援助之手，提供物资、人员和现金，和塞拉利昂站在一起共同抗击埃博拉。这体现了中国急塞方之所急的深情厚谊，再次表明中国的确是塞拉利昂的特殊朋友，中国是塞拉

◎ 2014年9月26日，塞拉利昂总统科罗马与中塞双方医务人员在中塞友好医院合影

利昂的患难之交。”

科罗马总统还表示，塞拉利昂医务人员会与中方密切配合，全力提高医疗技术水平，为赢得这场与埃博拉病毒的战争而努力。

随同他一起出席这次活动的还有塞拉利昂副总统苏马纳、代理外交部长斯特拉瑟·金、卫生部长福法纳等多名塞拉利昂政府高官。

第五章　隐性的“定时炸弹”

如果塞方工作人员培训不达标，仓促应战，开诊就等于自杀！

——中国人民解放军首批援塞医疗队护理组组长刘丽英

2014年9月14日，塞拉利昂西区拉姆利政府医院的负责人巴克医生，因感染埃博拉病毒死亡。当时塞拉利昂已经有4名医生在抗击埃博拉病毒的过程中感染死亡，约有50名护士也已经死于这一传染病。在利比里亚，1名“无国界医生组织”的法国女护士，在参与医护救援中也感染了埃博拉病毒，9月19日法国政府将她从利比里亚接回法国，在巴黎郊区的一家军队医院接受特殊治疗。在美国，9月28日至30日，曾因接触美国本土首例埃博拉病患邓肯的女护士尼娜也出现了埃博拉症状，经检测埃博拉病毒呈阳性，尼娜也成为在美国被诊断出感染这种致命病毒的第二人。尼娜护士表示她在长老会医院护理邓肯过程中都是身穿防护装备的，包括衣服、手套、口罩和防护罩等。但疾控中心主任弗里登证实，长老会医院显然有违反安全操作协议的做法。

在塞拉利昂600万人口中，只有1000名左右的护士，而且这些护士中有一半的人甚至连抽血都不会。按照世界卫生组织提出的埃博拉留观中心医务人员配置标准，40张床位需要配备4名医生、40名护士、40到60名保洁人员，而中国医疗队中仅有5名医生、8名护士，想要接诊收治埃博拉留观患者，医护人员的人手实在是太少了。经过与塞拉利昂卫生部协商，塞方为中塞友好医院调配了47名护士和40名保洁员，而这87名塞方人员的到来，却给李进他们出了一个大难题。他们的医护技能让人担忧。他们大都没有经过正规的护理专业学习和培训，有些人只接受过由教会提供的基础护理培训，但也就是几个月的时间，传染病防护知识几乎为零。如果塞方工作人员不严格遵守操作规程，把污染的东西带进了清洁区，而中国队员又在清洁区与他们直接接触，后果难以想象。在队员们看来，87名塞方人员简直就是87颗隐性的“定时炸弹”，稍有不慎，就会出现重大的感染事件。

所以，开诊前的重中之重就是对塞方工作人员进行培训。

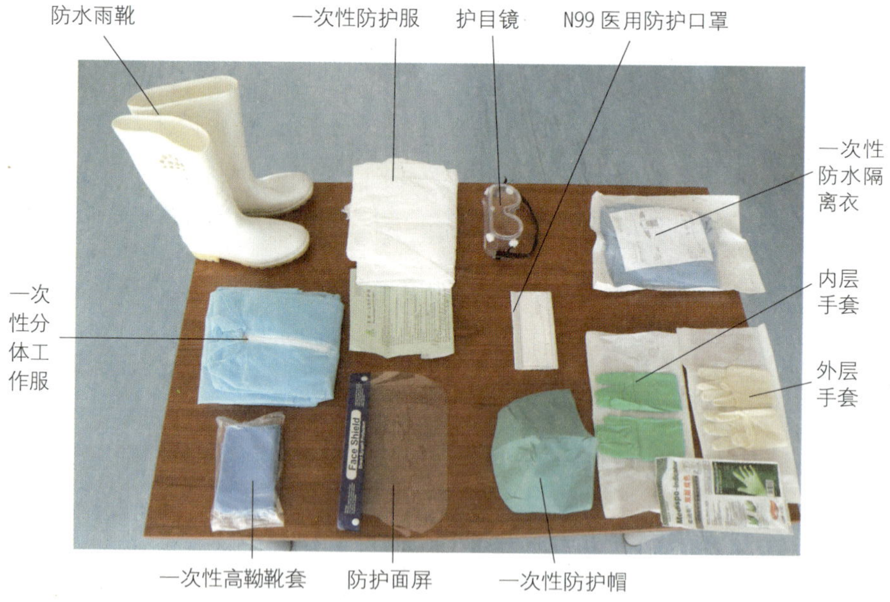

◎ 11件防护用品图解

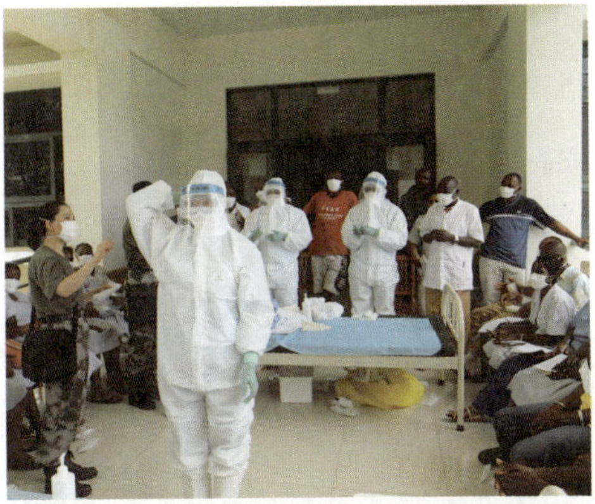

◎ 分解动作，示范教学

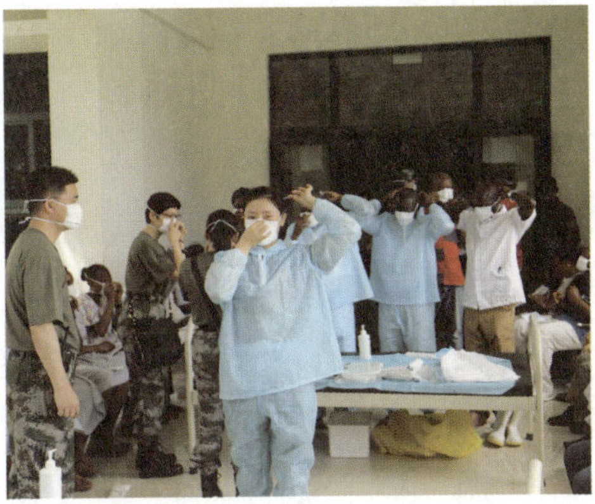

◎ 培训塞方工作人员从戴口罩开始

医疗队当时面临的最大问题就是，怎么能让专业常识近乎空白的人，经过短暂的培训，便能够在传染病区称职地开展工作。因为中方医疗队员们要和塞方工作人员在一起工作，如果他们不能胜任工作，出现了差错，即便是中国医疗队员再小心，也无法保证自身的安全。所以医疗队想了很多办法，比如培训人员做一步，塞方人员跟着做一步，集中示范教学。

护理组组长刘丽英和培训队员们冒着35℃以上的高温，身着11件防护用品：一次性分体工作服、N99医用防护口罩、一次性防护帽、护目镜、一次性防护服、内层手套、外层手套、一次性防水隔离衣、防护面屏、防水雨靴、一次性高靿靴套，这11件防护用品是中塞医务人员防控埃博拉病毒的最基本的装备。

最早投入培训工作的刘丽英、吴丹一遍遍地示范穿上脱下防护用品，一遍遍地细致讲解36道穿脱流程。做示范不同于工作时的正常操作，每一个动作都要进行分解，都要反复强调，有时一个动作就要讲上很久，正常情况下10到20分钟就能完成的穿戴流程，往往需要一个多小时才能完成，而脱的流程更为复杂，时间更长。每脱一件防护用品，队员们都要用消毒液对双手进行一次消毒，并严格按照从上到下穿戴、口罩先戴后摘、穿脱不颠倒等 10 条原则要求，其复杂程度常人难以想象。以下就是 36 道具体的穿脱流程：

穿防护用品流程：从清洁区进入潜在污染区（污染区）前进行的，有 15 道。

1. 在淋浴间更换个人衣物。
2. 穿一次性分体工作服。
3. 手卫生。手卫生分为两种方式，流动水洗手和卫生手消毒，在塞拉利昂主要以卫生手消毒为主。手背按压、六步洗手法：①掌心相对，手指并拢，相互揉搓，交换进行；②手心对手背，沿指缝相互揉搓并进行交换；③掌心相对，双手交叉指缝，相互揉搓；④弯曲手指，使关节在另一手掌心旋转揉搓，交换进行；⑤右手握住左手大拇指，旋转揉搓，交换进行；⑥将五指尖并拢，放在另一手掌心，旋转揉搓，交换进行。
4. 戴 N99 医用防护口罩。戴前

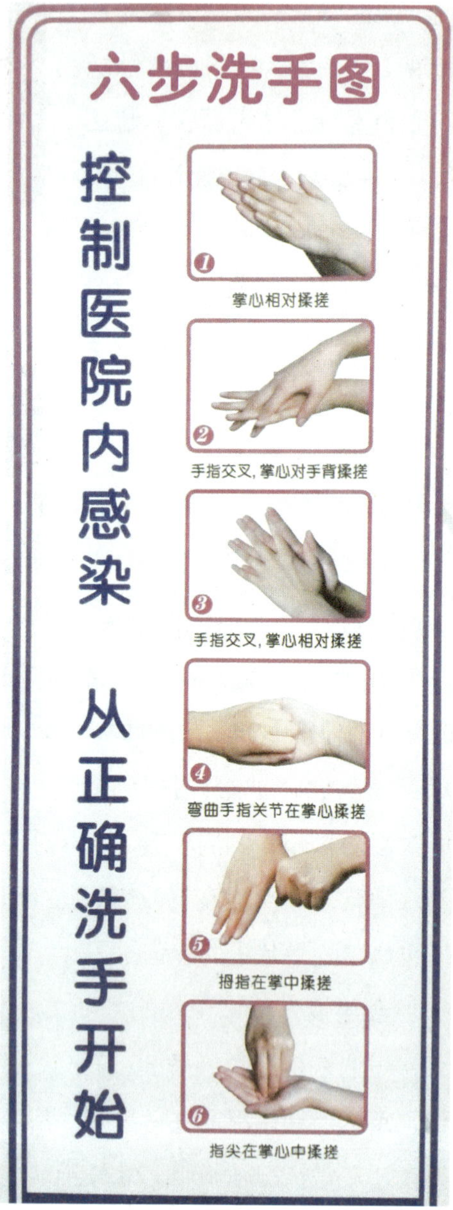

◎ 六步洗手法示意图

先检查口罩生产日期是否过期，有无潮湿污损；识别口罩内外、上下，检查口罩是否包装密闭，一手托住防护口罩鼻夹或松紧带，一面向上、向外，将防护口罩罩住鼻、口及下巴。一只手将下方系带拉过头顶，放在颈后双耳下，再将上方系带拉至头顶中部。一手按住鼻夹，另一手于一侧拉紧松紧带，换手，按住鼻夹，并拉紧另一侧松紧带，调节好松紧度。深呼吸和呼气应感觉或看到口罩略微有鼓起或塌陷，若感觉有气体从鼻梁或面颊部泄漏，则要重新调整系带的位置。

5. 戴一次性防护帽。佩戴一次性防护帽，应包住耳朵和头发。
6. 戴护目镜。带上护目镜，要压住帽子及口罩，调节舒适度。
7. 穿一次性防护服。穿之前先检查一次性防护服，看生产日期，确保无破损、潮湿、污染等。穿的过程中防护服不可拖地。
8. 戴内层手套。打开手套包，取出手套。检查是否有破损漏气。将手套戴好，然后将手套套在防护服衣袖外。手套要套住防护服的袖口。内层手套一般为绿色，外层手套一般为白色，如果外层白色手套破损，内层绿色手套很容易显露出来，从而引起人的注意。
9. 穿防水脚套。
10. 穿防水雨靴。
11. 穿一次性防水隔离衣。检查防水隔离衣无破损、无潮湿、无污染后穿好。此项流程要二人协助完成，另一人在后背、后腰上系紧隔离衣带。
12. 戴防护面屏。
13. 戴外层手套。打开手套包，取出手套，检查是否有破损漏气。外层手套需要套住隔离衣袖口。
14. 穿一次性高鞠靴套。穿之前先检查一次性高鞠靴套，无破损后穿好。展示靴套前后，如果手碰触鞋底要进行手卫生。

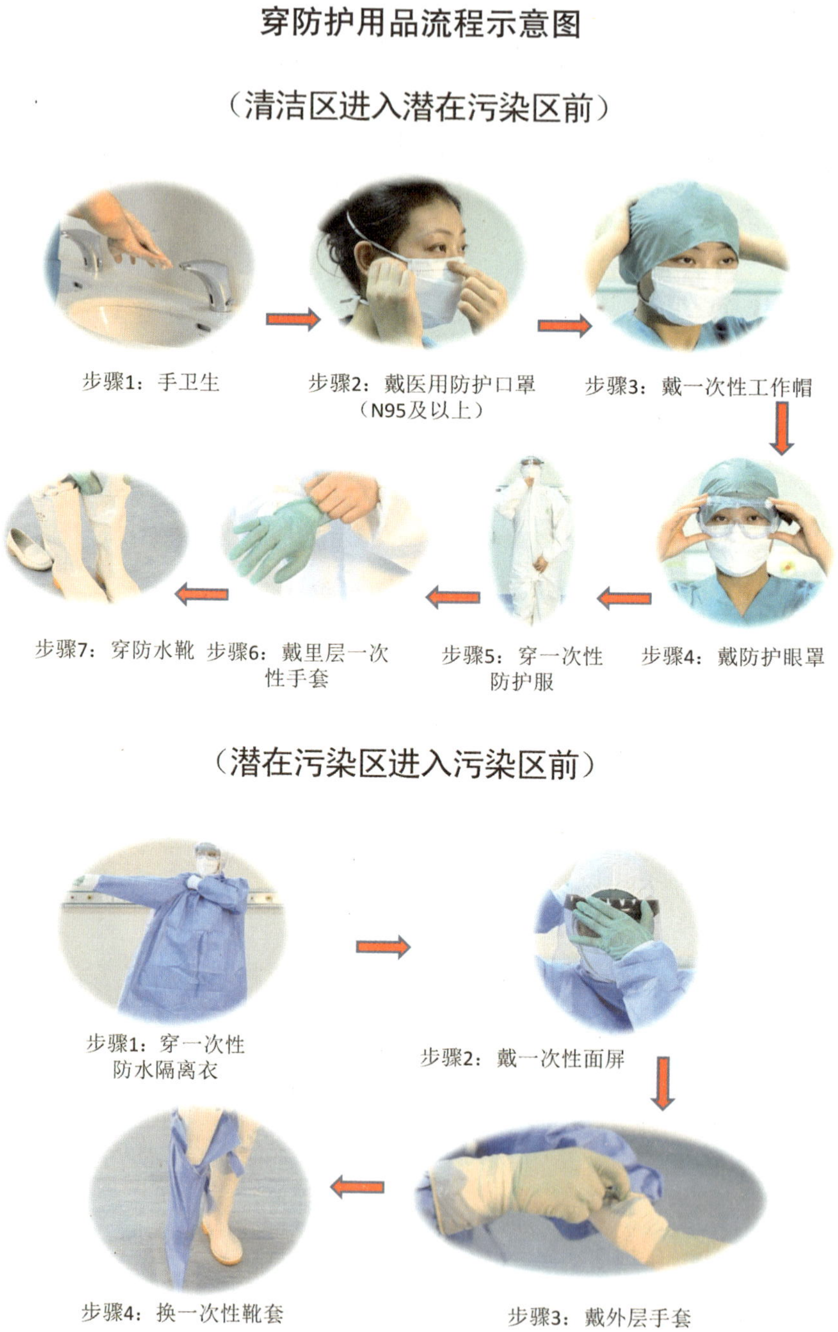
穿防护用品流程示意图
（清洁区进入潜在污染区前）
步骤1：手卫生
步骤2：戴医用防护口罩（N95及以上）
步骤3：戴一次性工作帽
步骤4：戴防护眼罩
步骤5：穿一次性防护服
步骤6：戴里层一次性手套
步骤7：穿防水靴
（潜在污染区进入污染区前）
步骤1：穿一次性防水隔离衣
步骤2：戴一次性面屏
步骤3：戴外层手套
步骤4：换一次性靴套

◎ 穿防护用品流程示意图

15. 携带拖鞋放置于第二缓冲间

脱防护用品流程：队员们从污染区回到清洁区时必须进行的，有21道。脱防护用品应遵循从污染到洁净的顺序，尽量减少和避免脱摘过程可能的污染。脱防护用品和手套时，严禁触碰皮肤和干净衣物，重点注意做好眼睛、鼻腔、口腔黏膜的防护。

1. 手卫生。按照六步洗手法进行卫生手消毒。
2. 进入第一缓冲间，脱一次性防水隔离衣。这时要二人协助。解开颈后带子，将隔离衣从胸前向下拉。左手捏住右侧衣领内侧，下拉，脱下右袖。将隔离衣污染面向里，衣领及衣边卷至中央，丢至医疗废物容器内。医疗废物容器要轻开轻合。
3. 脱外层手套，弃于垃圾桶内。脱手套的正确方法：①用戴着手套的手捏住另一只手套污染面的边缘将手套脱下；②戴着手套的手握住脱下的手套，用脱下手套的手捏住另一只手套清洁面（内面）的边缘，将手套脱下；③用手捏住手套的里面丢至医疗废物容器内。
4. 手卫生。
5. 脱一次性高鞡靴套。将靴套内面翻转朝外，注意手不要污染防护服及防水雨靴。
6. 手卫生。
7. 摘掉防护面屏，弃于垃圾桶内。
8. 手卫生。
9. 穿着防水雨靴在消毒浸泡池内浸泡2分钟，并清洁鞋底（鞋底应与池底充分摩擦），浸泡雨靴同时进行手卫生，然后进入第二缓冲间。
10. 在第二缓冲间内脱防水雨靴（双脚依次将鞋踩下），脱防水脚套，换拖鞋。
11. 手卫生。

12. 脱一次性防护服。脱时先将拉链拉到底，向上提拉帽子，使帽子脱离头部。脱袖子，边脱边卷。污染面向里，直至全部脱下后，放入医疗废物袋内。脱防护服忌抖动，动作要轻柔。
13. 脱内层手套，弃于垃圾桶内。脱时用戴着手套的手捏住另一只手套的边缘，将手套脱下，手捏住手套里面，丢至医疗废物容器内。
14. 手卫生。
15. 摘掉护目镜，弃于垃圾桶内。摘时要从脑后拉扯带子摘下，回收复用的护目镜，放入回收容器内，待消毒后再次使用。
16. 摘掉一次性防护帽，摘时从脑后轻拉摘下，弃于垃圾桶内。
17. 手卫生。
18. 摘掉医用N99防护口罩，弃于垃圾桶内。摘口罩时不要触及口罩外污染面，用手将颈部的下头系带从脑后拉过头顶，拉上头带，摘除口罩，手指捏住口罩系带，丢至医疗废物容器内。
19. 流动水洗手。
20. 脱一次性分体工作服。
21. 至沐浴间沐浴更衣。

防控组组长贾红军说："11件防护用品精细的穿脱流程、原则要求及严格的区域管理，是避免交叉感染、保护医护人员的关键所在。"

训练穿脱防护用品时还必须接受安检"五查"，这"五查"分别为：个人必须对着镜子穿戴，严格进行自查；每一组医护人员必须相互监督，实施互查；必须接受感控人员的检查；队员穿戴整齐后，感控人员必须再次全面检查；出入病区，特别是在缓冲间脱防护用品时，必须全程接受副班人员通过视频监控检查。

刘丽英说，培训过程非常折磨人。每一轮培训演示下来，培训队员们不仅嗓子哑了，整个人也是大汗淋漓，体力几近极限。即便这样努

脱防护用品流程示意图

（污染区回到潜在污染区前）

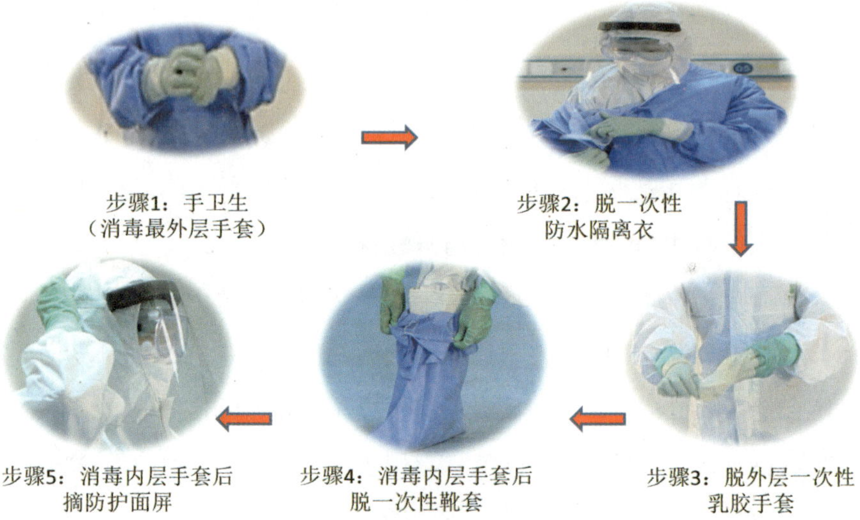

（潜在污染区回到清洁区前）

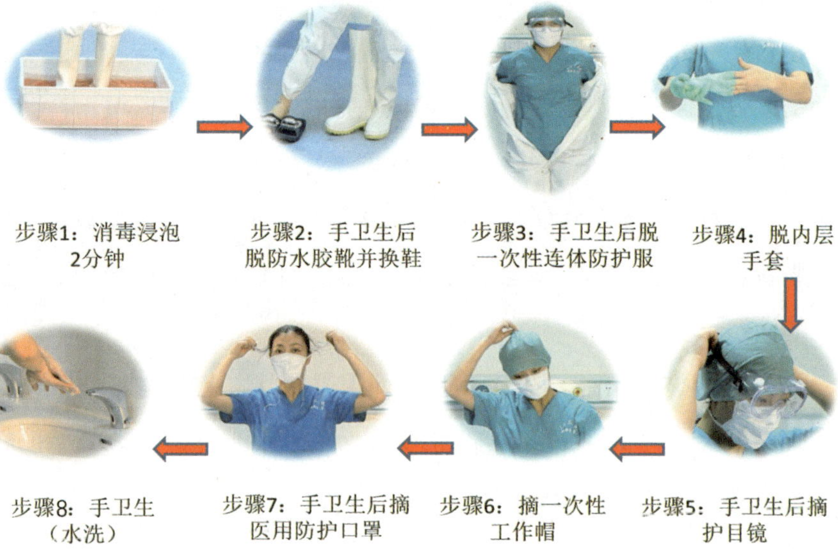

◎ 脱防护用品流程示意图

力，经过几天的培训，队员们还是发现根本达不到预想的效果。塞方医护人员一时很难接受并完全掌握这些。吴丹说，今天教了他一些东西，甚至第二天再问的时候就忘记了。塞方医护人员一测试，结果多数人不合格。

由于工作习惯的原因，有时候说好了这天上午到医院来培训，可是培训队员们来了，塞方人员却没有来。有时候就是有人来了，也总是到不齐。尤其是遇上礼拜日，培训计划就落空了。在塞拉利昂，有60%的人信奉伊斯兰教，是虔诚的穆斯林；30%的人信奉基督教；10%的人信奉当地的拜物教。埃博拉疫情在迅速蔓延，每天都有人感染或死亡，一出门，就可能遇见发病者和病死者。但因为宗教的原因，大部分人还会定期举行礼拜，人员大量聚集，这无疑是预防传染病的大忌。就连医院塞方工作人员也会放下一切事情去教堂做礼拜，医疗队不得不中断对他们的防护培训工作。

培训就只能一轮接一轮地做，循环地做，反复做。可是，一个星期培训下来，一考试，竟然多数都不合格，这让队员们有些气馁。

“感人心者，莫过于情。”队员们决定动之以情，晓之以理。培训队员们强迫自己说英语，和塞方工作人员聊家庭聊孩子，极力打动感化他们，告诉他们如果不好好学习的话，一旦因为自己的工作疏忽而被感染了，是对家庭不负责任。因为你的感染，会毁了你的老婆孩子，父母也跟着遭殃。通过这种观念上的教育，加深他们对工作中防护工作重要性的认识。

通过坦诚的沟通，在每天的培训中慢慢建立起基本信任——这一点尤为重要。有了信任，塞方工作人员就变得自觉了许多，开始比较认真地去学习。医疗队带去的设备基本都是中国产的，没有英文说明书，包括设备的操作说明、穿脱防护服的流程、呕吐物应该如何清理、怎样消毒等等，这些需要全部翻译成英文。医师组队员晚上经常通宵达旦翻译，以方便塞方工作人员阅读。

塞方保洁人员受教育程度不高，说明书有很多地方看不懂。队员们就从他们当中选出一个受教育程度相对高一点儿的人，先给他讲明白，然后再由他翻译成当地的土语，向其他保洁人员讲解。每一个过程都艰难异常。

这些工作人员非常珍惜这份工作，都很努力地学习。有时，队员们也会给他们带吃的，比如方便面、火腿肠、“老干妈”、豆瓣酱什么的

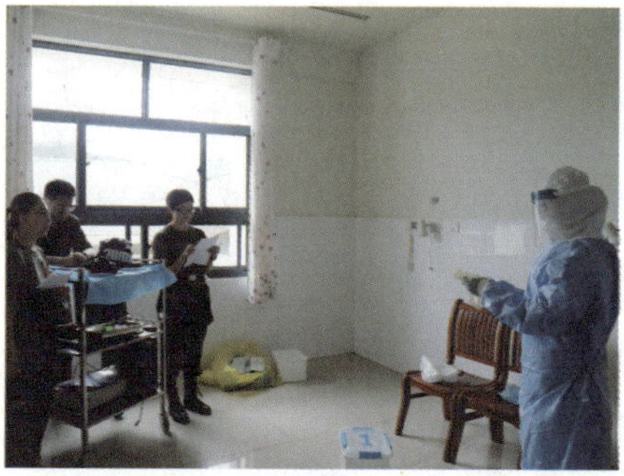

◎ 队员们录制防护用品穿脱流程视频，再对塞方工作人员进行视频教学

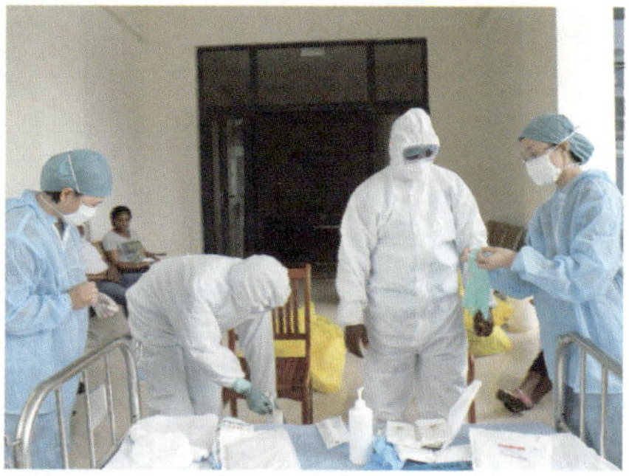

◎ 队员们进行“一带一”的培训

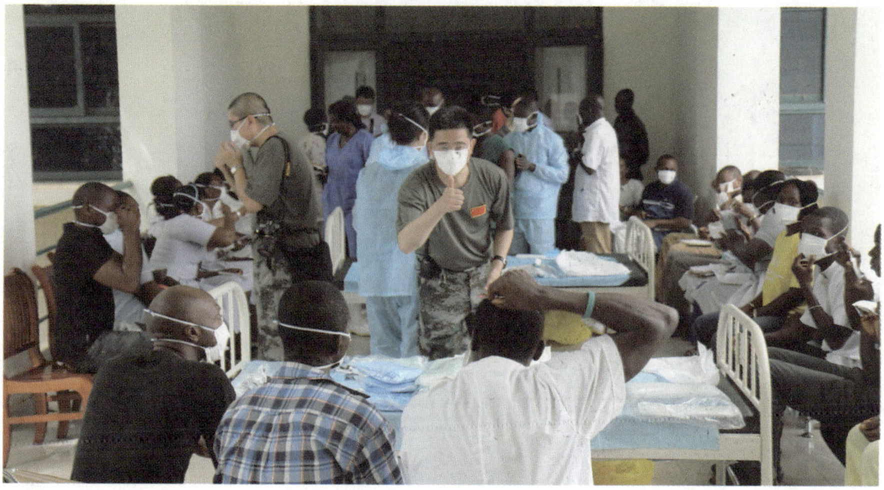

◎ 队员们表扬激励培训成绩突出的塞方工作人员

作为奖励。保洁人员大多比较贫穷，为了鼓励他们，医疗队会定期给培训表现良好的人发一点儿小费作为奖励，或者给他们带些吃的东西，办法也是挺管用的。

后来，防控组组长贾红军想了一种看似非常简单的办法，就是手把手教。比如从进入病区第一个步骤开始分解，怎么走，走到哪里，做什么，怎么做，做多长时间，什么时候返回，逐一分解示范。教一遍能有一点儿印象，教两遍印象便开始加深，教到三遍四遍的时候，他们就有些熟练了。于是，医疗队的医生分几组，护士分几组，手把手地教，一点儿一点儿地带，三天就能把所有的程序走一遍。

几个流程下来，成效显著，比集中示范、视频教学的效果好了很多。就这样一带一、一带二，教完以后队员再监督塞方人员一步步走流程。这种方法看起来比较“笨”，但却是当时最有效的办法。当然，后期还有持续的监测，发现问题及时纠正。实际上，培训从没有间断，一直贯穿到工作结束。

培训就是靠这样一遍一遍地磨，不厌其烦地重复，直到成为塞方

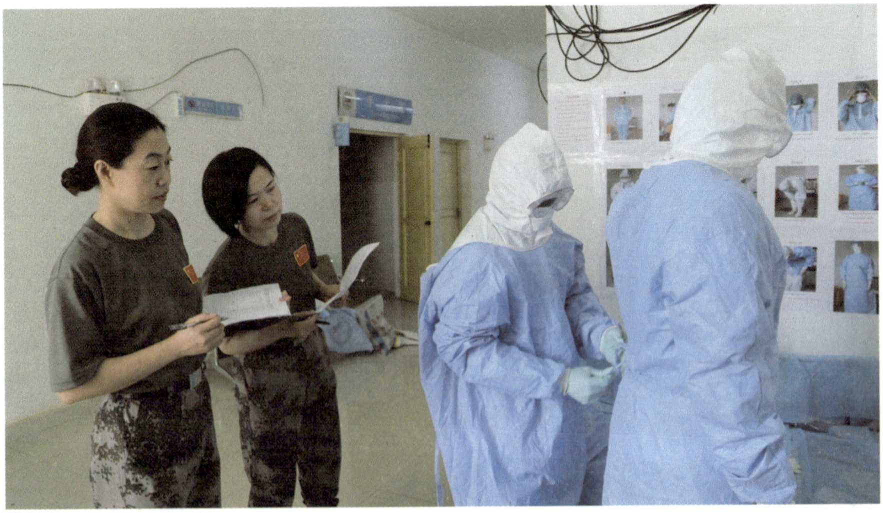

◎ 对塞方工作人员进行培训考核

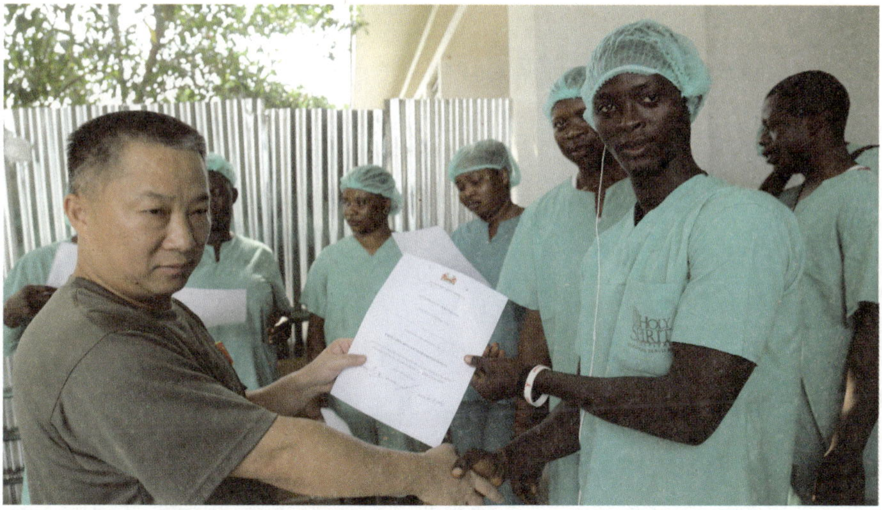

◎ 李进队长为塞方工作人员颁发培训合格证书

工作人员的本能反应。

但是疫情不等人。2014年9月17日，世界卫生组织官员宣布，西非地区已有超过2500人因感染埃博拉病毒死亡，病毒感染人数超过5000人；9月21日，在西非5国共有6263人感染埃博拉病毒，其中2917名患者死亡；9月23日，几内亚、利比里亚、塞拉利昂3国累计发现埃博拉病毒确诊、疑似和可能感染病例6574例，其中至少3091人死亡。

美国总统奥巴马在白宫举行的一场国际卫生高峰会议上说，埃博拉疫区国家的“卫生系统濒临瓦解”。

自2014年9月19日起，塞拉利昂开始实施为期3天的戒严，以期阻止致命病毒埃博拉的快速传播；9月22日，塞拉利昂政府表示，全国戒严3天之后，医护人员已查出数十起感染埃博拉病毒的新病例。由于检查人口的数量多，可能会延长戒严时间……

这时候，中塞友好医院改造已经完工，塞拉利昂政府和中国驻塞大使馆都希望中塞友好医院埃博拉留观中心能够尽早开诊，疫情不容耽搁。

责任重大，医疗队李进队长头脑是冷静的，如果光靠中方的 5 名医生和 8 名护士是无法承担起一个有 40 张床位的留观中心的重任的。可是如果塞方人员的培训不能达标，就这样仓促地投入工作，开诊就等于自杀，那将是一个愚蠢的决策，会很快毁掉整个救治计划。

只有继续培训，别无他法。

一遍不行两遍，两遍不行三遍，一套动作每天至少重复数十次。经过努力和严格训练，最终塞方 87 名工作人员逐一考核合格后持证上岗。

通过在实际工作中手把手传帮带，医疗队使塞方完成了“三个转变”：从传染病防治“零基础”到比较熟练掌握、胜任本职工作的转变；从恐惧埃博拉、不敢接触病人到认真对待、规范防护的转变；从工作作风粗疏、消极被动到较为积极主动的转变。

对此，中塞友好医院院长卡努感慨地说：“我非常感谢中国人民解放军来我们国家帮助防治埃博拉病毒，他们来之前我们国家没有经验，没有知识，中国医疗队来了以后，给我们培训，使我们学到了一些知识，这些知识我们现在用，将来也可以继续用，解放军为塞拉利昂留下带不走的传染病防控队伍。”

李进队长在工作小结时说：“其实，培训塞方工作人员的过程，也是我们自身巩固提高穿脱防护服能力的过程，当时我们接到任务三天就出发了，没有来得及系统仔细地培训，大多凭‘老底’。”

在防控埃博拉问题上，细节不但决定成败，还决定生死。一个不经意的小疏忽，都有可能被夺走生命。三〇二医院在随后抽组医疗队时都安排了一个月的模拟训练。所谓模拟训练就是三〇二医院为了让援塞队员提前适应西非疫区环境，在数字化模拟培训中心模拟出了非洲当地的天气状况，室内温度调至 35℃，还要不断地增加湿度，并且按照中塞友好医院的平面图，设置出更衣室、缓冲间、埃博拉病房，让参训队员身临其境地训练。队员孙志强说：“这种特色训练课目——‘耐热’训练，感觉好像在桑拿天穿羽绒服逛大街一样，真是要命。”队员戴欣深有体会地说：“在模拟训练场，听得最多的两个字就是‘洗手’，这可不是简单的洗手，而是按照步骤洗手，整个穿脱过程差不多得洗10次手，简直把手都洗掉皮了。”

“只有平时多流汗，战时才能少流血、少牺牲。”每名援塞队员都深切地懂得这个道理。

对埃博拉的防控不能有半点儿闪失，如果准备不充分，不但是病人，甚至是医护人员也要付出生命的代价，为此医疗队制订出一系列专业化的流程和处置方案：

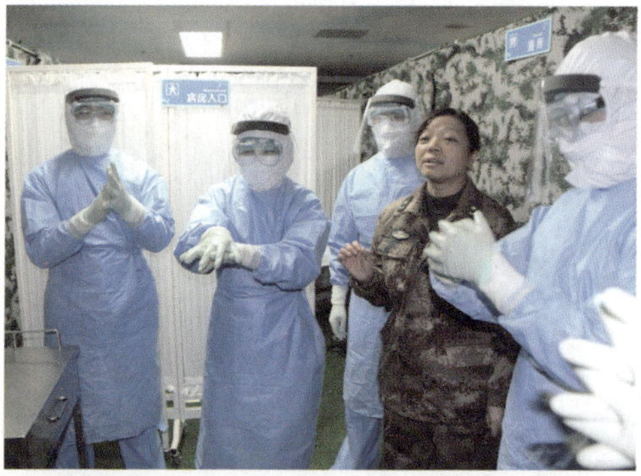

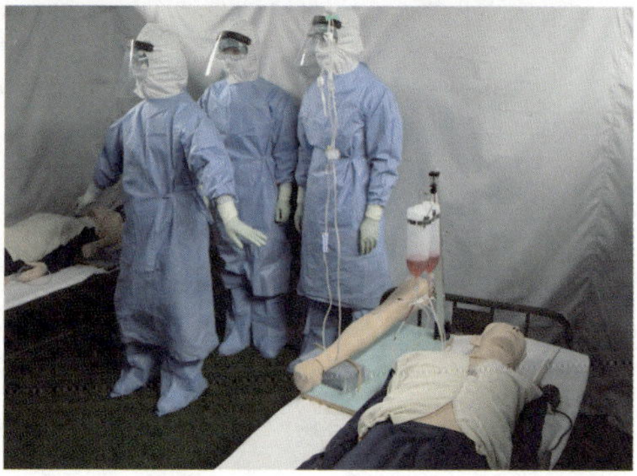

◎ 模拟埃博拉病区开展训练

围绕接诊流程、感染控制、药品供应、病案书写、垃圾管理、突发情况处置等方面，制订出一整套符合埃博拉患者收治的流程规范；针对疫情变化，完善医疗护理方案，包括接诊流程、患者教育、诊疗方案、转出院流程等，设计专用表格式英文病历、查房记录及医嘱单等病案文档；根据埃博拉疫情特点，制订出68类、243条诊疗制度和防范措施；安装病房监控系统，实时监督医务人员有无规范上岗、病

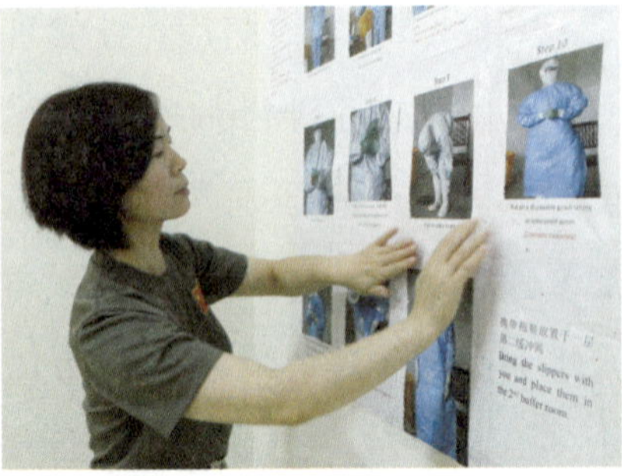

◎ 队员张贴自制穿脱防护用品流程演示图

◎ 对塞方工作人员进行焚烧医疗垃圾培训

人是否服从管理等。

防控组为避免队员遭遇蚊虫叮咬，保证居住环境清洁卫生，对所有队员的房间都进行了杀虫和消毒；他们还为塞方的 2 名司机发放防护用品和消毒器械，并组织他们进行“防护用品穿脱流程”“埃博拉病毒病留观患者血液、体液、呕吐物和排泄物的消毒及清理”“转运埃博拉病毒病留观患者车辆消毒”等内容的培训，确保对方熟练掌握后，才允许他们上岗。

万事俱备，上战场的时刻到了。

第六章　打响抗埃“第一枪”

有人正在你看不到的地方拯救世界。

——网友评论

2014年10月1日，对中国人民解放军首批援塞医疗队来说，是一个标志性的日子。当国内举国上下正沉浸在庆祝建国65周年的节日气氛中时，有多少人知道远在西非的塞拉利昂，有这么一支队伍正冒着生命危险走向战场，代表祖国进行生命拯救。

据塞拉利昂卫生部消息，截至2014年10月1日，塞拉利昂已确诊埃博拉病例2184例，其中550人死亡，数量还在快速地上升。

塞拉利昂因此成为西非最严重的埃博拉灾区，全国所有地区，除了科伊那多谷外，都有确诊的埃博拉病例出现。可以说是举国“沦陷”，十分危急。

经过半个月的紧张筹备，在10月1日这个特殊的日子里，中塞友好医院埃博拉留观中心正式启用。正式开诊之前，医疗队举行了三个仪式：一个是在驻地宾馆的门前庄严地升起中华人民共和国国旗，一个是在中塞友好医院面对党旗重温入党誓词，另一个就是进行誓师签名活动。在西非雨季阴霾密布的清晨举行这样的仪式，队员们百感交集，心

◎ 举行升国旗仪式

◎ 重温入党誓词

◎ 誓师签名

生无上的神圣感，这是他们从来没有体验过的，当看着五星红旗缓缓升起在弗里敦的上空，听到激扬的国歌响起，许多队员都忍不住流下了泪水。

最紧张的时刻到了。虽然大多数队员久经沙场，但遭遇埃博拉还是第一次。就在开诊前一天晚上的全体工作人员会议上，大家还在讨论是否进入病区的问题。有队员提议：让塞拉利昂当地的医护人员进去，我们不进入。出发时，上级的命令很明确，我们的主要任务是协助和指导塞拉利昂医务人员抗击埃博拉。我们协助和指导他们改造了病房，建起了一座可以接收烈性传染病患者的专科医院，我们已经培训出 87 名塞拉利昂的工作人员，使他们具备了可以接诊和护理烈性传染病的专业技能。而且出发前国家有关部门明确要求我们一定要确保医疗队员自身安全。怎样才能安全？不接触病人才最安全，而且就连中塞友好医院的卡努院长和爱丽丝护士长也是不进病房的。不进入病区是明智而安全的选择，是无可厚非的，我们已经做了我们应该做的。

但也有队员强烈反对：这个时候最需要我们进入，塞方人员虽然培训合格，但毕竟没有经过实战；再说，我们来到塞拉利昂，是身负使命而来，代表着国家和中国人民解放军的形象，不能只是考虑到自身的安全；而且，我们的队员经历了那么多次的疫情，从没有退缩过，塞方也看着我们呢，岂能畏首畏尾，是战士就要上战场。

还有队员提出：如果我们进病区，一天进几次？每次在里边待多长时间？我们是进一次就行了，还是进两次、三次？是进去一下就出来，还是跟塞方人员同进同出？

大家各抒己见，众说纷纭，最后就等着李进队长拍板。好长一段时间，李进队长都没有发表意见，直到大家把自己要说的话都说完了，他才相当平静地说：“明天要正式收病人了，大家怎么样我不管，反正我是要第一个进病房的。”

一锤定音，争执就此结束。接下来就是讨论第一次进入病区的问题，在这件事情上，没有一个人是含糊的。教导员孙捷对李进队长说：“你是一队之长，是全队的主心骨，全队都得靠你。这次你就不要去了，我是教导员，还是让我去比较合适。”

队长李进说：“正因为我是队长，这个时候才更应该去，没什么可商量的。”

防控组组长贾红军说：“我防控经验丰富，进去更有把握，我必须进去。”

医师组组长秦恩强说：“我经历过的疫情多一些，经验比别人多，第一次还是让我上。”

护理组刘丽英护士长说：“我与秦主任在感染性疾病诊疗与研究中心工作多年，护理传染病患者也有经验，没人比我更合适。”

政工干部黄显斌说：“这个重要时刻我得进去，必须现场记录下来。”

队里经过慎重研究决定：由李进队长、孙捷教导员率领黄显斌、秦恩强、孙娟、贾红军、秦玉玲、王新华、刘丽英组成第一队，接诊首批埃博拉留观患者。

10 月 1 日，队员们赶到中塞友好医院埃博拉留观中心后，9 名队员迅速做好了接诊患者的各项准备，以最饱满的精神状态，等待着首批埃博拉患者的到来。当天弗里敦闷热无比，医生值班室房顶上的吊扇乏力地旋转着，扇出的是毫无凉爽之意的热风。

正式接诊病人之前，队长李进就在各种场合再三强调："救治埃博拉患者，个人防护很重要，要时刻集中精力，否则会伤及自己的性命。"这绝不是危言耸听。埃博拉病毒到底有多厉害？被感染者的 1 毫升血液中就含有 1 万至 100 万个埃博拉病毒，也就是说，一个被感染者，哪怕是咳嗽时所喷出的一点儿唾液，都有可能是致命的。

全副武装的医护人员来到中塞友好医院门诊大楼。大楼周围设置了警戒线，严密封锁进出道路，防止有人擅闯"禁区"。设在门诊大厅正中位置的接诊台由两张办公桌拼接而成，台面上摆满了各种英文病历和表格，一对洁白的屏风立在接诊台两侧，对病历柜、空调扇等物品做了恰到好处的遮挡。

直到下午，一辆救护车的鸣笛声由远及近传来，才打破了中塞友好医院的沉静，所有人都行动起来。下午 3 点左右，第一辆拉着埃博拉留观患者的救护车停在了中塞友好医院的门诊大厅前。这些来到医院的患者，都是塞

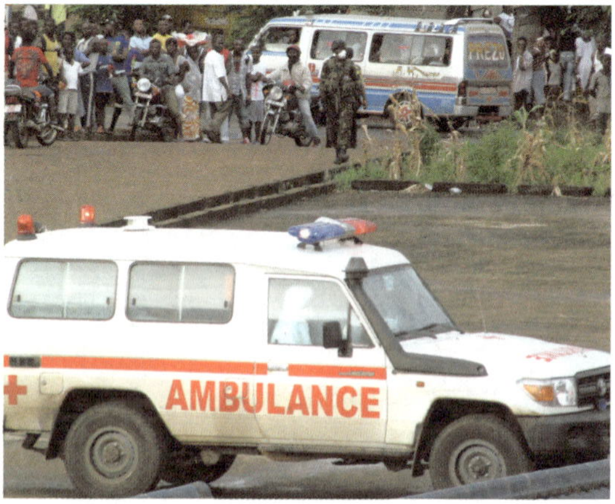

◎ 运转埃博拉留观患者

拉利昂埃博拉疫情指挥中心根据各留观中心的收治情况，统一实施调配的，并由专门的救护车集中进行转运。

◎ 患者转运现场

车刚停稳，司机便从驾驶室跳下，打开后车门，5 名患者依次下车。医护小组有条不紊地按照接诊流程开始紧张工作，防控组立刻对转运患者的车辆进行了消毒。首批患者中，有 3 名女性、2 名男性，其中年龄最大的才 24 岁，最小的只有 8 岁，有两人是母子同时被感染。

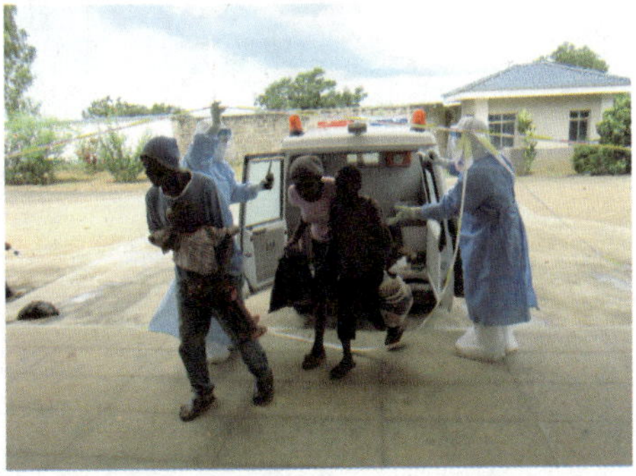
◎ 接诊转运患者

从救护车上下来的患者病情很严重，四肢乏力、头痛、呕吐等现象很明显。因为身体极度疲乏，有患者竟躺倒在门诊大厅前的台阶上。患者痛苦和惊恐的表情，吓坏了塞方的医护人员，他们显然从没有经历过这样的场面。看着饱受病魔折磨的患者，队员急切地走上前去，秦恩强、刘丽英、孙娟、王新华等人显然已经忘记了被感染的危险，赶忙扶起蜷缩在台阶上的病人。

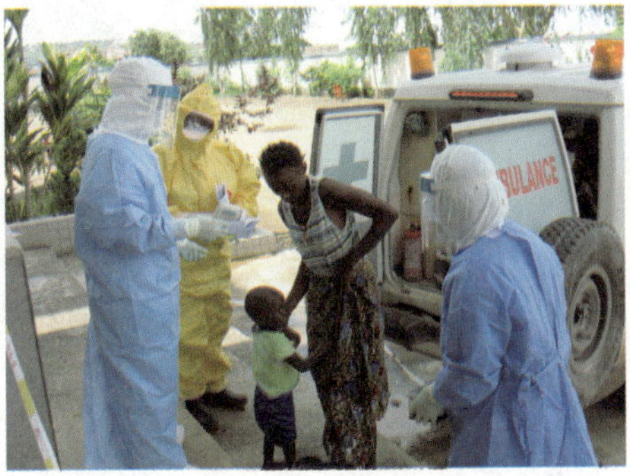
◎ 交接转运患者

护士孙娟给每一位患者发放口罩后，将他们逐一引导到门诊；“姓

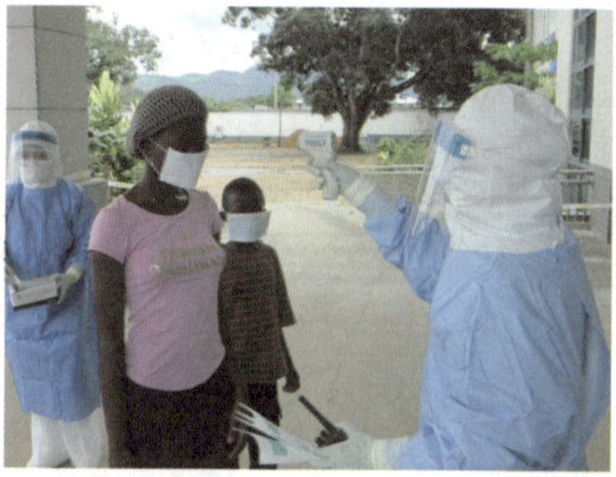

◎ 测量患者体温

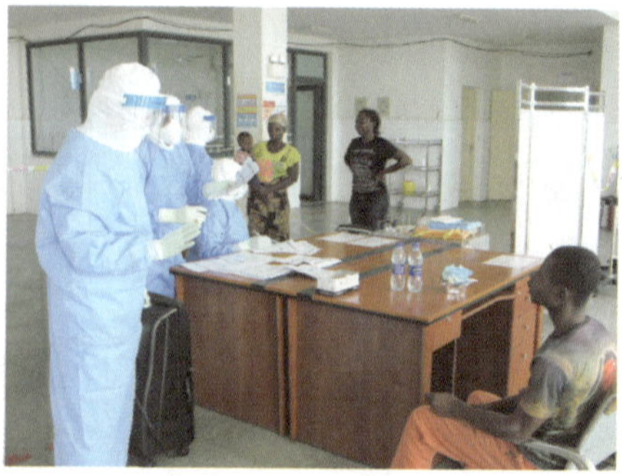

◎ 仔细问诊病情

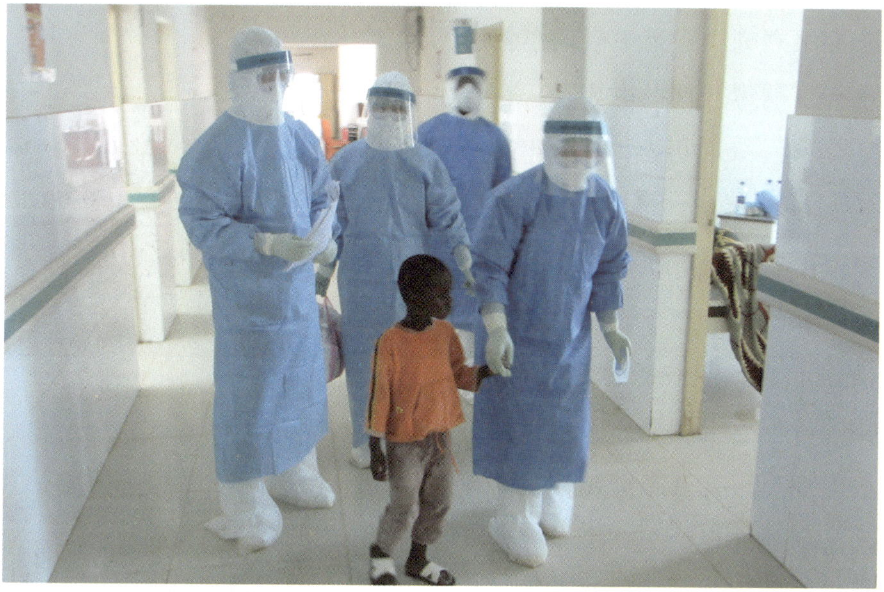

◎ 引导患者进入病房

名、年龄、有无接触史……”问诊时，患者隔着接诊台坐在医生对面的沙发上，中间保持2米的安全距离。20多项病人信息，医生边问边记，每位患者平均接诊时间为10分钟。根据初步诊断，队员们按照留观患者和疑似患者进行分区收治，然后将患者送入病房，同时进行相应的药物治疗。

护士们在每一名患者的腋下，粘贴上新型无线体温计，这是一种新型的高科技产品，患者粘贴此种体温计后，医生就可以通过远程连续监测及预警系统，每天自动采集体温测量数据，并采取相应措施，有效减少交叉感染和病毒的传播。

首批患者的接诊工作尚未结束，又一辆救护车鸣着尖利的笛声呼啸而来，这次救护车又拉来了 2 名男性患者，所以整个接诊过程足足持续了将近 2 个小时。

因为队员们身穿厚厚的防护服，当地的气温又在 35℃以上，只是稍微动了几下，身体各处已经都是汗水，衣服、头发紧紧贴在身上、脸上，工作非常耗费体力，完成任何一个简单的动作，都要比平时多付出几倍的力量。第一次接诊的紧张忙碌，使队员们的体力几近透支。期间不能喝水，也不能上厕所。当处理完最后一名患者后，秦恩强和队员们觉得头晕心慌，濒临虚脱。因为身着防护服，汗水顺着身体全部灌进了雨靴，他们一直是在踩着自己的汗水走路，这种奇特的体验让队员们终生难忘。

诊治结束后，队员们迅速通过缓冲间，严格按流程，用颤抖的手逐层脱掉防护用品，淋浴后回到清洁区。直到这时，他们才能畅快地呼吸，有一种九死一生的感觉。这样的经历是那么动人心魄，超过以往任何一次危险的经历。

当天晚上，秦恩强、孙娟、张洁利留守医院值夜班。夜深了，3 个人却了无睡意，对当天的情景进行复原，他们反复讨论白天的工作有无漏洞，流程设计有无问题，有无可能受到感染等问题，最后确认所有的过程都符合专业标准，才带着疲惫的倦容入睡。

按说有了第一次进入病房的经验，再次进病房时会少一些顾虑，工作起来也更顺畅，只要按照既定的规章流程做到位就行了。可是，当秦恩强第二次进入病房时，他大吃一惊。眼前的情景让他难以置信，作为一名从医近 20 年的大夫，他还是头一次碰到这种情况：

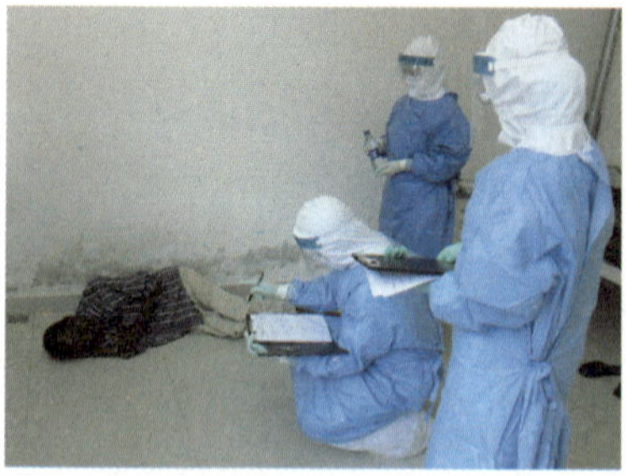

◎ 查房时发现患者竟躺在地上

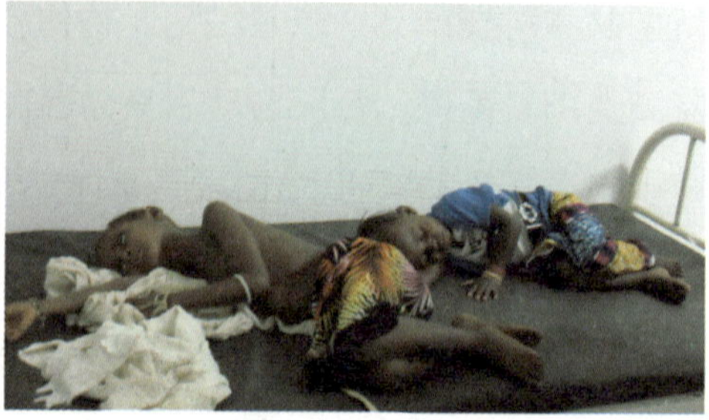

◎ 病房里的患者竟然睡在了一起

为患者精心设计的单间隔离病房形同虚设，有的病人就躺在走廊里，大厅里也是倒卧着的病人，病房里的患者不是有床不睡，就是一张床上挤着好几位小患者。而且，令人恐惧的是，病房里、走廊里，甚至诊室里，大便、小便和呕吐物到处都是，一片狼藉。病区几乎到处都被污染了，这是医疗队队员万万没有想到的。

在这样的环境中，队员虽然身着严密的防护服，也有可能会受到感染，一旦防护工作出现一点儿漏洞，后果都不堪想象。

即使在这种情况下，秦恩强与当班护士还是坚持逐一查看每名患者，详细询问他们的病史，给他们发药、发水。不管条件如何，环境多恶劣，治病救人总是第一位的。

初期的意外情况不断，当医生们的查房工作结束后，他们发现病房患者的数量与早上交班时的数量不一致，其中有十几名患者不知到哪里去了。

队员们意识到，他们要不断调整工作方式，来应对不断出现的难题。

通过询问留在病房的患者才知道，那些失踪的患者离开了病房，跑到院子里纳凉去了。果然，队员们在一棵巨大的芒果树下，看到懒洋洋不服从管理的患者，横七竖八地躺在一块儿休息、聊天，根本不把医生的劝告放在心上，对前来催促的队员置若罔闻，显然躺在大树下让他们感到更加舒适。

无奈之下，医护人员只好穿着防护服，推着病历车，带着药品来到大树底下。清点之后，发现大树底下竟聚集了 12 个人，大人、小孩，男人、女人，三三两两地躺在树下。当询问他们为什么不在病房里，他们的回答让队员们颇感意外，他们说万一死在病房里非常不吉利。与死亡相比，他们更关心死后的世界。

这可能是宗教原因，也可能是民俗习惯的因素，我们的队员除了适应，别无他法。医护人员只好在大树底下进行常规的医疗工作，测量体温，问病史，发药，以此保证每一位患者都能得到及时治疗，尽管他们不配合治疗。

防控组护士长王新华说：“在这里，很多患者对埃博拉病毒几乎一无所知，医护人员一旦离开，他们就会走出病房，有的甚至相互串门，防控工作有着难以想象的困难。但是，单间隔离仅仅是防控交叉感染的一个方面，想要真正实现留观患者‘零交叉感染’，必须做深做细患者的教育管理工作。”

为此，医疗队马上在中塞友好医院埃博拉留观中心采取了一系列举措：

把埃博拉疫情的防控知识制作成卡通宣传画和温馨提示，张贴在病房的醒目位置，使患者增强自我保护意识，避免扎堆儿造成传染扩散；每间病房都配备洗手液和消毒剂；保洁人员及时回收处理医疗废弃物，每天对病房和卫生间进行消毒；污染的医疗垃圾和阳性患者使用过的一次性物品，也及时焚烧和掩埋。

治疗，防护，教育，缺一不可。

在塞拉利昂，队员们的劳动强度是超乎想象的。队长李进说，有时候，医护人员每天进入病区多达 5 次，有时单次工作时间要长达 2 个半小时。为确保医护人员的绝对安全，医疗队要求医护人员把每一次进出病房都当作是“第一次”，必须严格遵守工作流程和防护规定，严格执行穿脱防护用品的36道流程；每次进出病房，至少两人同行，以便互相检查和监督；每一件防护用品穿脱动作、每一个防护注意事项，都要做到一丝不差。

下面是队员们工作日志中记录的一些片段，从中能体会到他们在抗埃中的艰辛。

2014年10月2日

7:30，李进队长、孙捷教导员送第二组牟劲松、李因茵、张悦等3名队员到医院与第一组交接班，接第一组人员返回宾馆休息。

17:00，接诊第三批转运患者4名（1名男性、3名女性），其中48岁男性和50岁女性患者病情较重，其余2名患者病情较轻，根据病情给予了相应的药物治疗。至此，接收埃博拉留观患者已达11名。昨天接诊的7名患者尚未进行血样检测，继续留观。

全天，医师组和医疗保障组继续对塞方增派的第二批22名护士进行防护用品穿脱流程、上班行走路线、手卫生、工作流程等内容的培训。

2014年10月3日

7:30，李进队长、孙捷教导员送第三组王治、陈素红、吴尧等3名队员到医院与第二组交接班，接第二组人员回驻地休息。

王治查完房时，用时已经超过1个小时。

11:30，救护车又带来了2个患者（1名男性、1名女性），其中65岁的女性患者病情较重。是接诊还是等待下一班？时间就是生命，来不及犹豫，也不容商量，王治仔细地询问了病人的症状，认真地下完医嘱。此刻，对讲机里再次传来了同伴催促的声音，他已经工作超过一个半小时了！王治完成任务后，走到缓冲间，这时候，他已经出现了气闷的症状，一步一步脱下防护服，摘口罩时，口罩里面积存的水哗地一下流出来，此刻的王治，已经因为缺氧而脸色发青了。

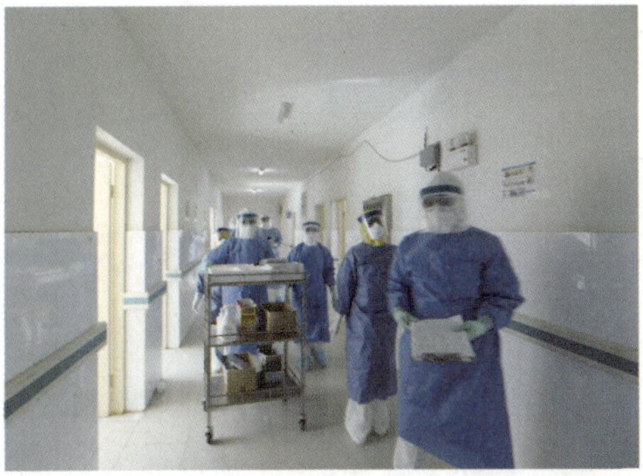

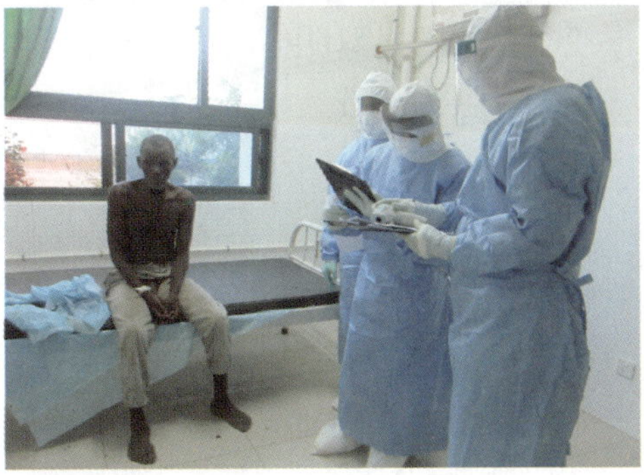

◎ 深入病区查房

2014 年 10 月 4 日

7:30，李进队长、孙捷教导员送第四组闫涛、吴丹、刘丽英等 3 名队员到医院与第三组交接班，接第三组人员回宾馆休息。

昨天送检的 7 份血液标本结果已检出 2 人呈阳性，确诊后将 2 人安排住进同一间病房；5 人阴性，被排除。

15:00，接诊 4 名自行前来的留观患者（2 男 2 女），最大的 51 岁，最小的 38 岁，其中 1 名男性患者病情较重。至此，共接诊埃博拉患者 21 名。

下午，除 1 名男性患者不配合外，其他 12 名患者全部采集血液标本送检。

18:00，塞方卫生部标本采集队来院采集其口腔标本，结果待确认。

收治的病人中，有一个孩子名叫卡比亚，他是跟妈妈一起来的，是 10 月 1 日开诊那天收治的患者中年龄最小的一位。当医护人员把母子俩从救护车上扶下来的时候，他们已虚弱得无法站立。8 岁的卡比亚很瘦小，生着一双明亮的大眼睛，而这双大眼睛里满是恐惧和无助，这让队员们痛惜不已。

更让人伤心的是，就诊后的第四天，当队员们走进病房去查房时，惊讶地发现卡比亚的妈妈瘫倒在地上，而卡比亚则蜷缩在离妈妈 2 米远的地上，那双让人难忘的大眼睛中，还保持着痛苦、悲哀的眼神和尚未流出的泪水，一动不动地凝望着自己的妈妈，就像是一尊静止的雕像，那么让人心痛。这时，队员吴丹意识到，可爱的卡比亚已经离开了

◎ 卡比亚和他的妈妈（中）

人世。在死亡之前，他曾经努力地挣扎过，想爬回到妈妈身边，寻求母爱的安慰，直到生命消逝的那一刻。而作为母亲，卡比亚的妈妈不但不能保护自己的孩子，甚至连哭泣的力气都没有，她也危在旦夕、命悬一线，又怎么顾及自己的孩子呢……

虽然大家竭尽所能地对卡比亚的妈妈实施治疗，但仅仅相隔一天，卡比亚的妈妈也被埃博拉病魔无情地带走了。

乔治院长，是塞拉利昂省立医院的院长，他和中塞友好医院的卡努院长是多年的好朋友，和卡努院长一样，乔治院长在塞拉利昂医学界同样有着很高的地位和威望，是一位受人尊敬的医学专家。

很不幸的是，乔治院长在救治患者过程中感染上了埃博拉病毒，后被送到中塞友好医院埃博拉留观中心。负责接诊的医师组副组长牟劲松接诊第一眼看到乔治院长的时候，就感觉他很虚弱，站立都有些困难，需要靠在床边上才能保持身体平衡。乔治的自述更加确定了牟劲松的直觉，他认为乔治已经感染了埃博拉，而且他的症状已经非常严重。

卡努院长作为乔治院长的老朋友，当看到乔治痛苦不堪的样子的时候，他很着急，也很担忧，希望能在自己的医院把乔治救治好，也希望老朋友乔治能挺过这一关。乔治院长也很坚强，一直在极力控制自己的身体，并且尽可能地让自己的语言表述既简明扼要又不失精准。牟劲松认为，乔治院长是不想在一位外国医生面前失去作为一位优秀塞拉利昂医生的尊严和体面，或许他是以这种方式与埃博拉做着最后的抗争。

不管怎样，坚强的不肯轻易躺下的乔治院长，让牟劲松和他的同事们肃然起敬。在接下来的几天里，牟劲松和队友们竭尽全力地救治着乔治院长，给他用对症的药物，给他补充盐水，给他足够的营养，他们为乔治院长做了所能做的一切。遗憾的是，埃博拉还是夺走了他的生命，5 天以后，乔治院长去世了。乔治院长是医疗队在中塞友好医院救治过的级别最高的医界同行。乔治院长的离去，让卡努院长很是吃惊，也更让他认识到埃博拉病毒的凶险。

中国医护人员临危不惧，凭着顽强的毅力和耐力，如不停的钟摆忙碌在各个岗位。

李进队长说，在中塞友好医院埃博拉留观中心，先期设立的床位有 40 张，设有埃博拉疑似和确诊两个病区。由于没有经过实验室检测，无法判断被转运来的留观病人中，哪些是疑似患者，哪些是确诊患者，接诊医生从经验出发，根据病情轻重和埃博拉相关症状等进行综合评估，评估后，病人一律安排住进单间隔离病房。这样做的目的就是控制传染源，切断传播途径，有效预防交叉传染。

医疗队每天会安排塞方采血队工作人员为留观患者统一抽血，进行埃博拉病毒核酸检测，化验结果若是阳性，即可确诊感染了埃博拉病毒；若间隔 3 天、两次化验结果均为阴性，则被排除。

对检测结果呈阳性的患者，留观中心会请塞拉利昂埃博拉疫情指挥中心协调，转运到专门的治疗中心。对两次检测结果为阴性者，则转运到社区医疗机构进行 24 小时留观。死亡患者尸体由塞方保洁队进行消毒后，装入运尸袋，并联系塞方专门的收尸队前来运走、掩埋。

医疗队还为每名患者免费提供餐饮和一次性杯子、卫生纸等日常用品，并配发一台收音机。患者出院时，先洗澡，再全身消毒。为防止交叉感染，患者入院时所穿衣裤均不允许带出医院，院方为他们免费提供新的衣裤。

自 2014 年 10 月 1 日至 11 月 14 日，首批援塞医疗队共收治留观患者 274 人，确诊埃博拉患者 145 例，排除疑似患者 79 例。在塞拉利昂所有埃博拉留观中心中，中国医疗队保持了“日均收治病人最多、住院病人最多”的纪录，收容总数排名塞拉利昂第二，实现了中塞双方工作人员“零感染”，中国援塞抗埃取得了阶段性胜利。

自从中国人民解放军首批援塞医疗队到达塞拉利昂后，就引起了国际社会的高度关注，李进队长对此感触颇深。

问：首批援塞医疗队刚到塞拉利昂的时候，其他国际组织对中国医疗队是一种什么态度？

答： 当我们医疗队从首都机场一上飞机的时候，全世界的眼光就在盯着我们呢。因此，出发前所有队员都树立一个信念：在塞拉利昂，我们每一个人都代表我们国家！国际上各方医界精英不约而同地汇聚而来，仅在首都弗里敦，就有世卫组织、无国界医生组织、英国“救救孩子”慈善组织、世界儿童基金会、美国疾控中心，以及古巴、南非等二十多个国家和国际组织，都在以不同的形式抗击埃博拉。其中以英国的力量最为强大，除了英国政府卫生机构的派出人员，另有三个非政府医疗救助组织，同时在塞拉利昂工作。这是一次真正意义上的国际合作。

在中塞友好医院还没有正式收治病人前，就不断有国际组织的人员来院参观询问，个别在塞的国际组织对中国医疗队的工作流程和防护措施提出了质疑。为此，医疗队专门召开一次会议，我提出了“一个原则，三个步骤”：“以我为主，开放兼容”的原则；第一步要先做不说，第二步边做边说，第三步是大胆说出我们的经验和优点，传播出去也是为了帮助更多的患者。我们常说“知己知彼，百战不殆”，我们医疗队还与世界卫生组织、无国界医生组织、美国疾病控制中心以及英国、古巴等多个国际组织和塞拉利昂国家卫生机构进行双向交流，后来，他们都对我们医疗队的水平给予了肯定。

问：在塞拉利昂展示技术和中国形象的国际舞台上，我们医疗队向世界发出了哪些中国声音？

答：主要有两个重要的建议。这是医疗队员们从亲身实践以及一个个血的教训中得到的宝贵经验。

医疗队提出的“留观患者出现症状3天及以上、核酸检测一次阴性即可出院”的建议方案，被塞拉利昂卫生部采纳并写入留观中心管理标准操作程序当中。医疗队提出的“由外及内分层分区脱防护服”的理念，得到塞拉利昂卫生部和其他国际组织的肯定。除此之外，医疗队还参与制订了塞拉利昂留观中心标准程序、救护车与运输标准程序、埃博拉医疗机构及职能等规范性文件。

2014年10月13日，在塞拉利昂卫生部组织病案管理会

◎ 与英国驻塞留观中心工作人员进行交流

议上，中国援塞医疗队提出了“脱防护服比穿防护服更重要”的理念，得到了国际医疗界的高度赞许。世界卫生组织的西蒙博士赞叹道：“你们在这

◎ 外国专家学习借鉴中塞友好医院自制流程演示图

么短的时间内做出了非常优秀的工作！”英国医生斯坦西在参观留观中心时说：“我对‘分区分层脱防护服步骤’非常欣赏，为我们提供了很好的借鉴。”古巴传染病医生们参观完留观中心后，一直念念不忘，希望加入中国的团队。

塞拉利昂卫生部病案管理会主席、美国疾病控制中心的杰瑞博士邀请中国医疗队在病案管理会议上专门进行了经验交流。

问：我们医疗队和塞方工作人员相处得如何？

答：我们援塞医疗队在与塞方工作人员的共同协作中，从难以沟通到互相理解，从处处是困难到事事得解决，一点一滴地打开了局面，不但让自己的工作顺利开展，而且与塞方的交流沟通也逐渐深入，两国工作人员渐渐打成一片，中方和塞方的力量终于拧成了一股绳。队员们的工作态度和奉献精神以及高超的医术，更是赢得了塞方工作人员的理解和尊重。

我记得塞方抽血队队员赛库·卡洛玛曾经说：“我一定要到中国去学习医学，中国是一个伟大而友好的国度，中国医

◎ 首批援塞医疗队队员与塞方工作人员在中塞友好医院合影留念

生个个都是专家！我十分佩服中国医生。”护士长爱丽丝也曾说：“下一批医疗队还会像你们这么好吗？我相信会的，因为你们都来自于中国。”

我们回国前，卡努院长十分感慨地说：“你们还会再来吗？你们是爱的化身，塞拉利昂人民感谢你们，塞拉利昂共和国忘不了你们。在塞拉利昂，中国人的地位至高无上。”

第七章　来自一线的报告（一）

抵达之初

讲述人：首批援塞医疗队教导员孙捷

2014 年 9 月 12 日，医院接到援塞抗埃命令后，当天晚上我就接到通知，当时我并没有表示特别惊讶，也没有对家人说，说了怕他们担心。埃博拉这种病，国内的人看新闻也大体知道了，没有什么特别有效的治疗方法，而且塞拉利昂贫穷落后，医疗条件很差，如果你真的感染上了，很难幸免。当时的确可以说很悲壮，我们不能拖累国家，这种觉悟是有的。

我们三〇二医院对传染病的防治一直有优势，虽然对埃博拉还没有实质性的接触，没有进行过实战，但是我们接触过“非典”“禽流感”“甲流”。如果接触这类病人，应该采取什么样的防护、几级防护，我们心里是有数的。虽然针对埃博拉没有特效的药品，但我们也有充分的准备，另外在保护我们人员安全方面，也做了很细致的工作。

如果埃博拉发生在中国，绝不可能像塞拉利昂一样陷入失控状态

◎ 人头攒动的弗里敦市街头

◎ 习惯聚集的当地群众给疫情防控带来难度

而任其蔓延，因为它的医疗卫生条件非常落后，而且没有完善的传染病防控、上报机制，所以得不到很好的控制。当年北京发生“非典”的时候，大街上很少看到人。但在塞拉利昂，大街上照样人潮涌动，而且人们有说有笑，感觉不到那种传染病肆虐的恐怖气氛。

其实这更让人恐惧，因为他们没有那种意识，你无法弄清你身边的人是否染上了埃博拉。尤其我们要和塞方工作人员一起工作，他们每天都要回家，乘坐公共汽车，而且他们的公共汽车特别小，就像我们的小面包车一样，大家挤在一起，随时都有可能出现意外。

我也是头一次坐那么长时间的飞机，近 20 个小时，一下飞机，第一个感觉就是心理落差太大了。我们是从首都国际机场 T2 航站楼出发的，当时还觉得 T2 有些破旧，可是到了塞拉利昂，没想到这个国家竟然这么落后，整个机场就是一片平房，而且还是首都唯一的机场。我开始有些担忧，我们的工作能否顺利开展起来，满脑子都是疑问。

下飞机之前，我们就把里面的秋衣秋裤什么的给脱掉了。下了飞机后，就觉得闷热，有点儿像海南的气候，湿度很大。空气中散发着那种甜不甜、酸不酸的味道，就是潮湿发霉的气味。

从机场到我们的驻地，还有200多公里、4个小时的车程，路况也很差，而且车是比较破的中巴车，我们30个人紧紧巴巴地挤在里面。那个时候很疲惫，坐在中巴上就开始睡觉。

在中巴车里，有一种很怪的味道，有人说是当地人的汗味加上一些香水的那种味道，反正感觉特别不适应，它会提醒你真的到了异国他乡。当我们到达驻地宾馆时已是早上6点多了，把东西放下时，心里头反倒有种安定的感觉：到都到了，还能怎么样？

看到中塞友好医院后，心里觉得医院相对来说还是不错的，虽然与国内没法比，但就当地而言，算是最好的医院了，打个比方，就相当于中国的北京协和医院一样。医疗设备都是过去中国援助的，也有点儿年头，有些老旧了，大部分设备都已经不能用，但在当地还是最好的。我们对非洲的援助真是实实在在的。

当时我们去得很匆忙，实际上我们的任务是要建立一个留观中心。塞拉利昂是英制体系的一个国家，所有的运转体系全部照搬英国。按照它的要求，我们建的只是留观中心，是不能开展治疗的。

关于埃博拉，塞拉利昂这个国家宣传做得很少，路旁会有几块展板，写着诸如“把埃博拉踢出去”“埃博拉是真的”之类的标语。然而大街上的人浑然无事般地走动，这看起来如此不可思议，他们难道不知道这么凶险的疾病随时都会置人于死地吗？他们居然一点儿也没有受到影响，如果民众对待来势汹汹的疾病如此漫不经心、毫不在乎，那么控制起来就太困难了，结果事实就是如此。我们去的时候，塞拉利昂还不是最严重的地方，没过几天，便成了西非三国疫情最严重的国家。

这个国家确实非常落后，落后到了置死亡于不顾的境地。大多数人很穷，只要有一天不干活挣钱的话，可能他的生计就维持不下去了，所以没有条件把被感染的地方封住，没有保障和供给，吃不上饭还是得出来，实际上是经济状况在起作用，所以要花这么长的时间才控制住。

如果塞拉利昂能尽早实行隔离措施，埃博拉也会得到控制，因为这种病最长潜伏期为21天，也就是3周。一个传染病的控制，在最长两个潜伏期内没有新发病例就算控制住了，这个时候最好的做法是，第一要把传染源隔离，第二不让其发生新的接触。如果严格控制就有可能。当年北京的“非典”为什么那么快就控制住了，就是及时采取了有效的隔离措施，但在非洲却难以做到。

埃博拉的病源现在基本上已经确定了，就是果蝠。我们在大使馆附近的树上看到过，应该是蝙蝠中最大的一种，翅膀展开有2米多。说起来很奇怪，人类的很多病毒都来自于蝙蝠，它相当于一个大病毒库。

◎ 弗里敦当地宗教建筑

果蝠吃树上的水果，吃的水果有可能掉下来，它吃完排泄的粪便也掉在地上。树下的动物，像猩猩、鹿之类也去吃，于是病毒就传到这些哺乳动物身上，人类捕这些动物吃，也捕猎果蝠吃，也会吃到被果蝠污染的水果，于是造成了感染。

这个国家的民众除了信奉伊斯兰教和基督教，还有一部分人信仰拜物教，对葬礼特别看重，办得特别隆重。人死亡后，信教群众就把亡者洗得干干净净，穿上衣服，然后家人和亲戚一个一个上前吻别。亲吻之后，他们把尸体重新清洗，放到另外一户亲戚家，然后再上前亲吻，就用这种方式进行告别。埃博拉传播得这么快，这一习惯也是一个主要因素。

◎ 弗里敦当地宗教建筑

后来塞拉利昂规定尸体清洗以后不允许再亲吻，虽然国家制定了强制政策，但即使人已经被埋到地下，还是有人又给挖出来，继续举行那种仪式，宗教习惯难以一下子改变，所以就造成一个村庄里的人相继死亡的惨剧。后来塞拉利昂又强制推行了一条规定，所有不明原因死亡的，尸体由政府统一收集做检测，如果检测结果为埃博拉致死，就统一拉到一个地方去火化，怕亲属再去挖尸体；如果检测结果不是埃博拉，家属愿意拉回去就拉回去，不愿意拉回去的，政府可以给火化。

第一次

讲述人：首批援塞医疗队医师组组长秦恩强

我们首批进病区的时候，那天正好是国庆节，我们举行了一个仪式，这样重大的时刻，必须得有一个象征性的仪式，来表达我们此时此刻强烈的心声和复杂而深刻的情感。9 月 30 日上午，我们医疗队在宾馆举行了一次升国旗仪式，国歌此时听起来是如此震撼，又有些悲壮感，队员们代表祖国出征西非的神圣感油然而生。

国庆节那一天上午，我们严阵以待等了很长时间，真是紧张而焦急。我们提前一个半小时进入埃博拉病区，那个时候病人一个也没有来。而我们是全副武装进去的，这个时候体力已快透支了。

病人是下午分两批来的，当时我就坐在分诊台接收病人。首批来了 5 个，隔了半个小时又来了 2 个。我提前一个小时进去，等到 7 个病人处置结束，将近 2 个小时。

由于时间过长，很多人体力已经出现了问题。队员们回忆说，当时汗水哗哗地流淌，心率加速，紧张倒没有，只是感觉流的不是汗而是水，有些虚脱的感觉。按照操作规范，病人至少相隔 2 米以上才相对安全。因为当地的语言听不明白，我只能时不时跟塞方护士进行交流。

塞方护士把病人的信息交给我，接着我通过护士把病人安置到病房里，就这样一个过程持续了将近一个半小时。

一个半小时后，我就感觉有点儿支撑不住了，意识有些恍惚。因为是第一次，有着各种各样的心理活动，既着急，还担心会出现差错。我起身的那一刻，就感觉水哗哗地流进了靴子里。如果再坐一会儿的话，身体承受能力就会达到极限。我一个人是不能走的，在这种情况之下，必须两个人相互监督。穿防护服倒无所谓，但在脱防护服的过程中就要加倍小心，这时候我们的防护服已经受到了污染，如果把污染的东西粘到清洁的东西上，就会污染自己的皮肤黏膜，那危险就太大了，所以两个人必须互相监督，一定得强打着最后一点儿精神。

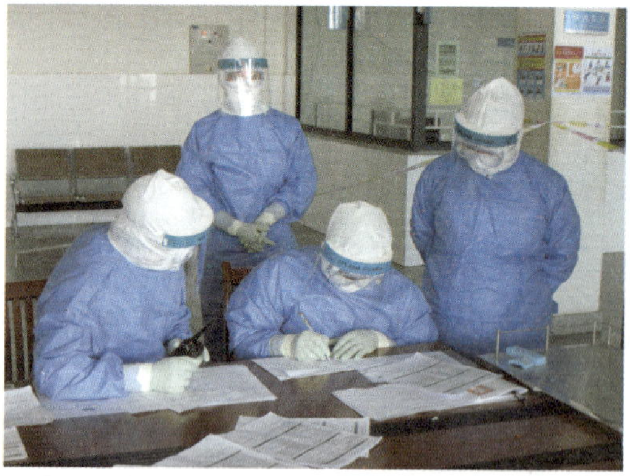

◎ 填写病人信息

摘手套的时候劲儿都快没有了，但硬是强坚持住，一步一步按照我们当时设定脱防护服的步骤，一点儿一点儿脱，最后洗完澡再离开。

第四天，首批病人中的那个小孩子就死了。埃博拉真的是太凶猛了，当时看那个小孩身体状况还可以，就是精神有点儿萎靡，没想到隔天就死在医院里，这对大家的心理产生了不小的冲击。毕竟我们都近距离接触过，虽然穿着防护服，难说不被感染。查房时我亲眼看见那个可怕的场景：那个小孩就躺在地上，鼻子留有血迹。

慢慢地，病人越收越多，老人、小孩、男人、女人都有，而死的病人也越来越多。第一周的时候，对心理的冲击还蛮大的。因为这个时候心里没有底，以前从来没有接触过埃博拉病人，我们制定的措施合不合理，有效安全防控的效果还需检验，中间有很多细致的环节，就按照自己的想法不断地调整到位，这都来自多年进行传染病防治经验的积累。后来我们对工作的各个流程都进行了进一步设计，大约过了10天，我的心里已经变得非常坦然了。

塞方有一个当地的留观中心的协调官叫提摩斯，负责对几个留观中心巡视指导，过一段时间便会来一趟，检查接收病人的情况，收集疑诊、确诊病人的信息，还包括检查处置过程中是不是符合规范。我们刚开始的时候有些手忙脚乱，对不少东西有些“水土不服”，处理有不得当的地方，比如病人信息搞不准，床位搞不准，甚至有时候性别也搞不准，某病人本来安置在某个床位上，下次查房的时候，人就不知道跑哪儿去了。协调官提摩斯是当地人，对自己国家的事很熟悉，他就

◎ 援塞队员用手机给提摩斯拍摄的仅有的一张照片

随时帮我们把信息梳理清楚——病人从哪里来的，住在什么地方，目前是什么情况，对我们帮助很大，尤其对我们前期医疗的规范帮助很大。这个协调官 1.75 米左右的个头儿，在黑人中算是比较帅的，两只眼睛特别大而明亮，人特别敬业，让人心生好感。

但我发现提摩斯对我们过于严格的消毒隔离措施不太认可，可能嫌太烦琐了。中塞友好医院埃博拉留观中心在所有在塞拉利昂的留观中心中算是最严格的。提摩斯还比较年轻，有股不太在乎的劲儿，当时我的队友说他穿隔离衣不遵守规程，手套也不好好戴，他爱答不理的。

我记得很清楚，2014 年 10 月 13 日那天傍晚，下着大雨，突然送过来了几个病人，他刚好在我们留观中心。因为我要进去处置病人，便要求提摩斯告诉我病人的具体情况。我听说前一天，也是下着雨，有一个病人死了，当时提摩斯只戴了一只手套、穿着隔离衣，就把病人从院子里运到了病房。这次提摩斯在病区待了很长时间，我看着他给患者送吃送喝的，我紧盯着他的手。跟他在走廊聊天的时候，我叮嘱他得小心一点儿，这样做很危险。可是提摩斯摇摇头，当时并不在意。当我在处置病人的时候，医疗队的护士通过监控发现他从离开病区到走出留观中心只用了很短的时间，没有洗澡、没有消毒，我心里直犯嘀咕，面对这么凶险的病，提摩斯实在太轻率了。

随后有一天，我给提摩斯打电话，问他怎么不来了，有些病人信息还需要他帮助弄清楚，提摩斯回答说这两天来不了了，身体有点儿难受，当时我心里一沉。第二天交班的时候，我就向李进队长和同事说起这事，凭经验和直觉，这样下去太危险了。提摩斯如此不在意，甚至不穿防护服，一旦感染了，后果不堪设想，一定要时刻催促他加强防范，不能有丝毫大意。

没想到 7 天后提摩斯就死了，死在一家埃博拉治疗中心，一个活生生的人就这样没了。提摩斯的死对我们震撼很大，提醒我们规章制度强制执行有多重要，还有哪些潜在的有风险的区域需要控制感染。从那以后，我们就更加强了防控，很多经验都是用生命换来的，由此可见，我们天天都是行走在死亡线上。

两道数学题

讲述人：首批援塞医疗队防控组组长贾红军

塞拉利昂是世界上最落后的国家之一，卫生设施建设落后，医疗条件很差，疟疾、霍乱、伤寒、结核等传染病肆虐成灾。在这样的环境下，一旦感染埃博拉，后果不堪设想。而医务工作者一直都是传染病感染的高危人群。在这样严酷的实际情况面前，首批援塞医疗队李进队长给防控组出了两道数学题：30−1=？ 0+0=?

看似简单的计算，却道出了防控任务的艰巨，30 名队员 1 个也不能少，要保证中方与塞方的医务人员“零感染”。在备感压力的同时，防控组给出的答案是 30 减 1 等于 0，0 加上 0 就是 100 分。

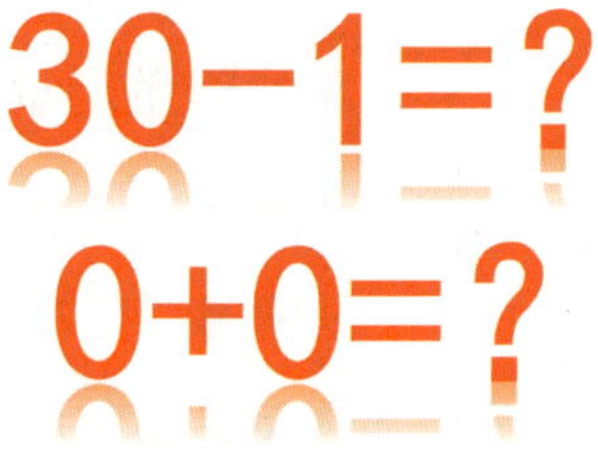

◎ 两道不易解答的数学题

2014 年 9 月 17 日，医疗队抵达塞拉利昂驻地。简单休整后，防控组立刻随队赶往中塞友好医院进行实地勘察，根据医院实际情况，本着洁污分开的原则，以降低医护人员感染风险为出发点，医疗队员相互喷淋消毒。防控组积极思考，开拓思路，最终科学合理地划分了“三区”，设定了缓冲间。在每个缓冲间设置水源和排水设施，便于消毒液的配置和处理，以利于今后消毒工作的开展。随后，医院进入了紧张施工改造阶段。防控组对改造工程进行跟班作业，指导和监督每一个施工环节，确保了施工质量，建立了第一道“隔离大门”。

面对埃博拉，如何利用好防护消毒物资，确保工作人员安全，又摆在了我们面前。防控组多方查阅资料，包括国家卫计委发布的《埃博拉防控方案》、《埃博拉病毒病医院感染防控技术指南》、《埃博拉患者转运流程》、美国疾病控制中心的《埃博拉病毒病医院感染防控技术指南》、世界卫生组织的《感染控制指南》等相关文件和文献20余篇，总结防控经验，最终科学严谨地制订了多达36步的防护用品穿脱流程，较国外的防护流程更加细致，更加注重脱防护用品的流程。除了防护，消毒也是阻断传播途径的利器。

为了进一步确保工作人员不被感染，防控组制订了自用车辆、驻地房间、病房、办公区等消毒制度共计百余条。为了确保消毒效果，大家每日检查各个区域甚至角落的清洁与消毒、监测消毒液浓度、垃圾的收集和焚烧等，一旦发现问题，立即改进完善。防控组成功构建了另一道更加关键的“隔离大门”。

此外，防控组主动承担了复用防护用品的消毒以及缓冲间的清洁消毒工作。平均每日浸泡消毒高勒雨靴8双左右，并在晾干过程中进行二次消毒，以确保消毒效果。同时，坚持按照原则每日更换消毒液。每日更换消毒液193升，执行任务期间共计更换消毒液8685升，重8吨

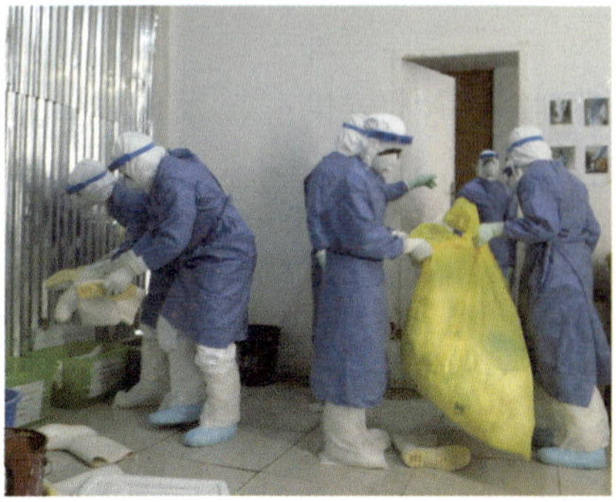

◎ 指导缓冲间垃圾清理

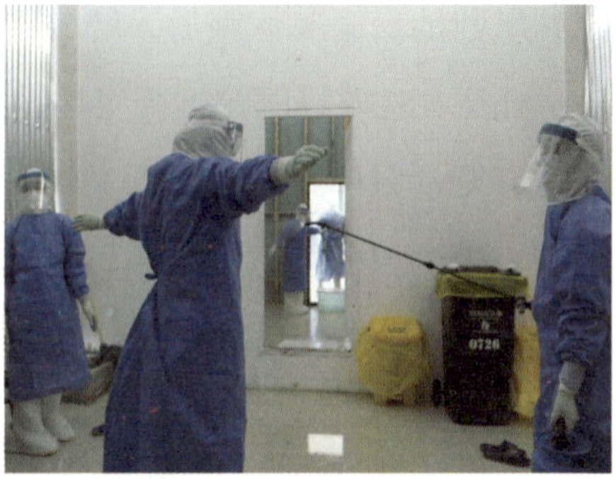

◎ 喷淋消毒

有余，相当于500毫升的矿泉水18000瓶，首尾相接达4公里有余。

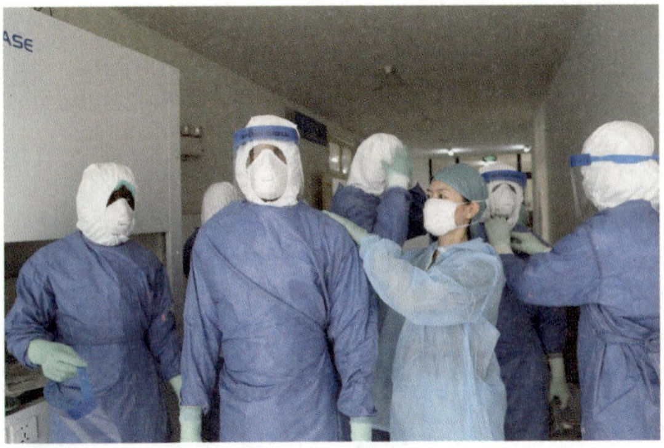

◎ 检查塞方工作人员防护用品穿戴

跟这些数字相比，更难受的还是消毒液那刺鼻的味道。高浓度的含氯消毒剂经常让防控组组员“声泪俱下”。每次更换消毒液、捞取雨靴时，含氯消毒剂挥发的氯气扑面而来，冲破面屏、护目镜和防护口罩的重重阻隔，刺激着组员呼吸道的每一个细胞。此时，大家的眼泪远比汗水来得更加凶猛，鼻涕也顺势“过河”。所以，防控组经常自嘲“在含泪微笑的背后，我们每天吃着鼻涕过日子”。

所谓“在家千日好，出门万事难”，在塞拉利昂要想做好防控工作，仅靠医疗队自己是不够的，还必须依靠塞方人员的帮助。因此，必须做好塞方工作人员的培训工作。

家门内外两重天。在执行任务期间，塞拉利昂的疫情仍在迅速蔓延，即便是在家门口每天也可能有人感染或死亡，其形势不容乐观。然而，塞拉利昂人民因为宗教信仰定期举行礼拜，人员大量聚集；即便在平时，他们也有群居、群聚的习惯，经常三五成群地在一起。谁会是下一个埃博拉患者？会不会发生在医务人员身上？带着这个疑问，防控组认真思考，积极加强塞方工作人员的健康管理，在工作人员进出的大门处设置门岗，一方面严禁非工作人员进入，另一方面对每日来院的塞方工作人员加强流行病学筛查，同时加强宣教，反复叮嘱塞方人员不得参加大型集会，减少外出，尽量居家礼拜，如必须参加集体礼拜，应戴口罩、手套，做好个人防护。除加强塞方人员的健康管理外，防控组还积极开展医疗队队员的健康管理，每日监测队员体温和症状。

除此之外，大家还通过塞方工作人员向其家人开展健康宣教，整体提高对疾病的认知程度，间接加强流行病学监测，避免与埃博拉病毒病患者接触，这样不但保障了塞方工作人员家人的安全，也间接地保障了医务人员的安全。

不负重托，最终医疗队完成了任务，保证了队员的安全，实现了中塞双方人员的“零感染”。李进队长的算术题得出了最好的答案：30减去1结果只等于0，但是0加上0结果就是100分！

生者与死者

讲述人：首批援塞医疗队护理组组长刘丽英

当时弗里敦还有几家医院，但没有那么多张床位，而且严格按照他们的医疗程序，有多少床位收多少病人。不像我们中塞友好医院埃博拉留观中心，今天本来说好的只收10个病人，突然来了几十个病人，我们也得想办法处置，所以我们日均收治病人最多。塞拉利昂专门有调配中心，他们在社区找到病人，把病人拉出来，再派往各家医院。早上可能说好送10个病人，结果下午他又给你增加了几个病人，无论如何，我们要尽最大努力收治。

开始的时候死亡率很高，有时都不知道病人什么时候死的，我们不可能24小时守着，长时间穿防护服是不可能的，只能每隔一段时间查一次房，可能你刚看完一个病人情况还算是平稳，没准儿下一次再看的时候，人就没了。我记得有一对母子，妈妈已经知道自己的孩子死了，却动弹不得，我问她，你知道你的孩子已经不在了吗？她说知道，只是没有力气再去抱抱自己的孩子，甚至连哭的力气都没有。

还有一次，我查房时发现一个人死在厕所里。他当时就坐在一个

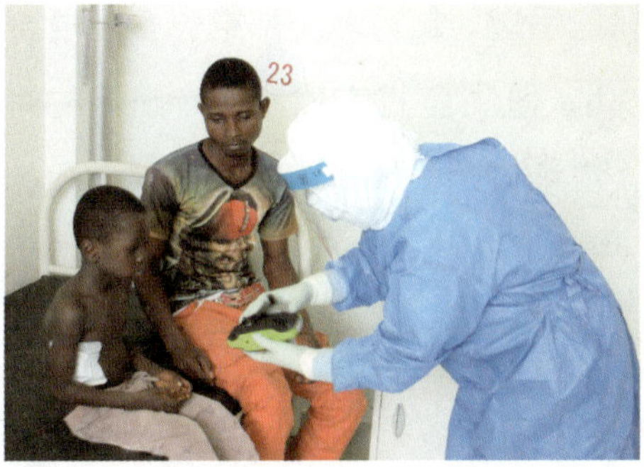

◎ 生死可能就在一瞬间。不仅是患者，医护人员也是同样的境遇

便盆上，便盆就是一只小桶，他的姿势很奇怪。我觉得人死了以后是软的，但他的身体是僵硬的，可能是因为腹泻，就死在那里了，真的很快。还有一个人坐在椅子上候诊，我们眼看着他，咳嗽了一会儿人就断气了。埃博拉真是特别残酷无情，有一个妈妈带着孩子住进来，第二天妈妈就躺在床上没有气了，而那个孩子还趴在妈妈身上吃奶呢。有时我们觉得真的无能为力，我们做了这么多工作，可病人还是会在你眼前突然间就没了。

我们对管理病人这件事比较头疼，中塞友好医院埃博拉留观中心里既有确诊的，也有不确诊的，他们楼上楼下到处串，很难管理。再加上监测也有盲区，一开始我们没有设置那么多监测探头，有看不到的地方。有的病人在门口台阶躺着，还有人跑到树底下。其实我们当时提供的条件不错，而他们就喜欢扎堆，一点儿也不顾忌传染。他们不习惯在条件优越的病房里待着，如果把他们限制在一个病区里，他们甚至会把门踹烂。

大厅里人最多的时候，十个人躺在一块儿，瞪着眼睛，很恐怖。也许是屋里温度太高，他们不愿躺在床上，而喜欢躺在地上或是院子里，能凉快一点儿。我们医生尽量尽到职责，不管你在哪里，台阶上也好，犄角旮旯也好，床底下也好，树底下也好，保证所有的病人都能照看到，尽可能让病人活下去。有时候病人真对不上号，有些病人来了之后，怎么来的不知道，怎么走的也不知道，双方的沟通用很长时间才理顺，所以开始的时候多少有些混乱。

当地的患者不像咱们国家的病人，有些病人不怎么配合，这其中有风俗的原因、认知的原因，我们只能适应他们，适应那样一个环境。

由于检测结果需要一段时间，病人既着急也害怕，等待结果的时间情绪就不稳定。有一次，有位病人等检测结果等得不耐烦，就向我们冲过来了，最后追到了第一缓冲区，我们关上门，他就咣咣地砸门。后来经过协调，从检测到出结果的时间大大缩短，就再也没有出现类似的情况，但是那扇门却没有办法修了。

塞拉利昂人长得特别像，都是黑黑的，我们分不太清楚，就用移动式摄像头，进行身份识别和采集。我们脖子上挂着移动摄像头，给病人拍照，出去以后好给他整理病历存档。因为在病区里没那么多时间书写，要提高效率，只能在外面做这些工作。如果病人发烧了，我们要在外面把药配好，进去以后就直接发给他。这样我们在病房里面待的时间就短了，病人该问的都问了，该做的都做了。同时，我们还实施腕带管理，上面写着几床，病人叫什么名字，患什么病。李进队长每天都想着这些事，要优化流程，提高工作效率。我们首批援塞医疗队去塞拉利昂，国际组织没有让我们负责治疗。那个时候用药，很大程度也是处于摸索阶段。比如我们使用了抗病毒药物，因为埃博拉毕竟是一种病毒；病人发烧了，就使用退烧药；病人脱水比较严重，我们用一些补液的药物。有些病人吐泻非常厉害，可能就是脱水了，这个时候如果给他适当地喂水，能维持他身体的内环境平衡的话，可能就撑过去了。根据病人的体重和年龄，剂量会有区别。

有些病人情况比较凶险，我们竭力救助，但毕竟有一定的死亡率。只要经过合理的治疗，很多人能活下来，虽然当时我们只是一个留观中心，却抢救了很多埃博拉病人。

我们留观中心的一位保洁人员的哥哥是埃博拉患者，当他送哥哥去别的医院的时候自己也被感染了。他不得不住进我们的留观中心。我们当时采取了很多措施，李进队长对他特别关心，毕竟是和我们一块儿工作的同事。这位保洁人员也非常配合我们的治疗，只要医生下了医嘱，他就坚决执行，我们给他的口服药他全吃了。非常庆幸，这位保洁人员很快就好了。埃博拉原本没那么可怕，只是在那个国家，没有良好的医疗条件，死亡率才那么高。西方也有很多人感染，死亡的很少，只要积极对症治疗，这个病并没有想象的那么可怕。

危险就在身边

讲述人：首批援塞医疗队医疗保障组组长郭桐生

可以说，监控非常重要，我们在关键点都设有监控，医生在办公室里就能实时看到发生的一切。我们通过监控发现塞方的人员穿脱衣服很随便，已经被污染的东西胡乱扔，即使再严格管理也会出现这样的情况。

一开始中塞工作人员混在一块儿上下班，后来发现不行。在这个环境中很容易出现交叉感染，那问题就大了。不得已，我们划分了区域，我们从二楼进出，他们从一楼进出，并不是我们不管他们。我们专门去和塞方的管理人员交涉："你们这样做太危险了，不能保证医疗安全，特别是你们工作人员的安全。"为此他们专门进行了整顿，开会教育，尤其在出病区的环节，专门设人去检查，

◎ 通过监控系统实时察看病区情况

◎ 通过对讲机实时通报病区情况

另外我们也通过监控持续监督他们。通过各种手段，最大限度地保证他们的安全。

在医院里，塞方工作人员不脱离我们的视线，没有太大问题，但是出了医院就失控了。于是我们计划借鉴防控“非典”的经验，采取集中管理分批轮换的方式。但是没有这种条件，工作人员一下班就回家了，回家途中和回家后有很多被感染的“机会”。比如坐公共汽车时，旁边有可能有埃博拉病人，再比如家里有亲属死于埃博拉。所以说他们基本处于失控状态，我们只能教育，还是不能完全控制。

当他们从家里来到医院时，第一，我们会在大门口给他们测体温；第二问症状，不发烧不等于没感染，埃博拉有潜伏期，不发病之前没有传染性；第三问他们的接触史。好在他们的素质还不错，一般不会犯错误，因为不小心被感染。但是通过这几项，我们还是堵住了几个人。

原则上来讲，病人是在社区里抽好血，再被送到留观中心等结果出来。阳性，我们就送到治疗中心；如果是阴性，再送回社区中心去治疗。但因为9月疫情大暴发，这个流程执行不了。好多病人临床出现症状，没有抽血就送到医院来了。有些病人来了就会问，怎么没有人给我们抽血，等久了他们就会特别着急。安全起见，晚上我们就把走廊的门锁上。有一些病人就不干了，说我们不管他们。

医生和护士进去查房的时候，他们一下子就围上来，搞得我们特别紧张。我们马上就与塞方卫生部沟通，问他们为什么没有给病人抽血。对方说实在忙不过来，让我们自己抽血。但塞拉利昂执行的是英国的医疗制度，也就是说，所有的有创治疗是由医生来做，比如说抽血、注射、输液，护士是没有这个权力的，这和我们国家不一样。我们的医生一般不做这类工作，再加上塞拉利昂人基本都是黑人，黑人的皮肤看不清楚血管，让医生靠着经验去扎，还真不行。

不得已，我们专门从塞拉利昂卫生部一个治疗中心借了3个抽血队的人员。借给我们后就不能让他们走了，实在没有办法，因为我们每天那么多病人，多的时候，一天20多个，必须得给他们及时抽血，早点儿抽血，早点儿诊断出来，是对病人负责。但是这几名抽血队员，不论是穿防护服，还是进去找病人，都特别拖沓。世界卫生组织规定在病区不能超过一个小时，因为会脱水，而且衣服湿透了以后，防护作用就大大降低了。而他们抽完血出来之后，完全不按照规定流程脱防护服。他们在里面待的时间长，会憋得很难受，口罩湿了之后，呼吸特别困难，所以他们有时候出来就恨不得一下子把衣服撕了扔了。

于是我们就派人私底下跟他们沟通，让他们一次少抽几个，多进几次就行了，不能坚持时间太长了，这样有可能伤害到他们自己，也可能传染别人。另外我们还给他们一些小费。但前提条件是，第一保证抽血，第二保证自身的安全，不能污染环境，完全按照程序走。

一开始我们进埃博拉病区清扫垃圾时，带着塞方的保洁人员，我们要带着他们清扫呕吐物、排泄物。我们不进去，塞方工作人员也不进去，拿他们一点儿办法也没有。

那些保洁人员非常害怕，有些人开始拒绝进病区。我当时就说，我跟你们一块儿进去。我拿着拖把、扫把、水桶，泡上消毒片，这样他们才跟着一起进去。我印象最深的是，收第一具尸体时，没有人敢动。那个人就躺在那儿，谁也不敢过去收。我只能带着值班人员去收尸体，保洁人员都跟在我后头，不敢上前。我指挥一个人抬腿，一个人抬胳膊，放进收尸袋子后，让一个人背着喷壶过来喷洒消毒液，然后把拉锁拉上。

就这样，一边指挥，一边和他们一起干。逐渐熟悉了以后，我们的工作就轻松一些，但是我还是坚持每天跟他们一起进去。

停尸间设在一个办公室里面，最靠近中心侧门的那个房间。车一进来，就能把尸体拉走。塞方的运尸队本来分工很明确。但他们因为政府补贴不到位，经常罢工，尸体有时就横在大厅或走廊里，还是得我们来清理。

那时我每天都睡不着，脑子总在想工作可能存在哪些漏洞，哪个环节可能有问题，基本上天天琢磨这些事情。

收　尸

讲述人：首批援塞医疗队医疗保障组组长郭桐生

作为一名医务人员，当一个病人死亡之后，停放在病房里面，是很着急的。尸体无疑是重要的传染源，我们接收的病人，平均每天死亡一到两个。尸体统一由塞拉利昂卫生部的一个调度中心的收尸队来处理。

在塞拉利昂，运送埃博拉留观病人的是一个队，收尸的是一个队。但是，当时整个首都只有七八辆救护车，他们有时候车调度不过来，救护车既要拉病人到医院，又要运送尸体。

在我们正式开诊接收埃博拉留观病人的第三天，也就是 2014 年 10 月 3 日，有一个病人去世了。因为天气炎热，尸体很容易腐烂，队员们心里挺着急的，马上就和塞拉利昂埃博拉调度中心联系。调度中心答应派人来，但是当天并没有人过来，一打听才知道是司机和运送人员在闹罢工。中塞友好医院门口由塞拉利昂的军方和警方把守，因为咱们国家疾控中心在这个院里面有一个移动实验室，也有车要运送埃博拉标本到这里检测。每次中塞友好医院看门的塞方工作人员开门都很紧张，需要穿戴好防护服和手套，他们严格按照规定开门，两次开门时间要间隔半个小时，不是有需要就能随时开门。

收尸队第二天来得比较晚，大约是下午四五点的样子。他们刚开过门，要等半个小时再开，可是那辆车不可能再等，再等他们就要下班了——塞拉利昂人下班非常准时。结果这天尸体没被收走，又停放了一天。

这下，医疗队上下都急了，尤其是李进队长一直沉着脸，可想而知他的心理压力有多大。晚上，队里开会专门讨论这件事，决定一方面让孙捷教导员带着翻译王姝去卫生部沟通，协调这件事；另一方面让我们紧盯运送车辆，一定要它开进院子里。

按道理说，我们打电话，收尸队的人员就应该马上赶来。我一直不间断地与收尸队的队长联系，虽然每次对方都说马上就来，可还是一上午都没有来。到了下午的时候，我们通过门口的摄像头看见一辆车开过来了。我们站着的那个地方距离医院大门至少有 500 米，发现那个收尸的车又被挡着进不来。收尸队的人员与门口守卫交流了一阵，车好像要掉头开走。

李进队长急了，就站在楼上大喊，说无论如何也得让车开进来，但是对方听不到。我当时站在李进队长旁边，就主动上前说："队长，让我去吧！"这时，停尸间已经有 3 具尸体了。当时气温一直 30 多摄氏度，尸体在膨胀，已经成为巨大的传染源，里面的细菌会发酵。

我跑出去拦住收尸队队长迪恩，用英语跟他交流，迪恩摇着头说："你们没有死亡患者清单，也没有填死亡信息，什么都没有，所以不能收。"然后迪恩队长掉头准备走，这时我挡住了他的去路，相当诚恳地对他说："我们刚来这儿，不了解收尸的流程是可以理解的。但 3 具尸体已经在这里停放了 3 天，现在又是这么高的温度，这是十分危险的事情。"

他摆摆手说："那也没办法，我们得按规矩办，你们只要有清单我们就收。"

我盯着迪恩的眼睛说："我们不远万里来到这里，无偿地帮助你们国

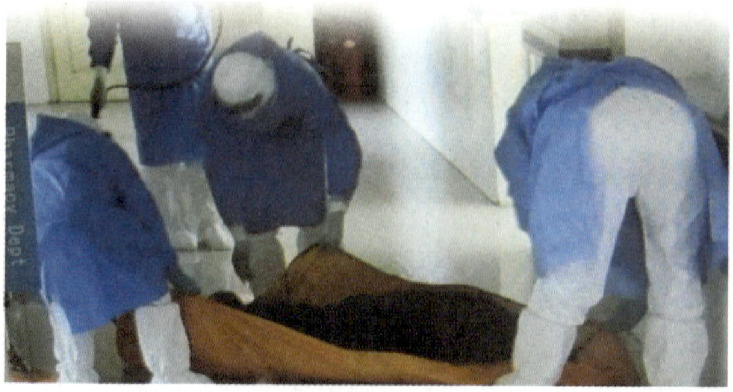
◎ 收尸队搬运尸体（视频监控截图）

家救治病人，请你也帮助一下我们。”

也许是这句话打动了迪恩，他说：“好吧，我在门口等你，我决定收了，你赶紧进去办手续。”

于是我满头大汗找到塞方的卡努院长，去办理这些手续。起初我们确实不太了解他们的医疗制度。我问卡努院长是否有清单和死亡证明，他说只有两张死亡证明。其中一个人进院时已经死亡，无法查清他的名字。我办完手续，盖上中塞友好医院的章，再把所有手续交给迪恩队长。但那个不知姓名的人就没办法了，迪恩队长坚持说没有名字就没办法收。

我出面交涉前，李进队长就对我说，塞拉利昂是小费制国家，要准备点儿小费，以备不时之需，可能会解决问题。

我把小费给了迪恩队长。后来他和卡努院长见了面，说了几句话，下面的人就把尸体全都抬走了。问题终于解决了，大家都松了口气。这之后，收尸的事情变得顺畅了许多。

尸体没有收走的那 3 天，李进队长的脾气特别大，这个事压得他难受，有时会对人发火。当队员们从监控里看到收尸队把第三具尸体收走后，李进队长指着屏幕说，可算收走了，笑容自然而然地流露出来。当时我就调侃说：“队长，这段时间还是头一次看到你笑。”虽然李进是我们医疗队的队长，但在那个环境中，我们之间的感情拉得非常近。从这一点可见，这件事对我们医疗队造成了多么大的压力啊。当时李进队长微笑地回应道：“哎呀，今天晚上可以好好吃饭睡觉了。”

生死边缘

讲述人：首批援塞医疗队防控组队员秦玉玲

在中塞友好医院，医疗垃圾、废物处理这类工作，都以塞方保洁人员为主，他们经过大量的培训，已达到能够独立上岗的要求。前期病人的症状一般比较重，像呕吐、呕血之类的还是比较多的。

2014 年 10 月 5 日，那一天轮到我值班，我把工作做完后，就从病区出来了。然后，我就通过视频监控检查塞方工作人员的具体操作，看看是否有违反操作流程的，然后及时纠正他们，这一点可容不得半点儿含糊。通过监控，我看到分诊台那个地方有 2 名患者，一个躺在候诊椅上，一个则蜷缩在地上，而且在吐血。这还是开诊之后我看见的第一例埃博拉病人吐血的情况，他吐了两摊血，而且人也特别虚弱，就躺在地上来回蹭，把血蹭得到处都是。当时的情况非常紧急，因为他旁边还有其他病人。

看到这一情形后，我马上通过对讲机通知塞方保洁负责人穆萨，分诊台有病人在吐血，需要派人尽快去处理，以免污染源扩散。但是他们接到通知后并没有行动，等了大约 10 分钟还不见保洁人员出现。这种事哪里还有时间磨蹭呢，当时我就急了，没有多考虑，穿上防护服，就一个人进入病区污染的地方，很快就把两摊血处理干净了。

处理完之后，我从病区回来脱下防护服，心里开始紧张起来，毕竟是一个人第一次处理这么危险的污染物。

按照规定程序，发生这种事情，应该有一名医疗队员和保洁员一起处理。但显然这次把塞方保洁员吓坏了，不敢靠近，这属于突发的紧急情况，只能我一个人去，根本没时间多想，这种污染实在太严重了，我只是一心想赶紧处理干净。后来想想，自己的举动多少有点儿冲动和莽撞。晚上下班回到宾馆驻地，我就向医疗队防控组组长贾红军报告了这件事。

我详细地向贾红军讲述了当时发生的情况，他听后还是表现出了担忧，然后对我说："姐姐，以后再发生这样的事情，一定要带上塞方的保洁人员一块儿处理。咱们的目的是教会他们自己处理，你可以在一旁指导，但千万不能一个人去贸然处理。我们最终的目标是要培养一支带不走的传染病防治队伍，所以要教会他们去处理各种突发的状况。"随后，贾红军组长就问我是怎么处理的，尤其是对血液的处理过程，我就原原本本地复述了当时处理的每一个细节：先是用带有消毒液的专用物品把血液覆盖，覆盖一定时间后再进行清洁，清洁完了再消毒，大致过程就是这样。

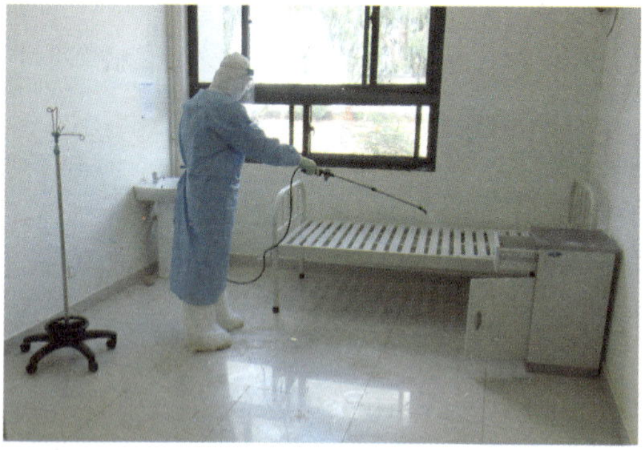

◎ 处理病房污染物并消毒

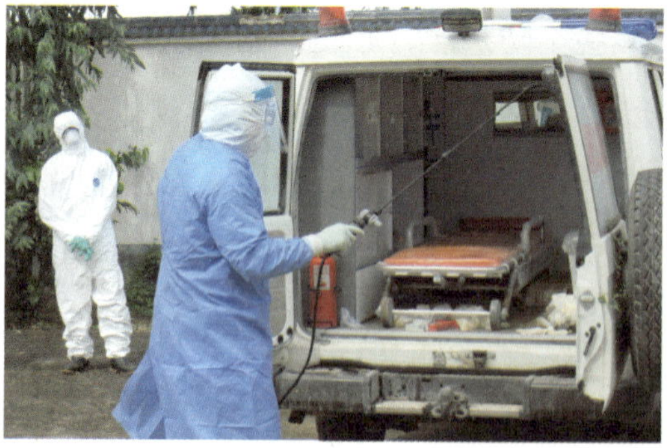

◎ 对救护车进行消毒

听我讲完之后，他当时"嗯"了一声，然后说处理还挺专业的。我打包票说，咱是传染病专科出来的，干了这么多年，在流程处理步骤上，应该不会有什么问题。可说实在的，后来一想，心里还是有一点儿不确定的紧张，当时这种病的死亡率非常高，而且病毒防不胜防，否则其他国家的医务人员怎么会感染上呢？谁又能百分之百地保证说不出问题。贾红军组长看出我有些紧张，就安慰我说："你处理得没什么漏洞，凭我的经验，没有啥问题的，回去好好休息吧。”

虽然得到他的肯定，但我的心里还是一直忐忑不安，同时心生愧疚，有种深深的自责感。如果真是由于我的冲动而感染上埃博拉的话，那我可真成了国家的罪人了。我那天晚上想得特别多，久久无法入睡。我们的目标是打胜仗、零感染，带出来的人要一个不少地带回去，所有的工作都要紧紧围绕打胜仗、零感染的标准。但是限于条件，好多事情还得我们亲力亲为，毕竟塞方工作人员是零基础培养起来的，没有经过什么实践经验，虽然培训合格了，但碰到突发情况，他们还是心生胆怯的，那可是超级病毒埃博拉啊，目前还没有哪个传染病能与它相比。那种恐怖气氛不到一线是完全体会不到的。

一旦我真的感染上了埃博拉，自己的生命也就算了，但那将会给国家造成多么大的影响，而且我们又是军队，代表的是一个大国的形象，后果是无法估量的。带着忧虑，我把这事又跟防控组的王新华大姐说了，当时新华姐也有几分担忧地说我当时太冲动了。

之后的日子里，我就自己默默地倒计时算时间，每天还是在正常工作，大家也都看不出什么。一直到 25 日晚上，屈指一算，那件事已经过去 20 天了。25 日晚上吃完饭后，我就站在宾图玛尼宾馆的阳台上，贾红军走过来对我说：“姐姐，今天我跟你说一件事情，明天就是 26 日了，也就是‘隔离观察期’的最后一天了，观察期一到，你就真的没事儿，真的安全了。”我当时眼泪都要掉下来了，心里特别感动，没想到贾红军也在一直默默地陪着我受煎熬，而且不动声色地照顾我，生怕加重我的心理负担。当时我就问他：“你一直在和我经历这件事，一直还在惦记着呢？”他点点头说：“我当然得惦记这个事了，在这里的每个人我都得看好。”我实在没想到他在和我一起经历着生死考验，而且一点儿也没有表露出来。

在那段时间，我一直对自己实行着自我隔离，尽量不跟大家直接

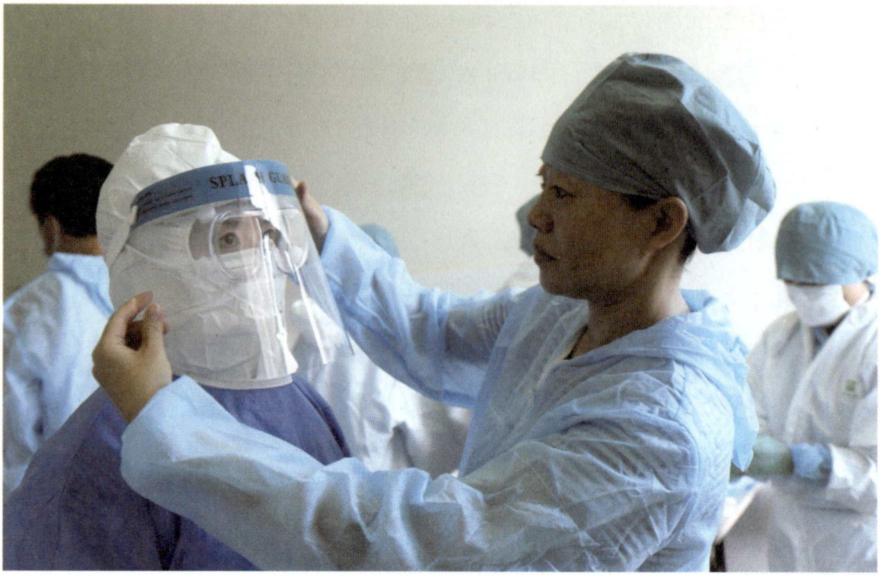

◎ 抗埃战场上情同手足的好姐妹。秦玉玲（右）检查王新华（左）防护用品穿戴

接触。这种情况发生在这里任何一个人身上，他们都会像我一样，有意识地保护自己的同伴。虽然我们没有处在战火纷飞的战场，但这和上了战场又有什么区别？这是一个没有硝烟的战场，敌人看不见摸不着，但敌人真真切切地存在，并且异常凶狠。我们医疗队的每一名队员都在默默地保护自己的同伴。那 21 天我真的可以用“煎熬”二字来形容。如果真有问题了，如何交代？想一想，我就感到说不出的自责。

风　波

讲述人：首批援塞医疗队医疗保障组组长郭桐生

我们到了塞拉利昂之后，一直按照我们的模式收治病人。刚出发时李进队长就说了，不知道有多少双眼睛在盯着我们呢，我们毕竟是由中国政府派出的第一支援非抗埃医疗队。

欧美那些国家的人员大都往回撤了，死亡率太高了。那个时候，美国、英国、西班牙的医疗队都有感染的，有些病人救过来了，有些人死了。

我们曾经考察过英国的野战医院，英军在那里收治病人，只让我们在外边看看，里面的病房不让我们进去的。他们的防治看起来特别科学，但感觉没有我们严谨细致。我们考察后的第三天，那里的一名护士就感染上了埃博拉。

当时整个塞拉利昂，平均每天都有2名医务人员因感染而死亡。连续一个星期都是这样的情况，我把这个信息报告给了李进队长。在开工作例会的时候，李进队长就提醒我们整个队伍，不光要积极工作，还要注意安全。

当时塞拉利昂的防治工作，实际上是以世界卫生组织驻塞拉利昂办事处和美国疾控中心为主制定对策，参照无国界医生组织的经验。

无国界医生组织在塞拉利昂建了一个很大的中心，中心没有设在弗里敦，而是设在另外一个城市博城。美国疾控中心去了30多人，做一些疾病的调查和培训工作，还包括制定一些政策。英国出资在全球招募医务人员送到塞拉利昂。

后来世界卫生组织派人来视察过，我们向他们介绍中心开展工作的情况，和他们进行了友好的沟通，他们很认可我们的一些做法。

有一件事让我感触比较深。刚开诊没几天的时候，美国疾病控制中心驻塞拉利昂办事处的一位美裔华人，给中国疾控中心的倪大新主任发了一封邮件，内容大致是说从中塞友好医院埃博拉留观中心康复出院的一位患者，当时检查是阴性，可是到别的中心再检查居然是阳性，也就是说我们的检查诊断是错误的，让我们查查是怎么回事。

听到这件事后，我们非常着急。我们来到这里，工作上一直小心谨慎，如履薄冰，每一件事都想尽力做好，特别怕影响国家的声誉。当

◎ 在中国驻塞大使馆举办新闻发布会发布抗埃权威信息

时我们开会商量，请倪大新主任再与她联系，问清楚那位病人是谁，什么时间来的中塞友好医院，一定要核实清楚。

后来他们也没有反馈，我们进行了自查，仔细分析这件事情，最后得出的结论是：不可能出现这样的事情。我们刚开诊，首批出院的病人在她发来邮件的前一天才出院，按照塞拉利昂的医疗制度，就算这位病人出院当天能立刻住进另外一家医院，再抽血检测，也得 3 天之后才会得到结果。这在时间上根本对不上，不可能第二天出院，第三天就拿到检测结果。这件事的发生只有两种可能，一是他人误会了，二是故意造谣。

在塞拉利昂，埃博拉病人血样检测是由两个中心来完成的，一个是中国驻塞拉利昂的检测中心，一个是南非驻塞拉利昂的检测中心。在拉卡地区，两个中心相比，中国驻塞检测中心的速度要快一些，3 天左右能出结果，而南非驻塞检测中心一般都得四五天。由此我们可以很自信地说，这件事肯定不是在我们留观中心发生的。

食物和水

讲述人：首批援塞医疗队后勤保障组组长刁锴

我们的各种物资是通过空运、海运和租用俄罗斯的 AH-124 大型运输机三种方式运送的，医疗队用的猛士越野车也是通过空运的。

我们首批医疗队随机到的 40 多吨物资是雇用当地中资企业的工程车运送的，物资到的时候，正下着倾盆大雨，我们怕物资被淋湿了，于是连夜卸物资。十几车物资，晚上还要有专人值班，打着手电巡逻，怕物资丢失。在卸物资的时候，我们毕竟人少，大使馆就请了当地人帮我们。我们都是一块儿卸，然后各自归类。

最多的物资就是防护用品，整整占了两个半库房。11 大类上万件的防护服，是保护我们生命的最宝贵装备。我们还要保障塞方工作人员的使用。因为从飞机上卸下来时就丢失一部分，下雨被淋坏也消耗了一部分，所以当时我们觉得防护用品非常紧张，得严格控制使用量。到后来各国援助物资陆续到了，塞方工作人员使用的物资就由他们自己解决，我们的物资才稍显宽裕。

◎ 医疗队保障车辆

◎ 医疗队工作班车

后勤物资大部分拉到了宾图玛尼宾馆，当时矿泉水纸箱子全都湿透了，我们全部清理了一遍。还有一部分后勤物资留在了中塞友好医

◎ 整理库房物资

院里，像火腿、罐头之类的，平时医生、护士在那边值班，也得垫一垫肚子。

当地的中国人跟我们说，那里蚊子特别厉害，人只要被叮上，就有可能感染疟疾。疟疾又叫非洲感冒，在非洲非常流行，塞拉利昂是重灾区，如果看到一个人无精打采的，有可能是快要发作了。在塞拉利昂常年工作的中国人，几乎没有不得疟疾的，严重的一个月得好几次。疟疾的典型症状是头疼，全身关节疼，恶心呕吐，时冷时热，有时候感觉自己好了，其实只是处于疟原虫发作的间歇期，下一次发作又会重复同样的症状。

预防疟疾最重要的是防蚊。没有得过疟疾的人，一般对疟疾没有任何免疫力，所以不能大意，所以有“没有得过疟疾就不算到过塞拉利昂”的说法。因此，我们准备了大量的抗疟疾药品和驱蚊剂、蚊香等物品。

塞拉利昂离赤道比较近，这个国家一年就分旱、雨两个季节，我们去的时候，已经是雨季末尾，但仍天天下雨。整个国家基础设施很差，没有市政管网，自来水供应不上，我们用水出现很大的问题，于是想打井，因为医院建在山脚下，打井的工程量比较大，等我们回国的时候，也没有打出水来。

塞拉利昂的水不能直接入口，否则容易感染伤寒。我们国内的水，都要通过自来水厂消毒和过滤，而他们的水是直接从河道里抽过来的。那里还有一种自来水，叫自建来水，就是你得建立引水渠或者引水管才行。我们住的宾图玛尼宾馆还不错，是这种自建来水，但必须要烧开才敢用。

因为水的短缺，我们医疗队就向塞拉利昂卫生部反馈。卫生部下设一个病案管理组，每个星期开两次会，讨论一些疑难问题。关于水和电的问题，是我们遇到的问题，也是其他组织都遇到的问题。

即使开了会也很难解决，因为运水车是个难题，要把水从水库拉到医院，塞拉利昂不仅缺少车，还缺少司机，一些困难是你无法想象的。

◎ 水车保障

看来水还得由我们自己解决，好在卡努院长在当地的人脉比较广，帮我们联系到了自来水公司。但是运水车非常紧张，他们也是时送时不送的，用水基本难以得到保障。

水的问题如果不解决，工作就无法开展。当时教导员孙捷和翻译王姝带了一些东西，比如方便面、罐头、面条

◎ 自供发电

什么的，前去拜访自来水公司的负责人。见面就对他们说，中塞友好医院里有这么多病人需要处置，没有水就得停下来，我们跑这么远就是来帮你们治疗病人的，所以也请你们在力所能及的情况下来帮帮我们。精诚所至，金石为开，就这样我们把这件事解决了。

我们在驻地刚开始做饭的时候，虽然没有新鲜蔬菜、肉蛋之类的供应，但我们来之前做了充分的准备，甚至小到牙签、大到帐篷都带了。我们当时考虑有可能住在野外，连铁锹、镐之类的东西都带上了。吃喝倒不用发愁，我们带足了米、面、火腿、面包、方便面等，有啥吃啥，没有那么多讲究。开始那段时间，我们老是腐竹炖罐头、火腿炖罐头肉，顿顿吃，大家都吃腻了。早餐就做点儿馒头，煮点儿面条，熬点儿粥。没过多久，队里的医生、护士就反映，问炊事班能不能别老炖罐头给他们吃，哪怕是发包方便面吃也行。

后来，我们后勤保障组想办法找了一个外国供货商向我们供菜，但我们的随队翻译王姝经常出去处理别的事情，她不在的时候我们与供

◎ 去中国城超市采购

货商的语言沟通有问题，再加上对方要求现金结算，非常麻烦。

好在后来我们又通过一些渠道找到了一个中国商人，是位大姐，事情才有了好转。她在当地开了一家名叫“中国城”的店铺，她隔三四个月就回国采购一批货物，通过海运运到塞拉利昂，因此她那里要什么有什么，后来几乎都是她给我们送菜。

送来的菜质量不是很好，西红柿长得歪七扭八的，算下来要人民币 10 多块钱一个，还有当地产的圆白菜、土豆，其他蔬菜大多是进口的。当地的西红柿比龙虾还贵，旁边就是大西洋，盛产海鲜。

当地的驾驶员应该是比较勇敢的，整个城市没有红绿灯，有的道路还比较狭窄，还有的路旁就是悬崖，在那里开车比较危险，有很多动物被碾死在马路上，都腐烂了，也没有人管。我们在当地租了一辆考斯特，每天送医疗队员上下班，大家都称它是“班车”。当地人买的车大都是从日本淘汰过来的二手车、三手车，在路边随处可见破破烂烂的车，坏了就扔在那儿不用了。车出了问题，简单的故障当地人可以修一下，稍微复杂一点儿，就没法处理了。

家书抵万金

“妈妈，原谅女儿不能在您病床前尽孝。”

这是首批援塞医疗队防控组护士长王新华写给母亲的一封家书。写信时，她 70 岁的母亲正在三〇二医院住院，准备接受心脏手术。

妈妈，时间过得好快，转眼间我到塞拉利昂已经一个月了。这个原本风光秀丽、景色宜人的濒海国家，如今已被看不见、摸不着的埃博拉病毒弄得满目疮痍、人心惶惶。在这里，救治更多疫区人民的生命，是我的最大任务。

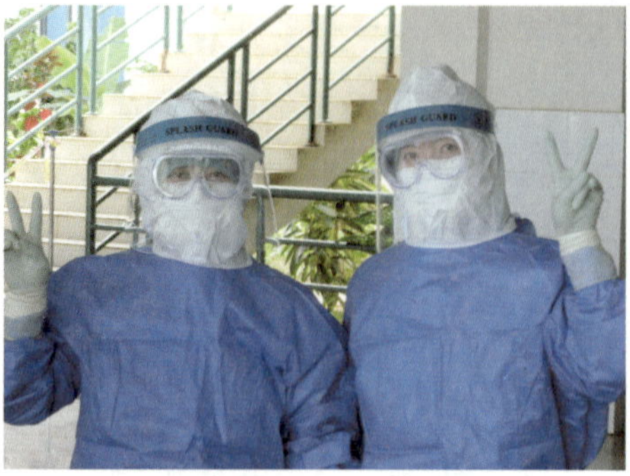

◎ 王新华（右）与队友在埃博拉病区打出胜利的手势

在塞拉利昂，女儿真的成了“女汉子”。卸载物资、改造隔离区、培训当地医务人员、接诊埃博拉疑似患者……每天的工作安排得满满当当。工作前，我们必须用半个小时“穿衣服”，里三层、外三层，把自己裹得像个大粽子，还要戴上防护镜、手套，穿上脚套。工作时，我们要顶着 30℃的高温，稍微一动就会大汗淋漓。双脚浸泡在满是汗水的雨靴中，走起路来会发出咯吱咯吱的声音。这些情景，让我想起 2003 年与“非典”激战的 106 个日夜，也是这么紧张与繁忙！

妈妈，凭着在传染病领域的多年工作经验，我对完成此次任务充满信心。我唯一担心的，是您的健康状况。就在此次出征前夕，我最不愿看到的事情还是发生了——面对马上就要实施心脏手术的您，我心里真是纠结啊……

自古忠孝难两全！记得前年我生病时，您拖着年迈的身体，在医院为我洗脸、喂饭、擦身、捶背……可如今您最需要女儿尽孝时，我却不能在您的身边。记得出发前，您一边为我收拾行装，一边反复叮嘱：“千万要注意身体啊，不舒服了就吱声，可别硬撑着……在外好好干工作，不要牵挂家。我的女儿堪比‘花木兰’……”一想到这些，我的眼泪就会不争气地流下来。

妈妈，放心吧，您的“花木兰”不会给您丢脸。女儿是穿着军装的“白衣战士”，救死扶伤是义不容辞的职责。工作虽然危险重重，但每每想到您，浑身上下就会充满了力量。

“遥望家乡的小山村，小呀小山村，我那可爱的小燕子可回了家门……”亲爱的妈妈，还记得这首我们都爱听的《妈妈的吻》吗？您一定要战胜病魔，等待着“小燕子”带着凯旋的好消息，飞回您身边！

“老婆，你的理解是我最大的幸福。”

这是首批援塞医疗队后勤保障组队员、上士熊峰写给妻子的一封家书。写信时，他的妻子杨荣身怀六甲，正在家乡湖南益阳待产。

小荣，咱们的小宝贝是不是还那么调皮，折腾得你吃不下任何东西？一想到我们的爱情结晶还有几个月就要降生了，我感到特别激动和兴奋。

还记得吗，谈对象时，你的一句话深深地感动了我：“就是喜欢这身军装，做军人的妻子心里踏实。”然而，婚后的生活过得并不踏实，我一年才能探一次家，有好几次还提前返队。对于这一切，你从来没有丝毫怨言，默默担起了家庭的全部重担。

怀孕后，你反应非常大，吃什么吐什么。我放心不下，专程把你从老家接到北京，想好好尽一尽丈夫的责任。然而，出征塞拉利昂的命令，让我的想法再次落了空。由于任务紧急，我只好托战友把你送回老家。战友在电话中告诉我，你在火车上吐得很厉害……

小荣，踏上非洲大地，我们医疗队就遇到了难题——装卸物资时正逢雨季，大家害怕珍贵的药品被雨水打湿，索性把身

◎ 熊峰（右一）在烹饪菜品

上的雨衣脱下来，盖在装载医疗药品的箱子上，结果人人被雨水浇了个透心凉。

医疗队全面接诊埃博拉患者后，我的工作变成了做饭。当兵前的厨师经历，在这儿派上了用场。别看工作不起眼，可干起来还真不容易。驻地人生地不熟，语言又不通，为避免感染上可怕的病毒，我只能利用从国内带来的罐头、脱水蔬菜、大米、方便面和中方配送公司送来的少量新鲜果蔬，绞尽脑汁为大家调剂好膳食。

医疗队员工作压力大、风险高、任务重，只有吃上可口卫生的饭菜，才能尽快补充体力，投入到紧张的战斗中。几天下来，大家对我这个“赤脚大厨”还比较满意，特别是吃了我的拿手菜——红烧牛肉罐头后，都赞不绝口。

小荣，你的理解和支持是我最大的幸福！虽然和医疗队专家相比，我这个后勤保障队员就像颗小小的“螺丝钉”，但就算是“螺丝钉”，我也要闪闪发光，全力保障好医疗队员的生活起居，让他们精力充沛、轻装上阵。

亲爱的老婆，当我回到祖国的怀抱时，咱们的小宝贝可能已经出生了。希望我们的孩子能继承你勤劳善良的性格，在咱俩的呵护下，健康快乐地成长！

“爸爸，让我们共同成为祖国的骄傲。”

这是首批援塞医疗队医师组队员李志伟的女儿写给父亲的一封家书。写信时，李志伟的女儿正在英国某大学深造。

亲爱的爸爸，您在塞拉利昂还好吗？工作非常辛苦吧！当同学得知我的父亲是中国人民解放军援塞医疗队成员时，无不伸出大拇指，向我投来钦佩的目光，就连平时非常严厉、不轻易表扬人的导师也用生硬的汉语说：“李，你父亲和他的战友们，就是中国的白求恩。”

听了导师的话，我的心里好甜蜜。我想大声告诉导师和同学们，我的爸爸是个了不起的中国军医，危急时刻总是冲锋在前：2003年，“非典”肆虐北京，您作为分管病区副主任，全力救治了19名患者；2008年汶川抗震，您带领医疗队深入灾区一线，一干就是3个月；2010年，我国首次整建制派医疗队赴印尼进行救灾演练，您的高超医术赢得了国外同行的赞誉……

爸爸，虽然早已习惯了您说走就走，但这次出征我还是非常担心。您是医疗队里年龄最大的成员，此次征战异国他乡，身体能否吃得消？听妈妈说，出发前，您由于连续做了好几台手术，老毛病肩

◎ 李志伟（右一）为驻塞中资企业员工义诊

周炎突然复发，右臂经常疼得不能动。妈妈不小心碰了一下，从不喊疼的您，竟然咬着牙直往嘴里吸凉气。妈妈说：“让领导换个人去不行吗？”您生气地回答：“别忘了我是军医。给我准备点儿膏药，贴贴就好了！”我在网上看到您冒雨搬运物资的照片，真为您的肩膀捏把汗。

爸爸，您告诉我，微笑和大拇指是世界通用的语言。我从英国的电视新闻节目上看到，一些和埃博拉病毒接触过的疑似患者接受检查时，神情非常恐慌，中国医疗队员虽然戴着厚厚的防护眼镜，但眼神里总会透出暖暖的笑意，用弯弯的双眼，传递爱的力量。中国医疗队培训当地医护人员时，也会伸出大拇指，为塞方医疗同行加油鼓劲！

为中资企业员工义务体检，收治患者超过60人……这几天，关于中国医疗队的报道在英国各大报纸、电视台、网站频频出现，每每映入眼帘，我总会心潮澎湃，因为我的爸爸就是医疗队的一员，这些卓有成效的工作，也有他的一份功劳。

亲爱的爸爸，告诉您一个好消息，我由于学习成绩突出又拿到奖学金了！您的人生轨迹，就是我的指路明灯，我要和您一样，努力成为祖国的骄傲！

为了同胞兄弟的生命

讲述人：首批援塞医疗队政工干事黄显斌

当今的中国，是一个开放与发展的国家，在世界各国，都能看到黑眼睛、黄皮肤的中国人。在塞拉利昂首都弗里敦，有5000多名中国

◎ 为驻塞中资企业员工开展防护埃博拉知识讲座

人在这里工作、经商、生活，有中国驻塞大使馆、商务参赞处，有中资企业、私营企业的员工和小业主，还有常年在那里的华人华侨……

埃博拉疫情暴发后，在中国驻塞拉利昂大使馆的安排下，一部分中国人回国了，还有一部分中国人始终坚守在疫区，有1000多名援塞的专家、中资企业员工留守，保证这些人的健康成为一个大难题。我们援塞医疗队的到来，解决了这个问题。

我们援塞医疗队这次赴塞拉利昂的其中一项任务，就是为驻塞的华人华胞义诊，送医送药，保证在塞拉利昂的中国公民的健康安全，不能扔下任何一个处在危险当中的同胞。

我们到塞拉利昂后，在收治埃博拉患者的同时，始终牵挂着那里的同胞们的身体健康。队员们收集整理埃博拉和当地高发的疟疾、霍乱、马尔堡出血热等烈性传染病的防治知识，制作成图文并茂的多媒体课件，把近百名留守的援塞专家、中资企业员工和中国公民请到驻地宾馆，给他们传授埃博拉疫情的防治常识，举办科普知识讲座。他们都说这种讲座及时、管用、解渴，使他们对埃博拉病毒的传播途径、预防措施等有了了解，也让他们紧张的心情缓解了不少。

◎ 赴驻塞中资企业工地送医送药

我们还派出医疗小分队，深入中国驻塞偏远地区的中资企业，如湖南建工集团援塞水电站项目部、中铁七局海外公司塞拉利昂市政项目部、荣昌渔业公司等，开展“健康西非行”活动，给他们赠送了常用药品、消毒用品和科普书籍。医疗小分队每到一个义诊点，都受到当地中国人的热烈欢迎，他们说能在异国他乡享受北京大专家的上门服务，是一种亲人相聚般的幸福。

曾经有一个同胞兄弟的生命，牵动着我们医疗队所有队员的心。

那是2014年10月25日下午，在中国援塞企业湖南建工集团坡特洛克水电站项目组，52岁的工程师史明欣突然出现寒战、体温升高，最高竟达到40℃，他自己服用了几粒退热药后，就留在营地宿舍休息了。但是，到了晚上10点多钟，他的症状仍然缓解不了，这让工友们感到很不安。

由于水电站项目组在坡特洛克地区，那可是埃博拉疫情的重灾区，在项目组营地周围，部分居民住宅早已拉起警戒线，实施了隔离措施，人们的出入都受到了限制，这更增加了企业员工的恐慌感。

情急之下，项目组负责人将情况上报给了中国驻塞大使馆经商处，紧接着，经商处就给我们医疗队李进队长打来了电话。得知情况后，李进队长和队员们商量，大家怀疑史明欣感染了埃博拉病毒。那几天，坡特洛克地区埃博拉确诊病例数一直居高不下。

当时情况特别紧急！李进队长一边向前方工作组领导报告，一边召集医疗队队员部署救援事宜，防护服、手套、口罩、护目镜等防护用品，还有药品、采血用品、血液标本储存箱等物品全部准备就绪。可是，问题来了，从医疗队驻地到坡特洛克水电站项目组营地有近 200 公里路程，一路上要经过 3 个检测关卡，地理环境不熟悉，沿途路况也很复杂。经过前方工作组再三斟酌，医疗队决定第二天前往救援。

26 日一大早，孙捷教导员带着队员吴丹和陈素红，驱车向目的地驶去。经过 3 个多小时的长途奔波，终于到达了坡特洛克水电站项目组营地。吴丹和陈素红穿好防护用品后，首先给史明欣测量了体温，之后向他询问了病史、埃博拉接触史等情况，吴丹和陈素红考虑疟疾的可能

◎ 教授驻塞中资企业员工如何戴口罩

性大，但是结合塞拉利昂当时的疫情状况，不能完全排除感染埃博拉病毒的可能，于是又对患者进行了采血，同时进行了抗疟疾治疗和对症治疗，现场指导员工做好防护消毒、隔离并看护好史明欣。

反复交代注意事项后，孙捷教导员和吴丹、陈素红又马不停蹄地赶回中塞友好医院，将采集的血液标本交给了中国援塞实验室检测队进行检测。

一天后，史明欣的血液检测结果出来了，是阴性，排除了埃博拉病毒感染的可能性，诊断为疟疾。这时，悬在大家心头的石头终于落了地。

10 月 31 日一大早，湖南建工集团援塞水电站项目部负责人专程来到我们驻地，表达对我们医疗队员救援的感谢。

第二战役　坚守主阵地

我问队员：第一批援塞医疗队开疆拓土，杀出了一条“血路”；那么，我们第二批援塞医疗队能否坚守住阵地，再创奇迹？如何由留观中心向留观诊疗中心转型，是横在我们面前的一座大山。

——中国人民解放军第二批援塞医疗队
队长　陈昊阳

第八章　再战西非

转眼之间就到了 2014 年 10 月，解放军首批援塞医疗队鏖战西非已经 30 多个日夜了。考虑到非洲当地条件艰苦、环境恶劣，以及埃博拉带来的高风险高压力，我国规定每批抗埃医疗队执行任务时间为 2 个月。据了解，外国医护人员执行此项任务的期限大多为 8 周，后勤和管理人员可延至半年。按此规定，解放军第二批援塞医疗队开始抽组了。2014 年 10 月 17 日，三〇二医院再次向军委总部请战。

关于独立承担援塞医疗队人员轮换任务的请示

经中央军委批准，我院抽组 30 名队员组成中国人民解放军援塞医疗队（以下简称援塞医疗队），于 9 月 16 日赴塞拉利昂执行埃博拉疫情防控任务，任务时间为 6 个月，人员每 2 个月轮换一次。现申请援塞医疗队人员轮换任务由我院独立承担，理由主要有三条。

一是国家承担援非抗埃任务逐步加重，我们责无旁贷。据世界卫生组织公布的信息，截至 10 月 8 日，全球报告埃博拉病毒感染者 8399 例，死亡 4033 人。目前，利比里亚、塞拉利昂、几内亚西非三国埃博拉病毒感染人数正以每三至四周翻倍的速度上升，同时疫情正在向西非以外地区蔓延。据了解，我国拟在利比里亚建立两所传染病医院，原定从第三军医大学等单位抽组、接替我援塞任务的医疗队，已变更计划赴利比里亚执行疫情防控任务。鉴于此，我们作为军队特有专业技术力量主动请缨，责无旁贷。

二是我院具有忠诚使命、勇担重任、防控疫情的政治自觉和优良传统。支援西非抗击埃博拉疫情，是党中央、中央军委做出的重大决策，是展示中国负责任大国形象的重要举措，是军队拓展使命任务的重要实践，意义重大，使命光荣。三〇二医院作为国家、军队传染病防治的主力军，每当国内外出现重大疫情，始终冲在第一线，以过硬的专业素质和大无畏的牺牲奉献精神，圆满完成各项任务，受到党中央和中央军委的充分肯定和褒奖。此次援非抗埃行动，是检验磨砺我院官兵政治自觉和战斗精神的实践平台，也是检验我院党的群众路线教育实践活动成果的重要契机，越是面临生命危险越要彰显军人品格，越是任务艰巨繁重越要发挥战斗精神，越是专业力量相对紧缺越要凸显特殊优势，充分发挥军队传染病医院不可替代的作用。

三是我院具备独立承担人员轮换任务的能力。我院是全军唯一传染病战略机动卫勤力量，具备承担重大突发传染病疫情处置的人才、装备和技术力量。同时，前方援塞医疗队已经奠定了良好基础，全院上下也做好了充分的思想、人员、组织和后勤准备，具备了承担人员轮换任务的条件，尽管现有军人编制有限，大部分骨干力量驻扎前线，但我们有信心、有能力、有办法统筹好执行任务与临床工作的关系，适当压减医疗收容，全力完成好人员轮换任务，同时做好应对国内可能出现的埃博拉疫情处置准备工作，确保各项建设和工作任务有序推进、安全发展。

因此，我院恳请总部把援塞医疗队人员轮换任务交由我院独立承担，我们将勇挑重担、攻坚克难，坚决圆满完成军委、总部赋予的神圣使命任务。

很快，三〇二医院收到了军委和总部的批复，同意他们独立承担援塞抗埃任务。消息一出，一时间，三〇二医院院长姬军生、时任政委邢振湖的办公电话片刻不得闲，几乎被请战的队员打爆，铃声此起彼伏。三〇二医院的干部、文职人员、战士、职工、非现役公勤人员、聘用人员等，纷纷通过书面材料、短信、微信、电子邮件、口头表达等方

◎ 三〇二医院全院人员纷纷递交请战书

式积极请战，要求加入第二批援塞医疗队到西非抗埃的一线。医院党委、机关和基层党组织收到了一份份心情迫切的“请战书”。

一条条留言的后面，是一颗颗炽热的报国之心和军人的豪情。

刘冰，是三〇二医院中西医结合肝病诊疗与研究中心一科的护士

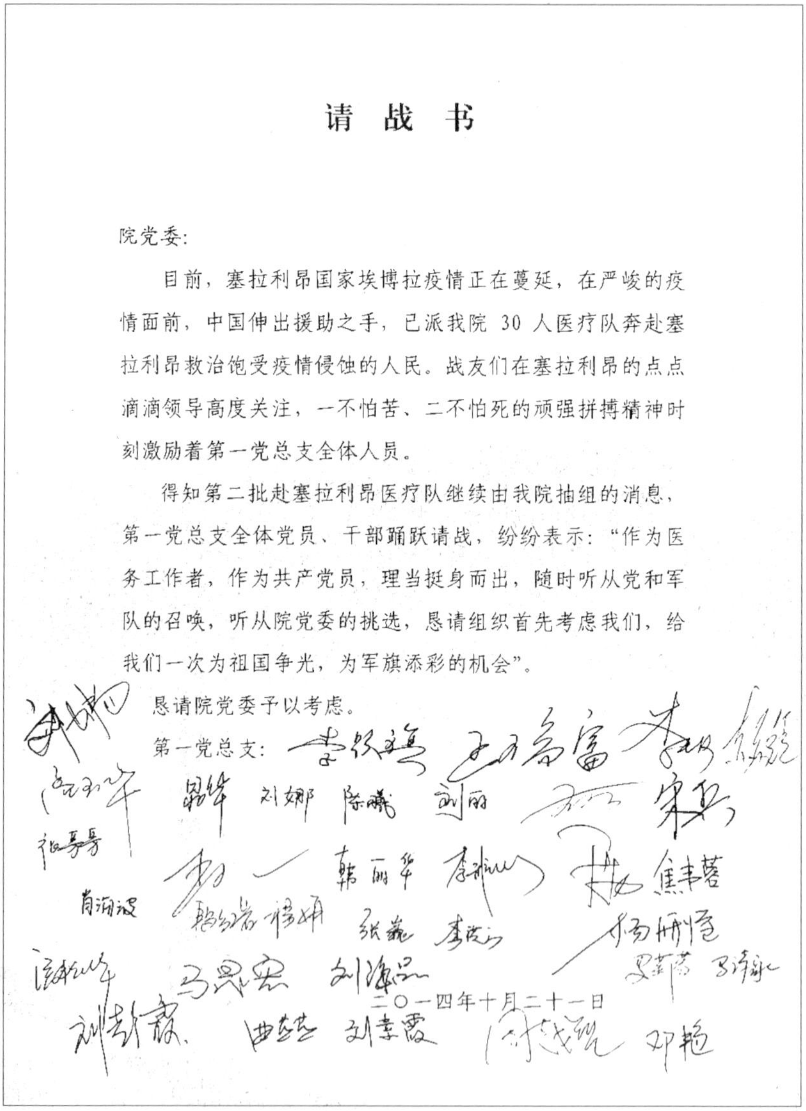

请战书

院党委：

目前，塞拉利昂国家埃博拉疫情正在蔓延，在严峻的疫情面前，中国伸出援助之手，已派我院 30 人医疗队奔赴塞拉利昂救治饱受疫情侵蚀的人民。战友们在塞拉利昂的点点滴滴领导高度关注，一不怕苦、二不怕死的顽强拼搏精神时刻激励着第一党总支全体人员。

得知第二批赴塞拉利昂医疗队继续由我院抽组的消息，第一党总支全体党员、干部踊跃请战，纷纷表示：“作为医务工作者，作为共产党员，理当挺身而出，随时听从党和军队的召唤，听从院党委的挑选，恳请组织首先考虑我们，给我们一次为祖国争光，为军旗添彩的机会”。

恳请院党委予以考虑。

第一党总支：

二〇一四年十月二十一日

◎ 三〇二医院第一党总支党员们向院党委要求加入第二批援塞医疗队的“请战书”

长，在得到医院抽组第二批援塞医疗队出征的消息时，她的儿子南北刚1岁，她却毅然决然地报名参加。医院领导考虑到她的孩子还小，她的身体也没有完全恢复，就没有同意她去。

“让我去吧，虽然我孩子小，但我的亲人们都能照顾他。作为一名

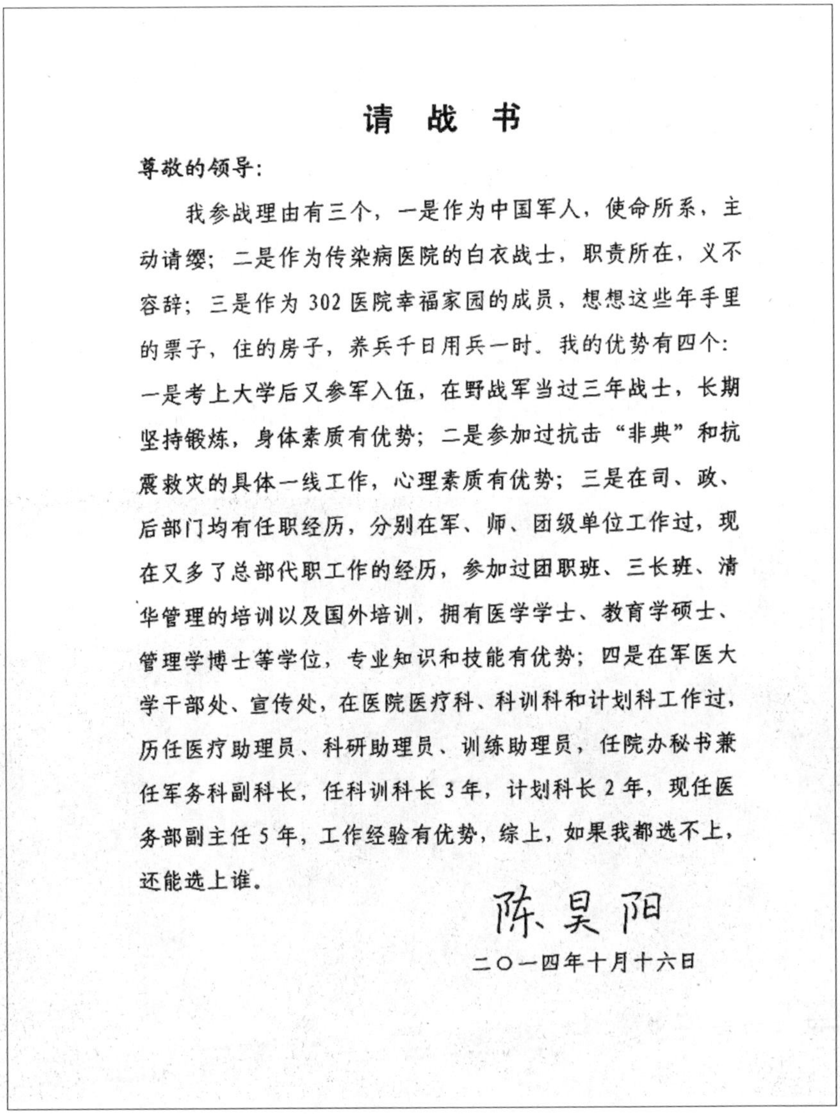

请　战　书

尊敬的领导：

我参战理由有三个，一是作为中国军人，使命所系，主动请缨；二是作为传染病医院的白衣战士，职责所在，义不容辞；三是作为302医院幸福家园的成员，想想这些年手里的票子，住的房子，养兵千日用兵一时。我的优势有四个：一是考上大学后又参军入伍，在野战军当过三年战士，长期坚持锻炼，身体素质有优势；二是参加过抗击“非典”和抗震救灾的具体一线工作，心理素质有优势；三是在司、政、后部门均有任职经历，分别在军、师、团级单位工作过，现在又多了总部代职工作的经历，参加过团职班、三长班、清华管理的培训以及国外培训，拥有医学学士、教育学硕士、管理学博士等学位，专业知识和技能有优势；四是在军医大学干部处、宣传处，在医院医疗科、科训科和计划科工作过，历任医疗助理员、科研助理员、训练助理员，任院办秘书兼任军务科副科长，任科训科长3年，计划科长2年，现任医务部副主任5年，工作经验有优势，综上，如果我都选不上，还能选上谁。

陈昊阳

二〇一四年十月十六日

◎ 陈昊阳要求加入第二批援塞医疗队到西非抗埃一线的“请战书”

老护士，我的经验比较丰富，我相信自己能在塞拉利昂派上用场。”

刘冰说自己经验丰富，这话一点儿不假，2003 抗击“非典”时，她多次进入隔离病区参与救治危重患者；她还多次参加医院和上级单位组织的卫勤演练，并连续 8 年担任医院应急分队成员。医院公布筹备训练名单的那天，刘冰没有听到自己的名字，非常失望。虽然不能与队员一起训练，但她还是时刻关注着备战情况，为战友们的工作、训练出谋划策。常言说，心想事成。一名预备队员由于身体原因不能赴塞，原本只是替补的刘冰，火速补入训练名单。

此时，距离出征只有一周多的时间了，为了迅速跟上医疗队训练的节奏，刘冰毅然给小南北断了奶，并把孩子送到母亲家。她没日没夜地加紧训练，心理和体力都几乎达到了极限。功夫不负有心人，由于刻苦训练，加上过硬的专业技术，刘冰很快跟上了医疗队的节奏。2014 年 11 月 14 日，她和队友一同登上了飞赴塞拉利昂的专机。

◎ 刘延东副总理在机场送行时与队员亲切握手

护士霍翠华有一个12岁的孩子，人生正处在最忙碌的阶段。西非暴发埃博拉疫情后，她一直非常关注疫情变化。“作为一名传染病医院的护理人员，能用自己的双手为疫区的孩子做点儿事情是我的愿望。”霍翠华这样说，也是这样做的。三〇二医院准备抽组第二批援塞医疗队的消息传开后，身在儿科的她毫不迟疑地递交了请战书，并光荣入选。

◎ 霍翠华参加学术交流活动

集训期间，霍翠华的母亲被查出“颈动脉狭窄”，需要住院手术。为了不让母亲担心，她一直没有告知自己即将出征的消息。医院的战友听说此事后，积极协调，帮助她母亲顺利完成了住院会诊和手术前的所有准备工作。

出征当天，在首都国际机场登机前，霍翠华接到了弟弟报告母亲手术成功的消息。霍翠华流着眼泪说：“虽然不能陪伴在母亲身边，但我相信母亲一定能够理解我。”

前往塞拉利昂之前，医生荣义辉正准备去美国，他获得了去美国霍普金斯大学深造的机会。为了这次出国深造，荣义辉在语言方面和科研方面准备了一年多的时间，还没有出国学习过的他，非常重视这次来之不易的机会。作为三〇二医院的骨干医生，他盼望这次深造能学习到世界上最先进的医学知识和技能，能令他的业务全面提升，更好地应用于医院的临床工作。

就在他即将出发去美国的时候，医院开始组建第二批援塞医疗队。作为医院的中坚力量，参加过医院多次野战医疗任务并有着丰富经验的他，这次被挑选为援塞预备队员。一边是去美国深造的大好机会，一边是去西非面对世界最凶险的埃博拉病毒，如何选择？如果参加援塞，他就将失去此次美国求学的机会。但作为一名军人，当祖国需要他时，他毫不迟疑地选择了援非抗埃。

对他这样的选择，妻子多少有些不理解，出国深造的机会太难得了，可能也就只有这一次；去西非，是要面对致命的埃博拉。妻子觉

◎ 幼儿园小朋友为即将出征的援塞队员献花

◎ 登车前往首都国际机场

◎ 英勇出征

得，一向踏实谨慎的他犯了不该犯的错误。对此，荣义辉这样回答妻子：“去美国深造对我来说确实是一个很难得的机会，但我相信，这样的机会以后还会有的。去西非执行救援任务，这是国家的任务，我是一名军人，国家的召唤大于一切。而且我相信，在西非治病救人，比单纯的科研更有价值，更是我这个医生应该做的。我毫不后悔，希望你能够理解我的决定。”

2014年11月9日、15日，解放军第二批援塞医疗队41名队员分两批从北京启程奔赴塞拉利昂首都弗里敦，接替首批援塞医疗队，继续执行抗击埃博拉的任务。

著名管理学家帕尔森曾说过：“世界上最优秀的管理在军队。”也许这句话这样表述更加准确：“世界上最优秀的管理在中国军队。”这一点在中国人民解放军第二批援塞医疗队的日常管理中得以充分体现，陈昊阳队长更是优秀管理者的杰出代表。

从到达塞拉利昂的第一天起，陈昊阳队长召集各组长第一时间制订了严格的生活制度，根据全队人员构成和工作需要，编设了4个建制班，分设班长、副班长，负责各班人员的管理和行动部署，又在4个建制班的基础上统配了15个业务小组，这些小组涵盖了药品、耗材、文体、宣传、培训、科研、信息、财务等方面，各小组设立组长、副组长，严格组织架构，明确职责任务，实施起他一贯的“军事化管理”。第一天早饭前集合，有一名队员迟到了，只见他站在队伍最前面，眼睛一瞪，说话嗓门一抬高，队员们便感受到陈队长身上那种军人的威严：“以后每天三顿饭，饭前全队必须集合，清点人数，人齐后再排队就餐，有特殊情况，必须提前请假，无故迟到，必须到前面说说。”其实，在医疗队组队之初，队员们早已领教过陈队长“严格的管理”和“过硬的军政素质”。出国前，有队员问都要做哪些准备，陈队长的回答让这名队员感到有些出乎意料：“从军姿和体能开始。”他解

◎ 医疗队实行严格的军事化管理

释说，抗击埃博拉是一场严酷的战斗，战胜对手要有强健的体魄，没有雷厉风行的作风和铁的纪律，没有过硬的身体素质和防治本领，是没法完成的。为此，出征前医疗队进行了为期一个月的队列、体能训练和穿脱防护服、实用医学英语、当地风土人情、个人心理、外交礼仪等方面的培训。在这个过程中，陈队长给大家下达了“硬指标”，跑步跑不过他自动退出，防护考核达不到 100 分不准赴塞，过不了他这关，说什么都没用。已经 42 岁的陈昊阳队长和一些二三十岁的年轻人在一起比试，他的各方面考试成绩特别是理论和技能成绩还是比较靠前，即便是在年龄不占优势的体能考核中，陈队长的 3000 米也用了不到 13 分钟，平板支撑也在 10 分钟以上。所以，考核想超过陈队长也不是那么容易。

抵塞后，陈队长对作息时间也进行了严格规定，休息时队员的活动范围仅限于驻地，严禁私自迈出驻地宾馆一步。为了保持严格的纪律，陈队长还对军容着装、卫生内务和餐饮节约等方面提出了明确要求，从而让队员们切实感受到了“从严治队、从严管队”带来的战斗力。以下是来自中国军网 2015 年 1 月 21 日的报道（通讯员　何巍、戴欣）：

◎ 平板支撑训练，坚持就是胜利

援塞抗埃医疗队每日生活工作全揭秘

塞拉利昂是目前西非埃博拉疫情最重的地区，由解放军第三〇二医院医护人员组成的中国人民解放军援塞医疗队自入塞以来，全体队员勇于担当，不惧危险，迎难而上，全力救治，取得了阶段性成果。截至1月16日，医疗队累计收治埃博拉留观患者636例，检测阳性289例。近日，笔者走近这群“抗埃勇士”，了解了他们工作与生活中的点滴。

生活保障有力催生战斗力

凌晨4:00，伴着零星几声清脆的鸟叫声，第二批援塞医疗队驻地的厨房传来锅碗瓢盆交响曲，后勤班组已经在准备当天的早餐。蒸包子、熬稀饭、煮鸡蛋、炒咸菜、热牛奶，在朱立良班长的带领下，大家各司其职，各负其责，各项工作井井有条，忙而不乱。

后勤组组长罗新疆介绍说，为了让队员们始终保持充足的精力，必须保证营养，特别是要在早餐上下功夫。医疗队

◎ 忙碌的后厨

每周订有食谱，每天餐食不重样，仅面条就能做出十几个花样。“西红柿比龙虾贵”说的是塞拉利昂蔬菜稀少，提前预订的菜说没有就没有，根本不需要理由，随时需要调整食谱。罗新疆表示，三餐的准备凸显了这些业务厨师的专业水平，一方面要解决蔬菜品种少的问题，另一方面还要照顾个人喜好，屈指可数的几个菜成了炊事班变戏法的道具。队员们表示，虽然偶尔也似曾相识，但绝对吃不重味儿。

保证自身健康才能打胜仗

早晨6:50，全队集合吃早餐。在食堂入口处，2名护士手持红外体温枪，为每一名队员检测体温，犹如安检，认真细致，任何人都不放过。

“昨晚睡眠不足6小时的请举手”“不足4小时的请举手”“不足3小时的请举手”……每天早餐前，队领导总会询问大家的健康状况，了解睡眠质量，了解身体有无不适。

食堂门口，摆放着一台标准秤，队员自觉测量体重。今天是杜宁和霍翠华2名队员的生日，后勤组也为过生日的队员准备了“惊喜”，香喷喷的长寿面上整齐地摆放着用火腿肠围成的心形鸡蛋——或许这是对他们最好的慰藉和祝福。

不经严格审批不能进医院

7:30，准备上班的队伍集合完毕，有主班、副班，医生、护士。队领导首先是对主、副班布置当天的重点工作，然后会对其他拟去医院的每一个人进行详细询问，去医院干什么，能不能找别人替代，能不能与他人合并，能不能通过电话解决。为此，好几名同志受到过严肃批评。

医师组长金波告诉记者，他就曾经被“拿”下来几次，领导让大家少去医院，不是有意打击工作积极性，而是在关心大家，是为了让大家多休息，做到劳逸结合，防止打疲劳战。收治烈性传染病，工作人员面临的压力非常大，必须让大家充分休息，始终保持最佳状态，才能更好地胜任工作。

只有“汉子”才能做好防控

9:20，防控组组长张秀准备好当天工作所需要的物品，穿戴防护用品进入缓冲间。她是这支医疗队中最年长的女队员，虽然防控组看似不直接接触埃博拉患者，但他们每天要和其他医护人员一样在30多摄氏度的高温下，穿戴11件防护用品，处理接触过患者分泌物、排泄物的各种物品，几次倾倒、更换30公斤的消毒桶，提着沉重的垃圾袋在毒辣的太阳下将垃圾扔进焚烧池。在缓冲间，即使戴着N99口罩和厚厚的护目镜，还经常会被高浓度消毒液熏得眼泪直流，咳嗽不停。

张秀每次穿着全套防护用品在缓冲间就得工作1个多小时，一个班次下来全身都会湿透。到了晚上，嘴里和鼻腔里还都是消毒液的味道，常常熏得恶心、吃不下饭，睡觉的时候也咳嗽不止。一天下来，呼吸新鲜空气都会有种重获新生

◎ 防控组全体队员

的感觉。当被问及如何看待防控工作的时候，张秀很自豪地说：“虽然我的工作看似千篇一律、枯燥乏味，但任何一个环节都是必不可少的，也是保证我们所有工作人员‘零感染’的重要前提。”

防护“安检”措施严而又严

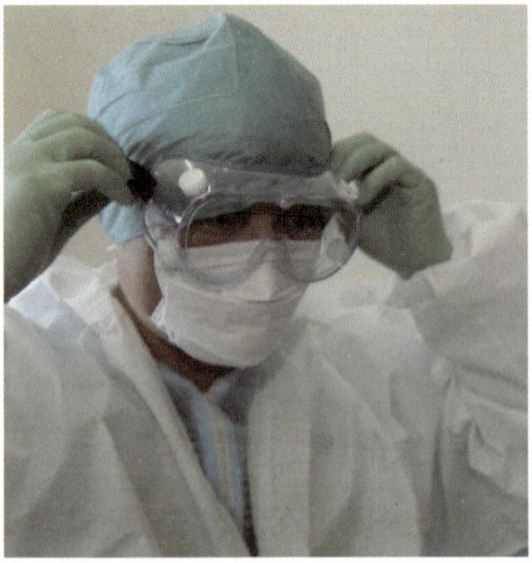

◎ 认真穿戴防护用品

9:40，护理组组长黄顺和队友开始为今天进入病区的队友准备必需的防护用品。黄顺在传染病医院工作了20多年，先后参加过抗击“非典”、抗震救灾等重大突发公共卫生事件处置工作。她介绍说，与传染病打交道，最重要的就是防护，绝不能有一丝疏忽和半点马虎。11件防护用品，36道穿脱程序，一个都不能少，一点也不能错。

穿脱防护装具，医务人员必须接受“安检五查”：个人必须对着镜子穿戴，严格进行自查；每一组医护人员必须相互监督，两人实施互查；必须接受感控人员的检查，队员穿戴整齐后，感控人员必须再次进行全面“安检”；出入病区，特别是在缓冲间脱装具时，必须全程接受副班人员通过监控实施的检查……看隔离衣是否完好、手套是否破损，查隔离服是否穿好、护目镜是否戴紧、口罩是否捂严、手套是否戴好、鞋套是否套紧，从不漏查一项。高温下，即使站着不活动，厚厚的防护用品往身上一套，也会立即感觉憋气和出汗，大家只能尽量减少说话和体力消耗。

严格病区工作时限确保安全

10:20，主班医生杜宁和护士刘冰像往常一样开始进入病区查房。杜宁46岁生日这天，其他队员主动要求和他调班，但他还是坚持在岗位上度过自己的生日。在病区多待一分钟，就会多几倍的感染风险。询问检查患者身体状况，测量体温，记录临床症状及体征，对患者采取针对性治疗……

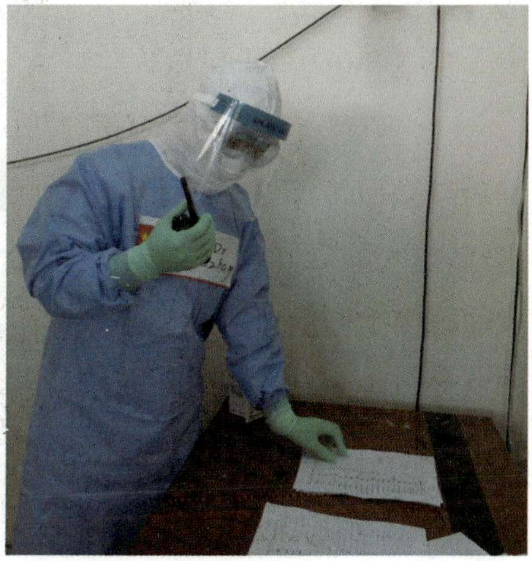

◎ 认真核对信息

一轮查房下来，至少需要在病区停留一个半小时，防护服和口罩常常被汗水浸湿，部分或完全失去防护效能。口罩紧贴鼻腔和口腔，非常容易让人窒息。每一次进入埃博拉患者病区，对医护人员都是一种极限挑战。

杜宁说，曾经有一天一次性转来了10名患者，光是对这些患者进行分诊、询问和简单的检查就花费了一上午的时间，离开病区的时候整个人都快要虚脱了。为确保每名医护人员的安全，每天进入病房之前，医师组长金波都会根据当日的工作量，精确计算出每一组医务人员查房的时间，在进病房之前对他们提出时限要求。

严查细抠流程才能防意外

10:30，在主、副班分组进入病房开展工作的同时，备班人员及时来到监控室，记录医务人员进入病房的时间，手持对讲机，两眼紧盯监控室的显示屏，对医务人员病区工作进行全面监控。

“靴子浸泡时间不够”“洗手时间不够”“摘面屏动作不规范”，不一会儿工夫，担任备班的医生张昕帮助塞方护士纠正

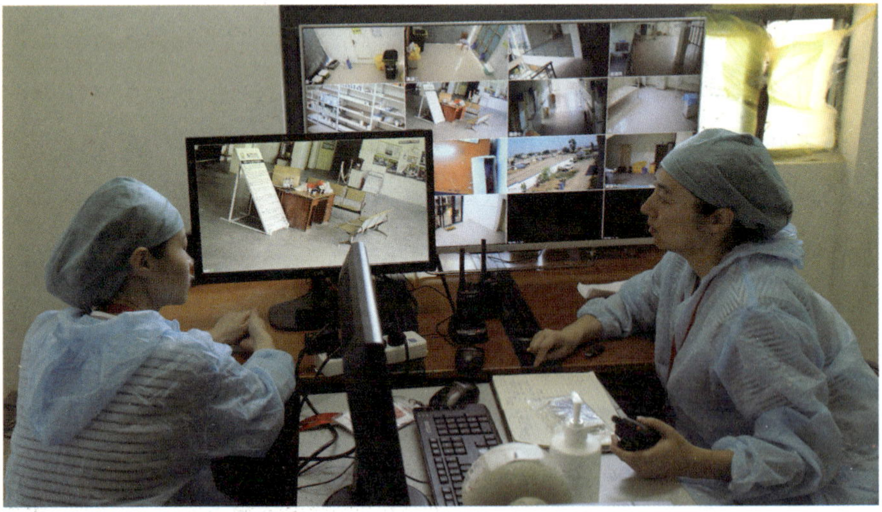

◎ 实时监控病区

了3处不当动作。他介绍说，塞方部分人员特别是聘用人员，绝大多数没有从事过传染病专业工作和相关训练，虽经我方速成培训，熟悉了相关知识和基本流程，但少部分人效果仍然不尽如人意，特别是实操工作令人担忧。另外，塞方医务人员对传染病的风险认识不够，侥幸心理占据上风，都需要随时提醒。

大概过了半个小时，只见一位老年患者，从病房出来，走路无精打采、颤颤巍巍，几次差点儿摔倒。护士林惠明及时通过对讲机呼叫病区当班护士将患者送回病房休息，避免了意外的发生。

“杜宁请注意，你进病区的时间过长。”对讲机里突然传出医疗队长陈昊阳的声音。杜宁医生一愣，分明队长今天在驻地，怎么会在医院听到他的声音？从病区出来一打听，才知道医院的监控已经实现远程化。说起病区的监控，田林怀技师告诉记者，这些都是队员们身穿厚厚的防护服，一点儿一点儿安装的，“电子眼”有效保护了我们每一位医务人员和患者的安全。

科学防控确保无交叉感染

10:40，一辆救护车将几位埃博拉疑似患者送到门诊大厅，进行隔离观察以及诊断治疗。疑似患者抵达医院之后，中塞医护人员就会发放口罩，然后逐一询问其年龄、接触史、症状及有无静脉采血等情况。医师组副组长徐哲介绍说：“此次西非埃博拉疫情暴发的原因，医院内的感染是最重要的渠道之一。我们的一个重要任务就是尽量确保每一个没有感染埃博拉病毒的留观者是安全的。”根据初诊结果，医护人员将疑似患者分别送入留观室留观及治疗。

为科学防范交叉感染，所有疑似患者都被安排在单间进行隔离观察。可以看到在进病房前，每个患者还会佩戴特制的手环，上面标有患者的姓名、ID号以及床位号等信息，这样可以更加有效方便地对患者进行管理。

患者从入院分诊到实验室检测的这段时间最为宝贵。对于确诊的埃博拉患者而言，及早诊断就能及早接受专科治疗，就有可能保住生命；对于没有感染病毒的留观者而言，尽快排除病毒感染，也就可以尽快出院，降低风险。徐哲说："保证留观者的安全，避免交叉感染，其重要性不亚于治疗埃博拉患者。对于我们医疗队来说，这里每一个生命都是极其珍贵的。"

带上零食玩具吸引小患者

15:40，医护人员再次进入病区开始忙碌。在监控里可以看到他们除了携带补充药品外，还拎着牛肉干、饼干、糖果、玩具熊猫、布娃娃等物品。据医师组组长金波介绍，根据埃博拉防控隔离要求，母亲入院，与其亲密接触的小孩必须同时隔离留观。他介绍说，到目前为止，医疗队已经收治留观儿童40余名，其中年龄最小的才11个月。

为了使这些小孩能够积极配合治疗、健康成长，医护人员想尽了办法。他们除了在用药上根据年龄大小适当调整剂量外，还根据儿童特别是幼儿的年龄特点，想方设法通过赠送零食和玩具，主动和他们亲近，取得他们信任，使他们乖乖接受隔离。护士霍翠华介绍说，每次在病区见到小孩，心里都非常难过，特别是面对一些因为埃博拉失去双亲的孤儿，双眼经常被泪水打湿。

虽说霍翠华一直在三〇二医院小儿科工作，平时接触的也都是儿童，但在这里，她完全是另外一种感觉。面对高死亡率的埃博拉病毒，她想给予他们更多的关怀，帮助他们把糖果包装纸撕开，把牛奶喂进婴儿的嘴里，拿玩具逗乐，每次只要短短的几天，孩子们都会对医务人员亲切许多。

日例会晚点名梳理一天工作

16:00，各业务组将数据汇总到全队工作日志。

18:00，当天值班人员顺利回到驻地，医疗队的日例会随即召开。“医师组今日与塞方召开例会，落实了增加门诊设施的有关事项……”“护理组进病区执行6人次，开展留置针的培训……”15个专业组正按次序依次汇报当天的工作，布置第二天的工作。医疗队信息组组长张昕介绍说：为了细化分工，强化末端落实，第二批援塞医疗队紧紧围绕医疗中心任务，将队里各项工作归为15大类，设立15个工作小组，并制定各组工作职责、人员分工和工作方案，所有队员全部纳入各工作小组，这样一来就确保了人人有事干，个个有职责，在队里有效地形成了齐抓共管、全面落实的良好氛围。

19:30，医护交接班。

20:30，全队在食堂前晚点名，全体队员被划分为4个行政班。各班班长清点人数后，由队长、政委总结当天的工作，并对第二天的工作进行具体部署。“我觉得这种形式很好，虽然每天除了工作外留给自己的时间不多，但能体会到浓厚的部队和战斗氛围。”三班长孙李建对笔者这样形容，“在这里的每一天大家过得都很充实。”

22:30，各班清点人数，不允许队员们相互串门……

另外，每周各班还要召开班务会、党小组会、各业务组会议等；每周日下午，全体人员召集在一起开队务会。在队

◎ 医疗队每周总结会

务会上，队领导会点评这一周的工作，分析查找问题，安排重点工作。月末，队里要将一个月的重点任务进行梳理。

“对于执行抗击埃博拉这种特殊援助任务的医疗单位来说，严格规范一日工作生活制度尚属首次。”陈昊阳队长表示，“我们在实践中发现，这有助于提升队伍的战斗力和凝聚力，有效地增强了我们克服困难、战胜疫魔的信心和决心！”

这种“从严治队、从严管队”不仅体现在生活制度上，也体现在病区工作上。

防护用品的穿脱，除了自查和两人相互监督外，必须全程接受值班人员的视频监控检查。每天进入病房前，医师组都会根据当日的工作量，精确计算出每一组医务人员查房所需的时间，同时提出严格的时限要求，并记录下每个人在病区的工作时间。

缓冲间消毒使用的含氯消毒液浓度高达5000mg/L，队员们经常被

◎ 放入消毒片

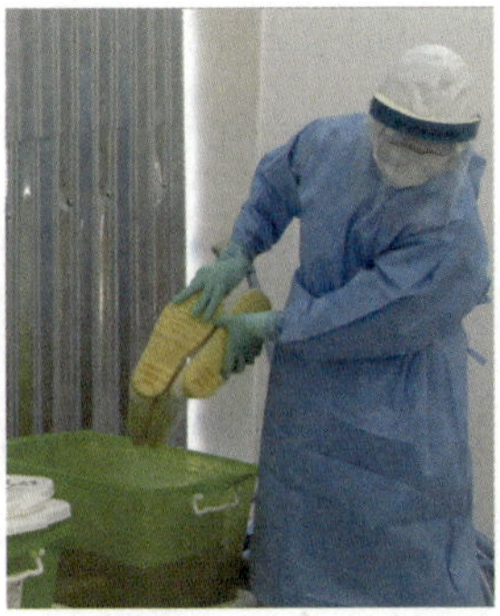

◎ 取出防水靴

◎ 更换泡靴箱

◎ 队员自制能够自动上下水的泡靴箱

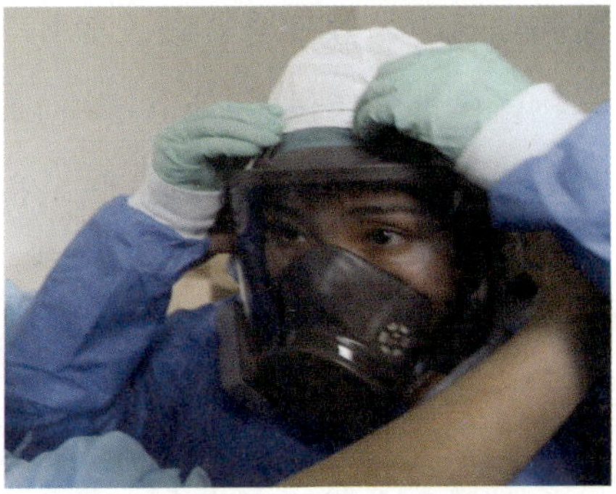

◎ 试用防毒面具

高浓度消毒液熏得眼泪、鼻涕直流，还有队员被熏得短时间窒息过，有队员感叹道：“也许我们还没被埃博拉打倒，就已经被氯气给熏倒了。”曾有一次，一名队员被呛得连续咳了半个多小时，摘下口罩时，鼻涕一直流到胸口，由于严格的洗消程序未完成，只能任凭鼻涕流下来却不敢用手去擦拭。

为了解决氯气对队员的伤害问题，大家集思广益，想了很多办法。优化流程，自制能够自动上下水的泡靴箱、排风扇，试用防毒面具、防酸口罩……每一个流程的优化，每一个细小的发明，无不透露出队员的严谨和认真。

医疗队的物资管理和测算是一项非常重要的工作。为了做到存储有序，他们根据使用性质、规格品种和数量进行分类，将医疗、检验、防控、办公、生活物资分布于驻地和医院的12个独立库房内，摆放有序、干净整齐。各类物资分别交专人管理，理清物品基本信息、出入库信息、消耗数据信息等，做到库存有数，出入有序。

第二批援塞医疗队在塞拉利昂期间，除了首批医疗队的库存物资外，还要整理随机携带的和之后运输过来的物资，仅物资整理入库就是一项十分巨大的工作。根据海外工作的性质，医疗队充分考虑物资保障，建立了物资消耗数据动态分析，掌握每天物资实时库存、实时消耗数和消耗比，分析出紧缺、常用、一般和零使用量物资的分布情况及库存物资预计维持供应时间，做到未雨绸缪、有的放矢，并分阶段与国内后方保障人员进行积极沟通联系和数据信息共享，为后方物资保障提供准确、实时的参考依据。

对物资管理要精确到每一瓶消毒片、每一盒药、每一双手套，甚至每一个罐头，绝不允许出现任何必要物资短缺，在短短的2个月时间内，就完成了对医院、驻地库房160个品规747箱药品、106个品规1537箱耗材的全面清点、分类存放、登记造册，做到了每一件物品出库有登记。

物资管理得当，第二批援塞医疗队对人力资源的管理也更加合理。

物品信息					消耗数据统计				
序号	类别	物品名称	规格型号	单位	实时库存汇总	实时消耗汇总	实时消耗比	平均每天消耗数	预计消耗天数
1	防护物资	手术衣（隔离衣）		箱	830	1610	65.98%	20.64	40
6	防护物资	医用防护口罩	N99	箱	4000	6800	62.96%	87.18	46
2	防护物资	高腰雨靴		箱	240	365	60.33%	4.68	51
10	防护物资	二道防线（内衣）		箱	420	630	60.00%	8.08	52
3	防护物资	一次性帽子	普通	箱	6000	5000	45.45%	64.10	94
4	防护物资	防护双色手套	双色双层	箱	10775	6425	37.35%	82.37	131
5	防护物资	PE手套		包	65	35	35.00%	0.45	145
19	防护物资	外科口罩		箱	4900	2600	34.67%	33.33	
12	防护物资	一次性高腰鞋套		箱	6000	3160	34.50%	40.51	148

◎ 医疗队随时掌握物资消耗数据

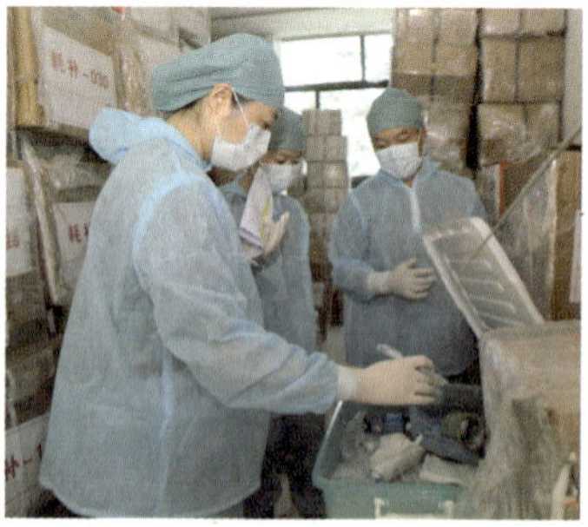

◎ 物资出库登记

以前，塞方护士管理相对松散，不仅造成了工作秩序上的混乱，而且存在巨大的安全隐患。对此，队里不断调整优化护士班次及查房流程，并撰写中英文管理方案10余份，明确了责任分工，提高了工作效率，把中国医疗队严谨的作风带给了塞方同事。

为解决埃博拉留观患者管理上的难题，医疗队在病区安装了广播系统，分别用英语和当地土语反复播放患者住院规定；制作了大量的健康宣教展板，向塞拉利昂民众告知病毒传播的渠道、危险性和防护措施；架设了隔离带，实现疑似和确诊患者的物理隔离及患者入院后的单向流动。终于，埃博拉患者渐渐地听懂了、看明白了，塞方医务人员了解了、掌握了，中塞友好医院的秩序大为改观。

埃博拉病毒病是一种烈性病毒传染疾病，各项防护措施必须采取最高级别，这使得医护人员在病区停留时间受限，也给病历书写及患者资料传输带来了极大困难。面对这些特殊情况，如何在较短时间内高效高质地完成病历书写及患者资料传输是一个亟待解决的难题。

医疗队张昕医生为此动起了脑筋。他根据埃博拉的主要临床症状、体征特点，优化精简了原有查房表格，缩短了病历书写时间，大大提高了工作效率。然而，埃博拉病人症状体征采集问题仍未得到解决。

有一次，2名医生对同一名患者的阳性体征观点不一。虽然病区安装了视频监控系统，且覆盖率达90%以上，但在近距离查看等细节问题上，还是存在缺憾。医师组金波组长无法通过视频看清医生给患者查体的细节画面，这样就没法准确判断，只能进病区确认。

这次查房让张昕印象深刻，他开始琢磨解决的方法。通过苦思冥想，张昕觉得使用便携式运动摄像头采集病历资料的方法具有可行性。于是，他将方案上报给了队里，医疗队充分肯定了张昕的想法。便携式运动摄像头很快在中塞友好医院埃博拉留观中心投入使用，结合病区高清摄像头、无线网络的应用，极大地推进了病区病历采集及影像资料的

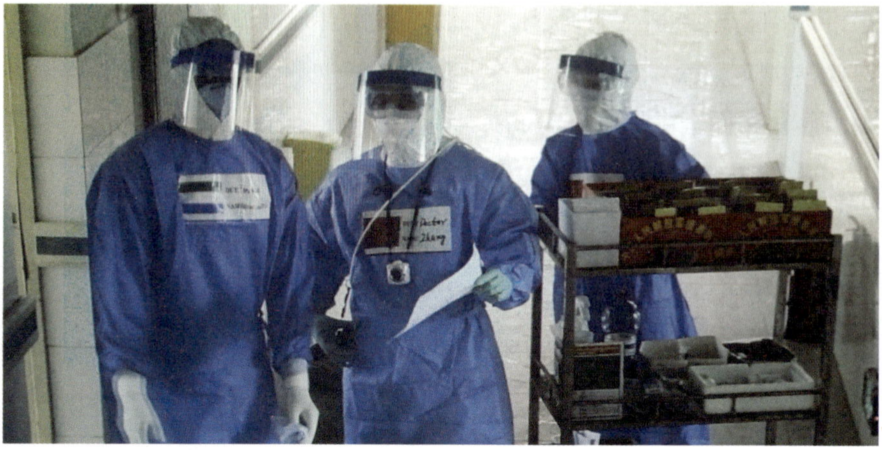

◎ 队员携带移动摄像头记录病区情况

传输工作。

如此一来，医生查房时运用无线运动摄像机，随时对患者的各种阳性体征进行拍摄，同时使用简化的表格式病历，通过 Wi-Fi 将资料传输到清洁区的手机或平板电脑中，极大地缩短了单次在污染区的工作时间。

为解决病房闭路监控系统盲区多、灵活性差和无法异地监控等问题，队员们触类旁通，想到了无线网络摄像头，通过在网上反复比较、筛选，买来了既能防水防雷击，又对通信带宽占用最小的设备，进而实现闭路监控与网络监控的“接力”式传输，不仅在驻地宾馆，甚至在国内，都可以通过国际互联网对病区情况实施 24 小时不间断监控和远程实时指导。

为了给病区安装广播系统，医疗队的工程师们穿着三层防护服，手提肩扛几十公斤重的工具和线缆，冒着高温酷暑，在污染区穿墙打洞、铺设线路。

为了开通网络，医疗保障组的队员自学交换机、路由器的工作原理和网络布线方法。为了摸清网络线路走向，有关队员更是进到位于污染区的计算机房，在高不到1米、宽仅容转身的狭小空间里反复操作。没有信号测试器，面对错综复杂如蜘蛛网一般的网线，队员们只能打开手机无线功能一根根地调试，这样一干就是一个多小时。医疗保障组的队员们一次次进危险区、一次次调试，铺设网线百余米，增设路由器3个，成功建立起病区与办公区超强功能的无线网络。

为了更加合理科学地开展工作，医疗队设计制作了印有国旗、职务、姓名的胸标和胸卡，以方便中塞双方在穿着防护服条件下相互识别，也便于在监控视频中迅速辨认；队员们利用废纸箱制成简易药品分类盒，不仅方便了查房给药的操作，也便于通过监控系统对病区药房实现可视化管理。

不同颜色的腕带、不同颜色的分区、院内各处张贴的海报，无不凝聚着队员的智慧和心血，大厅和院前广场架设的双层简易隔离网，为患者家属探视带来便利。

说起这些事无巨细的工作，队员们开玩笑地说，在这里，医生们除了会看病，护士们除了懂护理外，还得会锤凿斧锯这些木匠、瓦匠活儿。这些在国内拿惯了听诊器、手术刀的医生，习惯了针头、棉签的护士，一下子变成了电子工程师、制图师、木匠和水暖工，真是一专多能，样样精通。

◎ 防护服标识贴

中国人民解放军援塞医疗队在西非抗击埃博拉时的方法和经验，必将成为国家和军队对外执行任务时的有益

◎ 第二批援塞医疗队员与塞方工作人员在中塞友好医院合影留念

教材。

在援塞的 60 多个日夜里，第二批援塞医疗队全体队员从基础出发，从细节入手，拼字当先，以中国人的大爱，在塞拉利昂取得了援塞抗埃的阶段性胜利，医护人员先后制订并逐步完善了工作流程、制度、诊疗方案、培训方案等文件近 50 个，累计成文近 10 万字，累计进入病房 304 次，累计在病房工作时间 16178 分钟。单人最高次数 32 次，最长时长为 1907 分钟。累计救治患者 372 人，治愈埃博拉确诊患者 12 人。

大西洋翻涌的波浪，狮子山上炎炎的烈日，见证了中国军人的勇敢、智慧、奉献与坚强。

第九章　与埃博拉的日日夜夜

对于医务人员而言，每一个生命都是珍贵的，不管付出多大代价，我们绝不放弃任何一位病人。

——中国人民解放军第二批援塞医疗队政委何巍

2014年11月14日晚8点半，怀着激动和自豪的心情，中国人民解放军第二批援塞医疗队队员王丽珍和队友们一起，登上了前往塞拉利昂的专机。

长途飞行，时间过得格外慢，心里想的事也就格外多。王丽珍想到了医院，想到了自己的家庭、丈夫、孩子……机窗外漆黑一片，飞机引擎平稳地轰鸣着，应该睡觉了，但就是睡不着。她做护士20多年了，抗击过“非典”，也到国外执行过任务，但这次内心还是多少有点儿忐忑不安。

当地时间11月15日13点，他们终于抵达了塞拉利昂首都弗里敦。一下飞机，一股热浪扑面而来，呼吸的节奏顿时被打乱了，室外温度30多摄氏度，热带就是热带。大家有序地登上从弗里敦隆吉机场开往码头的汽车，让王丽珍有些惊讶的是，路竟然是土路。沿路有许多当地人，见到中国医疗队的车，远远地就开始挥手，有的还竖起了大拇指，但都没有人戴手套和口罩。到码头集合后，队员们分两批坐快艇赶往驻地。

在王丽珍到达塞拉利昂之前，第二批援塞医疗队先遣组 8 名队员已经先期到达了，他们的主要任务是跟首批援塞医疗队进行交接，同时尽快熟悉和掌握中塞友好医院埃博拉留观中心的运行流程。

到了驻地宾图玛尼宾馆后，王丽珍刚放下行李，汗还没来得及擦一把，第二批援塞医疗队马上集合开会，要求大家尽快熟悉物品交接、医护沟通、后勤保障、人员排班、物资请领等各项工作流程，以及医护人员值班、病人管理等各项制度。

作为一名老同志，王丽珍主动申请第一轮值班。

11 月 16 日，阳光灿烂，她第一天值班，天很热，33℃。在塞拉利昂的热浪中，正式开始了她的工作。

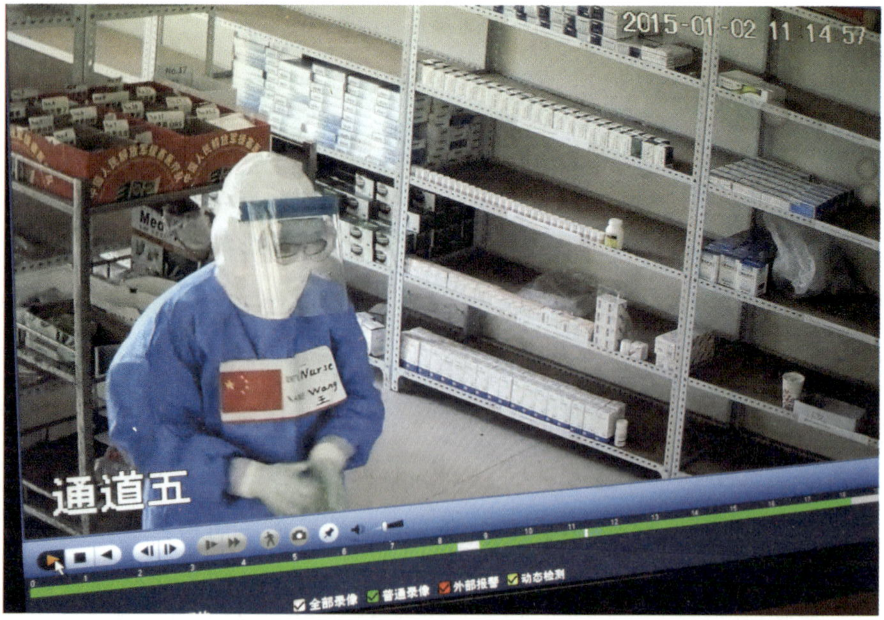

◎ 王丽珍在病区药房工作（视频监控截图）

在进入中塞友好医院埃博拉留观中心病区之前，王丽珍按照规定严格穿戴护目镜、口罩、防护面屏、内外手套、防护服、靴子、靴套等11件防护用品，把自己包得严严实实的，一丝风都透不进来。

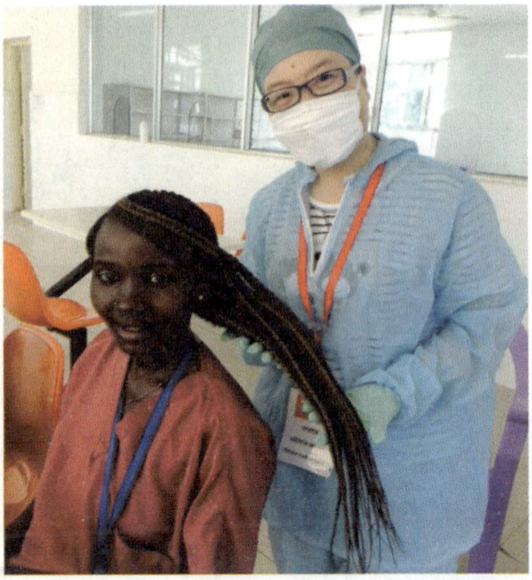

◎ 塞方护士的发型引起了王丽珍的好奇

穿戴整齐之后，王丽珍的第一个感觉就是太热了，站着不动就开始冒汗，一会儿工夫，就感觉汗水从身上往下淌。

“还从来不知道，我身体里竟会有这么多的水。”王丽珍开玩笑地说。

在门诊大厅里，中塞医务人员正在接诊一位埃博拉疑似患者。登记结束后，要对疑似患者分诊。王丽珍和塞方工作人员说话不太多，大多用手比画交流。为了避免交叉感染，病区里没有安装空调和电扇。

第一天值班结束，王丽珍感觉还不错，她相信通过科学的防护、专业的技能，一定能战胜埃博拉。

常言道：“授之以鱼，不如授之以渔。”以诚相待，以心换心，把中国成熟、高效的医疗流程和技术毫无保留地教给塞方医务人员，为当地留下一支带不走的抗击埃博拉队伍，是中国人民解放军援塞抗埃医疗队的一项重要工作。在第一批援塞医疗队的帮带下，塞方医务人员已经掌握了一定知识，积累了一些经验，但还是不够牢固，总有不尽如人意的地方。

第二批援塞医疗队防控组组长张秀，除了负责感控工作外，还做培训工作。到塞拉利昂半个月后，张秀发现塞方医务人员在工作流程上

◎ 加强对塞方人员的培训

有些放松，有时简化流程，穿脱防护用品有些不规范，这是很危险的事情。医疗队决定进一步对他们加强培训，提高防范意识。为此，张秀和队友们想到了一个轻松而有趣的培训方法。

她们调取了病区和缓冲区的视频录像，把塞方医务人员穿脱防护装备时的错误动作剪辑出来，编成视频短片。然后组织塞方医务人员集体观看，让他们边看边找错误，看谁找得最多最快，还给予奖励。

因为这种形式的培训很新颖，塞方医务人员参与的热情非常高。录像中有一位穿着防护装备的工作人员正在脱鞋套，可她的手不小心碰到了防水靴的鞋底。"哦，她做错了。"塞方护士长爱丽丝立刻发现了错误。"那是谁？"大家热烈讨论起来。大家很快便认出她就是清洁工穆萨。看到自己的错误，穆萨低着头说："我要好好练习规范动作，下次一定注意，请大家监督我、帮助我。"

就这样，不规范的动作被一个一个地指了出来。然后医疗队培训队员严格按规范现场演示操作动作，同时讲解哪里容易出现错误，哪些动作看似对，其实不对等等。为了调动塞方医务人员的兴趣，还增加了现场打分环节，中塞双方医务人员互相打分，以此活跃气氛，在快乐中学到知识和技能。

最后，护士长爱丽丝成了标兵。她高兴得不得了，对张秀说，这样的培训方式真轻松，效果显著，做好防护工作，就能大大降低被感染的风险，增强战胜埃博拉的信心。“中国人了不起，我们信赖你们，你们是我们的好朋友。”她信服地说。

在留置针的培训与考核中，“90后”女队员冯欣担任教官。有一个叫安东尼的学员由于刚刚加入抽血队，英语又不好，根本听不明白。冯欣给他开了小灶，对方听不懂，冯欣就边画图边讲解，手把手教。每教授一个步骤，她就询问对方是否理解，当得到肯定的答复时，她就会在纸上画一个笑脸。在培训结束的考核中，安东尼获得了第二名的好成绩。

护士长爱丽丝深有感触地说：“中国医疗队对我们的帮助是巨大而无私的，他们充满耐心和善意，尽可能地帮助我们国家提高医疗水平。”

“时间就是生命”在疫情一线体现得淋漓尽致，越早诊断就越有可

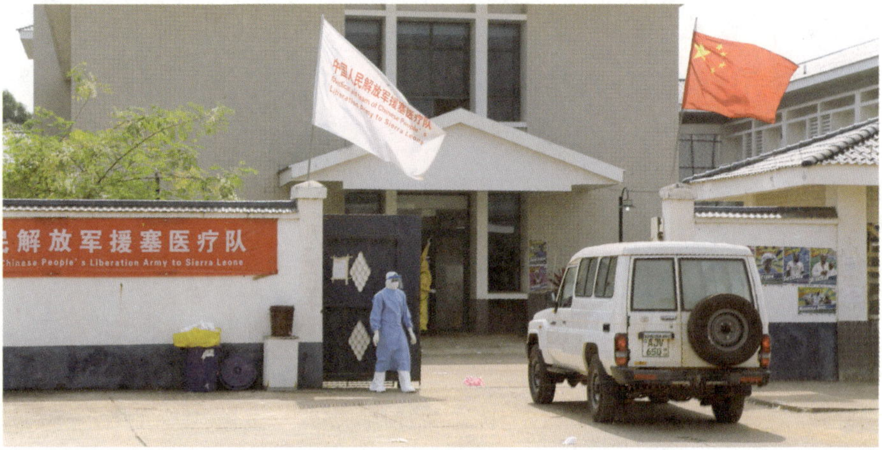

◎ 救护车将病人送抵中塞友好医院

能保住生命。

“医生！医生！”2014 年 11 月 27 日上午，正在查房的荣义辉医生的对讲机里传来塞方护士的呼叫。原来留观中心刚刚接收的 11 名患者中有一位情况很危重。他立即前往查看，患者是一名 1 岁孩子的母亲，由于持续发热、腹泻、呕吐，虚弱得连翻身的力气都没有了。

“立即抽取血样标本！”荣义辉急切地说。在留观中心，采集检测病人的血液至关重要，若血样标本为阳性，病人将被确诊为感染了埃博拉病毒，会立即送往相应的治疗中心接受救治。由于每天中塞友好医院埃博拉留观中心的血样标本数量很多，通常需次日下午才能得到检测结果。

“病人病情危重，如果不及时救治，随时有生命危险。”护理组组长黄顺立即把情况反映给医疗队陈昊阳队长。

“今天争取血检！”听到陈昊阳队长的命令，队员们立刻行动起来。此时，距离中国驻塞检测队当天送检截止时间只有 50 分钟。快一点儿！再快一点儿！队员们同时间赛跑，抽取血样标本、密封、转运……

在队员们的共同努力下，这名患者的血样赶在当天截止时间前送达检测队。当天下午，医疗队便收到患者为阳性的检测结果，他们立即与塞方联系转运患者。等送走这名患者已是下午 5 点半，大家这才意识到午饭还都没有吃……

队长陈昊阳说，中塞友好医院埃博拉留观中心几乎每天都会接收危重病人，埃博拉病毒近在咫尺，时刻威胁着医护人员的生命。然而，战斗在这里的中国队员却个个临危不惧、从容淡定。

截至 2014 年 12 月 1 日，中塞友好医院埃博拉留观中心已经累计收治了 379 名埃博拉留观患者，其中，136 人在 72 小时内先后接受 2

次病毒检测并在确认结果为阴性后顺利出院。对此，第二批援塞医疗队队员们感到很自豪。

在留观中心，医务人员既要准确分诊，又要严格管理病人，在确保埃博拉患者得到及时救治的同时，还要避免没有确诊的患者发生交叉感染。“此次西非埃博拉疫情暴发，其中一个主要原因，就是一些医院发生了院内交叉感染。在医学上来说，这是不允许的，因此，我们留观中心必须确保每一个没有感染埃博拉病毒的留观患者是安全的，是不能被感染埃博拉病毒的。”陈昊阳队长说。说起来不简单，做起来更不简单。

25 日上午，和往常一样，运送埃博拉疑似患者的救护车呼啸而至。这些患者来自于首都弗里敦及其周边地区，当患者出现埃博拉疑似症状后，会被转运到此处进行隔离观察，并接受后续的诊断治疗。

玛萨利是这次来的疑似患者中的一员。因为持续发热，她被送到了中塞友好医院。

◎ 医疗队联合指挥救治患者

医生杜宁此时正在门诊值班。他和塞方医护人员迎上去，给玛萨利和其他疑似患者发放了口罩，然后逐一询问患者年龄、接触史、症状及有无静脉采血等情况。

“经过这个程序，我们就能对患者的情况有个初步的了解。”杜宁说，“比如玛萨利，发病前没有埃博拉病人、染病动物接触史，也没有参加埃博拉病人的葬礼，但她被蚊虫叮咬过，所以我们会在诊疗中，考虑到埃博拉，当然也还有染上疟疾的可能。”

根据初诊结果，医护人员将患者分别送入留观室处置。为防止交叉感染，玛萨利和其他患者一样，都被留置在单间中进行隔离观察。在进病房前，玛萨利还拿到了一个白色的手环。

“手环有不同的颜色，分别代表不同的病区，手环上还标有患者姓名、ID 号以及床位号等信息。”医生张昕说，这样就可以更加有效地对患者进行管理。

“从患者被送到医院开始，一整套机制就已经开始高效运转了。”

◎ 患者康复出院时露着灿烂的笑容，与队员们挥手道别

医师组金波组长说。

在医疗队的努力下，玛萨利在最短的时间内得到了检测结果：阴性。一得到结果，她就待不住了，她告诉中国医生，家里还有 3 个年幼的孩子需要照顾，自己得赶紧回去。但是根据规定，入院抽血检测后，如果检测结果为阴性，患者需要留观满 72 小时，待再次检测为阴性时，才会排除埃博拉感染可能。所以，玛萨利还不能走。

“我们很理解她的心情。72 小时对健康人来说，不过是 3 昼夜而已，可对每一个留观的患者来说，则是漫长的等待和煎熬，是无尽的疑虑和烦躁。”医生张健说。

为了安抚她的情绪，医疗队的医务人员帮忙联系她的家人，让她和家人通话，让她放心。同时，由于玛萨利的第一次血液检测结果查出了疟原虫，医生还给她进行了抗疟治疗。经过有效的治疗，她的发热症状慢慢消失了。

72 小时的留观终于结束了。

“当我通知玛萨利可以出院的时候，她的高兴劲儿就甭提了。”护士长吴建中说。尽管在病房里隔着厚厚的防护服，双方的语言沟通并不顺畅，但玛萨利的眼神里，流露出的是感激。对此，杜宁觉得十分欣慰，因为中国医生的一份责任心，挽救了一位母亲，甚至挽救了 3 个孩子。

“对于留观中心而言，保证留观者的安全，避免交叉感染，其重要性不亚于治疗埃博拉患者。”政委何巍说，“对于医务人员而言，每一个生命都是珍贵的，我们绝不放弃任何一个病人。”

2015 年第一天，本是个喜庆的日子，队员刘冰却哭成了泪人儿。

几天前，11 个月大的婴儿拉萨纳和妈妈被送到了中塞友好医院。拉萨纳长着一双黑亮的大眼睛，很惹人喜欢，是中心最小的留观者。

刘冰第一次见到他时，他正独自趴在床上做着鬼脸，而他的妈妈因为病重躺在另一张床上，无力照顾他。在从医院回驻地的途中，刘冰向队友们讲述了这一幕。医师组组长金波告诉她，拉萨纳的妈妈被确诊感染了埃博拉病毒，而且病情已发展到极危重的阶段，时刻都有生命危险。

不幸的事还是发生了。入院后的第三天，拉萨纳的妈妈去世了。对于妈妈的离去，当时拉萨纳似乎还不明白这些事。看到塞方护士将拉萨纳调到了另一间空病房，初为人母的刘冰很是担心：孩子会摔着吗？谁来照顾他？他会害怕吗？她向队里反映了孩子的情况，并与塞方医务人员沟通后达成协定，由当班护士定时定点进病区给孩子喂饭喂水。

为了避免拉萨纳受伤，医务人员把他安置在铺了床垫的地上。就这样，每个班上的护士都会把冲好的奶粉带入病区，放到拉萨纳身边，还不时做出各种动作逗他开心。但这只能让拉萨纳暂时安静一会儿，因为找不到妈妈，拉萨纳总是不停地哭。正当医务人员一筹莫展时，护士宋兵想到了在银河合唱团唱歌的女儿，为了减少对女儿的思念，她随身带着女儿为她录制的歌曲。她想到，女儿的歌声一定会对小拉萨纳有帮助的，于是她就把录好的歌拿到拉萨纳面前，放给他听。稚嫩的童声一响起，拉萨纳立刻变得安静下来。他从没听到过这样的歌曲，感到很好奇，就停止了哭闹，偶尔还学着哼哼。

11 个月大的孩子正是咿呀学语、学走路的时候，也最需要母亲的陪伴。刘冰提出要求增加班次，就是为了能多照顾拉萨纳一会儿，多陪他一会儿。她担心孩子餐间会饿，就想办法买到奶瓶奶粉；查房时，她模仿各种小动物的声音，也学小鸭子、小乌龟走路，逗拉萨纳开心。有一次查房时，队友们看到刘冰用中文在给拉萨纳讲故事，拉萨纳睁大眼睛开心地看着刘冰，一副好像能听懂的样子。那一刻，两个人仿佛就是

◎ 康复的拉萨纳被儿童基金会工作人员接走

一对母子。

庆幸的是，拉萨纳第二次血样检测结果也为阴性，证实没有感染埃博拉。经过留观期，拉萨纳安然无恙。在医疗队的协调下，联合国儿童基金会对孩子实施了救助。当工作人员来接拉萨纳时，刘冰把孩子抱上车，在她怀里，孩子连续挥了好几次手，像是和妈妈告别。面对此情此景，刘冰再也忍不住眼中的泪水。

在中塞友好医院埃博拉留观诊疗中心，有一群人虽然没有感染上埃博拉，却同样经受着疾病和精神上的摧残，队员们仍然以最大的耐心和爱心救治他们。

54 岁的萨姆 · 瑟斯安静地躺在床上，看见队员们进来，他缓慢地坐起身来。萨姆 · 瑟斯入院时正赶上元旦，那时的他病情很危重，严重的呕吐、腹泻导致他神志模糊，生命危在旦夕。队员们立即对他实施了抢救，经过 2 个小时救治，他终于苏醒过来。经检测，萨姆 · 瑟斯是埃

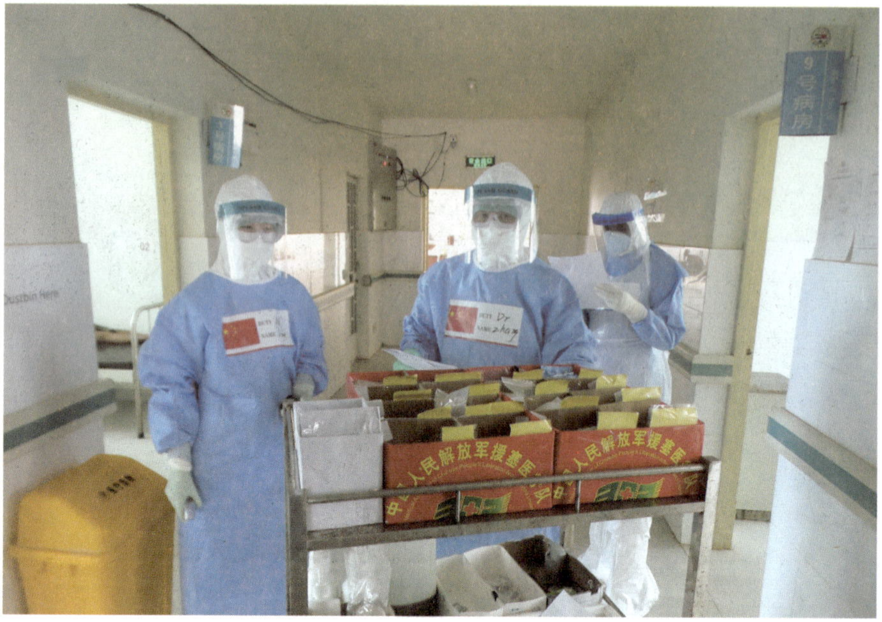

◎ 张健进入病区查房

博拉阴性患者，队员们都很高兴。

但随后大家发现，病情好转的萨姆·瑟斯表现很古怪，不是脾气暴躁就是沉默不语，每次查房时，他都表情凝重。起初队员们还以为这是疾病造成的精神症状，但后来大家发现事情并非如此。第二批援塞医疗队医生张健决心要在萨姆·瑟斯身上找到原因。萨姆·瑟斯不懂英文，这可难坏了张健，他找来纸笔，在纸上画了一个人，一边用笔指着身体的每个部位做出难受的样子，一边问萨姆·瑟斯是否是这种情况。萨姆·瑟斯终于看懂了，他连说带用手势告诉医生没有不舒服，张健医生又指着萨姆·瑟斯画出一个愁眉苦脸的表情，问他为什么这样。可萨姆·瑟斯却沉默了……

为了打开萨姆·瑟斯的心结，每天张健医生都会提前 10 分钟进病区，亲自把病号饭交给他，还喂水给他喝，并为他带来他最爱吃的软饼干。虽然彼此语言不通，但萨姆·瑟斯清楚地感受到了这位中国医生对他的悉心关怀。渐渐地，队员们发现萨姆·瑟斯变得不再难以沟通，他不再发脾气，甚至还能主动和他们打招呼。

一天查房时，细心的张健发现萨姆·瑟斯走路时脚步有些不稳，经询问得知，萨姆·瑟斯入院初期因腹泻体力不支，一次下床时扭伤了脚，现在走路时脚还有些疼。张健医生立即找来医师组金波组长，和他一起查看萨姆·瑟斯的脚伤，虽然没有大碍，但踝关节因为扭伤还有些肿胀，他们立即给萨姆·瑟斯的患处用药。队员们督促指导他用药，在用药后的第 4 天，张健医生例行查房时，萨姆·瑟斯兴高采烈地走到张健面前，用手比画着告诉他脚已经好了，并走路给他看。萨姆·瑟斯露着雪白的牙齿，笑得特别灿烂。

萨姆·瑟斯后来告诉张健，他过去曾是个非常开朗的人，因为埃博拉先后夺去妻子和堂弟的生命，他感到非常恐惧，天天愁眉不展，他总是认为自己会和他们一样死去，即使现在诊断不是埃博拉，但他仍认为有一天埃博拉还是会夺走他的生命。

了解到萨姆·瑟斯的想法后，张健医生和塞方护士一起细心地给萨姆·瑟斯讲解了埃博拉的知识，姚红护士长还给萨姆·瑟斯进行了心理疏导。对埃博拉知识有了深入了解后，萨姆·瑟斯紧缩的眉头舒展开了，恢复了往日的神采。

◎ 康复者出院时感动得落泪

坦姆·库帕尔是埃博拉阴性患者，但是，身体一直比较虚弱，行走也很困难，有时只能爬。

为解决老人行走的问题，队员们想了很多办法，先是给他找来凳子让他扶着凳子走，但是他特别瘦弱，连抬凳子的力气都没有。后来，队员吴建中从医院里找来一个有滚轮的移动输液架，让坦姆·库帕尔老人扶着那个输液架走，这个办法很奏效，坦姆·库帕尔老人称它是“移动的拐杖”。看到老人可以自由走动了，吴建中感到很欣慰。

多少惊心动魄事，生死只在一瞬间。一次查房，值班医生孙李建和护士霍翠华像往常一样穿戴好防护装备，进入隔离病区。当天留观病人多达31位，但他俩没有丝毫马虎，同塞方护士一起像往常一样十分认真地对每个病人进行问诊检查和发药。不知不觉一个半小时过去了，当给最后一位病人发完药品后，两人才缓缓回到第一缓冲区，殊不知，危险正悄悄降临。

虽然当天在病区的时间较长，但他们并未感到很疲惫，两人互相喷淋消毒后，开始脱去身上的层层防护装备。

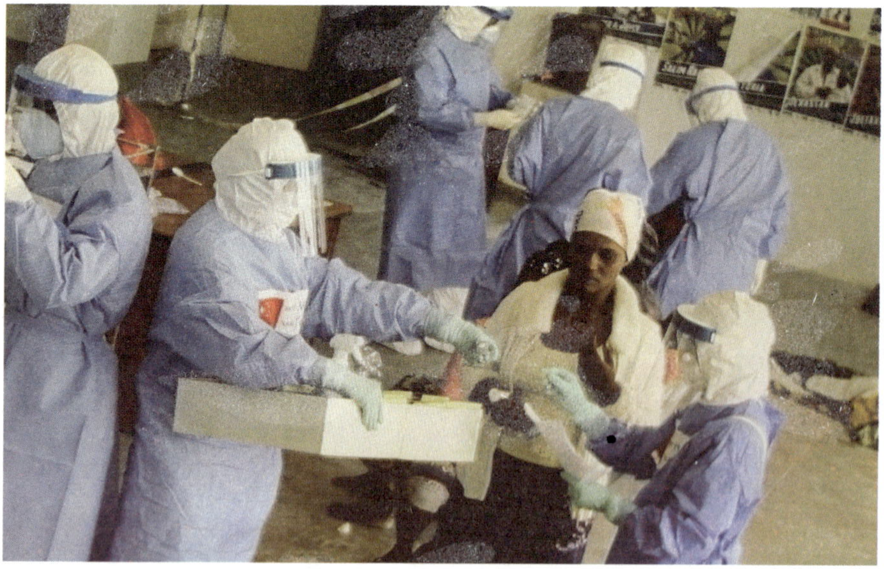

◎ 接诊患者

突然，霍翠华感觉孙李建有些异样，脸色通红，呼吸急促，豆大的汗珠沿着护目镜边缘淌了下来，双腿也开始发颤。原来，由于在病区体力消耗过大，面部出汗太多，孙李建的口罩已经湿透，与口鼻紧紧贴在一起，使得他无法正常呼吸。“不好！有窒息的可能，弄不好要出人命！”面对突如其来的状况，霍翠华一心想要挽救战友的生命，此时最好的办法就是赶紧摘掉他脸上的口罩，但这不符合流程，手套已经被污染，不能接触其他任何物体。眼看孙李建下意识地就要自行摘取口罩了，万分焦急的霍翠华迅速拿起墙角的赛诺士消毒剂，向孙李建的双手猛喷几下，并大喊道：“赶紧搓手，摘口罩！”在霍翠华的指挥下，神志有点儿恍惚的孙李建以最快的速度，完成手消，摘下口罩，恢复了呼吸。

走出隔离区的孙李建充满感激，此后，他常跟中塞医务人员谈起这次经历，他说，是生死搭档关键时刻的出手相救，才让自己化险为夷。

身处异国他乡，面对埃博拉病毒，队员们所承受的各种压力是常人无法想象的。

孙李建的父亲患有心脏病，经常住院，而他是家中的独子，经常一边忙工作一边照顾生病的父亲。这次医院组建第二批援塞医疗队时，孙李建作为有着丰富经验的重症监护医生，主动请缨奔赴一线。出国前，他对妻子说：“家里一切就靠你了。”

在塞拉利昂的日日夜夜，孙李建都很忙，白天进病区，晚上整理病例，每天睡觉不超过 5 个小时，而且他还担任着班长职务，忙碌的他好几天都不能同家人通个电话。

新年前夕，父亲的病情突然加重，被送入重症监护室。2015 年 1 月 2 日那天，老人不幸去世了。考虑到在疫区的工作非常危险，怕他分

◎ 义诊查体

心走神，家人商量着先瞒着孙李建。三〇二医院积极帮他家里处理后事。医院尊重他家人的意见，就没有把这件事告诉孙李建。第二批援塞医疗队的队领导商议也一致同意先瞒着他。孙李建每次给家里打电话时，家人最常说的话就是：“家里都挺好的，你就安心工作吧！”

以前常说，执行任务时“忠孝不能两全”，没想到，这样的事情就真真切切发生在队员的身边。那段时间，陈昊阳队长和何巍政委一直观察着孙李建，但是，他没有一丝一毫的异常。

1 月 14 日、20 日第二批援塞医疗队要分批次回国，三〇二医院姬军生院长叮嘱陈昊阳队长，一定要让孙李建先回来。可在这个时候，队员们都积极要求再工作 6 天，把危险留给自己，谁先走成了难题。那天，陈队长对孙李建说：“你是班长，带个头，你先回去！”孙李建却说：“队长，其实我知道你为什么让我先走，我 1 月 2 号就知道老爷子的事了……”陈队长一时语塞。

其实，1 月 2 日那天，孙李建通过一个亲戚已经得知父亲去世的消息了。当时，孙李建痛不欲生。但是，为了不让医院、队里、家里为他担心，他强忍着痛苦，装作毫不知情，一天、两天……他像平时一样认真工作，没有表现出任何异样，竟然瞒过了大家的眼睛。

丧父之痛，何等之痛。那个时候，孙李建只能将悲伤留给自己，有泪只好往肚子里咽。不能当面送别老人，他就在夜深人静的时候，独自在宿舍里对着祖国的方向，给父亲磕了一个头。

滕光菊是保健组组长，担负着医疗队员、检测队员以及当地中资机构及当地华人华侨的医疗保健任务。考虑到当地的气候环境，保健组为了预防队员出现失眠情况，出征之前，组员们一针一线地缝制了 100 多个香囊，内贮药物，既可防暑抗感，又可改善睡眠。

有位友邻单位的队员左手不慎受伤，受伤部位存在感染的危险，

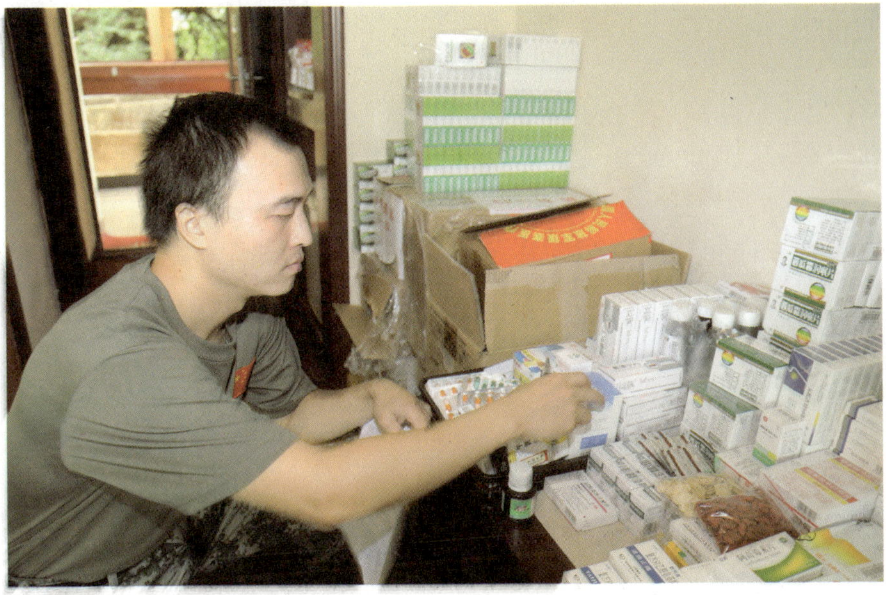

◎ 秦立精心盘点药品

滕光菊指挥保健组组员们非常细心地对他的伤口进行了清洗、消毒、包扎，做过破伤风抗生素过敏试验后，给他注射了破伤风抗生素。细致入微的关心让这位队员感动不已。

药品保障组要负责上千种药品的保障，药师秦立精心盘点梳理，做到了对药品的功能、存放位置等“一口清”。

一次，病区来了一个高热、腹泻、十分虚弱的病人。临床医生接诊，发现他很多症状与埃博拉不同，抽血化验后，发现他白细胞很高，初步诊断他患了严重的败血症，急需使用高级别的抗生素，但在留观中心，这种高级别的抗生素并非常备药，库存里也没有此类药。主治医生求助于秦立，秦立立即想起他的随行背囊中有少量的“泰能”。救人要紧，十万火急，秦立当即将十支“泰能”送到了病区。

第十章　中国妈妈

看到在病痛中苦苦挣扎的孩子，看着他们绝望的眼神，我马上就会像一位母亲一样忘记一切困难，只想保护好孩子。

——中国人民解放军第二批援塞医疗队护理组组长黄顺

根据联合国儿童基金会2014年9月30日公布的数据，几内亚、利比里亚和塞拉利昂共有至少3700名儿童因为埃博拉病毒而失去了双亲或是其中一位亲人。这一数字还在不断上升，到2014年11月中旬，仅塞拉利昂就有3000多个孩子的家庭受到埃博拉的重创。

11月28日，已经回国12天的首批援塞医疗队队员刘丽英从第二批援塞医疗队的同事口中得知，9岁的埃博拉患者雅尤玛已经痊愈了，她心里倍感欣慰。

至今刘丽英还清晰地记得雅尤玛第一次入院时住在2区36床。那天是刘丽英和闫涛医生一起查房，两人像往常一样核对床号、姓名、询问病情。为了保证安全，也为了保证照顾到每一个病人，两人对每个病人的查房时间尽量控制在5分钟左右，但在那个房间里，她们停留了10分钟时间。

那是2区最脏最臭的房间。

9岁的小姑娘雅尤玛当时蜷缩在病房的角落里，显得又瘦又小，看上去和国内六七岁的孩子似的，一双非洲人特有的大眼睛看着刘丽英和闫涛，眼神里满是恐惧和迷茫，这让刘丽英有些意外和心酸。在查房时，其他病房的孩子经常找不到人，习惯了群居的他们可能去了别的房间串门，也可能聚在病区的某个地方玩闹，而雅尤玛却像被遗弃了一样，就那么安静地蜷缩着。刘丽英有一个6岁的女儿，她不能想象，如果蜷缩在角落里的是自己的孩子，她会有多么难受。

当时她忽然忘记了埃博拉，忘记了2米安全距离的要求，慢慢走近她，伸出双手，想要把她抱在怀里，但被同行的闫涛及时制止。

这么安静的孩子，在队员们发药时却表现出令所有人始料未及的倔强——拒绝服用。她依然蜷缩在角落里，满眼都是对大家的抗拒。此时，刘丽英再也控制不住自己的情感，她蹲在地上，保持与小姑娘目光平视，用并不特别流利的英语告诉雅尤玛，服药后病好了就可以回家见妈妈。

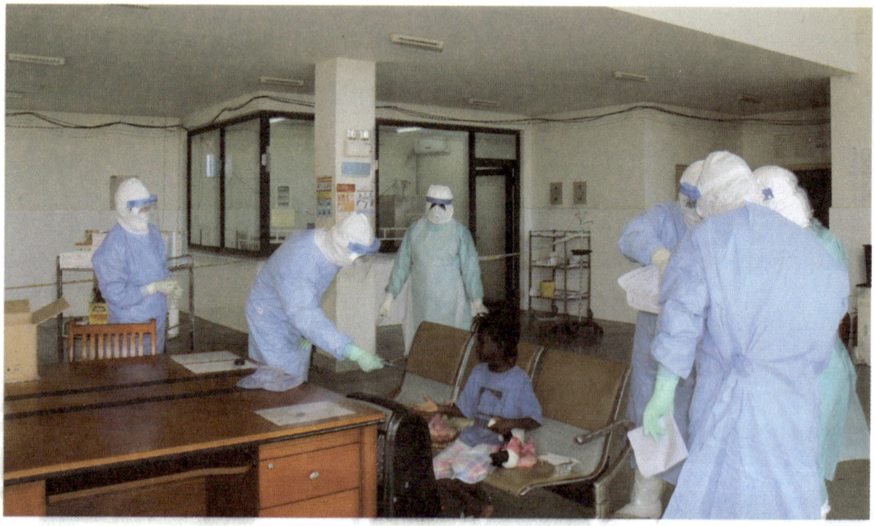

◎ 队员们精心照顾雅尤玛

而实际上，雅尤玛是和妈妈一起来到中塞友好医院埃博拉留观中心的，她妈妈因感染埃博拉病得很重，第二天就去世了。不知是被刘丽英眼里的爱怜和温柔所感染，还是被能回家见妈妈这句话打动，她不再抗拒，在队员们的再三鼓励下，小姑娘勇敢地把药服下去了。当时刘丽英的眼泪在眼眶里打转，她和闫涛不约而同地对小姑娘竖起了大拇指。

第二天，雅尤玛就像变了个人一样，她的举动出乎所有人的预料。她从病房外面找来一把扫帚，将病房走廊、接诊大厅和自己住的病房打扫得干干净净，还帮着其他患者端饭递水……看着她瘦小的身躯迸发出的惊人力量，值班医护人员禁不住感慨：这对我们都是一种心灵的洗礼。她依然不爱说话，但看见医务人员就会主动笑，甜甜的，满是孩子的童真。在埃博拉留观中心，看到这样天真无邪的笑，你会真的相信，有时候一个微笑的确可以改变整个世界。

庆幸的是，雅尤玛的抽血检测结果是阴性，在得知这一消息后，大家都兴奋地跳了起来。为了让孩子早日出院，避免在医院出现交叉感染，队员们抓紧时间联系她的家人。但几经周折也未能联系上女孩的家人，无奈之下，只好将她送进一所孤儿院。出院之前，护士吴尧带她到淋浴间进行了彻底清洁，换上了干净的新衣服，还送给她一些食品，队员们希望孩子能换个环境，早日走出失去妈妈的痛苦。雅尤玛似乎不知道怎么表达，就一直看着大家笑，笑得很甜很灿烂，让人感觉到一种欣慰和温暖。

但没想到，一周之后，她又被送了回来，此时她已经感染了埃博拉。刚被送到医院时，她发烧、腹泻、呕吐，虚弱得连眼睛都不想眨一下。衣服更是脏兮兮的，呕吐物溅满全身，嘴巴上也布满了风干的呕吐物，多数已经结成了厚厚的痂。头发也是又乱又脏，看上去就像是一只脏兮兮的小花猫。

这让刘丽英异常难过。谁都知道埃博拉患者的死亡率极高，但是雅尤玛让她怎么也不甘心，也就一个星期的时间怎么就变成这样了？于是之后的每天，刘丽英上班后做的第一件事和下班前做的最后一件事，都是去病房看看雅尤玛有没有好转。

一周的时间里，雅尤玛一直都是那么虚弱。这次她病得太重了。起初，她还会跑到一个很荫凉或者隐蔽的地方，像一只受伤的小猫似的就蜷缩在那里。后来，她连从床上翻下来的力气都没有了。她每天只喝些水，吃很少量的东西，就那么虚弱地躺在那里。有一天队员们去查房，一进病房，王冶就看见雅尤玛的鼻子在流血，这是埃博拉的晚期症状，王冶当时就想，这一次雅尤玛可能真的挺不过去了。

按照惯例，雅尤玛应该被转到塞拉利昂的治疗中心接受治疗的，但因为当时疫情很严重，治疗中心已经没有空余的床位了，不少已经确诊的患者只能留在留观中心进行治疗。雅尤玛也只能留下来。

2014 年 11 月 11 日，第二批援塞医疗队先遣组队员、护理组组长黄顺第一次进入病区查房时，一眼就注意到了雅尤玛的眼神。那是惨遭病毒折磨的、痛苦而恐慌的眼神，那是痛失亲人后忧郁而迷茫的眼神。身为一个母亲，黄顺被雅尤玛的眼神深深地刺痛了。她听说雅尤玛已经 3 天没怎么吃饭了，高烧、呕吐、腹泻、牙龈出血、大小便失禁……死神随时可能把这个可怜的孩子带走。

回到驻地，黄顺马上去找刘丽英，恰好，刘丽英也在找黄顺，两人在走廊里随即交流起雅尤玛的事情来，刘丽英逐一给黄顺交代护理雅尤玛时要注意的事项。

非常幸运的是，几天后，雅尤玛的病情有所好转。她开始主动跟刘丽英说话，那个时候刘丽英不由自主地喜极而泣。在这种目前仍是人类最难对付的病毒面前，一个患者的好转和康复对医务人员而言，是莫大的鼓舞，它证明了队员们日夜奋战不畏生死是有意义的。

遗憾的是，在雅尤玛好转之后，首批援塞医疗队的任务也要结束了，即将在2014年11月15日从塞拉利昂启程回国，所以刘丽英没能亲眼看到她的康复。但雅尤玛的身影深深地印在刘丽英的脑海里，成为她永久的牵挂。

雅尤玛听到刘丽英回国的消息，明显有些失落。这时，黄顺主动靠上前。曾经担任过三〇二医院“非典”病区护士长的黄顺，深知精心科学护理、及时处置险情对于传染病病人来说多么重要。黄顺带领她的护理团队，交替轮流护理雅尤玛。

作为母亲，黄顺有着丰富的育儿经验，每次给雅尤玛喂水时，细心的她总会用手腕先试好水温。平时，手腕试水温是非常简单的事情，但隔着3层厚厚的防护手套却很容易判断失误。为了掌握好分寸，她在办公区域先调好水的温度，穿戴上防护用品后，再反复去感觉那个温度。也许是医护人员的精心护理和特殊关爱给了雅尤玛战胜病魔的信心和力量，奇迹终于出现了：雅尤玛开始主动要吃的了。

“听到这个消息的时候大家都很激动。”黄顺说，“这意味着雅尤玛可能挺过来了。”

小小的雅尤玛爆发出了顽强的生命力。她的体温恢复正常，腹泻和呕吐症状也逐渐得到缓解。19日，她可以在护士的搀扶下上厕所；20日，可以独立下床活动；21日，可以上下楼……小女孩病情好转之后，身体以惊人的速度恢复着。“面对这么凶险的疾病，作为医生能看到患者最终治愈，那种喜悦感很难用语言描述。”第二批援塞医疗队医师组组长金波说。

然而，随着雅尤玛病情的好转，新的问题出现了。细心的黄顺发现，雅尤玛常常独自一人坐在病房里发呆——失去妈妈的痛苦，正在折磨着孩子幼小的心灵。

为了让雅尤玛重新点燃生活的希望，黄顺和其他13位妈妈决定用

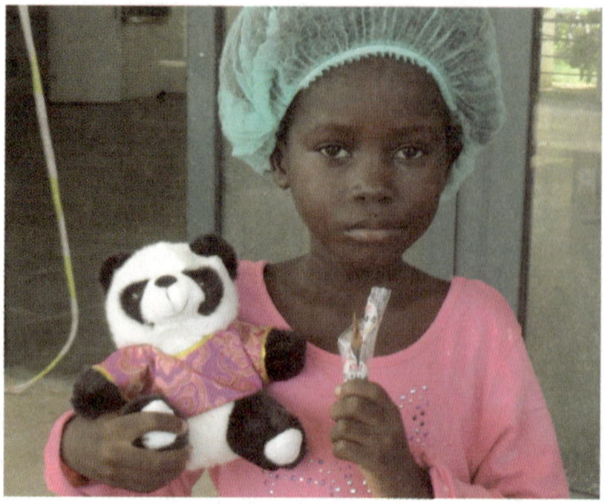

◎ 住院期间的雅尤玛

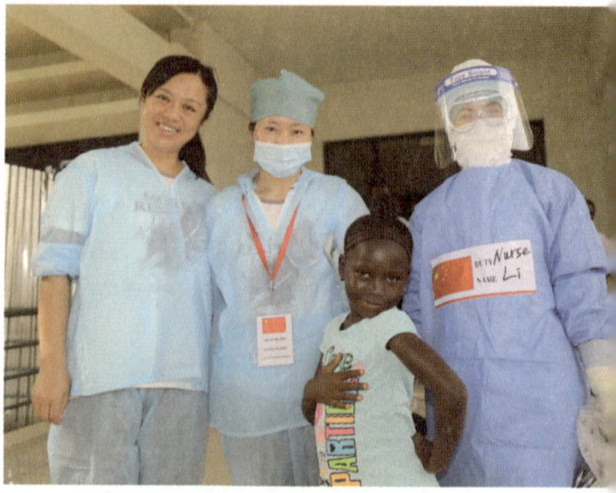

◎ 队员们把雅尤玛当成了自己的孩子

母爱打开雅尤玛那道紧闭的心门。她们买来蛋糕、巧克力等食物来安抚雅尤玛，还会用肢体做一些搞笑动作逗她开心。起初，雅尤玛脸上没有多少表情。渐渐地，她的眼神里流露出感激和喜悦。但这只能让雅尤玛暂时忘记悲伤，独处时她又会重新回到忧郁状态。

谁能给这个可怜的孩子带来安慰？医护人员把从国内带去的熊猫玩具递到雅尤玛的面前，谁承想，这立即激起了雅尤玛的好奇心。她接过熊猫，抱在胸前，爱不释手，第一次笑得露出了洁白的牙齿，一脸的灿烂。

一天例行查房，当黄顺带领护理队员走进雅尤玛的病房时，她拿着小熊猫主动迎上来说："中国！"在场的队员又惊又喜，高兴地对雅尤玛说："我们来自中国，我们是相亲相爱的一家人。"

那个时候，黄顺开心地笑了。"爱是心灵与心灵的感应，它可以跨越种族，超越语言。当雅尤玛说出'中国'的那一刻，我感到无比欣慰和自豪。因为我是一个母亲，是一名军人，在这里我代表着中国！"

在医护人员的精心护理下，雅尤玛终于顽强地战胜了病魔。雅尤玛康复出院后，队员们一直挂念着她。在繁忙的工作间隙，黄顺和同事经常会谈起雅尤玛，她去了哪里，现在过得怎么样。

◎ 张秀与联合国儿童救助中心的孤儿

◎ 黄顺去联合国儿童救助中心找雅尤玛

经过多方打听，黄顺得知雅尤玛被送到联合国在塞拉利昂设立的一处救助中心，便专程赶去看望。但令人遗憾的是，救助中心的负责人告诉她，雅尤玛在 12 月底就离开了。

在救助中心的照片墙上，黄顺看到了雅尤玛的照片，照片中雅尤玛长高了也长胖了，她带着夸张的墨镜，右手叉腰摆出大人般的姿势，看起来很开心。负责人说，这里的孩子大都是失去父母的孤儿，但中心还是会努力帮他们找到遗亲以及愿意收留他们的人。工作人员帮雅尤玛找到了她的远房舅舅加瓦拉，他专门从塞拉利昂东部城市凯拉洪赶来，将雅尤玛接了过去。

黄顺很想去凯拉洪看看孩子，但由于工作繁忙，她无法抽身，只能把这份思念放在心底，并委托救助中心的人询问雅尤玛的近况和联系方式。

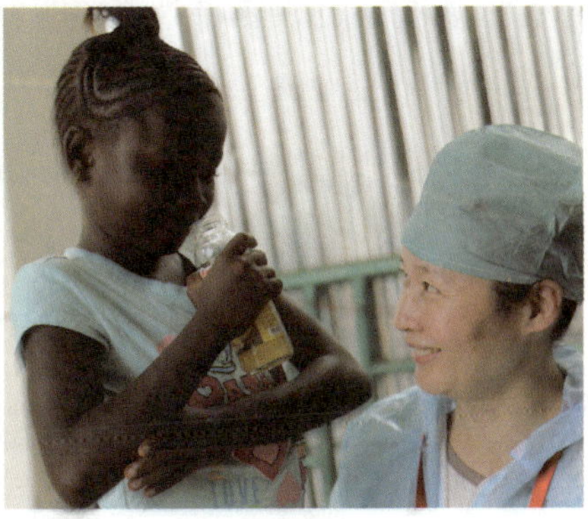

◎ 黄顺与雅尤玛情如母女

经过多方沟通，终于联系上了加瓦拉。当得知队员们十分惦记雅尤玛，他专程带着雅尤玛赶

◎ 雅尤玛在过生日时写下“中国”两个字

到了中塞友好医院。

“非常感谢中国，是中国人给了雅尤玛第二次生命。”加瓦拉说。

虽然雅尤玛会说的英语不多，但她能清楚地说出“刘妈妈”“黄妈妈”。当雅尤玛出现在医院的走廊时，黄顺和队友们刚刚结束早交班，她欣喜地紧紧抱住雅尤玛，久久不愿松手。

队员们希望把更多的爱带给这个从病魔手中逃脱的孩子。大家带着雅尤玛去当地最大的超市，为她买了新衣服、好吃的和玩具，并为她举行了募捐活动，还特地买来蛋糕，庆祝雅尤玛战胜病魔，重获新生。“新生快乐！”2015 年 1 月 9 日，在第二批援塞医疗队队员的围拥下，雅尤玛开心地拍着手，吹灭了蛋糕上的蜡烛。几天的相处，队员们和雅尤玛已经亲密如家人一样，在队员们的指导下，聪明的雅尤玛学会了简单的汉语，甚至能在 T 恤衫上用中文写下“中国”两个字。

无疑，雅尤玛是不幸的，埃博拉夺去了她至亲的生命，而且她也感染了可怕的埃博拉；但是雅尤玛又是幸运的，因为她遇见了两位“中国妈妈”，让她逃过了劫难，得到了真情的温暖。

第十一章　不可能完成的任务

我们队员以罕见的速度和激情，创造了一个又一个奇迹。

——中国人民解放军第二批援塞医疗队医师组组长金波

到了2014年11月中下旬，埃博拉疫情继续恶化，世界卫生组织统计，塞拉利昂是西非三国中埃博拉感染者数量上升最快的国家，而首都弗里敦所在的西区又是塞拉利昂疫情最重的地区。当时西区26个埃博拉留观诊疗中心有935张床位，床位数量仍然满足不了日益增长的埃博拉患者的数量。

而在中塞友好医院埃博拉留观中心，床位只有40张，往往是老的埃博拉确诊患者还没被转走，新的埃博拉疑似患者又被运来了。第二批援塞医疗队刚对确诊患者制定好了个性化诊疗方案，或是已开展治疗了几天，但患者很快又被转走了，使得一些患者得不到及时有效、系统规范的合理治疗。没有办法，根据塞拉利昂的法规，留观中心只能留观，不能收治患者。

为了更好地救治患者，充分体现中国大国的责任和担当，第二批援塞医疗队应中国政府的要求和塞拉利昂疫情的实际情况，计划将中塞友好医院留观中心的职能任务进行拓展，为下一步治疗埃博拉病人做相应准备，但这意味着危险程度更大了。

陈昊阳队长说：“医院职能转型，对我们的医疗水平提出了更高要求。我们不但要加强对中塞双方人员工作流程、操作技能等方面的培训，还要加强监管，在救治患者的同时，确保医务人员零感染。”

为做好埃博拉病人的收治工作，第二批援塞医疗队着手对留观中心的病区环境、床位进行调研，提出了床位扩充和改造方案，将病床由原来的40张增加到78张；医师组进一步完善工作流程，对治疗仪器、设备、药品进行了补充和更新，以便满足相关治疗的需求。

护理组分组进行了留置针穿刺、静脉输液、静脉采

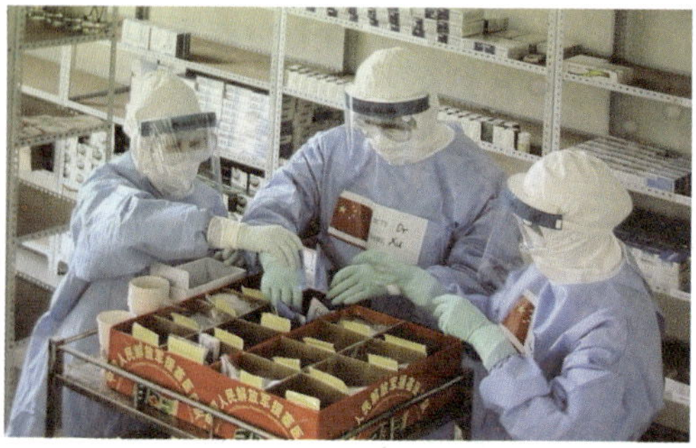

◎ 补充药品（视频监控截图）

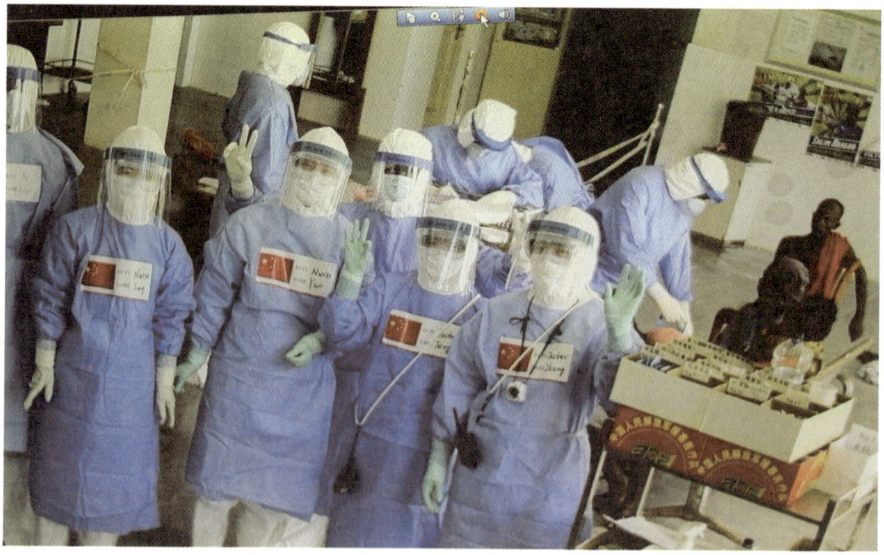

◎ 协同作战（视频监控截图）

血、锐器伤处理等内容的培训和考核。在国内，队员们对穿刺技术早已得心应手，但在塞拉利昂，穿戴上防护用品，隔着护目镜、面屏，再戴上3层手套进行操作，视线不好不说，手感也极差，成功穿刺难度确实很大。

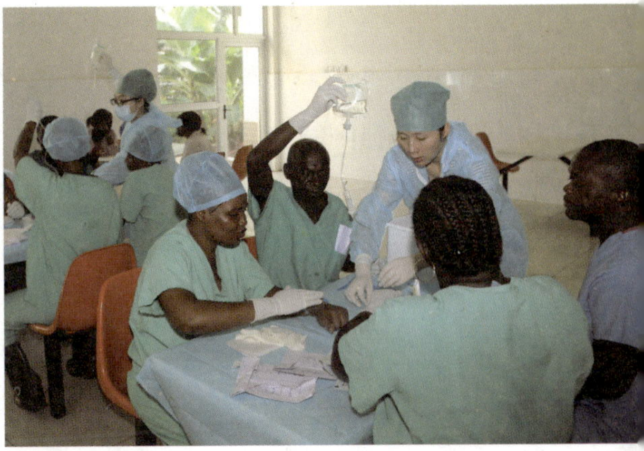

◎ 培训留置针穿刺

护理组组长黄顺抓住每一次与塞方医务人员以及留观患者的接触机会，适时观察他们血管的情况，然后用黑墨水涂黑队员的手，戴上3层手套后闭上眼睛用手反复摸血管、找感觉，记录下每一步心得体会和注意事项，并最终解决了防护服下进行安全留置针穿刺、静脉输液、静脉抽血的难题。黄顺迅速将这些经验传给队友，大家很快掌握了窍门，顺利通过考核。

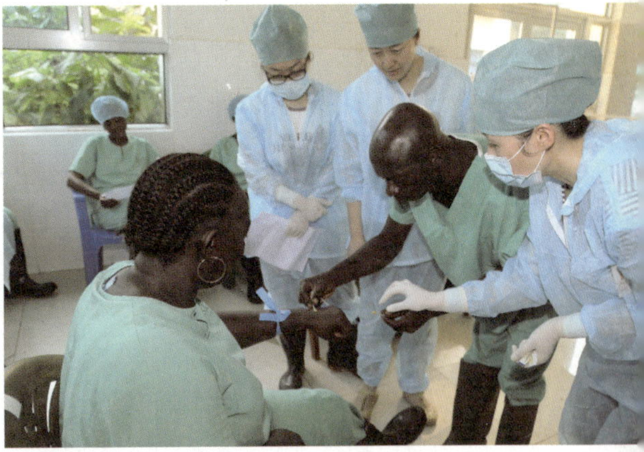

◎ 培训考核

护理组副组长吴建中说："塞方医务人员中有许多人没有用过安全留置针，针对这种情况，护理组挑选英语好、技术过硬的护理人员，每周定期对塞方医务人员进行培训与考核。培训人员会耐心讲解每一个步骤，对于重点内容着重讲解与分析，认真示范，同时开展纠错活动，强化了训练效果。"

医疗队还从硬件上做了改造，架设了隔离网，把留观区、治疗区及家属探视区都分割开，以满足家属探视的需求。

经过医疗队近半个月的筹备，中塞友好医院留观中心已初步做好转型准备。正当医疗队信心百倍地去和塞拉利昂卫生部协调这件事的时候，得到的答复却是“不好办”，这无异于给队员们头上浇了一盆冷水。

第二批援塞医疗队是量力而行还是尽其所能？如果量力而行，可以按部就班工作，在确保自身安全的基础上全身而退，那么中国的大国形象就会大打折扣；而拼尽全力，尽其所能，则意味着风险和担当。面对如此艰难处境，第二批援塞医疗队陈昊阳队长有感而发，写下了这首《战西非》：

代职事未了，疫情几度催；不及解鞍镫，披甲战西非。
蓬蒿大洋岸，白骨尘烟黑；何堪睹哀鸿，凄怆同伤悲。
精兵四十骑，亮剑起风雷；纵马踏连营，气贯虹霓飞。
冬月炎如夏，汗透三重围；生死置度外，军魂壮国威。
履冰过刀尖，持筹求万备；挑灯不敢懈，握算细至微。
长夜少睡眠，吹角见晨晖；愿我心头血，拼得凯旋归。

陈昊阳队长是想通过这首诗告诉队员们一个道理：狭路相逢勇者胜。对医疗队来说，眼前的选择只有一个字，那就是：拼。

第二批援塞医疗队医师组组长金波，也深有体会地介绍了这段艰难的转型：

传染病有一个周期，从发展到恶化，然后到相对消退，有一个期限，我们到塞拉利昂的时候，正好赶上埃博拉比较严重、病例数激增的阶段。我们在中塞友好医院就感觉每天都有很多病人，你想救治他，但政策却不允许，因为在医院

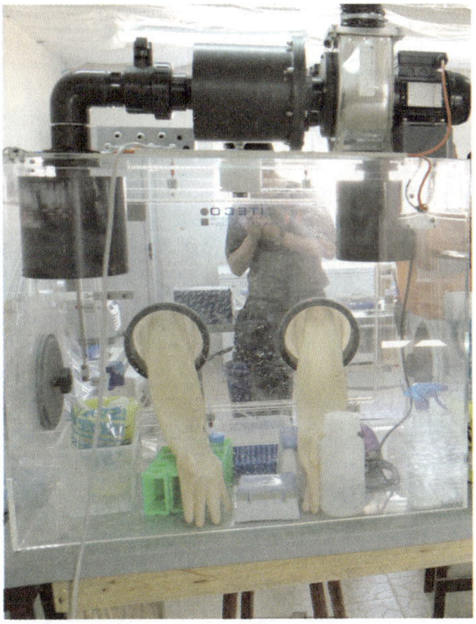

◎ 拉卡埃博拉治疗中心的手套箱

◎ 在塞拉利昂警察学校操场上建立的无国界医生组织埃博拉治疗中心

◎ 在拉卡埃博拉治疗中心，医务人员正在进行防护消毒

◎ 塞拉利昂无国界医生组织埃博拉治疗中心，晾晒消毒后的防护靴

没转型为诊疗中心之前，只允许留观，如果病人确诊为埃博拉后需要转到别的治疗中心救治。我们也很想救治这些病人，给他们更好的治疗，但在当地的规章制度下是不允许的。

我们带着一腔热情去，做好了充分的准备，去了之后就打算开展治疗，结果是诊断清楚了，都得转走，这是非常遗憾的事情。我们也摸索着看怎么才能够把病人留下来治疗，但发现很难做到，比我们原来出发时预想的要艰难得多。

那里毕竟不是中国，我们是客人，我们不能反客为主，所以要和他们商谈，去争取得到支持。反复谈了很多次，最后的效果还不错，塞拉利昂卫生部对中国医疗队的工作还是比较认可的，再说，我们也取得了有目共睹的成绩。与在塞拉利昂的外国医疗机构相比，我们医疗队也有自己的独特优势。

比如我们在参观时发现，无国界医生组织的医院特别大，规格很高，分区、分工都非常明确，但他们的隔离措施实在不敢恭维，严的地方确实很严，但不严的时候，让我们看着也挺害怕的。

还有他们发药的地方。我们的药房设在了污染区，就在病区第一间屋子里，在那里我们穿着防护服，但他们居然就穿着半袖，戴上手套就可以了。但他们在隔离区里防控非常严格，分工十分明确。他们雇的是塞拉利昂当地人，有专门拖地的，有专门消毒的，六七个小伙子在那儿等着，医生只要进来，就不用动手了。我们很多事情都得亲力亲为。

在塞拉利昂，虽然美国人做的各种防控流程都很细致，规章制度也做得比较规范，但是他们的标准我们仔细研究过，有不少地方还是不如我们细致。后来美国都参照我们的标准重新制定了流程，我觉得这是特别扬国威的一件事。当时，美国人参观我们的医院后，都称赞我们的做法，还拍了不少照片拿回去参考。还有英国、加拿大等国家的医务人员也多次参观我们的中塞友好医院，观看我们的流程，察看我们对重复利用的防护用品是怎么消毒的，而且他们对我们的一个理念非常认可，那就是：脱防护服比穿防护服更重要。

我们来塞拉利昂之前，第一批援塞医疗队主要的工作是把一个综合性医院改建成埃博拉留观中心，我们第二批援塞医疗队的任务，是要把留观中心改造成为一个可以收治埃博拉病人的留观诊疗中心。整个谈判的过程很漫长很艰苦，塞拉利昂政府开始不松口，因为他们有自己的治疗中心，想把接受治疗的病人尽量掌控在自己的范围之内。我们已经有很成熟的中药，以前治疗过“非典”、流感等病毒性疾病。中药对症不对病，所以这种药可以治很多的病，根据埃博拉的那些症状，我们携带了自己的中成药，另外我们还带了一些饮片，清热、解毒、退烧、改善症状，为此我们还专门带了一个中医。中医药协会非常重视，通过前期的症候制订了一些治疗方案。但是根据塞拉利昂的规定，我们的药没有在当地注册，便不能在当地使用。

再加上当地政府部门的工作效率相对比较低，我们遇到了不少阻力。来自中塞友好医院的塞方管理层的阻力也比较大，当时塞拉利昂的医护人员非常少，有职业资格证的医生也就100多位，当时已经感染了一大批，所以中塞友好医院的塞方管理层也不愿意改建成留观诊疗中心，为此我们下了很大的功夫。另外，包括中塞友好医院设施的改建、规章制度与流程的建立、收治的要求也很烦琐，整个转型过程非常艰难。

陈昊阳队长和何巍政委几乎每天晚上一两点钟才睡，讨论改造的方案，然后与塞拉利昂卫生部协调，他们要求必须要签订一个协议才能改建。签协议之前，他们需要来中塞友好医院考察。第一批援塞医疗队去的时候，中国和塞拉利昂两个国家已经签署了中塞友好医院埃博拉留观中心的协议，去了以后就可以改建医院。但是第二批援塞医疗队去了以后，

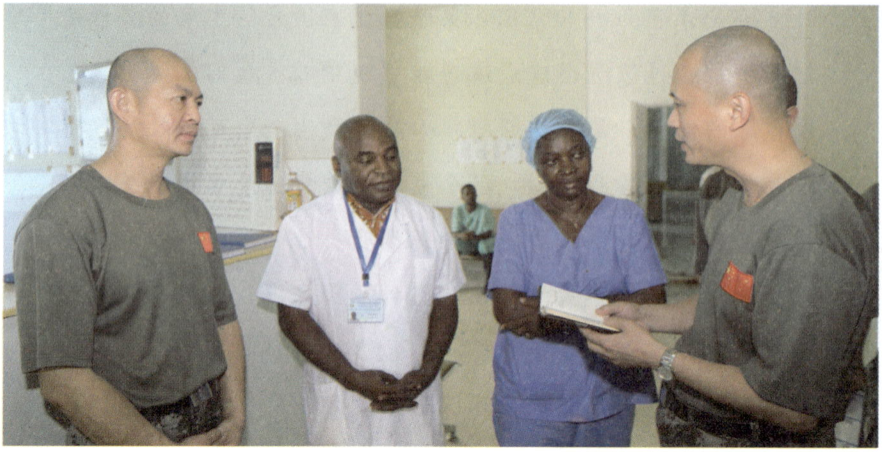

◎ 与塞方人员商讨转型方案

从留观中心转成留观诊疗中心，就像三〇二医院要扩大经营范围，本来没有口腔科，要增建一个口腔科的时候，就要向北京市卫生局报告。当时，我们医疗队除了与塞拉利昂卫生管理多个部门协调，也要与中塞友好医院的塞方管理层协调，同时还要向总后卫生部和国家卫计委上报这个计划。

中塞各方都同意了以后，我们开始改建，最后塞拉利昂卫生部还要过来考察验收。因为我们是从一个综合性医院改造过来的，有些标准是否符合要求，需要世卫组织来验收。验收后，还要经过一段时间才能开诊。

第一批援塞医疗队到达塞拉利昂之初，整个国家的卫生机构是一盘散沙，经过一段时间后，逐步开始规范化，中国援塞医疗队在很多地方都提供了很大的帮助。第一批援塞医疗队有很多治愈的病例，我们对自己的治疗还是有信心的，希望能得到塞拉利昂政府的支持。但这还是经历了漫长艰苦的谈判，包括中国驻塞大使馆、中方指挥组的成员、我们医疗队、国家检验队，大家一起促成了这件事情，最后才得到塞拉利昂政府的

◎ 积极与塞拉利昂卫生部协调医院转型工作

认可。签字之前，对方让我们必须拿出一个完整的诊疗方案，而且要参照世界卫生组织的标准。中国驻塞大使馆也找他们谈了一次，他们要求我们提供一个书面的留观诊疗标准流程，简称 SOP，作为治疗中心的标准流程。

标准操作流程是将某一事件的标准操作步骤和要求以统一的格式描述出来，用来指导和规范日常的工作。这里所说的标准操作流程是临床指导的规范化治疗方案。标准操作流程很重要，其质量的高低直接反映着中国援塞医疗队的医疗救治水平的高低。但当时塞拉利昂卫生部从同意申请到要求提交标准操作流程文件只给了短短的 3 天，如果 3 天交不上这个标准操作流程，或者这个标准操作流程达不到世界卫生组织的要求，中塞友好医院留观中心就不能转型。在外人看来，这简直就是一个不可能完成的任务。

困难来了，我们没有退缩。下达任务后，我和徐哲立即带领医师组成员认真研究，分工协作，通宵制订流程。当时负责牵头的医师组副组长徐哲还在发烧，非常不容易。

为了符合要求，我们要提交一份留观诊疗中心的标准操作流程，尽管我们参考了第一批援塞医疗队留下的很多宝贵资料，吸取了很多精华，但塞拉利昂卫生部说要参照世界卫生组织的标准，而当时只有英文版本的标准操作流程，所以我们所有的医生护士，比照世界卫生组织的标准，看完了之后直接翻写成我们的流程。所有只要在班的医生，一人一节，有写埃博拉鉴别诊断的，有写埃博拉治疗方法的，有写儿童及孕妇等特殊群体患者救治的，最后统一汇总，仅用29个小时，我们就做出了一个具有中国特色的、符合我们留观诊疗中心要求的标准操作流程，长达130多页，3万多字，一天多一点儿时间就完成了别人要花几年的时间才能弄出来的流程，而且一次性通过了塞拉利昂卫生部的认可。

就在2014年的最后一天，塞拉利昂政府终于正式签署补充协议，将中塞友好医院留观中心转型为留观诊疗中心。这个名称虽然只有两个字之差，但这凝聚了我们太多的心血和汗水，也推翻了国际同行说我们不可能完成转型任务的定论。

我们第二批援塞医疗队2014年11月15号到达塞拉利昂，12月31号我们在转型留观诊疗中心协议上签字，2015年1月8号挂牌，花了近2个月的时间，才完成这次转型。

2015年1月8日，中塞友好医院埃博拉留观诊疗中心正式运行。

这一天，在杜宁医生的带领下，中塞双方医护人员对确诊病区的每一位患者进行了详细的问诊、查体。他们根据每位患者的病情，制订了治疗方案，然后由护理人员进行备药装袋，交给每一位患者，如果需要输液，就按照输液计划进行相应准备，配制完液体后由输液组进行操作。

当日，中塞友好医院埃博拉留观诊疗中心迎来了转型后的两位埃博拉患者，75 岁的卡蒂阿祖和 60 岁的马丽雅玛。“这两位老人的病情比较严重，输液是非常必要的，输液治疗方案包括补充林格氏液 1000ml、静滴头孢菌素、甲硝唑抗菌治疗等，需要时还要进行补钾等纠正电解质的治疗。”杜宁说，“对确诊病人的治疗并不轻松，整个治疗过程想要顺利完成，不仅要靠扎实的专业知识和责任心，还要做到医患之间细致沟通和相互尊重。”

部分埃博拉患者是伴有一定的精神症状的。卡蒂阿祖在看到医护人员准备输液器具时，显得异常紧张。她突然挥动双手，极力驱赶靠近她的医护人员，拒绝对她实施输液操作。看到卡蒂阿祖情绪如此激动，杜宁医生和刘冰护士长先是吃了一惊，但他们很快就平复了下来。中塞医务人员经过简单协商后，决定首先请塞方护士用当地的土语与老人沟通交流，说明现在输液的重要作用，然后再由中方人员示范输液的操作过程。中塞医务人员和蔼的语气加上真诚的态度，最终使卡蒂阿祖消

◎ 中塞友好医院埃博拉留观诊疗中心挂牌。中国驻塞拉利昂特命全权大使赵彦博、塞拉利昂卫生部官员与中塞医务人员在留观诊疗中心合影

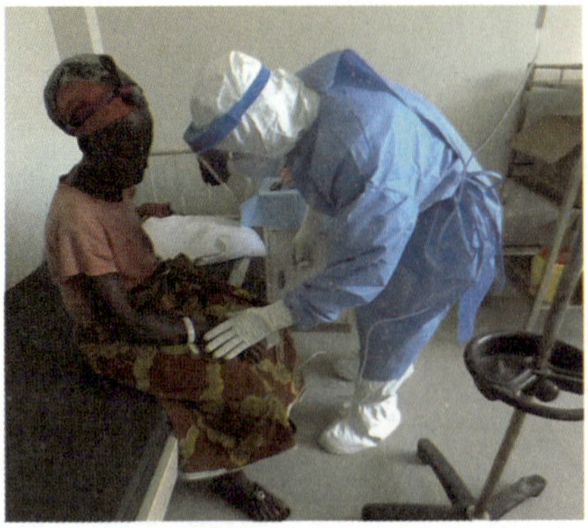

◎ 为患者进行输液治疗

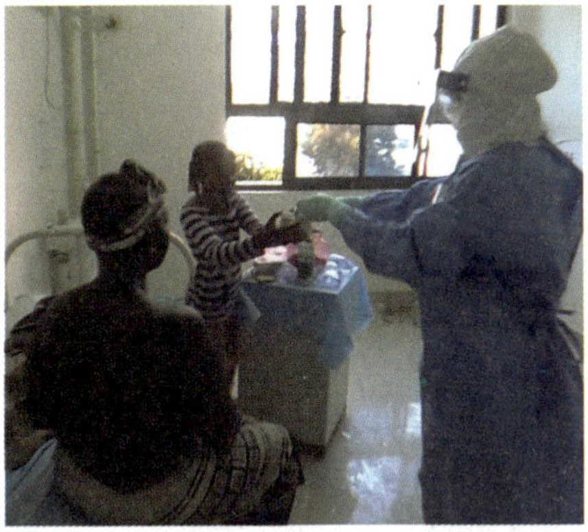

◎ 为患者进行药物治疗

除了狂躁的情绪，不再抗拒输液治疗。

看着静脉留置针安置好，输液管连通完毕，液体顺利输入到卡蒂阿祖体内时，操作护士早已浑身湿透，视线模糊。刘冰说："有效治疗能给埃博拉患者带来希望，我们流下再多的汗水都是值得的。"

"看到一个个鲜活的生命康复出院，心情真的很激动，真心希望有更多的埃博拉患者能够早日摆脱疾病的折磨，获得新生。"陈昊阳队长说。

2015 年 1 月 9 日下午 4 点，中塞友好医院埃博拉留观诊疗中心来了一位特殊的访客，她扎着马尾辫，穿着制式军装，英姿飒爽，但眼神里却透着焦躁和不安。经介绍，值班医生张昕得知她叫瑞贝卡，今年 24 岁，是塞拉利昂政府军某部的一位中士。

"医生，请帮帮我，我想见见我的妈妈！"她央求道。

原来瑞贝卡的母亲埃里克松是一位埃博拉患者，3 天前被转运到了中塞友好医院埃博拉留观诊疗中心。她告诉张昕医生，她已经一年多没见到母亲了，前天听说母亲感染埃博拉的消息后，便请假专程从另一个城市的兵营赶来，就是希望能和母亲见上一面。对于瑞贝卡的要求，张昕非常理解，他告诉瑞贝卡，她母亲病得很重。但是医院有规定，埃博拉病人是不能被探视的，否则很容易感染上埃博拉。但对于瑞贝卡，大家还是想帮帮她。

◎ 女兵瑞贝卡来中塞友好医院探视母亲，队员们用手机拍照留念

如何能完成瑞贝卡的心愿呢？张昕和同事们犯了难。瑞贝卡是肯定不能进病区的，埃里克松的病房里也没有监控探头，她身体虚弱得不能走动。张昕灵机一动，想到了刚刚在病区启用的便携式网络摄像头，可以用它拍摄埃里克松的视频，然后再传输出来。但由谁去拍摄呢？塞方医务人员不会用，而中方 2 名值班人员也只有张昕能够熟练使用。

"张医生，你今天已经进入病区两次了，况且你还感冒呢，不要冒险！"值班护士宋燕劝道。这些天由于中心转型，事情千头万绪，作为骨干的张昕累病了。

在瑞贝卡来之前，张昕刚刚完成下午的病区查房，但他说："患者随时可能失去生命，今天不进去拍摄，我可能要后悔一辈子。"

当张昕第三次穿上防护服来到埃里克松的病房时，患者已经处于弥留之际，当张昕说明来意后，埃里克松老泪纵横，她在塞方护士的搀扶下坐了起来，面对张昕的摄像头竭尽全力挤出一丝微笑……张昕艰难地按下录制按钮，短短不到 1 分钟的视频，张昕录了 3 遍，他想把埃里克松最好的一面带给她女儿。

当瑞贝卡在视频中看到母亲的面容时，激动万分，她反反复复看着这段 40 多秒的视频，眼泪抑制不住地流淌下来。临行时，瑞贝卡握着张昕的手久久不愿松开，队员们送她到大门口。上车前，她突然向队员们敬了一个标准的军礼。

“感谢中国医疗队！”她激动地说道。

“埃博拉病毒凶猛而恐怖，我们没有能力挽救每一个患者的生命，但我们付出真情真意，让他们即使离去也不留遗憾。”当天，张昕在日记中这样写道。

1月19日，中塞友好医院埃博拉留观诊疗中心传来了好消息，大家一直放心不下的75岁老人卡蒂阿祖和9岁女童阿米娜塔康复出院。这是中塞友好医院埃博拉留观中心转型留观诊疗中心后首批收治的埃博拉患者，至此第二批援塞医疗队已成功治愈14名埃博拉确诊患者。

75岁的卡蒂阿祖，是家中唯一感染埃博拉病毒者。1月8日她被送至中塞友好医院时，病情很重。护理组组长黄顺清晰地记得，当时老太太连翻身都很困难，甚至还出现了呕血，她真的担心老人挺不过这一关。

为了尽快确诊，队员们立即安排抽血检验，并针对临床症状积极给予止血、抑酸、止泻、去痛等对症处理。第二天，老人的核酸检查结果为阳性，这是大家最不愿意看到的结果，不愿看到这个可怜的老人经受死神的考验。医师组组长金波随即召开病历讨论会，专题研究治疗计划。金波说：“无论多么糟糕的状况，无论多么大的年龄，我们都得全力以赴，因为摆在我们面前的是一个鲜活的生命。”

医护人员都很关注卡蒂阿祖，每天查房时，总要在老人床前多待一会儿，认真了解老人的病情。虽然老人不懂英语，大家每次和她交流都需两次翻译，但还是不厌其烦地与其耐心沟通，以便为她详细制订第二天的治疗方案。

医生张健说：“卡蒂阿祖老人严重营养不良，体重只有80斤，所以我们对她的治疗药品用量要求非常严格。每天查房时，我们都会亲自把药递到她手里，并看她服下药。”为了改善老人营养不良的症状，护士们将自己补充营养的食物带给老人。为了缓解老人体温升高带来的不适，护士们就用纱布蘸着酒精给老人实施物理降温。这大大地增强了老人战胜病魔的信心。

经过不懈的努力，卡蒂阿祖的病情逐步好转，竟能在他人搀扶下走动了。1 月 19 日，老人的第二次检测结果显示为阴性，这让即将回国的第二批援塞医疗队队员异常兴奋。大家都很高兴能在塞拉利昂奋战的最后一天看到老人顺利康复出院。

这一天，队员们为卡蒂阿祖老人举行了温馨的出院仪式，向她赠送了代表平安的中国结，并祝愿她晚年幸福安康。卡蒂阿祖老人激动地流下了泪水，她双手合十默默地为中国医疗队队员祈福。

另一名康复患者叫阿米娜塔，这个 9 岁的小女孩，1 月 10 日发病时由她妈妈抱着来到了医院，入院时呕吐得相当厉害，口服药都无法正常服用，口腔、鼻腔还有少量出血。11 日，阿米娜塔埃博拉病毒检测结果显示为阳性，她的妈妈为阴性。队员们迅速给她进行止血、抗休克、抑酸等对症治疗。

队员们在密切观察小女孩的同时，也时刻关注着她妈妈的病情。

◎ 为埃博拉康复者颁发证书并举办出院仪式

经过一周的治疗，阿米娜塔连续两次检测结果为阴性，而她的母亲也没有被感染，19 日，第二批援塞医疗队队员们为她们办理了出院手续。

阿米娜塔的妈妈将孩子紧紧搂在怀里，难以抑制激动的心情。“感谢你们没有放弃我的孩子，也感谢你们对我的关心，现在我可以这样抱着我的孩子，这是多么幸福的事情啊。”阿米娜塔冲着队员们微笑，在阳光下显得特别灿烂。

当天，得知第二批援塞医疗队即将离开塞拉利昂，曾在医疗队帮助下康复的 9 名患者陆续赶到医院，与给他们第二次生命的中国医疗队队员当面告别。

康复患者优珂高兴地说：“感谢中国的医术，当时我真的感觉太糟了，快不行了，后来通过他们的治疗好转，真的非常感谢！”

第十二章　来自一线的报告（二）

你们是上帝派来的天使

讲述人：第二批援塞医疗队医师组组长金波

2003年，我们抗击“非典”算是一次遭遇战。当“非典”来临的时候，我就在三〇二医院门诊部，参与组建了发热门诊、制定流程等工作。当时我有些紧张，还不清楚“非典”是什么东西，所谓的遭遇战，就是你不明病理原因就撞上了。执行任务的第一批医疗队倒下了一些医生和护士，我是跟第二批医疗队上去的，第二批是重新组建的新队伍，人都是我们三〇二医院的。而这次我们去塞拉利昂抗击埃博拉是一场阻击战，是有所准备的，毕竟这个病已经持续了这么多年。

传染病治防工作，是三〇二医院建院60多年来一直努力做的，从专业角度来讲，我们对这次抗埃还是挺有信心的，起码能做到不管到哪里都能把防护做好，在保证自身安全的前提下，才能去执行任务。当然我们会考虑到出现意外的情况，但到了塞拉利昂后，没想到那里的社会环境和工作环境与国内相差很悬殊。

很多事情在我们国内都很好办，比如说个人防护，因为我们经历过“非典”，经历过隔离，知道在传染病盛行的时候至少要戴个口罩，尽量减少与他人接触。但在塞拉利昂，人们似乎一点儿防范意识也没有，大街上熙熙攘攘、人来人往，当你走上街头的时候，总会提心吊胆的，说不准就会碰上埃博拉患者，感染埃博拉病毒。

我是第二批援塞医疗队先遣组队员，先遣组由何巍政委带队，一共 8 个人。因为我是医师组组长，需要先过去交接班，尽早了解情况，才能把后续工作布置好，包括物资、人员、行车路线等。我们先遣组是分两拨过去的，第一拨 4 名队员 2014 年 11 月 7 日出发，先到布鲁塞尔停一天，在那里休息 20 个小时，而第二拨 4 名队员没有休息时间，只在布鲁塞尔机场等了 5 个小时。10 日凌晨，我们 8 个人到达塞拉利昂弗里敦机场，然后从机场坐车往驻地赶，那里的路况实在太糟糕了，经过 3 个小时的颠簸，到达宾图玛尼宾馆已经凌晨 3 点多了。小睡了一会儿，早晨 6 点多起床，我们就赶往离驻地 28 公里的中塞友

◎ 中国驻塞拉利昂特命全权大使赵彦博到弗里敦机场迎接第二批援塞医疗队队员

好医院了。

当时是首批援塞医疗队李进队长带着我们去察看中塞友好医院的情况，大致了解了一下工作流程，心里多少有了点儿数，后续开展工作没有多大问题，只是有些细节还需要进一步改进。首批援塞医疗队从改建中塞友好医院到开诊只用了15天时间，之后又用了40多天的时间，把完整的制度和流程建立起来，花了很大的心血，而我们的任务是要在这个基础上进一步完善。

看完医院后，我们第二批援塞医疗队先遣组开了一个会，讨论如何落实交接班的问题。医师组、护理组、防控组、后勤保障组等各组的任务各不相同。我们细化了所有环节，想着如何能够顺利交接。一旦开始交接，48到72个小时之内是最乱的时候，最容易出问题，那里的医疗工作不能停止，必须24小时都有人在医院值守，除了医院内的事情，还有各种对外事务，大到与大使馆、中方机构、世界卫生组织和塞拉利昂卫生部门的协调，小到行车路线、采购等等，还要更多地和当地的一些华人进行沟通。那个时候，我们8个人都是连轴转，真的很疲劳。

第二天，医师组副组长徐哲带着护士进入病房，进一步熟悉工作流程。我跟着首批援塞医疗队对外联络官去参加国际会议，让塞方了解中国医疗队正在进行交接，会与他们迅速接上头，否则因为是“一刀切”式的交接，塞方会找不到你。

到了要交接的日子，如果我们一次性全部接下来困难很大。李进队长考虑，如果我们提前一天交接，两名医生带两名护士，24小时轮班，这样做很难，所以尽量把时间往后压，让我们最后两天正式接班。除了医院病房的工作，驻地的工作也要交接，物资也要交接，所有的东西都要清库、盘点，我们8个人累得不行了，急得我的牙周炎也犯了。首批援塞医疗队完成了“打胜仗、零感染”的任务，如果我们不把制度和规矩立起来，一旦流程中间出现纰漏，后面的工作将很难开展，甚至会有感染的风险。

徐哲是我们医院临床一线的老大夫，对中塞友好医院的临床这一摊工作抓得也特别细，他带着护理组的两名同志，在医院连续工作了72个小时，在正式交接之后，他又值了一天班，异常辛苦。等到第二批援塞医疗队的后续33名队员抵达，我们马上就领着队员上岗带教，很快就开始了正常轮班。我们一共8个医生，一名医生带两名护士，我们发现防控组人员不足之后，就抽调了一名医生支援他们。我们是在高危险的环境中工作，一定要把好防控这道门，不是别人在管我们，而是我们自己要管理好自己，才能把防护和隔离做好，把疾病挡在隔离区里。

我们对塞方的护士也做了集中管理，他们绝大部分能够遵守我们制定的制度，基本是住在医院或者在外面单独居住，为尽量减少接触外人，也都在医院吃饭。他们看到中国的医生护士与他们并肩面对重症疾病、积极救治他们的同胞时，都备受鼓舞。

但是，塞方工作人员确实有些松散，我们要通过各种办法纠正他们。我们在他们穿脱防护服的更衣室安装了摄像头，然后把监控影像拿出来在办公区播放，让那些不值班的人坐在一起观看，如果谁穿脱防护服的动作不规范，出来后就要挨批评，并把动作不规范带来的风险告诉他，这种方式还是挺管用的。

我们护理人员的英语水平一般，起初与塞方的医务人员沟通起来比较困难，但每个人都非常努力，想尽一切办法去学英语，逼着自己把安排的事情用英语直接交代给塞方的护士，而不是通过医生去转述。整个医疗队上下，包括我们后勤的战士，都努力地去适应新环境。

有些病人待在我们中塞友好医院不愿意走。有时候我们上报某个病人检测结果呈阳性，请救护车过来拉走转院，但救护车的工作人员拿着名单过来后，病人却躲起来了。于是，我们把这些病人找出来，但病人坚决不去治疗中心，说其他治疗中心全是埃博拉病人，在中国医疗队治疗挺好的，而且在这儿有吃有喝的。我们再三劝他走，但他坚决不去，说自己不是政府官员，只是普通百姓，谁也管不着。

2015 年 1 月 8 日，我们正式挂牌为中塞友好医院埃博拉留观诊疗中心后，第一批被治愈并由我们签出院证明的埃博拉康复患者是一老一小两个人，临走之前，我们还专门为她们办了一个出院仪式。与其他的治疗中心一样，我们为每一个出院的病人都出具一个出院证明，证明此人经过治疗，已经痊愈，不再具有传染性。拿着这个证明，他们就可以根据塞拉利昂政府对埃博拉病人的政策去领救济，政府会给他们发些米、衣服、钱。在转型为留观诊疗中心之前，从我们这里出院的人，我们只能证明他的埃博拉检测呈阴性。有些病人确实是由我们治愈的，但因为是留观中心，我们出具不了治疗结果的证明。

于是，不少以前我们治疗好的病人，又找上门来让我们更换证明。在这张证明上，塞方由中塞友好医院的卡努院长签字，中方由我签字。差不多有十几个病人，一天之内要把证明都换了，签得我手都麻了。不过我心里还是高兴的，能签这些证明确实是一件好事，一是病人确实治愈了，再是他们拿着这张单子还能领点儿救济。

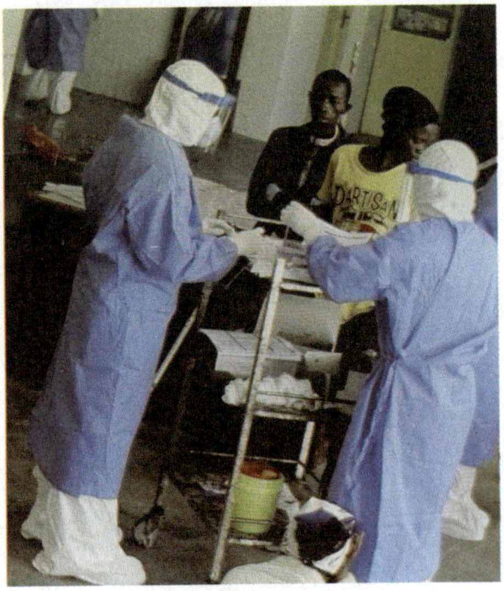

◎ 接收埃博拉阳性患者

2015 年 1 月，当我们第二批援塞医疗队要回国的时候，专门为出院的患者举办了一个联谊会，其中有一个女患者的话我记忆犹新，她是一名基督教徒，她说：“感谢上帝，让我得了病之后，来到中塞友好医院；感谢上帝，让我碰到了中国人，把我治好了；你们是上帝派来的天使，感谢上帝派来像你们这样的天使。”

作为一个医生要提高职业的敏感性，所有的东西都要学习和总结。这一次来到西非执行任务，一辈子可能只有这么一次，在这里能够直接接触世界卫生组织，一定要去看，要去学，感受一下什么叫国际舞台。

我们队每个人做的事都是值得大书特书的。比如防控组组长张秀，她原来是护理出身，这次去了之后，我们有一个感控队员，加上她就两个人，真的是特别辛苦。我们能倒班，而她基本倒不了班。后来我们医师组支援给她一名医生，又从医疗保障组调了两个人给她，她才稍微轻松一点儿。消毒水天天把她熏得难以承受，她说，你们是戴防护面罩憋出濒死的感觉，而我是一喘气就有要死的感觉。还有张健医生，他是一名有着丰富临床经验的年轻主治医生，我当时选他就是看中了他这一点。但是我真的不知道他的腰有问题，他患有强直性脊柱炎。出发前我们要做各种适应性训练，包括平板支撑、3000 米跑等项目，一定要拿下来才算合格。测试 3000 米跑的时候，别看他跑得不快，但是还是跑下来了，而且表现得特别轻松，根本没想到他脊柱有问题。一直到了塞拉利昂之后，我才发现他身体的问题。他就这么一直咬着牙撑着，我问他怎么不早点儿告诉我，他说，要是说了还能让我来吗？

总有一些瞬间让你感动永远

讲述人：第二批援塞医疗队医疗保障组队员刘立明

2014 年 8 月，我作为医院首批援塞医疗队抽组预备人员参加了相关培训，但由于专业分工的安排而原地待命。2014 年 10 月中旬三〇二医院再次接到集结命令，这时正值埃博拉疫情在非洲大地上升阶段，电视里各种危重疫情的报道无时无刻不在刺激着我的神经。说一点儿不害怕那是骗人，但作为军人、作为医生，救死扶伤的使命感不容我退缩。我再次提交了请战书并光荣地成为第二批援塞医疗队的一员。紧张忙碌的“战前培训”持续了近 1 个月，我顺利通过了各种考核项目。

2014 年 11 月 14 日，第二批援塞医疗队整装出发。上午 11 点左右，我接到机关领导指示，下午 1 点，我和另外 2 名同志需要提前 2 个小时赶赴机场负责医疗队全体队员的行李托运工作。

我的心情一下复杂起来，各种莫名的想法不期而来，有留恋、不舍，也有对疫情的恐惧。无论做了多少心理准备，但到了真正要面对的时刻，多少会有一丝忐忑。午饭是爱人急匆匆从岳父家带回来的煮饺子，原定中午全家一起聚餐为我送行的计划不得不取消。空气仿佛都凝固了，感觉不到一丝风。我故作镇定端着饭盒，使劲儿往嘴里塞饺子，可就是一口也咽不下去。我若无其事地递到妻子手里一沓信，信上面是家里银行存折的密码以及留给大儿子的话。怀孕 2 个月的妻子再也忍不住了，突然紧紧抱着我放声大哭起来。当时的我也非常激动，仿佛这一刻就是生死离别。此时我还想见见儿子：“儿子还没放学，估计赶不上送我了。回头告诉他，老爸会抽时间给他打电话检查功课，让他不要贪玩。”

中午 12 点 45 分，在三〇二医院西门口集合登车前，我远远地看到 7 岁的儿子匆匆蹿下出租车，瘦小的身躯背着硕大的书包向我飞奔而来。我一把将儿子搂入怀中。儿子看到妈妈、姥姥眼里的泪花似乎瞬间明白了什么，他使劲儿抱住我的脖子，哇哇地哭了起来。“好孩子，你现在是男子汉了，以后要变得勇敢起来，照顾好妈妈和姥姥姥爷……”那一刻我深刻体会到了亲情的难舍。我在心里说：“我们一定会凯旋，老婆、儿子等我回来！”

2014 年 11 月 15 日中午，经过 20 多个小时的颠簸飞行，我们终于抵达了塞拉利昂首都弗里敦。一路上寒热纷至，昼夜交错，时差颠倒，仿佛在一天之内经历了春夏秋冬。

当飞机临近塞拉利昂时，我被大西洋沿岸的美景吸引了，整片整片的原始森林就在飞机下方绵延过去，一群群斑马在树丛中、草地上嬉戏，像一朵朵小花点缀其中，同事们的尖叫声、赞叹声不绝于耳。

“要知道这里除了美丽的景色，还有疟疾、拉沙热、黄热病、艾滋病等多种恶性传染病，每个人必须高度警惕，一刻都不能麻痹大意。”快落地时队长陈昊阳提醒着大家。我们赶紧找出防虫驱蚊液，互相协作做好个人防护。

埃博拉留观中心的主要职能是对疑似感染埃博拉病毒病的患者进行留院观察和初筛分诊，这些患者主要来自于首都弗里敦及其周边地区。当患者出现疑似埃博拉症状后立刻会被送到本院进行医学隔离，其标本必须先在专业实验室进行埃博拉核酸筛检。如果检测结果为阳性，病人立即转至埃博拉诊疗中心进行隔离治疗；如果检测结果为阴性，则在经过对症支持治疗待症状减轻后，必须立即出院。这样做的目的是尽可能筛选出埃博拉患者并降低院内感染的几率。

顾不上倒时差，我与队友利用 2 天时间制定了《援塞医疗队病毒检测工作流程》、《采血注意事项》中英文版、《每日标本采集送检表》、《每日采血明细表》英文版、《检验组工作计划》、《常规检验组工作流程及应急预案》、新版《援塞医疗队核酸检测工作流程》、《每日抽血核查表》、《第三批检验人员配备建议与物资交接》等一系列规章制度、表格、文档，在同事们的协作配合下，形成“接收国家疾病控制中心检测队结果核对无误后汇报医疗队、检测队和塞方信息组，并负责与采血队对复检样本进行沟通”的固定工作流程，使得工作有序顺利进行。

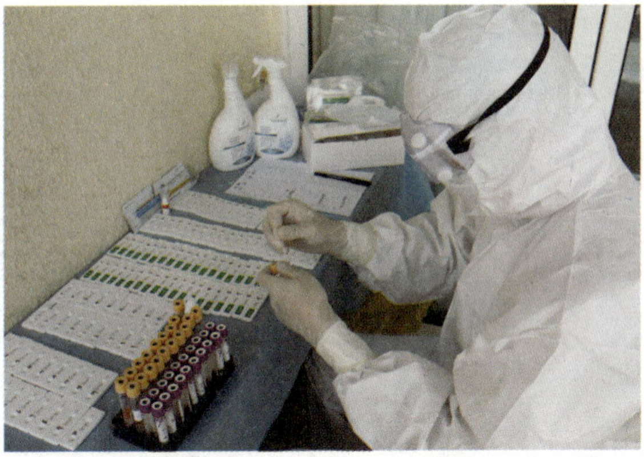

◎ 刘立明开展病原学筛查工作

我曾经遇见一个病人，是一名孕妇，她被怀疑感染了埃博拉，便被送进了中塞友好医院。她是中午赶过来的，上午的样本已经送走了。送血样一般截止到上午 11 点，这个患者来的时候，我们的血样已经送完了。如果下午抽血，就会耽误一天。患者当时已经走不动路了，有点儿发烧，一点儿力气都没有，奄奄一息。孕妇属于低免疫力人群，不能再拖延下去。假如她没有感染埃博拉，让她留在病区，肯定会增加感染的危险。我就提出了申请，于是找到采血队负责人，专门派人进去给她采了血。采血之后马上就送去检测，当天就出了结果，是阴性。当然我们不能对所有人都照顾，但像她这么虚弱，又是一名孕妇，应该尽可能减少她受到感染的几率。

由于工作原因，我经常和塞方护士联系工作。有一次，我发现赞驰瑞亚与平时状态不一样，便上前询问，赞驰瑞亚告诉我说，由于连续工作感到非常劳累，心前区有时疼痛。当时我怀疑赞驰瑞亚心脏出了问题，就建议她看一下心脏科。但赞驰瑞亚说，在弗里敦根本没有看心脏的医疗机构。后来我想到自己带来了检测心脏功能的试剂，可以为她做验血检查。于是，我主动联系了中国驻塞检测队的实验室，亲自为赞驰瑞亚做了化验检查，化验结果果然是赞驰瑞亚的心脏出了问题。我就让秦立药师拿来了硝酸甘油，让她服下，症状很快得到了缓解，这让赞驰瑞亚十分感动。之后的日子里，她一直把我当亲人看。

2015 年 1 月 12 日，距离我回国仅剩 1 天时间了，我像往常一样到

◎ 卡玛特送给刘立明的礼物。一件具有非洲民族特色的衣服，一个皮质挂饰，这种服饰一般在庆典、节日、婚礼等喜庆场合穿着，连同挂饰寓意着平安吉祥

医院感控室值班。我的朋友——塞方男护士卡玛特一直等在走廊的楼梯口。他见到我脸上面露不舍，对我说：“兄弟，听说你们要走了，送你一件礼物做纪念，希望你回去后经常挂在身上，见到它就像看见我一样。”卡玛特将手里的一件非洲特色的衣服和一个皮质挂饰塞到我的手里。

那一刻，我的眼睛湿润了，卡玛特的举动令我两个月来的疲惫与劳累一扫而空，取代的是满满的欣慰与激动。

人一定要好好活着

讲述人：第二批援塞医疗队护理组组长黄顺

第二批援塞医疗队抽组选人时，要求护士必须是工作两年以上的，医生则必须是主治医生。院里年轻的护士不多，年纪都不小了，我们队的护士基本都是30岁以上，特点是：第一，临床经验比较丰富；第二，传染病的防护意识特别强；第三，有协作精神；第四，有奉献精神。

陈昊阳队长打电话问我是否愿意参加这次任务，我马上回答说，好啊。他说，不跟你开玩笑，我说，没有开玩笑啊。院里早就动员过，我们每个人都已经做好准备了，而且也跟家里人说过，我只是没有跟自己父母说，因为老人家年纪大了，包括我去抗击“非典”和抗震救灾时都没有告诉他们。

当年抗击“非典”时，我妈都不知道，每次给我打电话，我就说没有去，她问为什么每次给你儿子打电话时都没有听到你的声音，我骗她说他不在我身边。直到任务快结束的时候他们才知道，再三叮嘱我，千万注意安全。

第二批援塞医疗队先遣组中有两名医生和两名护士，其中一个医生要参加国际交流会议，当时只有一个医生值班，一个医生必须配两个护士，要留一个护士在外面，通过监控器观察另外那两个人进病房、看病人、查房、发药、治疗。就这样，一个医生带着两个护士，一直坚持到后续大批队员到来。我们就给国内医院建议，下一批医疗队一定要多派先遣组队员，尤其是医护人员，要不然这么高强度的工作，人是吃不消的。好在我们几个人身体不错，前期的训练还是挺管用的。我们几个人连续7天值班，工作量真的很大，而且刚下飞机，时差还没有倒过来，就进入埃博拉病房开始工作了。

我们这批医疗队41个人都是自给自足，自己买菜，自己做饭，自己打扫卫生。第一批援塞医疗队物资准备得非常充足，我们三〇二医院有先见之明，准备了半年的物资。

埃博拉疫情来袭时，塞拉利昂有很多医生和护士没有做好防护工作，几百人都被感染了。说实在的，在埃博拉病房里，什么情况都有可能发生。我们一般会把候诊区的门反锁，开门的权力在外面的护士手里。塞拉利昂人特别不喜欢被束缚，把他们反锁在里面，他们就不干了，砸窗户砸门要出来。我们为了安全，不能像在国内那样上锁了。这个病区都是确诊的埃博拉患者，他们情绪都很不稳定，再加上语言不通，随时都会有袭击医务人员的可能。陈昊阳队长一个劲儿地交代我们，在病房里面一定要注意安全，不要在里面待时间过长，不能超过一个小时。但是我们在里面，就身不由己了，病人有疑问，你就要回答。更何况我们想在里面多待些时间救治病人。时间一长，陈队长就着急了。有一次我们在里面待了一个半小时，出来后，陈队长批评了我们。的确，我们出病区后，三名队友坐在椅子上半天缓不过劲儿来。

治愈的埃博拉患者出院时要有一个出院手续，必须有塞方的卡努院长和中方的金波组长共同签署。如果连续两次检查结果呈阴性，就可以办出院手续，拿到手续才能回家，否则就是“逃跑”，还得被送进来。确诊病人的治疗中心分布在塞拉利昂各个地方，有其他国家的医疗机构创办的，也有无国界医生组织创办的。我们最早只是埃博拉留观中心，直到 2014 年 12 月 31 号，也就是 2014 年的最后一天，我们才转型为留观诊疗中心，既留观又治疗。

其实，在转为留观诊疗中心之前，我们医疗队已经开始治疗了，病人转不出去，又不能眼看着他们等死。当时各治疗中心床位都满了，病人送不过去，没有办法，就得放在我们这里。所以，我们开了两个病区，一个病区是收留观的，一个病区是收确诊的，留观和确诊的病区不

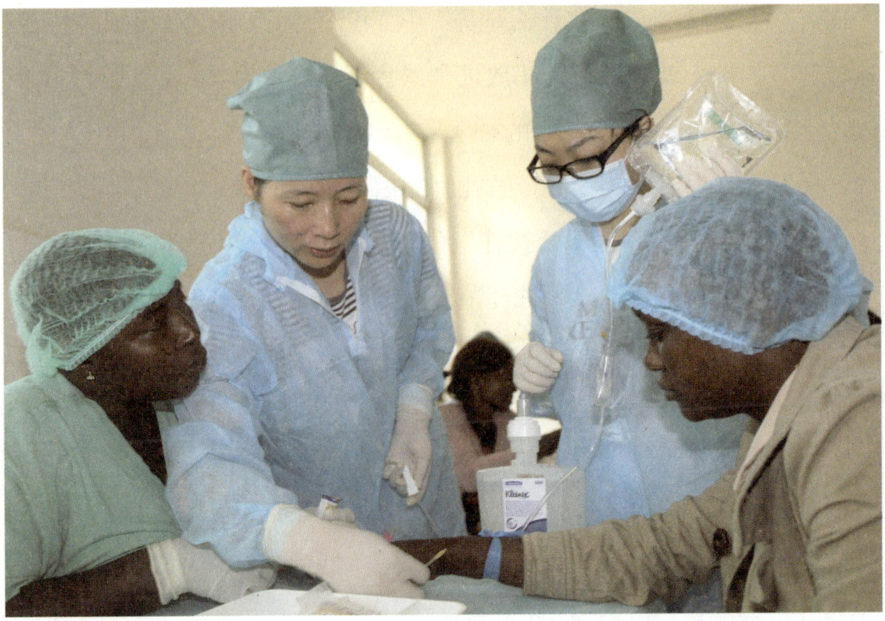

◎ 带教塞方护士

能混在一起。留观的病人在楼上，确诊的病人在楼下。在留观期间，我们也对病人进行治疗，输液、口服药治疗都在进行。我们收的病人应该是三批医疗队中最多的。但是，当时的死亡率非常高，有时一天会死三五个病人，生命在这个地方极其脆弱，这一点对我们的触动特别大，所以我的感触就是，人一定要好好活着。

当时我们的难点之一就是对塞方医务人员的管理，他们的传染病防护意识比较差。我们当时做的很重要的工作就是培训，有关传染病防护意识的培训不是一两天就可以完成的。我们就是从一点一滴的细节开始，培养他们的防护意识，贯穿到他们的日常生活和日常习惯之中。

我们把护理的标识贴挂到每个地方，比如第一缓冲间医护人员该干什么，先脱哪个后脱哪个。虽然我们训练了很长时间，人突然一下蒙了的时候怎么办？有的人在紧急情况下，很容易忘记一些步骤。我们把每一项流程都写得很清楚，抬头就能看见，知道下一步该干什么。比如采血针、利器盒应该放在什么地方，我们就把标识贴挂在显眼的位置，这样塞方的护士就知道把针头放进利器盒里，不能乱扔。我们刚去的时候，他们把针头乱扔，我们的护士收拾治疗车的时候，看到针头在上面，那可是刚采过血的针头，被扎到的后果可想而知。

我们对自己的管理，是按连队的管理方式。行政管理以班为单位，业务管理以组为单位，比如护理组、医师组、防控组。每天晚上都要开例会，每天写日报，今天每个人干了什么。就这样积少成多，这种管理让医疗队的人都处于管控之下，不会失控，保证安全，保证大家不犯错误，也不会出事儿。我们的护士什么活都干，清洁工、修理工、厨师、卫生员等等，在这里完全是自给自足。我们有些护士在家的时候都没有干过家务活，在这里什么都学会了。

最高级别的防护

讲述人：第二批援塞医疗队医疗保障组队员刘立明

在塞拉利昂，我的工作主要是两部分：一是协助塞拉利昂疾控中心完成埃博拉的筛查任务，二是负责所有中方人员的医疗保健。当时塞方医疗卫生系统完全瘫痪了，中国驻塞大使馆的参赞夫人连续发烧一个多月都没有地方查，结果我检查出她染上了恶性疟疾，马上就用药，过了一周就好了。我还给塞拉利昂的中资机构留守人员进行身体检查，排查一下埃博拉，还有疟疾。在塞拉利昂，疟疾一年四季流行，当地人因为反复感染疟疾，有一定的免疫力和适应力。但是亚洲人到了那里，蚊子一叮，就很容易感染，感染了就会发烧。中塞友好医院埃博拉留观中心的患者不见得都是埃博拉，可能有一部分是感冒或是疟疾，这样的发烧患者所占比例也是挺大的。

在中塞友好医院埃博拉留观中心期间，我带着一支采血队去采血，他们是塞拉利昂当地的医疗人员，大概有六七个人，采完血以后，我负责确认哪些血需要复查，哪些血高度怀疑。当我判断某个血样确实是阳性，马上就上报塞拉利昂疾控中心，病人就被转到其他治疗中心。

塞方有一个采血队的人员叫瑞尔，算是我的同事。有一天他对我说，刘医生，我胸口有点儿疼，医疗队能不能给我拿点儿药。我问他能不能去周围的其他医院看看，他说周围的医院都停了，拿不到药，他已经忍了好久了。当时我咨询了医师组组长金波，他说，很有可能是长时间高强度工作导致的，那个时候天特别热，一天不干活浑身都是汗，而且穿脱防护服有 36 道程序，他们人也不多，一天要进去两次抽血，工作强度很大。胸口疼肯定与心脏有关系，建议他注意休息，又给他服用了阿司匹林，后来就没事了。

因为我们诚心诚意地帮助他们，他们有什么事儿，有什么话，都愿意和我们交流。我与塞方采血队这帮同事关系处得很好，临走时，他

◎ 一起并肩战斗的塞方战友，从左至右依次是采血队扎瑞亚、塞珐埃、刘立明、卡玛特

们非常舍不得我们，还给我们送了一些礼物。

我们对采血队这些人也得进行筛查，其实当时我们还是挺害怕的，因为他们与患者直接接触，根本搞不清哪个人会被感染。所以在两个月任务期里，我的精神一直处于高度紧张状态。首先害怕得疟疾，吃完抗疟疾药后，整个人头重脚轻的，我觉得这药对身体伤害挺大的。再者，我们整天跟他们接触，所有的东西都是他们交给我的，甚至他们拿过来的纸，我也要接触。防不胜防，心理障碍肯定是有的。

我另外还有一项工作就是感控，在那里一个人要担当多项工作。防控组有三名女队员，我是唯一的男队员，两个人一个班。在防控组，不仅人要进入到病区，跟病人直接面对面，所有医护人员脱的防护用品我都要收，收完防护用品要消毒，装防护用品的袋子要送到专门的焚烧坑进行烧毁。

第一天进入病区，那里的电扇、空调都不运转，热极了。感染了埃博拉的病人，因为发热，人都在地上躺着，光着身子，在国内根本看不到这样的情景，场面挺震撼的。有一个躺在地上的人，一动也不动，当他听到了脚步声，就软绵绵地抬起头来，向我伸手求助，嘴里似乎在颤抖地喊着“救救我”。第一天见到这些情景对我的冲击很大。

我们每天都要换消毒剂，进病区第一件事就是配消毒液。消毒液装在几十公升的大桶里，我们要取出再倒进 30 公升到 50 公升的整理箱里，浸泡队员们脱下来的靴子。每天我们要换七八桶消毒液，因为用的消毒片特别刺激，当换到第三桶的时候，氯气已经把人刺激得睁不开眼了，汗在流，鼻涕也在流，口罩几乎不透气了，但是你只能强忍着。

面对埃博拉病毒的危险，氯气熏死的危险，还有憋死的危险，我作为感控人员，上完一个班，就感觉死里逃生一般。我们张秀组长原本是一个很爱说话的人，后来难受得一句话也不想说了。没有办法，我们戴上防毒面具，即使这样，氯气还是很刺激。

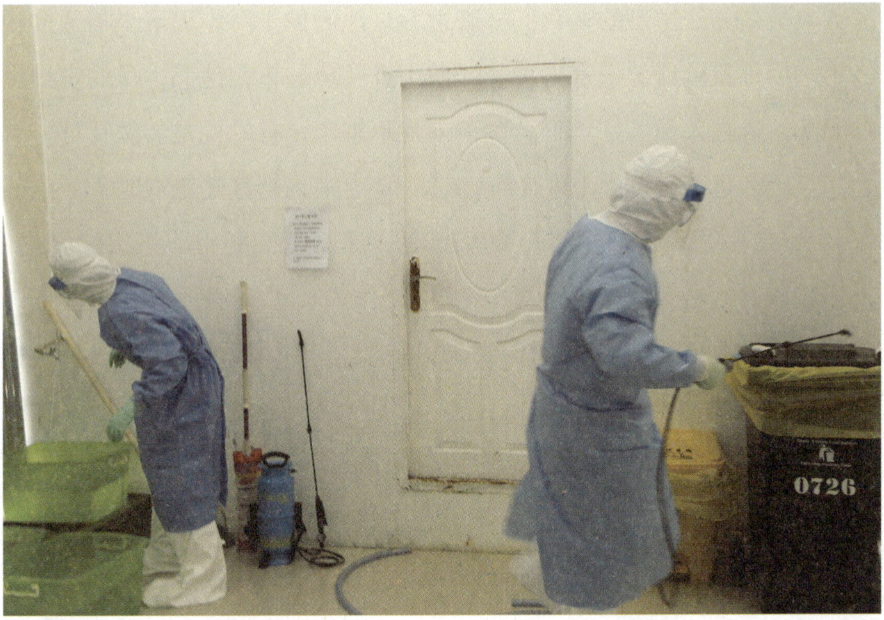

◎ 防控组队员进行环境消毒

36道穿脱防护流程也是总结出来的，相当于最高级别的防护了，这个是十分有必要的。人在意识清醒的时候，还能想到这36道穿脱防护流程，可干完活后，意识都模糊了，手会无意识地碰这碰那的。但是，作为医护人员，你就必须格外小心。

柏萨卡的故事

讲述人：第二批援塞医疗队医师组组长金波

柏萨卡是塞方一名男护士，人很聪明，也很有担当。他曾经私下对我说，他非常喜欢治病救人的行业。他是第一批医疗队的医生特地推荐的，说柏萨卡在塞方护士群体中，表现非常突出，组织能力、知识水平、配合能力都非常不错，可贵的是，这个人还非常勤奋。中方和塞方医务人员是分开排班的，我们排班之后，他们护士对应配班。与他接触多了之后，我就让他把塞方护士的班次重新理一下，他们人员的安排比较混乱，有些人员不好管理，说不来就不来了，有的说是要做礼拜，有的甚至什么也不告诉你。9 点钟上班，10 点来也都算是正常的。

我要求柏萨卡把护理人员重新理一理，包括配组，把组配置好，工作起来才可能顺畅。虽然很多塞方工作人员讲英语，但有的人不讲英语，讲的是土语，如果他们讲土语我们是听不懂的。曾经遇到这样一种情况，我方的医生说英语，塞方的护士讲英语和当地的土语，但是病人讲的是另外一个地方的土语，只能请旁边同时隔离观察的人来翻译成当地的土语，然后再翻译成英语讲给我们，绕了一大圈。只有了解人员的整体状况，才能合理地排好班，合作得更顺畅一些。有一天，我让柏萨卡帮我理出一个名单和排班的表来，第二天他本来是休班，但还是跑到医院来把填好的表交给我。

在塞拉利昂期间，我基本上每天都去医院，只有柏萨卡交给我排班表后的第二天我没去，那也是唯一的一次，当时队长说，你在宾馆歇一天吧，现在都已经走入正轨了，你值班的时间太长了。可我还是觉得不放心，那一天心里总有忐忑不安的感觉，一会儿在楼上的宿舍待着，一会儿又跑下来转转，我已经习惯了每天去医院，让我休息反倒不舒服了。

到了中午，我就站在驻地门口，看着我们的车回来，然后问队员们有没有发生什么事，他们说，一切都还正常，只是柏萨卡上午有些不舒服，让塞方的护士给他输了点儿液，然后他就回去了。柏萨卡在外面单独租了一间房子，虽然他结婚了，也有了孩子，但还是自己一个人租了一间房子，考虑自己每天都接触埃博拉患者，他不想将感染病毒的风险传给家人，这一点他还是挺在意的。后来他的夫人告诉我们，她听柏萨卡说，他在公交车上帮助过一个呕吐的人，他是一个护士，又是一个热心的人，不能袖手旁观，但他担心可能被传染了。

等到下午的时候，有电话打过来说，有一个护士发烧了，我的心里咯噔一下子，心想这可坏了，但也没有想到会是他。后来又传来消息，确认就是柏萨卡。我马上问队员有没有人在今天接触过他，回答都说没有，可以确定的是，中方人员里面，我是最后一个接触他的人。

说实话，当时我非常紧张。当天早晨，柏萨卡就感到不舒服，发烧了之后，抽血队直接给他抽血送检。晚上结果出来后他们告诉我们说，有一个呈阳性。我们马上就去查是不是柏萨卡。他们名字的英文拼写很随意，即使看到名单也无法确认。然后我就给中塞友好医院的卡努院长打电话，卡努院长听后也很紧张，他告诉我们柏萨卡的名字怎么拼写，我说就是这个名字。当天我们就研究决定赶快对柏萨卡进行治疗，于是，中塞友好医院派出救护车去把他接了回来，收到了给中方医护人员预留的第四病区，这是我们专门给中资机构和中方人员预留的一个病区。

随即赶紧给他输液，把该用的药都用上。塞方医务人员告诉我们，人收进去了，药也送进去了，而且看着他吃进去了，液也输上了。第二天早上我们去看他。柏萨卡说感觉不发烧了，就是觉得有些疲乏，身上没有出血点，看起来情况还不错。他明白一旦出血，那是致命的。皮肤出血多的话，会有瘀斑；消化道出血是呕血、便血、鼻血，还有齿龈出血、结膜出血。如果出现出血，那么存活的几率相对来讲就小得多了。

我们的药物还是挺有效的，国际上也认可其疗效。他服药后，感觉还不错。但之后出现了一个问题，塞拉利昂卫生部知道了这个事情后，就说中塞友好医院是留观中心，不能留治确诊的患者，要转到其他治疗中心去。我们让卡努院长去跟塞拉利昂卫生部争取，说中国救援队在这里，有救治的条件和基础。得到的答复还是不行，说政府的医院处于军管的状态，必须要严格执行规定。

当时我给柏萨卡打电话，告诉他诊断已经明确了，政府要求把他转到相应的治疗中心去。如果他愿意接受中方的治疗，我们将全力以赴，但如果他愿意转到治疗中心，我们会把相应的药物带上，保证我们的治疗能够继续。他在电话里说，想留在中国救援队这里治疗，但是他是政府的雇员，必须服从命令。于是，当天下午柏萨卡就被转走了，转走之前，我们把后期整个疗程的治疗药物和物品都给他带上了。

接下来，我每天都给柏萨卡打电话，在他转走的第三天，我还带着翻译，还有塞方的工作人员，一起到那个治疗中心探望他。塞方自己有治疗中心，建在他们原来的警察学校里，是在我们第一批医疗队去之后运行的。我们是开着救护车经过层层关卡进去的，曲里拐弯地到了柏萨卡所在的隔离区门口，经过很长时间的交涉，工作人员终于同意我们探视。探视区很小，而且规定的时间很短，探视区跟病人是隔开的，中间有个隔离带，离得比较远。柏萨卡看起来精神还不错，他说刚输完液，吃得也挺好，也不发烧，谢谢我们的关心。然后我问他，带给他的药还坚持吃吗？他说坚持吃了，应该是一个疗程七天的治疗。

第六天，我再给柏萨卡打电话时，他说自己不舒服，我问他怎么不舒服，他说感到非常乏力，但没有其他状况。隔日早晨我们到医院的时候，感觉情况不对了，他们说柏萨卡病情恶化了，凌晨 4 点的时候人昏迷了，我赶紧给他打电话，电话是他同屋的一个病友接的，说柏萨卡正在抢救，目前情况不乐观。大概早上 9 点左右，我们与塞方工作人员开完早晨的交接班例会之后，再给柏萨卡打电话，他的病友说他很危险。我们就商量着，看还能不能再做点儿什么。10 点多钟，就听到楼道里面有人在哭，有人在说："柏萨卡没有了，柏萨卡没有了。"

中塞友好医院里从上到下，都认为他是一个非常优秀的小伙子。跟他搭班的那几个男护士顿足捶胸地哭喊着：柏萨卡没有了，我的兄弟没有了。我一时间人像是被冻住了，这样一个曾经跟你共事、在同一个战壕战斗过的人，就这样在你面前消失了，而且他最后给我的印象，还是那么阳光。昨天晚上我们还在通话，今天就突然昏迷了，我后来想可能是出现了脑出血。

大家都很悲痛，但悲痛归悲痛，工作还得干，当天所有的塞方护士都在哭，没人愿意进病房。他的同事都说，会不会是在里面打针输液的时候感染了。柏萨卡是输液组的队员，是受过我们培训给危重患者输液的。我们医疗队刚到的时候，由于疫情危急，卡努院长给我们提建议，虽然医院是留观中心，但不能眼看着病人就这样死去，一定要做点儿什么。于是就成立了输液小组，给危重的患者进行输液，早期的输液和补液，能够挽救一个患者的生命。柏萨卡的技术还是相当不错的。

当时我们决定继续查房，继续进去送药、送水，按程序把工作做好。接着我们对塞方的护士说，我们准备查房了，你们有没有做好准备？他们还是在哭，我们就说，不管你们做没做好准备，我们做的工作一刻也不会停下，柏萨卡也不会原谅我们就这么放弃的。之后我们就转身穿上防护服进病房了。

没多久，有几个塞方的护士就跟进来了，帮着我们把当天的工作完成了。一支外国的队伍在这个民族出现危难的时候，冲到了这个民族的人前面，这种榜样的作用还是非常巨大的，他们迅速跟上来，之后所有的工作都恢复了正常。

我是最后接触柏萨卡的人，而且是面对面很近地交接物品，所以我心里一直很紧张。之后我就在心里记着日子，每天注意自己的身体变化，看有没有发烧、感冒，每天都要测量体温。我们开小组会的时候，我都要与每个人保持距离。到了第21天晚上吃饭时，我就说："各位兄弟姐妹们，今天是个特殊的日子，我要喝口酒。我已经度过了21天，这21天里我什么症状都没有，除了伤心和工作的热情以外，其他什么都没有，大家放心好了。"

死里逃生

讲述人：第二批援塞医疗队医师组副组长徐哲

非洲疟疾又被称作非洲感冒，在西非发病率很高，基本上每个当地人都得过，外地人到那里，只要待的时间长一点儿也容易被传染，而且得了一次，以后可能还会再得。从塞拉利昂回国后，我所在的感染性疾病诊疗与研究中心就收了4名从非洲回来的疟疾患者，有3名患者都被治愈了，但有一名在非洲工作过的中国人，回国后不久就开始高烧不退，当时没有第一时间到医院救治，送到我们医院时已经很严重了，被诊断为重症疟疾合并登革休克综合征，虽经我们全力救治，但非常遗憾，未能救治成功。我们中国驻塞拉利昂大使馆的工作人员，就有得过疟疾的。疟疾目前没有疫苗，他们当时最紧缺的就是抗疟疾的药。

◎ 徐哲与雅尤玛

塞拉利昂卫生部有一个计划，让全民接受抗疟治疗，把抗疟药发放到每家每户每一个人，这个目标目前已基本实现。当地人只要发烧，十有八九是染上了疟疾，所以都不去诊断就直接把药吃上。疟疾是影响塞拉利昂人寿命和健康的一个很重要的因素。在这次埃博拉疫情大规模暴发之前，疟疾的危害远远大于埃博拉，埃博拉可能十几年、几十年来一次疫情暴发，一次死几十个人、几百个人，但在非洲每年因疟疾而死亡的人数达数万之多。

我们中塞友好医院埃博拉留观诊疗中心的患者当中，得疟疾的也很多，也有埃博拉合并疟疾的。我们队员每个月吃一次抗疟疾药，即使是吃了药以后，如果被携带疟原虫的蚊子叮咬，仍有可能感染疟疾。抗疟药不是疫苗，疟疾迄今为止尚无有效疫苗。

我刚到塞拉利昂不久就吃了第一次抗疟疾药。2014 年 12 月下旬，那段时间比较忙，中塞友好医院埃博拉留观中心要改成留观诊疗中心，急需制订标准操作指南，这个任务交给我负责，我再召集大家一起来弄，每天都要加班加点，有几天基本上没怎么睡觉，非常疲惫。第二次就没有按时吃抗疟疾药，因为怕吃了药会不舒服、恶心、头晕，影响工作。

在那里被蚊子叮咬是免不了的事，房间里、阳台上、宿舍到医院往返的路上都有可能，有的时候你就是挂蚊帐睡觉，蚊帐里面也会有蚊子，而且蚊子很小，也不太注意，咬了也不疼。

我记得很清楚，2014 年 12 月 30 号那一天，就觉得身体有点儿不舒服，浑身乏力。当天晚上还熬了夜，之前的 28、29 号基本没怎么睡觉。30 号那一天，也是到了三四点钟才睡；31 号当天，我们就把英文的标准操作指南通过大使馆交给了塞拉利昂卫生部，他们当天审核，一次性通过了。通过之后，31 号我们还搞了一个迎新年文艺晚会，我和我们班的队员表演完“时装秀”后，原本我要继续观看其他节目的，但实在太难受，坚持不住，我就回去睡觉了。31 号晚上一测体温，39.5℃，当时感觉就是头疼睡不着觉。

文艺晚会进行了一大半时，陈队长发现我不在，就过来看我了。那时我已经发烧了，心里比较紧张，因为当时我进入病房的次数是最多的。但是即使进病房这么多次，我们医疗操作都严格按照操作规程进行，这一点自己的心里面还是有数的，该做的防护，每次都是一丝不苟地做了。虽然和塞方的工作人员可能有一些接触，但我感觉自己没有感染埃博拉。但是我还是跟队长说，要求把我隔离到中塞友好医院的第四病区，那是留给中国队员自己的病区。

当晚医疗队就开了会，确实比较紧张，万一我得了埃博拉怎么办？病情加重怎么办？救不活怎么办？但他们舍不得、不忍心把我送进第四病区。这是我后来知道的。当天晚上，我就把抗疟疾药吃上了，然后第二天，也就是 2015 年的 1 月 1 号，就在驻地的房间里给我抽了血，一般发烧是不会抽血的。实际上，当时抽血也是冒着危险做的，是黄顺和刘冰给我抽的血。抽完血金波组长和刘立明就在驻地找了一个地方化验，我们有自己备用的试剂盒，可以做疟疾、伤寒、登革热、霍乱、艾滋病的筛查，操作上比较简易，出结果快，当时是刘立明做的。

按说驻地宾馆是不允许发烧病人留住的，说实话，为了我的健康痊愈，我给队里面的领导，包括陈队长、何政委，还有其他队员，包括金波、黄顺、于晓莉……还有跟我一起进病房的护士，增加了很多工作量，造成了很大的压力。我自己也已经烧得昏昏沉沉的，但我唯一坚信的是，我不可能染上埃博拉，因为除了发烧之外，其他的症状很少，就是没有劲儿，肌肉酸痛，坐都坐不住，一点儿食欲也没有，我平常的饭量很大，但那两天吃不下饭。其他倒也没有想太多，只是觉得不能再传给其他人，所以基本上谢绝队员们的探望。

当天下午，检测结果就出来了，这时大家才稍微松了一口气。护士也是冒着风险给我输液，补液的液体，还有抗生素，都给我用了。因为疟疾可能和埃博拉一块出现，所以警报还没有完全解除。

我记得，队里怕给我造成心理压力，抽血的时候只戴了手套，没有其他防护用品。我当时说，护士长你们还是把防护用品都穿上吧。她说，你肯定不是，我怕啥？实际上，我这次生病，给全队带来的心理压力是空前的。即使这样，全队人员仍对我精心治疗、护理，将我从病魔手中拉了回来。

我现在还保留着当时治疗的详细记录，体温1号是40℃、2号39℃、3号38℃、4号37℃。上面还记载了我当时的尿量、血压、血常规、电解质，输了多少液，打了什么针，吃了什么东西等等，非常详细。

1月2号，因为高烧不退，张昕医生特别着急，就给我们科中心主任赵敏打电话，说用了抗疟疾药温度还是下不来，会不会有其他的问题？赵主任建议把抗疟疾药量加大至正常用量的两倍，必要时应用地塞米松。

后来体温正常了，一天比一天好了，体力在慢慢恢复，我就知道没有什么事儿了。几天下来人瘦了不少，饭量也是慢慢恢复，到了第四天，我就能自己到食堂吃饭了，体力还是有点儿

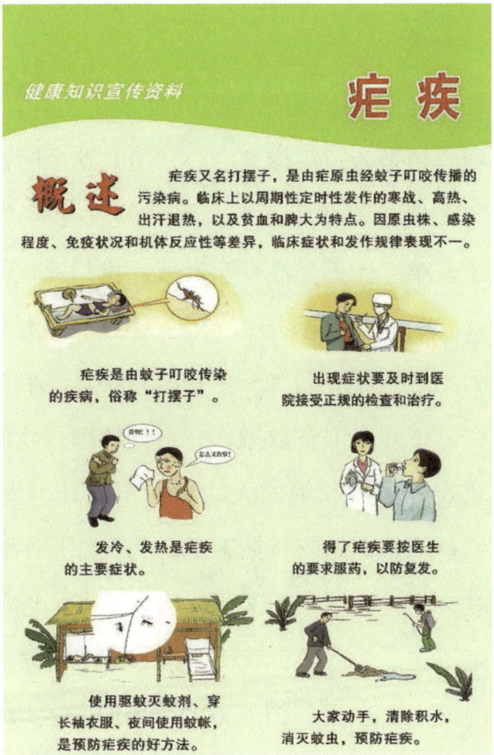

◎ 疟疾健康知识宣传画

跟不上，一动就有点儿喘，走路走快了，就心慌喘息，体力确实明显下降了。

现在回想起来还是有一点儿后怕，尤其是前两天我们抢救一个重症疟疾合并登革休克综合征病人，那个人就没有救过来。我还保留了我患疟疾的报告单，说实话，这是医疗队领导指挥得当，队友们冒着风险给我抽血、输液、做检测、精心照料，救了我一命。如果当时没有诊断清楚，或者说没有及时用抗疟疾的药，可能我人真的就没了，对医疗队的影响想都不敢想。

谈　判

讲述人：第二批援塞医疗队医师组组长金波

正当塞拉利昂全国的疫情呈上升阶段时，我们中塞友好医院留观中心转型为留观诊疗中心，但在这个时候，突然没有病人来了，这种情况大概持续了四五天。第一天没有病人来，我们还觉得是不是病人少了，第二天还是没有病人来，我们就觉得不对劲儿了。

针对世界各国以及国际组织在塞拉利昂抗击埃博拉的活动，塞拉利昂卫生部专门有一个联席会议，我们苏大翻译（苏海滨）去参加联席会，带回来很多数据。一看到数据，我们就纳闷了，为什么唯独我们中塞友好医院收治病人的数字不上升，别的医院都在涨呢？打电话问他们，他们开始支吾搪塞说，病人都是平均分配的，今天没有，可能明天就会有。过了一天又说，病人不多，你们那儿没有也属于正常。实在搪塞不住了，才告诉我们实情，是不愿意再给我们送病人。我们就感觉情况不太对。我们请塞方的卡努院长去协调一下，问问到底是怎么回事。他给卫生部的熟人打电话询问情况，原因是有人认为中国队的治疗不行，医院里边比较混乱，管理不到位，病人到处跑。

为什么会有这样的传闻？卡努院长也很奇怪。他想起来不久之前有一天，一辆救护车拉着病人来到我们医院门口，医院的门岗呼叫说有病人来了，请护士穿上工作服下来接病人。我们严格按流程穿好防护服，司机等的时间稍长了一点儿，转身就把救护车开走了。司机不愿意等，因为他拉一趟是一趟的钱，在这里等的时间长，会影响他拉的趟数。

救护车刚走，塞拉利昂卫生部就打来电话问，你们医院为什么拒收病人？卡努院长回答说我们从来没有拒收过病人。这件事情刚刚发生，怎么卫生部就知道了呢？有人告诉我们，对面那个小卖部里，有人专门盯着中塞友好医院的一举一动。之前有一个感觉不舒服的人来到中塞友好医院，躺在门口说要住院。我们正在准备接诊，塞拉利昂卫生部就打来电话责备我们拒收病人，让病人躺在门口。这几件事放在一起，他们就认为中国医疗队没有积极地收治病人。这让我们感到非常气愤，准备进行及时反击。于是，我们在各种会议上，宣讲我们的理念和治疗的重要性，还有我们的工作程序，并且直接跟他们的指挥中心进行了一次谈判。

谈判那天，陈昊阳队长带着我和苏翻译，还有塞方的卡努院长和护士长。在一个小房间里，我们开始与他们进行谈判。大家坐在一起，刚开始比较友好，但一谈到正题，说不收治病人的问题时，立刻就严肃起来了。对方两个人，有一个是塞拉利昂卫生部的官员，另一个是指挥中心的协调员。这个协调员非常严厉地提出那些问题来，说如果不能解决病人在门口等待的问题，是不会送病人到我们留观诊疗中心的。我们解释，根据收治的流程，我们需要时间把病人安排到住院部里去，不可能病人来了，就直接打开大门就住到医院里。他说，在有些医院救护车都能直接开进大门里。我说，我们中塞友好医院的大门跟其他医院的大门是不一样的，他们院子里面还有一个院子，但我们没有，只有这一道门，怎么能够不问清楚就随便打开呢？那个卫生部的官员比较友好，他能从传染病防治专业的角度来理解我们的做法。

最后，大家就从程序上理了一遍。他们发现中国医疗队做的并没有错。经过几番较量后，他们最后也认可了我们的做法。第二天，指挥中心又开始给我们送病人了。

办法总比困难多

讲述人：第二批援塞医疗队后勤保障组组长罗新疆

在第二批援塞医疗队抽组后勤保障组人员时，我们可选的人并不多，又不可能让非军人去执行这么危险的任务，当时就选调了 5 名汽车队的战士。

我们当时有一个轮训的制度，每个人都在医院的食堂专门学做菜。那几个战士就掂了半个多月大勺，跟着厨师学做面点、配菜、炒菜，基本上一天三顿饭，连轴转。因为他们本身就是驾驶员，经过培训后，做饭、开车都没有问题，而且都是 5 年以上的老兵，去了之后还要充当警卫。他们的治安有些乱，他们打了 11 年的内战结束的时间不长，在当地没有维和部队，要依靠当地的警察保护。

我们 5 个战士到了塞拉利昂后，一日要做三餐饭，平时当司机，要把医护人员送到中塞友好医院，再从中塞友好医院接回驻地宾馆，晚上还要轮流执勤。当地的生活水平比较低，吃饭的时候，塞方的医护人员总是对我们中国菜赞不绝口。其实那些菜都是用罐头做的，跟国内肯定不能比，食材、调料什么都不全，而且都是我们自己战士做的。

刚开始给几十口人做吃的，确实心里没有底，怕耽误大家的事儿，但是一个礼拜后，慢慢我们把流程建立起来了，就好多了。

有时候，我们的战士感慨，在家千日好，出门一时难。在这种艰难的情况下，虽然大家生活上不便，但没有耽误执行任务。

塞拉利昂自来水供水非常困难，我印象很深刻，有一次洗澡，出来的全是泥汤，最后没有办法，用了点儿矿泉水浇着洗了个头。在当地，每家基本都有个大水箱，否则水一断，你一点儿存水都没有是不行的。只要把水蓄上，水还是能保证的。

在医院里断电的现象很常见，最恐怖的是，医生晚上进去查房，突然没有电了，此时值班的人也下班了，你得把他叫回来重新启动，这要等半个小时到 40 分钟，好在他们住得不算太远。

和第一批援塞医疗队队员交接的当夜，物资就到了，这时第一批队员已经集合，马上就要登船走了。这 3.7 吨的物资怎么办？我们先遣组只有 8 个人，还得为即将到来的 33 位队员更换被服，清理消毒房间，还要做饭。

◎ 炊事人员在准备饭菜

负责卸车的是塞方运输公司的人，他们晚上 11 点到的。别以为卸车是一件简单的事，工人顺手牵羊的事挺多，第一批援塞医疗队经历过好多这样的事，搬运物资，搬着搬着就少点儿东西，你还不知道去哪里了，从大门口穿过院子搬到库房，就这么短的路，怎么就少了呢？在犄角旮旯处能找回来一些，其他的就不知下落了。

这一批新到的物资本来是第一批援塞医疗队的补充物资，可是晚到了 10 天。正当他们集结要出发回国时，物资才到。只能在宾馆留两个人，既要跟宾馆协调交房清房，又要开火做饭，其他人全部到医院来卸物资。为了防止物资丢失，我们也想了办法。拉来的物资包括我们和检测队的，两家放在了一起，凡是贴着绿色“三〇二”字样的，就是我们的，贴着红色标的，是国家检测队的。

我们让他们的车尽量往后靠，靠近我们的门口，这样目视的距离能够缩短，一个拐角处留一个人，进一个屋，锁一个，再开下一个门，只能这样流水作业。3.7 吨物资卸了两个多小时，卸完了赶紧锁门，让他们值班的医生护士去休息。回到驻地后，赶紧清房，然后还要到机场迎接另外 33 名队员。忙完了差不多是凌晨 3 点多钟，歇了一会儿就马上起床赶第一班船去机场了。

后勤的物资，比如米、面、油什么的，都是国内空运过去的，第一批援塞医疗队给我们留了一些。到后期，油就不够了，我们就采购玉米油。当地的食用油都是从国外进口的，为了规避风险，我们的采购固定在两个地方：一个是黎巴嫩超市；另外就是一个叫“中国城”的地方，它的一层是个小超市，二层是个小酒店，是由一个姓蔡的福建老大姐开的，她在那里经营了十几年。

蔬菜、肉类，基本上都从她那里进，因为语言上交流没有什么困难。有的东西她那里没有，就得去黎巴嫩超市，相对来说价格贵一点儿，但是东西大多能够找到。我们从国内带来的美元，按 1：5000 的比

◎ 中国城酒店老板娘蔡大姐

◎ 后勤保障组队员与当地警察在中国城酒店门前合影

率兑换成当地的货币利昂。

肉以牛羊肉、鸡肉为主，因为这个国家靠着大西洋，所以还有海鲜。猪肉是从一个姓王的中国人那里买的，这还是第一批援塞医疗队队员找的点儿，他弄了一个小规模的养猪场，养了十几头猪，专门卖给中国人，在塞拉利昂有不少中国企业。豆腐是蔡大姐自己做的，当地人当然不会做，要多少块提前告诉她，第二天她就给送过来。

除了米、面、油、蔬菜，还要采购医疗需要的一些物资，比如“二道防线”短袖 T 恤，就是一次性防护工作服里面穿的衣服，也是常用的消耗品。我们去了 4 个人，因为带着不少钱——2000 万利昂，合 4000 美元，在当地算是一大笔钱了，怕出事。

有时我们也会在驻地巡防，医院和宾图玛尼宾馆都有保安，治安方面不用太操心。但我们还是做了应急预案，包括火灾、停电或是突发事件，预案都提前做好，这样避免真要有什么事儿，大家忙乱无序。一

◎ 塞拉利昂纸币。5000利昂相当于1美元

些防爆器材，像盾牌、背心、警用橡胶棍什么的，第一批医疗队都带过来了。

每天晚上，我们后勤保障组都有一个例会，首先总结一下当天的情况，包括饮食保障、交通的一些问题，或者是队里新的指示，制订隔日的菜谱，并于第二天完成采购，一天压一天，保证至少有一天的菜能够救急。

这里不像国内，国内一周的菜都能一次买齐，而在那里，真不知道第二天能买到什么。刚开始我们去的时候有西红柿，三周后突然没有了，一问才知道，西红柿都是从国外进口的，现在因为疫情闭关了，不让进了。而当地自产的像黄瓜、茄子之类的蔬菜，不施任何化肥，自然长成的，由于天气太热，等长到大点儿的时候，基本上都已经老了，怎么吃都不是那个味儿。明显已经老了，但当地人说是新鲜的，刚摘下来的，没办法，他们真的不太会种菜。

我们租用了宾馆的厨房，好在他们的厨房是中国人建的，和国内厨房的布置差不多，只不过用的是罐装天然气。我们每次买 20 罐，用完之后再灌，一个罐子有好几百斤重，要几个人摆弄。煤气罐放在厨房外面，露天摆放着。每次弄煤气罐我们都特别担心，所以就做了应急预案。

灶台设备已经老化了，有时莫名其妙地打不着火。时间来不及了，炒不了菜，就想办法做面条，临时对付一下，然后在小灶上熬点儿粥。

最开始我们是用一次性餐盒的，但是发生疫情以后，很多在当地做生意的公司都离开了，不再进口东西过来，所以当时消耗的都是库存。不管是黎巴嫩超市还是中国城，都是消耗库存。后来，各式各样的一次性餐盒基本上被我们用光了，就改用盆装，把菜都装好，放到饭盆里，用保鲜膜一封，米饭单独用其他的东西装。因为天气热，保温效果还不错，也算是解决了问题。

在塞拉利昂，有钱不一定买得到东西。他们基本上没有本地产的东西，都是靠进口。一旦出现疫情，海关一关闭，许多东西就买不到了。

整个弗里敦，像样点儿的商店也就那家两层的黎巴嫩超市，去逛的都是他们国家的有钱人，相当于我们过去的友谊商店。平常老百姓根本就进不去，也消费不起。里面的东西跟国内比起来，其实也并不贵。

我们第二批有两个翻译：苏大翻译（苏海滨）和苏二翻译（苏林）。后勤组的苏二翻译真是个宝，只要出去我们就带上他，连比画带蹦单词，非洲人居然能够明白。一般来说，极个别在中国城或者在黎巴嫩超市找不到的东西，才出去寻找。原则上，我们要尽量保证跟当地人减少接触。我们不可能随身带着体温计，给他们量完确定没有发烧后再接触。刚开始没有摸清门路，我们还出去看一看，但当一切

◎ 当地蔬菜十分稀缺

◎ 苏林（左）与队友制订采购计划

慢慢走上正轨之后，我们基本上就很少出门了。

除了那批3.7吨的物资外，后来接了一批10吨的物资，我们其实还申请了一批物资，但是那批物资直到我们走也没有到，海运实在太慢了，从国内运到塞拉利昂得两个半月。空运快，但成本太高了。

上下班的沿途都是日本淘汰的汽车，都停在路边，有的风吹日晒都烂在那儿了。我们的每个司机都懂得车辆保养，跑到5000公里就会保养一次，两个月内保证不出什么问题。如果车出了问题必须修，我们也会带上苏二翻译。苏二翻译的翻译极其独特，比如说柴油，他不知道柴油怎么说，就先说木材，然后再说油，两个单词合在一起，神奇的是，对方居然能听明白。

说到这儿，让我想起第一批援塞医疗队的邹庆伟来，援塞时他既是司机又是大厨，因为他长得高高大大，大家都喜欢叫他大邹。大邹不仅驾驶技术出色，维修保养也是他的强项，除此之外，好学好问更是他的看家本领。

一次，猛士越野救护车的水管坏了，看着车辆趴窝了，真是难坏了一群人，配件到哪儿买、去哪儿换，谁也摸不清。大邹不含糊，拉上翻译王姝就出了门，两个人开着车穿大街走小巷、问店铺逛市场，好不容易找到一家黎巴嫩人开的配件店。谁知刚把车停好，一名塞拉利昂警察就过来了，示意他们此地不能停车。

这个时候，还没等王姝开口解释，邹庆伟就指着车上的国旗和标语，蹦出4个英文单词：China、Ebola、car、bad（中国、埃博拉、汽车、坏了）。警察听完后，直接竖了个大拇指，冲他们摆了摆手，然后就走了。进了店铺后，王姝正打算与老板进行交流，却发现邹庆伟已经连比画带咋呼地跟店主“交流”上了。两分钟不到，店主就拿出了一根合适的水管，王姝愣愣地看着大邹，憋出了一句：“你不用叫邹庆伟了，干脆就叫‘邹有才’吧！”

我看，苏二翻译和第一批援塞医疗队的“邹有才”有一比。

宾馆由于是自己发电，所以还算比较稳定，不像外面市政供电，

◎ 高福院士（右二）与邹庆伟（左二）

说停就停。烧菜用的水都是自来水，但是得烧开了才能用。宾馆的那口井打出的水有没有病毒无法保证。所以，我们规定从不做凉菜，如果是油炸的话，油必须冒烟了、滚了，才能炸，中间要炸透。蒸的菜也一样，必须蒸 10 分钟以上。

在塞拉利昂首都弗里敦没有一个红绿灯，人车混行，满大街都是横穿马路的、逆行的。路况很差，还经常下雨。司机尹杰文负责接送医疗队队员上下班和其他出行任务。从医疗队驻地到中塞友好医院有 28 公里，大都为狭窄的土路，为此，尹杰文还亲手绘制了塞拉利昂交通线路图，上面标明了常去地点和各个路口的转向，哪儿有减速路障，哪儿有沟沟坎坎，都标记得清清楚楚。小尹从没学过测绘，也没学过标图，谁也不知道他是怎样绘出的这张线路图，但大家知道，这是他的用心之作，凝聚着他对医护人员的战友情谊。

每天出车前，尹杰文都会仔细查看轮胎气压、灯光、汽油、水和离合的状态，保证出行安全。由于疟疾等疾病在当地属高发传染病，因此喷洒驱蚊剂也是小尹每天必不可少的工作。尽管路况不好，一路上还要经过很多减速带，小尹却将中巴车开得急缓有致、十分平稳，疲惫的队员总能在他的车上安然入睡。小尹在日记里这样写道：又到减速带了，我要收油、降挡，千万别把医护人员颠醒，让他们多睡一会儿。

每天早晨 7 点半吃完早餐，尹杰文和队员们像往常一样，准时出发了。行程中，队员们有的在谈论病情，有的在闭目养神，然而司机小尹却是精神高度集中。虽然每天走的是同一条路，但由于路况复杂，行车过程中他不敢有丝毫马虎。

有一天，汽车行至一条双向单车道的上坡路段，连续的减速带加上土路让车辆颠簸不已。突然尹杰文发现右前方不远处的斜坡上有一堆碗口粗的木桩，由于码放得非常随意，木桩相互之间已变得松散，摇摇欲坠。直觉告诉小尹，木桩很有可能会滚落下来，如果真的那样，加速

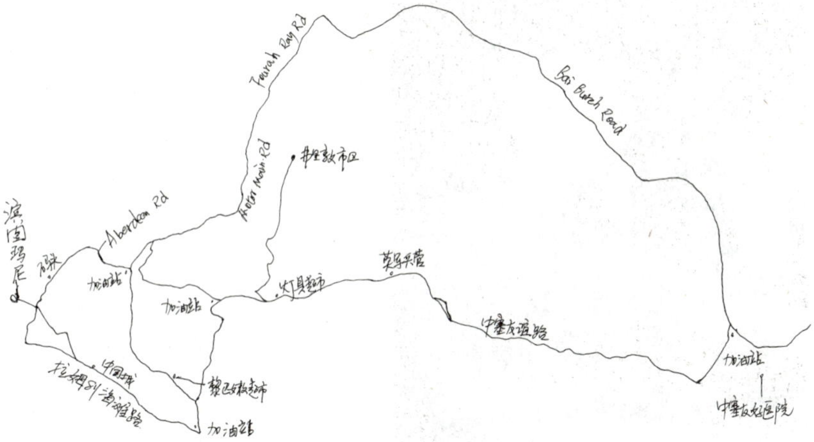

◎ 尹杰文手绘塞拉利昂交通线路图

◎ 宾图玛尼宾馆至中塞友好医院路线

度会让木桩和车辆形成猛烈的撞击。

说时迟那时快，木桩顷刻间向下滚落，朝着医疗队的车辆扑过来。带车队员宋兵见状不禁尖叫起来。早已有所准备的尹杰文临危不乱，一脚制动将车辆平稳停住，而此时的木桩在车辆前不到两米处停下了。

由于这条路段是单车道，前方已被木桩堵死，无法正常前行。在反方向车辆通过的瞬间，尹杰文快速打舵，顺势借左侧车道绕过危险区域，安全回到了正常车道。队员们都被眼前有惊无险的一幕吓出一身冷汗，同时又为尹杰文快速敏捷的反应和精湛娴熟的技术所折服，大家感叹道:“和小尹出行，我们放心。”

2014 年 11 月 19 日，当天雨下得特别大，比以往任何一场雨都要大，但小尹还是要送医疗队员去医院值班。于是小尹冒着大雨，继续前行，路两边都是大山，大雨之中，山上随时会有石头滚落。有一段土路在两个山谷中间，暴雨携带着石头不断往下落。面对此情此景，大家的

◎ 尹杰文全神贯注开车

心都提到嗓子眼儿。司机小尹靠着过硬的技术，控制着汽车，躲避随时可能出现的危险，同时让副驾驶随时观看两边山上的情况。那天虽然危险重重，但我们在西非特有的瓢泼大雨中，克服了难以想象的泥泞和随时有可能出现的危险，安全地到达了目的地。在医院的病房里，有很多埃博拉患者正等待着医疗队员去挽救，哪怕晚一点儿到，都可能失去一个生命，所以必须按时准点到达。人命关天，不能有半点儿差池。

第三战役　抢夺制高点

在塞拉利昂，聚集着30多个国家的医疗力量，就像一个大的国际舞台，大家展示技术，展示实力，实际上展示的是国家形象。

——中国人民解放军第三批援塞医疗队队长　段惠娟

第十三章　超级战队

我们的技术是一流的，我们的军队是一流的，我们的管理是一流的，没有哪个国家能够比得上。

——全军传染病研究所所长、中国人民解放军第三批援塞医疗队专家组专家　王福生

按照中国政府与塞拉利昂签署的援助塞拉利昂进行为期半年的埃博拉疫情防治任务的协议要求，2015 年 1 月 18 至 3 月 18 日，中央军委还要在全军抽组第三批援塞医疗队赴塞抗击埃博拉。此时，按照中国政府与利比里亚签署的援助利比里亚进行为期半年的埃博拉疫情防治任务的协议要求，中央军委还要从全军抽组第二批援利医疗队赴利抗击埃博拉。那个时候，能派得出去的军队卫勤力量将越来越少。

“是放弃第三批援塞医疗队任务，还是继续承担这次重大任务”，一时间成为摆在三〇二医院党委面前的一个难题。在此之前，三〇二医院已经独立抽组了两批援塞医疗队。如果再从三〇二医院抽组一批医疗队，只能让年龄较大的军人医生和护士长上了，年轻的军人医生护士已经没几个，大部分被第一批、第二批援塞医疗队抽走了。

◎ 2014年12月26日，三〇二医院院长姬军生在首批援塞医疗队工作总结暨第三批医疗队动员部署大会上做指示

有人建议，让马上结束 21 天医学隔离观察的第一批援塞医疗队，作为第三批援塞医疗队重返塞拉利昂，或者干脆让目前还留守在塞拉利昂抗埃一线的第二批援塞医疗队再坚守两个月，完成后续的任务。最后，这些方案都被一一否决。

三〇二医院党委经慎重研究决定：克服医院在外执行援塞队员多、医疗收容压力大等困难，再次承担组建援塞抗埃医疗队的任务。

中国人民解放军第三批援塞医疗队队长、三〇二医院副院长段惠娟，是三批援塞医疗队中唯一的一位女队长。她有个特点，就是特别爱笑，但这个笑容里透着的是刚毅和坚定，在做人做事过程中透着的那股干练，在很多困难和问题面前，她都是以笑对人生的积极态度去面对、去克服、去解决，在淡淡的笑声里，在爽朗的笑声中，将危险化险为夷，将困难化难为易，将问题化为乌有。

其实，段惠娟已经是在传染病防治领域工作了 20 多年的老兵了。2003 年，在抗击“非典”时她作为三〇二医院医疗科副科长，巾帼不让须眉，将生死置之度外，亲自在病房组织指挥北京市首例输入性“非典”患者的抢救工作，并和医务人员与“非典”病毒激战 106 个日夜，成功挽救了一个个生命。由于防治“非典”工作突出荣立个人三等功，她也由医疗科副科长破格提拔为科长。2008 年，在汶川抗震救灾时她作为医疗队防治组组长，是第一个徒步行进 60 公里到达重灾区的女军人，也是第一个完成灾区疫情防治评估报告的女军人，当年被评为“全国三八红旗手”。

说起这次带队赴塞拉利昂执行任务，段惠娟自信地说：“队员们和我差不多，都是和传染病打了十几年甚至几十年的交道，我们有信心打赢这场攻坚战。”

实际上，第三批援塞医疗队人员组成阵容相当强大，除了绝大多数队员都参加过抗震救灾、抗击“非典”、防控“甲流”、亚丁湾护航等国家级别的卫勤保障任务外，还首次委派由三〇二医院副院长、政治部主任 2 名院常委带队；首次设立副队长，由院务部副部长担任；首次设立专家组，由全军传染病研究所所长王福生教授和军队处置突发公共卫生事件专家组成员赵敏教授赴塞调研指导，并且有 1 名感控专家在一线全程指导工作；医师组有 1 名高职，3 名高职资格，4 名主治医师；护理组有 16 名护士长，还有 2 名青年护理骨干。可以说，配备的都是精兵强将。

在医疗队中年龄最大的当数王福生和赵敏两位专家了，王福生 53 岁，赵敏 55 岁，他们虽然年龄大，但战斗力仍然旺盛。那是 2014 年 9 月，三〇二医院受命抽组中国人民解放军援塞医疗队抗击埃博拉。消息一出，两位传染病专家主动递交了请战书，上级考虑到两位专家年龄偏大，怕他们身体吃不消，前两批医疗队都没有让他们参加。2014 年 12 月，第三批援塞医疗队抽组时，他们第三次递交了请战书。

有人劝王福生：“您已经是技术三级专家，年龄又大了，更何况当

◎ 第三批援塞医疗队全体参训队员合影留念。人员包括2名专家、41名正式队员和2名预备队员

前西非埃博拉疫情闹得很凶，去了会很危险，最好就别去了。”王福生斩钉截铁地回答道：“不管是硕士、博士，首先我是一名战士！”

其实，这名战士已经在征服传染病的道路上战斗了一辈子。说起与传染病结缘，王福生说在上中学时，有一天他在班主任的办公室偶然看到一本科普书，这本书的名字叫《征服病菌的道路》，让他对细菌和病毒这些微生物产生了浓厚兴趣，从此将他带进探索病菌的殿堂。

1989 年，已经拿到医学硕士学位的王福生再次考取了军事医学科学院的博士研究生，师从吴祖泽院士。导师的严谨务实作风对王福生的从医生涯产生了重大影响，无论是治病还是做科研，他都要求自己一丝不苟、踏踏实实。他提出七字方针：二艺、三心、四能力。二艺指临床实践和医学理论的技艺；三心是指对病人要有同情心，对工作要有责任心，对事业要有进取心；四能力是指要有很好的沟通交流能力、科研能力、管理能力和团结协作的能力。正是基于他在征服病菌道路上勤勉、敬业、创新、拼搏的态度，王福生 3 次获得国家科技进步二等奖。

曾在抗击“非典”、防控“甲流”等任务中冲锋陷阵的赵敏，仍然那么豪气十足地说："防疫情就是保生命，我一定要到前线去，那就是我的工作。"

◎ 王福生待患如亲

有人说赵敏是真的勇士，敢于直面生死，她所在的感染性疾病诊疗与研究中心是三〇二医院病毒防控的核心阵地，俗称"病毒窝"。来此就医的，都是国内外传染病中的疑难杂症，传染性极强，但艺高人胆大的赵敏愣是将那些病毒收拾得服服帖帖。有人说赵敏执着——冲在救治"非典"的第一线，却不幸感染，先后6次病危，又一次次坚强地挺过来。康复出院当天，她又重返"战场"，就这样，挽救了无数濒临死亡的生命。尽管赵敏一直饱受"非典"后遗症的折磨，

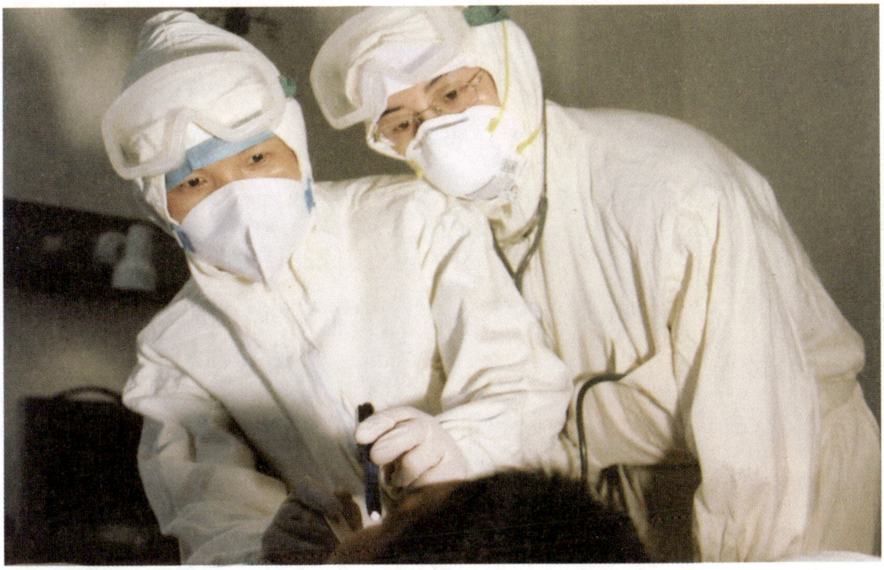

◎ 病毒女斗士赵敏（左）在抗击"非典"战斗中

但此次援塞抗埃她还是奋不顾身地冲了上去。

王福生、赵敏两位教授如愿以偿，随第三批援塞医疗队先遣队踏上了奔赴塞拉利昂疫区的征程。两位专家的到来，为在这里继续执行抗击埃博拉任务的第二批援塞医疗队留守队员增强了信心，更给接替任务的第三批援塞医疗队队员吃了一颗定心丸。

在女队员中年龄最小的当数王小艾了，而且她还是刚刚结婚的新娘子。

出生于军人世家的王小艾，从小就有着深重的军人情结。她的爷爷参加过著名的上甘岭战役，爸爸曾在部队执行任务时光荣负伤。2008年，她以优异成绩考入第四军医大学护理系，本科毕业后分配到三〇二医院。

一年前，王小艾与工程师高天相识相恋。就在两人筹备婚礼时，王小艾得知了医院正在抽组援塞医疗队的消息。

“军人生来为打仗。我也要像爷爷和爸爸那样，做一名有血性的军人！”没有丝毫迟疑，王小艾递交了请战书。通过层层选拔，她如愿成为第三批援塞医疗队队员。

听闻此事，爷爷给王小艾打来电话：“当年走上抗美援朝战场，我们那一代人都将个人生死置之度外。当军人就要有血洒疆场的勇气……你是全家人的骄傲，要传承咱们这个军人家庭的传统！”

面对妻子的选择，高天坚定地说：“我能做的，就是照顾好家，让你安心上战场。”

“这次去抗埃前线，危险重重。如果活着回来，我们就结婚……”当王小艾将自己的想法告诉高天时，却得到这样的回答：“在你上战场之前，我们就结婚！”

于是，婚礼提前举行。结婚第二天，王小艾就又投入了紧张的抗埃训练中……望着妻子远去的背影，高天说：“等小艾从抗埃战场凯旋，我会为她补一个完整的蜜月！”

2015 年 1 月 20 日凌晨 3 时 30 分，首都机场，夜色正浓。高天踮起脚尖，目送着妻子王小艾通过安检，融入迷彩方阵，他的眼眶湿润了。50 分钟前，夫妻二人在候机大厅深情话别，叮嘱的话语说了一遍又一遍。王小艾从挎包里拿出两枚心形巧克力。这是两枚已经开始融化的心形巧克力，一枚放在王小艾的贴身衣袋里，另一枚交与新婚 24 天的爱人高天。

9 个小时前，王小艾与爱人以及从东北赶来看望女儿的爸爸妈妈，提前吃完了春节团圆的“年夜饭”。

“亲爱的，我们虽然不能拥有一个完整的蜜月，但我为你的选择感到自豪！”

听了丈夫深情的话语，王小艾眼里溢满着幸福的泪花。

来到塞拉利昂后，在各种工作压力下，有些年龄稍大些的护士长担心身体稍显单薄的王小艾会吃不消、哭鼻子，可是忙碌的王小艾根本没时间哭鼻子。

她不仅是护理组队员，每天与队员进入埃博拉病房，护理危重患者，与病毒厮杀；还是医疗保健组成员，与队友苑红一起给大家打针、测体温，做好保健服务工作；又是医疗队文电组成员，每天跟着医疗队指挥组开会，整理会议记录，把重要信息传递给国内。就这样，一直不知劳累的她，有一天竟晕倒在岗位上。

◎ 出征仪式上，新娘子王小艾惜别丈夫

◎ 不知疲倦的王小艾晕倒了

段惠娟队长鼓励她说："小艾，出来执行任务是对你最好的锻炼，多向老护士长学习，将来你也会成长为一名护士长的。"队员们也开玩笑地问她："新娘子，是不是想老公啦？"这时，王小艾笑眯眯地说："不想！在非洲大家一起陪着我抗击埃博拉，也算是度蜜月了，这多有意义啊！"

2015年1月13日22点30分，由三〇二医院抽组的中国人民解放军第三批援塞医疗队22名先遣队员，乘车奔赴首都国际机场；与此同时，由中国疾病控制中心组成的中国第三批移动检测队先遣队员，也赶赴机场，两支队伍于14日凌晨0点30分在首都国际机场会合。当日，由成都军区总医院抽组的中国人民解放军第二批援助利比里亚医疗队先遣队员，从成都启程飞赴北京，14日凌晨1点30分，三支抗埃队伍在首都国际机场会合。

14日凌晨4时，三支承担不同任务的抗埃队伍乘坐MU7701次专机，踏上了飞往非洲的征程。11时，飞机抵达法国巴黎戴高乐机场，休整两小时后，飞机再航行7小时，到达利比里亚的蒙罗维亚机场，第二批援利医疗队先遣队员走下飞机，接替首批援利医疗队执行抗埃任务。15时，首批援利医疗队先行归国队员走上了MU7701次专机，从后舱门进入指定的隔离区域。当时，第三批援塞医疗队先遣队员与首批援利医疗队归国队员同处一机。

◎ 队员签名

◎ 向出征队员献花

◎ 2015年1月13日，第三批援塞医疗队出征仪式现场。图为三〇二医院院部领导与第三批援塞医疗队全体队员合影留念

不过，虽然三支抗埃队伍同在一架飞机上，但相互之间只可招手说话，不可接触。虽然如此，机舱里不时有掌声响起，这是新队员在向老队员们表示敬意。50 分钟后，专机飞抵塞拉利昂首都弗里敦机场。第三批援塞医疗队先遣队 22 人走下飞机，接替第二批援塞医疗队继续执行任务。

这时机舱里有第二批援塞医疗队先行归国队员、首批援利医疗队先行归国队员，他们将乘坐 MU7701 次专机返回国内，并进行 21 天的医学隔离观察。

◎ “中国人民解放军援塞医疗队”和“中国人民解放军援利医疗队”两队的臂章

就这样，中国抗埃队伍在一昼夜之内，在数个国家境内，实现了预定的交接。

就在MU7701次专机再次穿云破雾、返回祖国的时候，中国人民解放军第三批援塞医疗队先遣队22名队员，已经乘坐小艇，穿行在茫茫的黑夜里，驰骋在大西洋的波涛中。此时此刻，队员们普遍有一种“捐躯赴国难，视死忽如归”的豪迈和悲壮。走了30分钟水路后，队员们抵达驻地宾图玛尼宾馆。此时已是当地时间14日晚23时，北京时间1月15日凌晨7时了。

尽管第三批援塞医疗队先遣队22名队员日夜兼程十分疲劳，时差还没倒过来，但他们每个人都盼望着和第二批援塞医疗队留守队员相见，虽然分别只有两个月，但这不是普普通通的两个月，这是充满了惦念和担心的两个月，是充满了生死考验的两个月。在驻地，等测完体温后，第三批援塞医疗队先遣队员和第二批援塞医疗队留守队员激动不已，他们欢呼着，喜悦着。

第三批援塞医疗队护理组先遣队员要承担后续到达的12名队员的帮教任务，在护理组组长孟玉华的带领下，护理队员们马上投入到紧张的工作中。第二批援塞医疗队队员们也尽力把自己工作中获得的经验传授给新队员，从病房的布局到库房物资的定位填充，从工作流程到严格防护的细节要求，从我方人员的培训到与塞方工作人员的交流，他们把全部经验和心得都传给新来的队员。

第二批援塞医疗队队员刘冰对第三批援塞医疗队队员刘利敏交代说：“在这里，工作分班次，每个班次又有主、副之分，主班需要进入病房，完成病房内的工作，副班则负责在外配合主班的工作——填充耗材，打扫卫生，晾晒套靴……”

说起晾晒套靴，对刘利敏来说，简直是噩梦。在队员所穿戴的11件防护用品中，只有套靴是重复使用的，所以每次脱下后都要彻底地消毒浸泡。套靴的消毒，消毒水的浓度达最高级别，刺激的气味弥漫在空气中。刘利敏第一次进晾晒间，专门带上了防护口罩和眼罩，虽然先前听说过消毒水的威力，可在消毒间里，当她刚刚弯下腰准备清洗时，一股强烈的刺鼻气味瞬间灌进鼻腔，伴随着强烈的咳嗽，她的鼻涕、眼泪一股脑儿地往下流。带教的刘冰见刘利敏反应如此剧烈，赶紧让她休息。在休息室里，刘利敏过了好一会儿才缓过劲儿来。

◎ 第二批、第三批援塞医疗队进行任务交接

2015年1月18日，中国第二批、第三批援塞医疗队和实验室检测队在宾图玛尼宾馆举行了任务交接仪式。在整个交接过程中，第二批援塞医疗队留守队员

高度负责，毫无保留地传帮带，确保了第三批援塞医疗队先遣队员能够顺利接替工作，仅仅 4 天时间，第三批援塞医疗队已基本掌握了中塞友好医院埃博拉留观诊疗中心的运行流程。

第三批援塞医疗队专家组的两位专家王福生、赵敏，抓住这次来之不易的机会，积极调查研究。

“保存自己，才能更好地消灭疫魔”，为了让援塞队员更好地掌握西非常见传染病的临床特征、治疗手段和预防方法，王福生、赵敏开展了“西非常见传染病防治”等讲座。

面对致死率高达 90% 的埃博拉病毒，王福生、赵敏提出要进入埃

◎ 查看抗埃药物

◎ 开展病例讨论

◎ 在埃博拉临时检查点接受检查——测体温、手消毒、鞋消毒

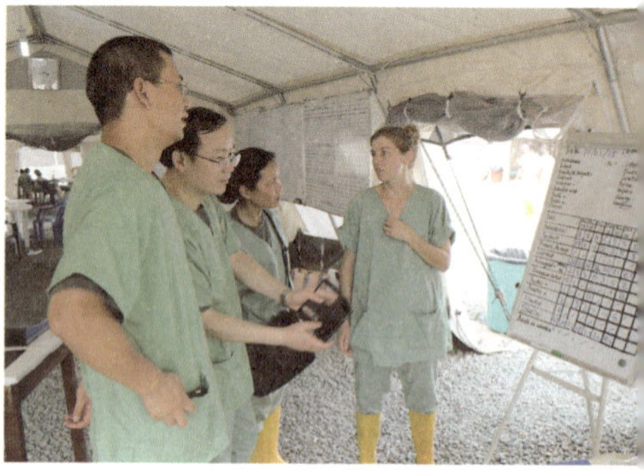

◎ 参观无国界医生组织埃博拉治疗中心

博拉病房，队员们闻讯后接连劝阻，赵敏笑着说："你们都不怕危险，我们就更不能怕有危险了！既然来了，不到一线看一看，我们心里不踏实，而且也没有发言权啊。"

1 月 17 日，王福生和赵敏来到中塞友好医院埃博拉留观诊疗中心，参加完医疗早交班，他们认真穿戴好 11 件防护用品，毅然决然地走进埃博拉病房，与医护人员一起查房，询问患者病情。不一会儿，汗水就浸湿了他们的防护服，然而，他们坚持完成工作。

两位专家就像不肯停歇的马达，迅速召集当天值班的防控组、医师组、护理组组长，对一位 75 岁埃博拉患者的病例展开讨论，判断患者的病情及预后，制订了个性化治疗方案。

他们还顶着高温，来到无国界医生组织埃博拉治疗中心，认真查看分诊区、疑似患者留观区、确诊病例住院区和重症患者治疗区，总结出收治大规模烈性传染病患者低耗科学、现实高效的经验。

在塞拉利昂埃博拉指挥中心例会上，面对美、英、法等国专家的发言，王福生对第三批援塞医疗队翻译陆荫英说："站在国际舞台上，我们一定要发出中国的声音！"

防控力就是战斗力。在中塞友好医院，队员们每天首先看到的是身穿防护服的防控组队员，他们背着几十斤重的消杀器具，穿梭在"病区""缓冲间""垃圾房"，不停喷洒消毒液，清洗复用防护用品，清理大量垃圾。

每次进入病房前，不管渴不渴，队员们都要强迫自己大量饮水，因为从开始穿上第一层密不透风的防护服后，他们就开始淌汗了。口罩、帽子、护目镜、防护服、防水隔离衣、3 层手套、4 层鞋套、面屏……层层防护用具将队员们身体的每一寸肌肤与外界隔绝开来，如果不大量补水的话，失水会造成队员虚脱以致休克。一般地说，穿防护用

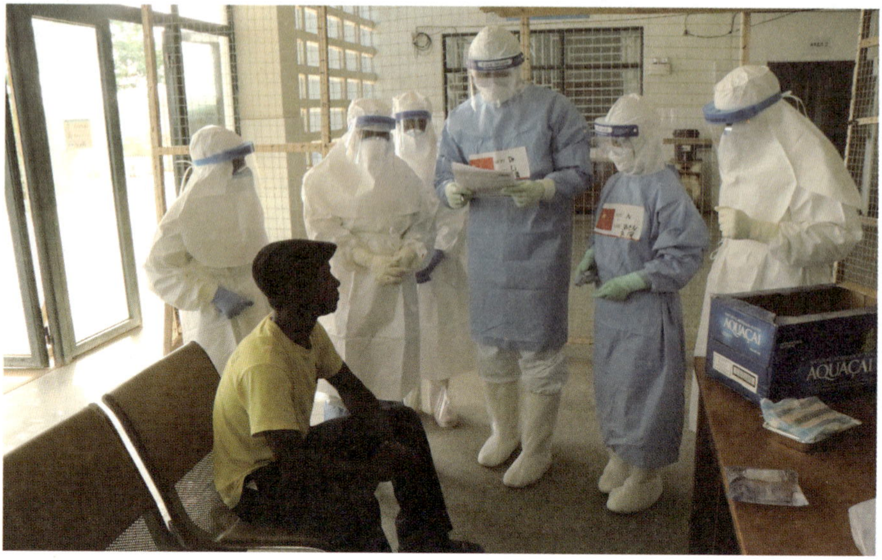

◎ 队员在病区接诊患者

品熟练的人也需要 15 分钟才能完成。

进入病房后，队员们要身穿厚厚的防护服，匀速、慢速地做动作，尽管这样队员们的衣服还是很快就湿透了，汗水在防护服里流淌着，护目镜也渐渐模糊起来。因为缺氧，队员们的呼吸会开始加快，憋闷症状也会随之出现。因此，队员们要在身体能承受的极限时间内，完成对病人的问诊、观察、生命体征采集及药物发放等诊疗工作。

吉英杰坦言：在埃博拉病房查房不是一件容易的事。几十分钟的查房时间，穿着密不透风的防护服，吉英杰和队友询问病人病况时，感觉到自己身上的汗水在不断地往下流。到最后出了病房，他感觉精疲力尽。“防感染最关键还是脱防护服。脱防护用品一般要花费 20 分钟左右的时间。脱完隔离服后才发现里面的二道防线几乎可以拧出水了。”为了防止脱水，他们在洗澡前通常要先喝瓶水补液。

吉英杰说，在中塞友好医院埃博拉留观诊疗中心，几乎每天都有新来的，有死亡的，也有治愈出院的。队员们每天都在反复目睹着生死交错的场景。

这一天，病房里来了一对母子，24 岁的母亲卡蒂姆和 1 岁的儿子维克托，孩子尚在哺乳期，双双被确诊为埃博拉阳性。

查房的时候，卡蒂姆无力地躺在床上，旁边的桌子上还摆着没有吃完的饭。“我当时感觉她已经没有力气起床吃饭喝水了。”吉英杰描述道。她的儿子维克托正在睡觉，出于病情的考虑，我们把孩子叫醒。“我一叫他，他一翻身骨碌一下就坐了起来。虽然只有 1 岁，但是坐得很笔挺。我们给他冲了营养粉，端着杯子放到他嘴边，小家伙咕嘟咕嘟地喝了起来，我们又拿小勺给他喂了一些吃的，他大口大口地很快就吃完了。看着我们这些全副武装的陌生人，他没有哭闹，没有拘束，很可爱。”

但让人没有想到的是，第二天，维克托的病情急转直下，迅速恶化，渐渐陷入了昏迷，不久便离开了人世。他的母亲卡蒂姆病情出现了好转，并逐渐恢复了健康。

在留观诊疗中心，每当看到那些年龄很小的患者，都让队员们想起远在祖国的自己的孩子。

出征之前，当 4 岁的女儿月月得知吉英杰在培训，即将参与这次援塞抗埃行动时，懂事地对他说：“爸爸，你去吧，听说那里的小孩都很穷，你去给他们看病，一定不要感染啊。”“原本还担心女儿月月会和之前一样反对，没想到她却接受了这个事实，当时我就释然了。”吉英杰充满自豪与欣慰地说道。

在成绩的背后，流淌的是全体队员的心血和汗水。以下是来自《解放军报》2015 年 1 月 29 日的报道（通讯员　洪建国、靳寸朵）：

10 天治愈 5 名危重埃博拉患者

当地时间 1 月 28 日，11 岁患者富拉尼埃博拉检测结果从阳性成功转为阴性并康复出院。至此，我军第三批援塞医疗队自 1 月 18 日与第二批医疗队正式任务交接后，10 天时间治愈了 5 名危重埃博拉患者。

据了解，我军第三批援塞医疗队 1 月 15 日抵达塞拉利昂后，克服旅途劳累、环境陌生等困难，与第二批援塞医疗队高效实现任务交接。连日来，医疗队建立健全每日业务工作例会等规章制度，有序展开工作。他们实行医师 24 小时值班及每日两次查房制度，进一步明确埃博拉患者诊疗方案，针对每个住院患者建立规范可行的病案文档，并制作制式病历表。同时，他们优化护理流程，对中塞友好医院实行重点区域洗消，并对队员生活区、餐厅等进行蚊虫消杀，确保医护人员“零感染”。

段惠娟队长说，医疗队在中塞友好医院利用已有装备，成为在塞拉利昂唯一开设 X 线检查的中心；与检测队密切合作，率先开展疟疾

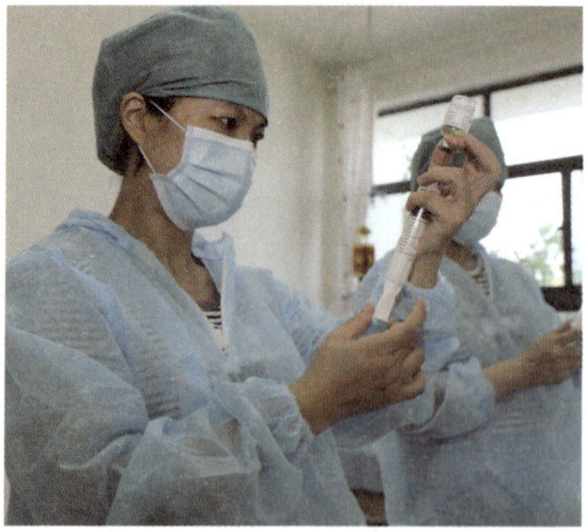

◎ 配药

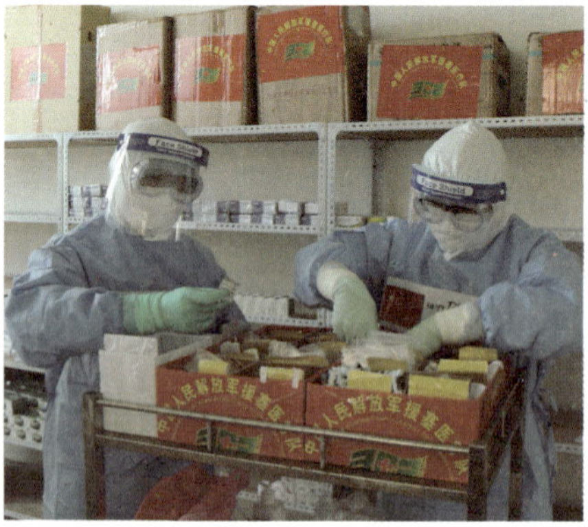

◎ 分发药品

筛查，并成为塞拉利昂仅有的能开展阳性病人生化检测项目的3家治疗中心之一；增加药品保障目录，更新常用药物种类，提高了诊治的科学性和准确性；新设立符合感控要求的配液室，改造缓冲间，更换消毒剂型；制定《疫区不明原因发热人员处置预案》，随时应对突发情况。先后为驻塞使馆、驻地兄弟单位处置不明原因发热6起，及时排除埃博拉感染，消除人员恐慌，外出义诊200余人次。以下是来自《人民日报》2015年2月5日的报道（记者　王欲然）：

世卫组织高度评价我援塞抗埃医疗队

4日，中国第三批援塞拉利昂医疗队临床检测实验室在该国首都弗里敦中塞友好医院埃博拉留观诊疗中心内正式成立。

据悉，该实验室将主要针对埃博拉核酸检测呈阴性的患者进行临床检测，对重症患者进行常规电解质、肾功能、感染等方面检测。同时还可对艾滋病、梅毒、疟疾等疾病进行病原学诊断。

世界卫生组织驻塞拉利昂外国医疗援助协调组组长塔拉·维拉曼斯林当天参观了埃博拉留观诊疗中心和移动检测实验室，并给予了高度评价。

他说："世卫组织看到了中国政府对塞拉利昂医疗援助所做的工作。在疫情暴发之前，中国政府一直向塞拉利昂提供医疗援助，世卫组织对此高度认可，我们非常高兴与这样一支医疗队进行合作。中国为抗击埃博拉做出了贡献，让疫情得到了控制，充分展现了中国负责任大国的形象。"

医师组段学章组长说，为满足世卫组织对治疗中心的要求，杜绝院内交叉感染，第三批援塞医疗队在医院入口增设分诊处，病区增加物

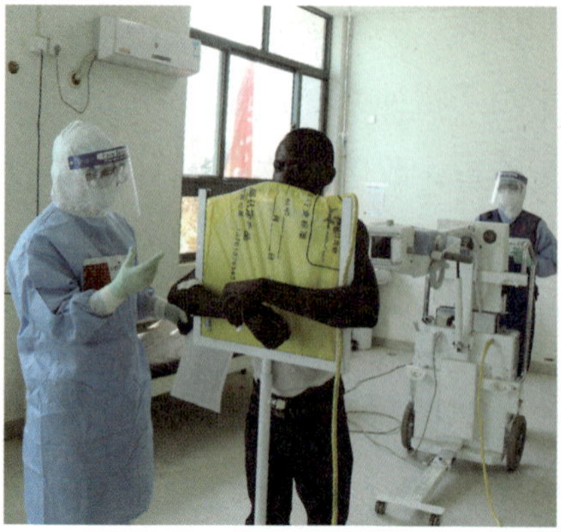

◎ 为埃博拉患者拍片

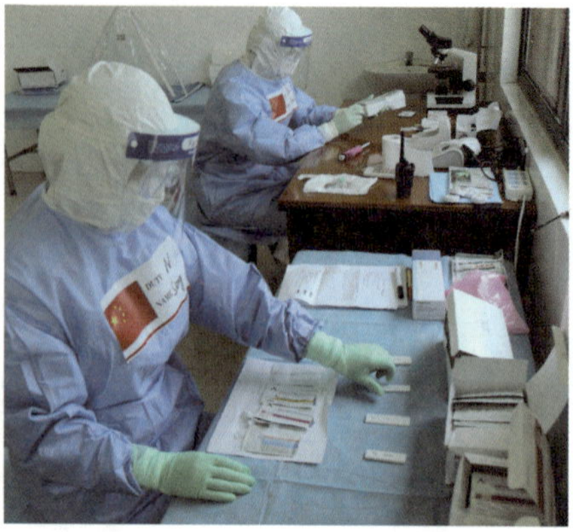

◎ 检测血样标本

理隔离网架与隔离门，设立家属探视区，患者分留观、确诊、康复三个病区收治。每天早 8 点到晚 10 点接收指挥中心转运患者，并在下午 5 点前对自行来院就诊患者开放；还建立了我方为主、塞方配合的诊疗模式，制定了适合我医疗队的埃博拉治疗标准操作流程（SOP）；实现了当日入院，当日采样，当日出结果，使 24 小时确诊率由 7% 迅速提高到 86%，阴性患者当日转出率 100%。以下是来自《人民日报》2015 年 2 月 17 日的报道（记者　王欲然）：

中塞友好医院埃博拉留观诊疗中心综合质量评比位居第一

塞拉利昂国家埃博拉应急指挥部 16 日在例会上宣布，由中国第三批援塞医疗队负责运营的中塞友好医院埃博拉留观诊疗中心在综合质量评比中位居第一。

塞拉利昂国家埃博拉应急指挥部在例会上通报称，在对 24 小时确诊率、患者入院确诊时间、阴性病人当日出院率、阳性病人当日转诊治疗率等多项指标进行考评后，综合质量数据显示，中塞友好医院埃博拉留观诊疗中心在与英国、澳大利亚、古巴等国负责的留观中心评比中排名第一，受到塞拉利昂指挥中心及在场各个国际医疗机构的一致好评。

塞拉利昂卫生部16日发布报告称，截至15日，塞拉利昂国内共有11128人确诊或疑似感染埃博拉病毒。

护理组孟玉华组长说，医疗队首次应用模拟手臂，自制模拟病人，并根据医院转型需求，更新培训课件，增加危重病人搬运、静脉置管、疟疾防护等培训内容；指定专人对三批医疗队累计转出的152名确诊患者进行随访，先后赴弗里敦和弗里敦之外的8个中心，成功随访148名确诊患者，其中127人顺利康复，为科学评估提供了宝贵依据。以下是来自新华网2015年2月28日的报道（通讯员　段学章、孟玉华）：

解放军援塞拉利昂医疗队推“四个零”“六个一”服务

“只要有一线希望，也要尽百分百的努力，为患者提供一流的诊疗和护理服务。”连日来，奋战在塞拉利昂首都弗里敦市郊中塞友好医院埃博拉留观诊疗中心的解放军第三批援塞医疗队，在前任工作基础上相继推出“四个零”“六个一”服务，有力提升了援塞抗埃工作质量和服务。

据悉，第三批援塞医疗队坚持把维护患者利益、保障患者需求、提高医疗队救治水平放在首位，提出对待患者“零障碍、零待诊、零漏诊、零感染”的“四个零”服务承诺。

同时，医疗队还逐步形成了一套为埃博拉留观及确诊患者服务的常规制度，坚持为康复出院患者推出“一次彻底洗消、一套换洗衣物、一份出院礼包、一次健康宣教、一个联系电话、一次出院随访”的“六个一”服务内容。

截至2月27日，第三批援塞医疗队累计收治埃博拉留观

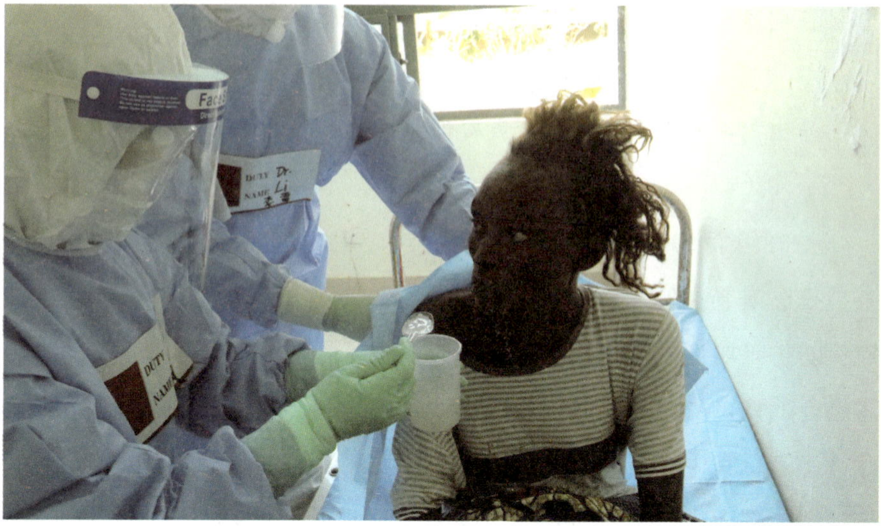

◎ 对患者进行营养支持治疗

患者 116 例，其中埃博拉确诊患者 17 例，阴性患者出院 94 例，确诊患者治愈出院 6 例。

3 月 18 日交接时，第三批援塞医疗队累计收治留观患者 146 例，其中埃博拉确诊患者 25 例，非埃博拉患者 121 例。三批医疗队累计收治 773 例，其中埃博拉确诊患者 285 例，非埃博拉患者 488 例。通过对转出患者跟踪随访，285 名确诊患者总死亡人数为 139 例，病死率 48.77%，治愈率 51.23%。

第十四章　绝不放弃一个病人

病毒无情，人间有爱。两个月来我们与时间赛跑，从死神手中抢回了一个又一个鲜活的生命。

——中国人民解放军第三批援塞医疗队医师组组长　段学章

塞拉利昂首都弗里敦的夜晚，总是那么宁静。然而，队员储芳躺在床上却辗转反侧，难以入眠。“不知富拉尼睡着没有？这些天她很勇敢，摆脱了病魔的折磨，她应该能睡个好觉……”一幕幕与富拉尼相处的画面又在储芳的脑海涌现。

2015 年 1 月 20 日，是队员储芳第一次独立上岗走进埃博拉病房的日子。这一天，一个名叫富拉尼的小女孩因为感染埃博拉病毒被送到中塞友好医院埃博拉留观诊疗中心。由于自己第一次直接接触埃博拉病人，储芳的内心还是有些紧张。但当她第一眼看到富拉尼的时候，就被她单纯的眼神打动了，那一刻她是那样无助和胆怯。储芳仔细地查阅了她的病历，才知道富拉尼已经 11 岁了，但由于疾病和营养不良，瘦弱的她就像六七岁的孩子。

富拉尼虚弱无力地躺在一张大病床上，一双深陷的眼睛中透出乞

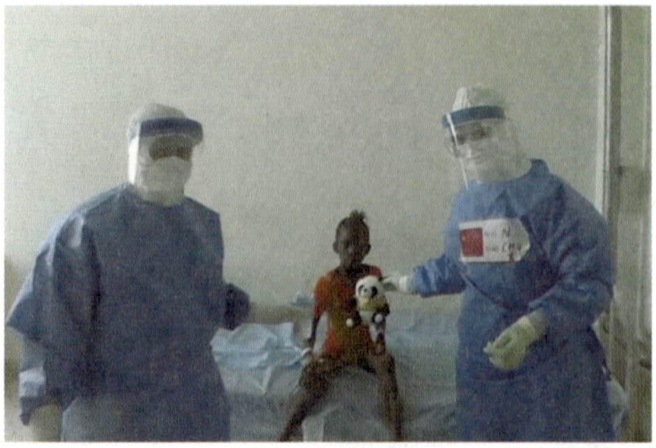

◎ 储芳（右）为11岁的埃博拉患者富拉尼送去熊猫玩具

求的目光，嘴角微微地动着，但又很快闭上了。那副模样仿佛在哀求在场的医护人员：“快来救救我呀！”就是那个时候，储芳在心里已经把她看成自己的孩子，她忘记了埃博拉的存在，急切地走到富拉尼的床前，轻轻地抚摸着富拉尼的脸蛋。富拉尼微微抬起头来，储芳示意她不要动，富拉尼冲着她努力地笑着，大大的眼睛里满是渴求……储芳的心彻底地碎了，她把一些小零食放到她的床前，告诉她要多吃点儿，振作起来，懂事的富拉尼轻轻地点了点头。

因为还要查看其他埃博拉患者，储芳向下一个病房走去，直到检查完了所有的病人，储芳脑海中仍然浮现着那揪心的眼神，于是，她迅速回到药房，在药房的一个角落里，翻出一只可爱的毛绒熊猫玩具来，它那双可爱的眼睛和富拉尼像极了。储芳心想，富拉尼一定会喜欢的。

于是，储芳拿着熊猫玩具再次回到病房，虽然隔着厚厚的护目镜和面屏，但富拉尼还是认出了储芳。看到可爱的熊猫，富拉尼好像瞬间拥有了战胜病魔的力量，她努力地伸出手来，储芳赶紧把熊猫玩具放进她的手里。富拉尼拿着熊猫看了又看，最后把它贴在胸口，紧紧地揽在怀里。看到富拉尼轻松了些，储芳心里感到了一丝慰藉和满足。

从此，富拉尼成了储芳在塞拉利昂的“熊猫宝贝”。“只要有一线希望，我就要尽100%的努力护理照顾好富拉尼。”储芳说。她时刻关注着富拉尼的病情变化，每次查房，储芳都要在富拉尼那里多停留一些时间，尽可能地多给她一些温暖和关爱，时不时地给她送去巧克力、饼干、火腿肠什么的。

滴水石穿，绳锯木断。在储芳等人的精心护理下，富拉尼在一点点恢复着健康，她逐渐活跃起来，在安静的病房里，有时还能听到她的歌声，见到中国医护人员，她就会抱着那只熊猫玩具腼腆地笑笑。

让人欣喜的是，在第三批援塞医疗队的精心救治下，富拉尼终于战胜了埃博拉，从阳性转为阴性。听说富拉尼 1 月 28 日要出院，储芳、文凤、谢小建等队员早早为富拉尼准备好了新衣服和食物。

在家人的陪同下，富拉尼一手拿着她心爱的熊猫玩具，一手依依不舍地向中国的叔叔阿姨挥手告别。这时，储芳转过身，偷偷拭掉眼

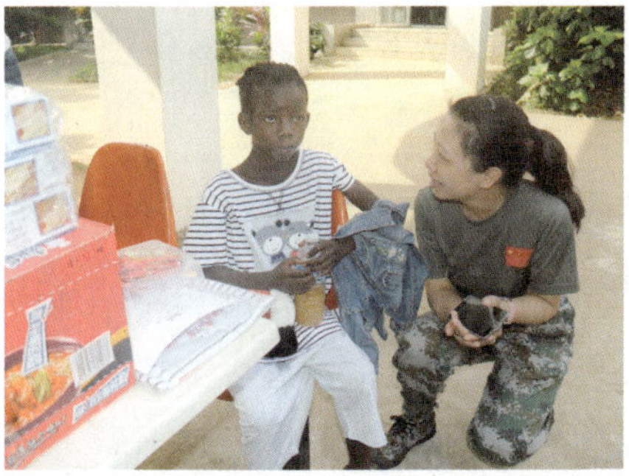

◎ 富拉尼与队员陆荫英在交流

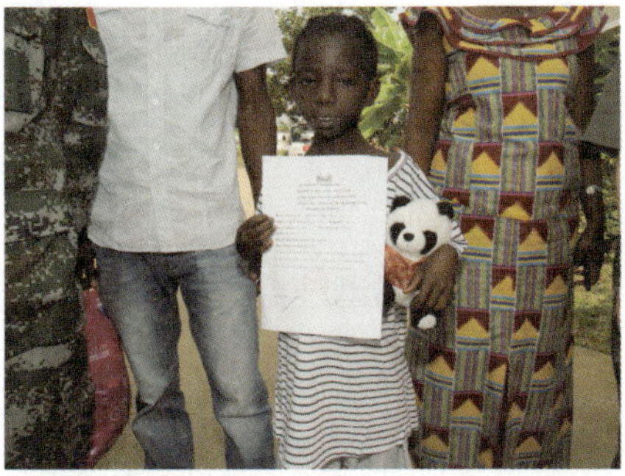

◎ 富拉尼领取中塞友好医院颁发的出院证明

◎ 富拉尼康复后与队员合影留念

泪。在她们依依惜别的最后时刻，富拉尼终于张开双手，扑入储芳的怀抱，在不断抽泣中，张嘴喊出了“中国，妈妈”！

1月24日晚上9时，保健组组长王立福、医师组副组长李文刚，正在研究这一天里收治埃博拉患者的情况。突然，一阵急促的电话铃声打破了夜的寂静。

电话是塞方医生默特打来的，他气喘吁吁地说：“艾娜护士晕倒在地上了，她最近一直在护理埃博拉患者，会不会感染上了埃博拉病毒？我们现在没什么好办法，请你们赶快过来帮忙！”

“艾娜是位很敬业的护士，工作一向很认真，难道感染上了埃博拉？”

王立福、李文刚在夜色中，三步并作两步地跑到中塞友好医院治疗区域，他们迅速穿好防护服，进入塞方值班室，只见艾娜正蜷缩在床上，脸色苍白，神志不清，呼吸微弱，生命岌岌可危。

李文刚给艾娜量了量体温，仔细观察了她的症状表现，同时，王立福认真询问了塞方副护士长玛莎关于艾娜的工作生活情况，于是，他

◎ 王立福在值班室察看一天工作记录

们第一时间排除了艾娜感染埃博拉病毒的可能，这时中塞医护人员才算松了一口气。

“艾娜本身营养不良，加上护理埃博拉患者工作太劳累，就晕倒了，请抓紧输液，进行支持治疗，注意多休息。”李文刚一一交代着。很快，救命之液输入到艾娜身体里，她渐渐苏醒过来。

之后，王立福、李文刚脱下防护服，回到了中方值班室，他们还是放心不下，于是，又给塞方值班室打了电话，询问艾娜的情况，对方说艾娜已经好多了。这时，两人才长长地舒了一口气，一看表，晚上10点，前后刚好1小时——黄金救援时间。

“没有承诺，却被你抓得更紧，没有了你，我的世界雨下个不停，我付出一生的时间……特别的爱给特别的你……”

2月25日一大早，听到10岁小患者西塞康复出院的消息，队员们都高兴得欢呼起来，想起与西塞相处的日日夜夜，大家不由自主地唱起了这首《特别的爱给特别的你》，抒发着激动的心情。

时间回到2月17日，当时中塞友好医院埃博拉留观诊疗中心接收了一位特殊的小患者，当医师组组长段学章询问他的病史时，小患者瞪着乌黑的大眼睛，一副茫然无措的样子。经过与塞方护理人员沟通了解，小患者原来是一名聋哑儿童，没有人知道他的名字。后来全体队员集思广益，给他起了一个既动听又很有意义的名字——西塞，也就是西非塞拉利昂的简称。

护士长孟玉华第一眼看到西塞的时候，很是难过。当时，小西塞光着脚，上身赤裸着。孟玉华赶紧找来一套新衣服，就在为小西塞换衣服的时候，她发现小西塞两只手腕和头上各有一道深深的伤口，之前因为没有及时清创缝合治疗，三处伤口已经溃烂感染，不断有脓液流出，两只手的肌腱也断裂了，胳膊向下低垂着，已经肿胀起来。小西塞

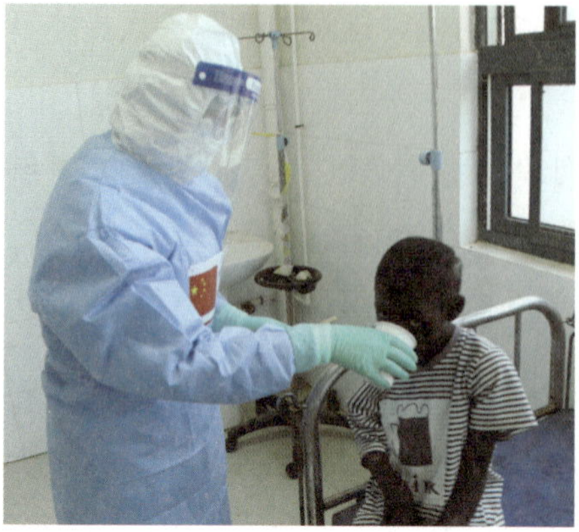

◎ 孟玉华护士长给小西塞喂营养素

的惨状深深触动了在场每名队员的心，大家发誓一定要给小西塞一个温暖的家，还他一个健康的身体。

医师组段学章组长穿着厚厚的防护服，行动有些不方便，他拿来碘酒，仔细为小西塞拭去脓液，清创消毒，包扎伤口，还为他进行了静脉输液抗感染治疗。孟护士长沏上一杯浓浓的营养素，一勺一勺地喂到孩子口中，轻声地说："慢点儿喝，不要急，别呛着。"喝完整整一杯营养素，小西塞抬起那瘦弱的小脸，冲着大家腼腆地笑了。

每次队员们走出病房，不经意回头时，都会发现小西塞站在门口依依不舍地望着他们，他的眼神里充满着感激与渴望、担忧与希冀，震撼着队员们的心。

"李晨，你记得把西塞的伤口再处理一下。""张惠英，你记得再看

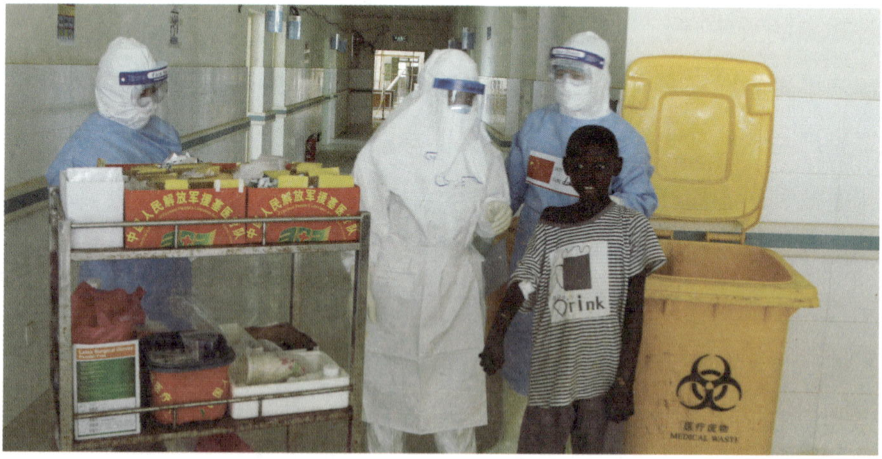

◎ 查房时小西塞跟在队员们后面

看西塞吃饭怎么样。”“杨晓，你下午记得再给西塞喂一次营养素。”“苑红，你记得给西塞倒一杯水。”……就这样，队员们相互提醒着，生怕他受一点儿委屈。

8天8夜的精心治疗和温暖相伴，小西塞渐渐恢复了健康。更让人高兴的是，经过检测，小西塞为阴性患者。当小西塞告别了救治他的中国叔叔阿姨们，就像一匹快乐的小马一样，虽然他发不出声音，听不见队员们关怀的话语，但他一步一回头的举止和闪着泪光的双眸在告诉大家，那份浓烈的爱已经深植在他的心田了。

2月19日，是中国的大年初一，在中塞友好医院门口，第三批援塞医疗队为埃博拉确诊患者卡马拉举行了康复出院仪式。

2月10日，35岁的卡马拉因确诊埃博拉病毒感染被送到了中塞友好医院埃博拉留观诊疗中心。因为曾患小儿麻痹症，体弱多病的卡马拉一直头痛发烧，不停地呕吐，很快陷入深度昏迷，极度虚弱，生命垂危。

医疗队领导下达命令：不惜一切代价全力抢救。于是，一场生命的拯救就此开始了。医师组第一时间对他进行了输液治疗，考虑到卡马

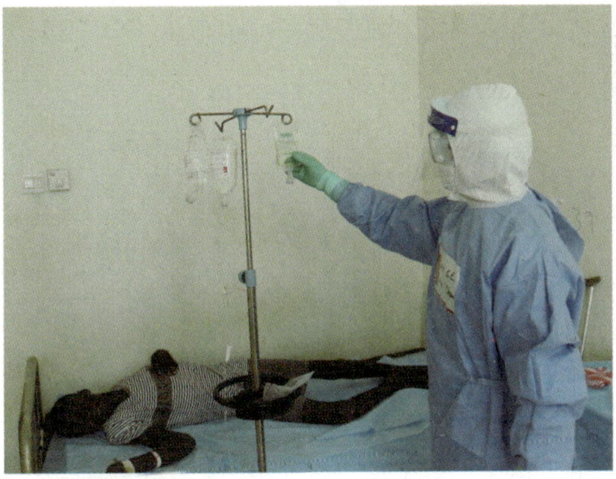

◎ 为卡马拉进行输液治疗

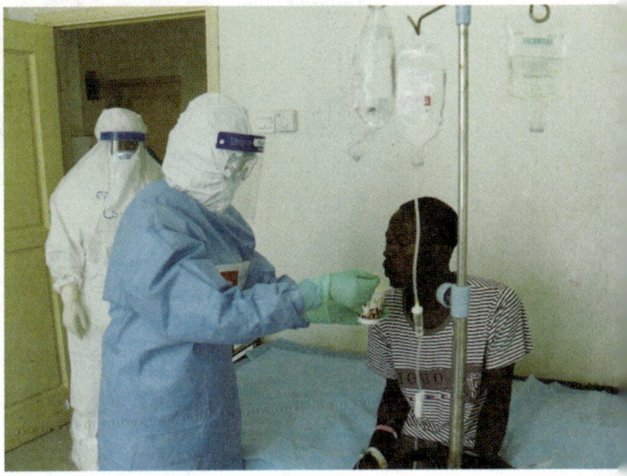

◎ 悉心照顾卡马拉

◎ 医疗队为埃博拉康复者卡马拉举行出院仪式

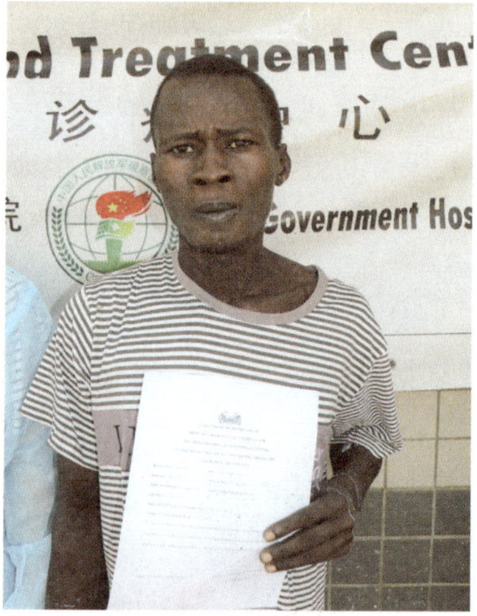

◎ 卡马拉领到康复出院证明

拉病情危重，果断地对他增加了营养支持治疗，护理人员调配好营养粉，亲自喂服以保证他有充足营养供给。

卡马拉的生命牵动着大家的心，庄英杰、段学章、孟玉华、王立福、李文刚、吉英杰、高旭东、纪冬、李雷、张惠英、顾梅蕾、刘育蕾、邵丽芳、苑红等队员纷纷加入救治的队伍，经过9个日日夜夜的接力救治，队员们硬是把卡马拉从死亡线上拉了回来。经过两次检测，卡马拉从埃博拉阳性成功转为阴性，逐渐恢复了健康。

2月19日一大早，队员们为卡马拉准备好了新年礼物，包括衣服和食物，还有大红的中国结。上午10点半，卡马拉洗完了澡，换上了新衣服，中塞医务人员一起为卡马拉举行了一场简短的康复出院仪式。

卡马拉一手拿着中国结，一手拿着出院证明，经过这次生死考验，他不停地感激道："是你们救了我的命！谢谢中国！"

队员们说："你的康复是送给我们最好的新年礼物！"

羊年大年初一，正当万里之外祖国的亲人们沉浸在节日的喜庆中时，援塞医疗队队员们一如既往地坚守在各自的岗位上。医疗、护理、实验室检测、疫情监测、后勤保障各部门的同志们，顶着30℃以上的高温忙碌了一整天，回到各自房间准备休息时已是晚上10点多，伴随着缓缓的波涛声进入梦乡便是大家最奢侈的享受。

"零零零……"一阵急促的电话铃声把陆荫英从放松的睡前状态惊起。

"喂，陆荫英，中国疾病预防控制中心外派的一名厨师同志刚才在浴室摔了一跤，受伤了，你快过去看看！"电话是队长段惠娟打来的。

"好的，马上到！"陆荫英心想只是摔了一跤，估计问题不大。

当陆荫英赶到时，好几个同事已到场，大家面色沉重。陆荫英感觉气氛不对，中国疾病预防控制中心外派的随队医生向陆荫英通报："陆医生，伤口很大、很深，出血也多，我们处理不了……"也难怪，此次出征西非执行的是抗击埃博拉任务，来的都是传染科的医务人员，只有陆荫英这名翻译官是半个外科医生。

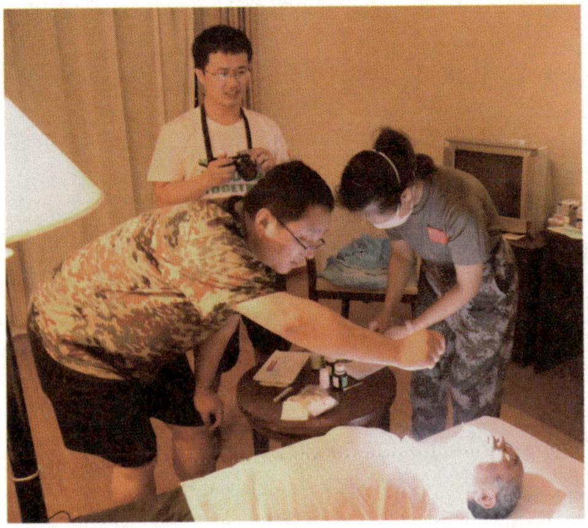

◎ 手电筒下的手术

陆荫英赶紧上前查看伤者，他生命体征平稳，除下巴伤势严重外，其他部位没大碍。随队医生已临时给予压迫止血，但鲜血仍顺着纱布往外渗，陆荫英打开纱布：哎呀！下巴处有6厘米左右的横行裂口，深度至少2厘米，而且伤口内还嵌入了浴盆的陶瓷碎片，受伤程度不轻！中国疾病预防控制中心外派的领导和随队医生一脸愁容。“陆医生，靠你了！整个弗里敦都找不到能处理急性创伤的地方（埃博拉暴发后，这里的普通医院基本无法正常运转）。如果今晚伤口得不到有效处理，伤员将面临失血、感染等严重并发症，在高温、卫生条件差、缺医少药的情况下，他会有生命危险……”

“别急，我来处理！”虽然嘴上这样说，但陆荫英还是捏着把汗，这里条件太差，仅靠自己这个“半把刀”，能行吗？

这时，医疗队后勤保障组的同志们找来了无菌敷料、麻药和简易清创包，但宾馆房间条件简陋，昏暗的光线下根本看不清伤口的具体情况，怎么办？手电筒！两位队员面对面手持两只手电筒，巧妙地构成简易无影灯。接下来，消毒、局麻、清创、缝合、破伤风注射，陆荫英紧张地半蹲半跪着坚持了半小时，伤口被处理得整整齐齐，局部也不渗血渗液了。再看看受伤的老同志，他痛苦的表情渐渐舒展，大家悬着的心也放了下来。

这时，大家长舒了一口气，陆荫英看了看表，正好零点——羊年大年初一画上了特殊的句号。陆荫英说，这台“战地手术”是她行医20多年来最难忘的一次经历，在一个埃博拉肆虐的贫穷落后国家，在一个条件简陋的宿舍里，完成了一次手电筒下的手术。

2月26日晚上10点半，一阵急促的电话铃声，将梦乡中的邵丽芳叫醒。

“邵护士长，请赶快到C110室集合，现在，快！”孟玉华护士长焦急地说。有情况！邵丽芳赶紧翻身跳下床穿好衣服，带上血压计、注射器、消毒棉签等物品冲出门。室外漆黑一片，阵阵海风从远处吹来，从耳边呼啸而过，令人毛骨悚然。邵丽芳顾不上这些，三步并作两步来到 C110 室。

段队长、陆荫英、李雷、詹宁波、夏辉已赶到，原来，当地的一位同胞突发疾病，正在赶往驻地宾图玛尼宾馆的途中。根据对方来电说明的情况，段队长和几名医生、技师做了诊前分析准备工作，要尽量排查心肌梗死、冠心病等比较棘手的心脏疾病；做好 B 超机、心电图机等设备的调试工作……

说话间，两名同胞赶来了，其中一位满脸痛苦、全身大汗淋漓，说话都没有力气，情况十分危急！李雷医生先给病人做了心电图，基本可以排除心脏方面的疾病；接着又做了 B 超检查、测量血压等，最后确诊为肾结石。医生开完处方后，邵丽芳一刻也不敢耽误，赶紧给病人肌肉注射相应药品，希望能在最短时间内遏制病痛。

真是药到病除，注射不到 10 分钟，这位同胞疼痛缓解，也终于能说话了："非常感谢大家！这么晚了，影响大家休息了。在这样的医疗条件下，幸好有你们这样高水平的医疗队，否则我今晚就危险了……你

◎ 深夜紧急抢救在塞的中国同胞

们是最棒的！”说完，他还激动地竖起了大拇指。大家刚才紧张的表情也化作了轻松的笑声。“我们都是中国人，在异国他乡，更应互相帮助！”段队长说。为安全起见，防止病情反复，队员们建议他俩住在宾馆再观察观察，同时嘱咐病人要多喝水，身体有什么不适及时联系。

走出 C110 室，海风拂过脸颊，吹走了队员们的疲倦。海浪拍击海岸的“哗哗”声，此刻仿佛是对大家工作的阵阵掌声。

“你还认识我吗？”

3 月 2 日，站在中塞友好医院的大门口，第三批援塞医疗队医师组组长段学章问刚刚从大门内走出的瘦高个儿的年轻人。

“不，我不认识你，这是我第一次见到你。”这个名叫蒂莫西的年轻人回答道。

段学章笑道：“我就是那个戴着面罩的医生啊，21 天里一直给你治疗，你都忘了？”

蒂莫西这才恍然大悟，他瞪大双眼，习惯性地耸耸瘦弱的双肩，流露出差点儿与救命恩人擦肩而过的遗憾与歉疚的神情。

2 月 9 日下午，当时身体极度虚弱的蒂莫西被救护车送到了中心，当晚就被确诊为埃博拉患者。此后的 21 天，蒂莫西的生命就托付给了中国医生。

段学章说：“蒂莫西刚来的时候，病情十分严重，我们去喊他的时候，他只能睁一下眼睛，就再没有什么表示了。只要生命迹象还在，我们就一定会坚持治疗下去。”

医疗队领导高度重视，时刻关注患者病情的发展。蒂莫西剧烈呕吐、腹痛、高热、头痛，段学章带领医生李文刚、高旭东、李雷等参照塞拉利昂颁布的治疗指南，一起为蒂莫西精心制订诊疗方案，进行精细化的对症支持治疗，包括改善凝血功能、补充电解质、增加胃肠营养等治疗措施……

由于蒂莫西病情危重，为检查肺部是否感染，医疗保障组组长孙志强与詹宁波、夏晖等队员，承担巨大风险，积极为蒂莫西进行X光影像学检查和抽血检测等，并与我国援塞移动实验室检测队专家密切合作，及时为医生有效治疗提供数据支持。

蒂莫西身体十分虚弱，连喝水的力气都没有，队员们便亲自上前喂食，还将原为自己准备、在病房深受病人欢迎的营养素，也用到了蒂莫西的治疗抢救上。护理组组长孟玉华冲上一杯浓浓的营养素，一勺一勺地给蒂莫西喂食，她还千叮咛万嘱咐护理组杨晓、张惠英、褚静茹等队员要精心护理蒂莫西。

“对蒂莫西的救治不能有一分一秒的延误！”援塞队员们24小时在岗在位，时刻关注蒂莫西病情的变化。

一天、两天、三天……一星期、两星期、三星期，全体队员默默坚持着，努力着。然而，时间一长，蒂莫西不免有些泄气：“医生，我还有可能活下来吗？”段学章多次向他讲解病情，李雷医生则对他进行心理疏导，这给蒂莫西带来了极大的激励。

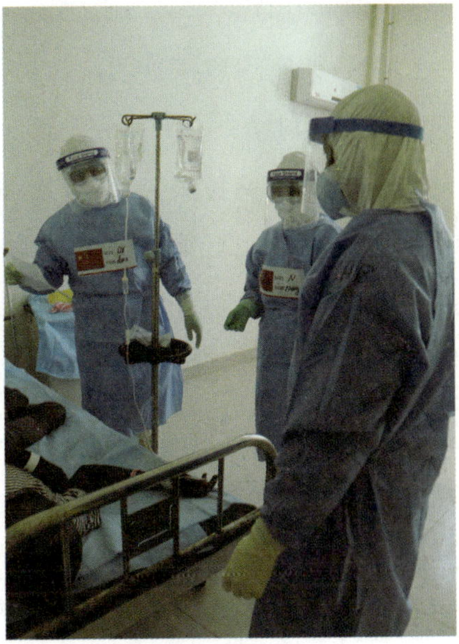
◎ 在病房现场研究蒂莫西的治疗方案

“那个戴着面罩的人，就是他的话，让我能坚持到今天。”蒂莫西感叹道。

20岁的蒂莫西出生于弗里敦市，他还在母亲肚子里时父亲就去世了，母亲因难产死亡，从此他便与叔父及堂兄弟一起生活。初中毕业后，蒂莫西成了走街串巷、头顶一大堆衣物叫卖的小贩。

“每天能够赚15000利昂（约3美元）或20000利昂（约4美元）。我吃得不多，所以能够省下一些钱。”他回忆道。

在那段艰苦的岁月中，蒂莫西省下钱从街上买了很多成龙、李小龙的电影光盘，他被中国功夫给迷住了。蒂莫西与一群堂兄弟们平时嬉笑打闹，模仿电影里的动作，就连5岁的堂弟也不例外。

“邻居家举行葬礼时，我们触摸了尸体。”蒂莫西说。随后他们的房子被政府隔离起来，每天都有人对他们的身体进行检查。“第一天，堂弟就因为发热被送到了一家医院；第二天，我也发热，然后被送到这里。”

在住院的21天里，蒂莫西总共接受了6次血液检测。“从强阳性到阳性，到弱阳性，再到阴性。”段学章说。尽管2月22日，蒂莫西已基本脱离生命危险，但之后一直呈阳性的检测结果仍然让人难以放心。“住院时间这么长的患者还是很少见的，一般而言，埃博拉患者只需十几天就能够出院。”

为了彻底治愈蒂莫西，队员们付出了很多努力和艰辛，他们坚信只要及时、科学、全力救治，再危重的埃博拉患者也是有可能治愈的。

在所有埃博拉患者中住院时间最长的蒂莫西，终于等到了出院。他安静地坐在门口的椅子上等待着他的亲属。队员们怕没人接他，还为他准备了20000利昂的交通费。

蒂莫西的堂兄弟们终于来了，他们为蒂莫西欢呼。其中一位堂兄弟表示，他参加过中国人开设的社区培训班，知道埃博拉病毒通过直接接触传播：“治愈的病人除了在3个月内性生活要戴安全套外，一般的接触会没事。”

蒂莫西出院时，队员和塞方医务人员都替他高兴，纷纷来为他送行，还举行了一场简短而隆重的康复出院仪式，赠送他新衣服和一些他

◎ 康复者蒂莫西（右四）练起中国武术

十分喜爱的食品。

这一天，蒂莫西脸上一直洋溢着幸福的笑容，当场还与队员一起比画起中国武术。他十分激动而虔诚地说：“感谢救治我的中国医生，愿上帝保佑你们！”

3 月 7 日一大早，女队员们就起床了，她们在驻地宾馆采摘了一些鲜艳的花朵，精心编织了一个漂亮的花环，准备送给马上要康复出院的 80 岁老奶奶穆苏。“相信老奶奶看到这个美丽的花环，一定会非常开心的……”段惠娟队长的脸上绽放着笑容。大家你一言我一语，聊起了穆苏老奶奶刚入院的场景。

那是 2 月 27 日，穆苏老奶奶坐着轮椅被送到中塞友好医院埃博拉留观诊疗中心，当时她呕吐、乏力，人已经昏迷，病情十分危重，当天就被确诊感染了埃博拉病毒。

队里很快就为穆苏老奶奶制订了详细的诊疗方案，相继开展了输液、抗感染、营养支持治疗和常规生化检查，对她进行体温、血压、脉

◎ 队员们为穆苏老奶奶出院制作花环

搏等生命体征的实时监测。

在救治穆苏老奶奶的过程中，一次查房让队员李雷刻骨铭心。

“那一次，我和段惠娟队长带着塞拉利昂的护士一块儿进到病房里，工作了一个多小时，段队长气都喘不过来了。那天，恰好遇到穆苏老奶奶，她的病情很危重，说着当地的土语，只能通过塞方护士和老人交流。老奶奶身体很虚弱，很瘦，她一个劲儿地说疼，除了常见的埃博拉症状之外，她指着脚说痛。我检查老奶奶的脚，她的小脚趾跟第二脚

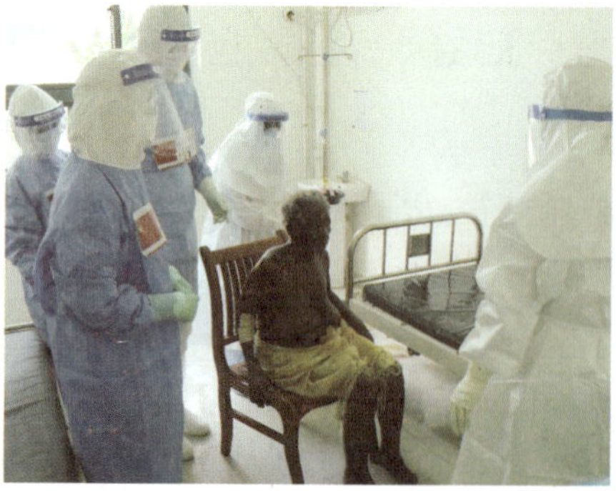

◎ 为穆苏老奶奶查房

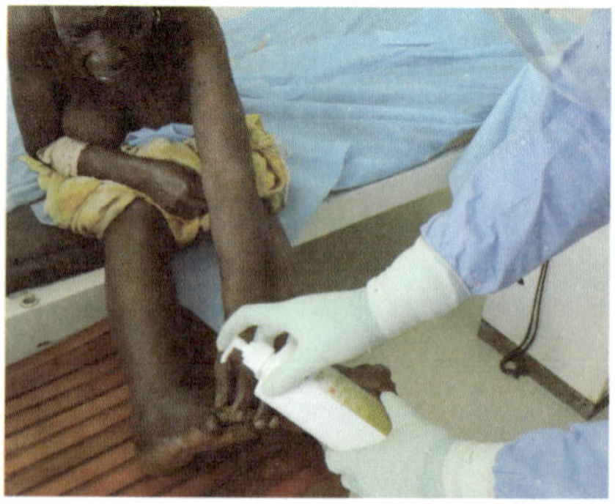

◎ 为穆苏老奶奶足部感染清创消毒

趾之间的缝里面已经溃烂了，蛆虫正从溃烂的伤口不断涌出……看到这儿，我抑制不住地恶心。那个老奶奶疼得难受，我俯下身子，拿着消毒剂，给她临时消毒。后来每次值班我都给她做清创处理，把虫子驱杀出来，再用上抗生素。就这样多次换药，反复处理，直至她的脚伤好了。”

穆苏老奶奶身体十分虚弱，李晨医生、杨晓护士长帮她脱去污染的衣服，耐心地替她擦净身体，轻轻地扶起老人，将自己留用的营养素一口一口地喂给老人吃。

经过 8 天的全力抢救，穆苏老奶奶的病情逐渐好转，两次埃博拉检测均由阳性转为阴性。穆苏老奶奶是迄今为止三批援塞医疗队收治年龄最大、治愈时间最短的埃博拉患者。

3 月 7 日，队员们专门为穆苏老奶奶举行了康复出院仪式，大家列队欢送老奶奶出院，并将精心编织的花环戴在穆苏老奶奶的脖子上。

穆苏老奶奶满眼含着泪花，嘴唇哆嗦，浑身颤抖，难抑激动地说：

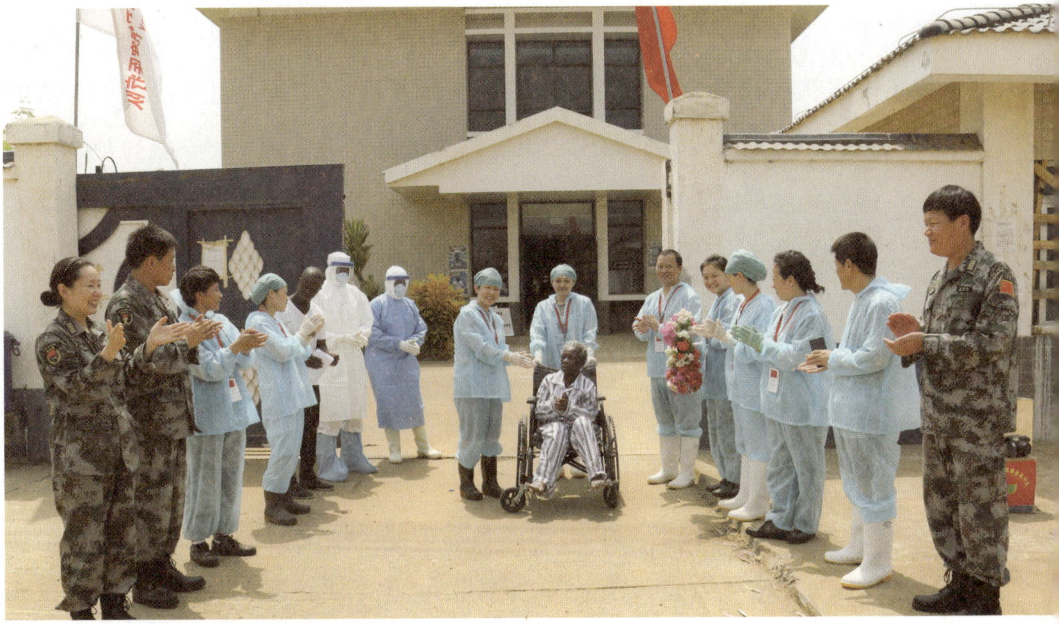

◎ 队员们列队欢送穆苏老奶奶出院

“和我一起感染埃博拉的人都死了，因为有你们的治疗，我活过来了。非常感谢你们，愿上帝保佑你们！”

3 月初，在塞拉利昂首都弗里敦，一些在中塞友好医院埃博拉留观诊疗中心治愈出院的埃博拉康复患者们，听说自己的救命恩人——中国援塞的医护人员就要回国了，纷纷要求来送行。

听说康复患者们要来送行，即将完成任务准备回国的第三批援塞医疗队 41 名队员很是感动，大家想了想，决定搞一次小型的联谊会，这样既算是相聚又算是告别，还可以再为埃博拉康复患者做些什么，地点就选在中塞友好医院，这是见证医护人员和患者共同抗击埃博拉的地方。

这是一个美丽的约定，19 名埃博拉康复患者和 41 名援塞队员都翘首期盼着。

3 月 11 日，“中塞友好医院埃博拉康复患者联谊会”就这样开始了。一大早，19 名埃博拉康复患者从塞拉利昂四面八方赶到了中塞友好医院。在联谊会上，队员们又看到了那些曾经一起度过艰难时刻的人。那不是可爱的“熊猫宝贝”富拉尼吗？大家还记得在富拉尼感染埃博拉身体最虚弱的时候，是“中国妈妈”送给她毛绒熊猫玩具，像疼爱自家的孩子一样精心地照料富拉尼，让她勇敢地战胜了埃博拉。

那不是爱好中国武术的蒂莫西吗？队员还记得蒂莫西感染埃博拉后生命垂危，医生、护士们坚持不放弃最后的希望，积极治疗，精心护理，坚守了 21 天，用生命守护生命，最终将蒂莫西从死亡线上拉了回来。他也成为治疗时间最长的一位埃博拉患者。

让人感动的是，80 岁的老奶奶穆苏，听说与她在埃博拉病房里朝夕相处的恩人要走，在家人的陪伴下，坐了 1 个多小时的车赶来。穆苏老奶奶精神矍铄，身体硬朗。队员田宏看到老奶奶康复后的样子很是高兴，她一边和老奶奶聊天，一边给老人换上一件新衣服。

这让负责签到的医师组组长段学章万万没有想到。“中塞友好医院自 2015 年 1 月初由埃博拉留观中心转型成为埃博拉留观诊疗中心后，已成功治愈了 19 名埃博拉确诊患者，今天他们全部来到现场与医疗队员们相聚告别。”两个月间，第三批援塞医疗队队员与埃博拉患者结下了深厚的友谊。护理组组长孟玉华感慨地说：“我们虽不是亲人，但胜似亲人。”

◎ 纪东与熊猫宝贝富拉尼合影留念

◎ 田宏与穆苏老奶奶合影留念

◎ 段惠娟队长向康复者蒂莫西赠送礼物

队长段惠娟说：“大家即将告别战斗了两个月的岗位，和我们治愈的患者、正在治疗的患者一一惜别，临行前我们还是想给他们更多的帮助，尽可能地为他们做点儿什么，用我们的实际行动让塞拉利昂民众记住中国人民对他们的深情厚谊。”

在联谊会上，李文刚、宋雪艾等人针对西非的一些常见病和易发病，为康复患者准备了一个防控知识讲座，同时医生护士们还讲了埃博拉康复患者的心理辅

◎ 中塞医务人员与19位埃博拉康复者合影留念

导和愈后健康知识，19 名埃博拉康复患者和家属们仔细地听着记着……

联谊会上，埃博拉康复患者蒂莫西眼角有些湿润，他激动地说："我非常感谢中国医疗队帮助我战胜埃博拉，中国是真正的英雄！你们在帮助塞拉利昂抗击埃博拉中表现得最出色，是我们心目中的冠军！因为你们出色的工作而使我成为埃博拉康复者。在你们即将离开塞拉利昂回到你们自己的国家的时候，希望你们不要忘记我们这个贫穷的国度，继续帮助我们。"

真情永驻，感动你我。埃博拉康复患者赛杜几易其稿，专门为医疗队写了一封感谢信，他在信中这样写道：

我代表弗里敦中塞友好医院的埃博拉康复患者，感谢上帝为我们创造了在这里聚会的美好时刻。今天对我们来说，是一个非常重要的日子，感谢国际医疗援助，尤其是中国政府在帮助我们抗击埃博拉的战斗中做出的伟大贡献。中国的专家们将个人生命置于如此高危险的环境下，拯救我们的同胞，我想大家都会从心底里感激你们……

还有一些不会写字的康复患者，纷纷找到当过老师的坎德克，让他来代为写下感谢的话语：

大家早上好，我代表其他不会写字的埃博拉康复患者，感谢中国政府派出这样一支优秀的队伍，来到塞拉利昂帮助我们抗击埃博拉病魔。中国在这里做出了非常出色的工作，帮助我们从埃博拉病魔中走出来，帮助我们康复起来，真的非常感谢中国对塞拉利昂人民的救治！

他们的表达，代表的是所有塞拉利昂埃博拉病人的心声。来自于中国的无疆大爱，深深地打动了这些淳朴的非洲黑人兄弟姐妹。

中塞友好医院的卡努院长在中塞友好医院埃博拉留观诊疗中心，目睹了中国人民解放军三批援塞医疗队在半年多时间内援助塞拉利昂抗击埃博拉疫情所付出的艰辛与努力。他饱含深情地说："我没有理由不称赞中国的能力和责任心。优秀医生的良好品质，比如敬业、勤勉、守时、有涵养、仁慈、关爱，都可以在每一

◎ 埃博拉康复者在解放军援塞医疗队队旗上签名留念

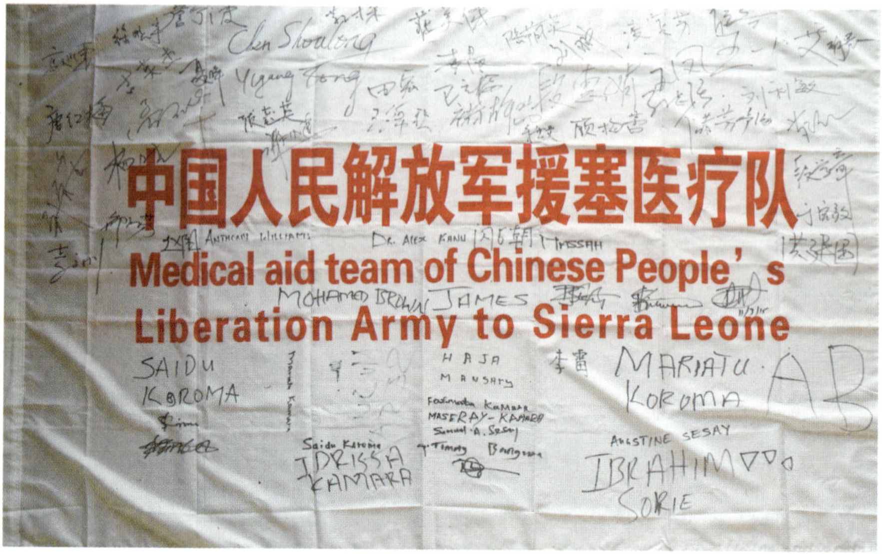

◎ 援塞队员及埃博拉康复患者在队旗上郑重签名

名队员身上体现出来，是中国医生们无私的行为，挽救了许多危重患者的生命。塞拉利昂的医务人员从中国队员身上学到了很多东西，受益匪浅，将成为永久的财富。我希望所有接受中国培训的塞拉利昂同仁在未来可以更好地应对埃博拉疫情。”

会后，援塞医疗队还为康复患者赠送了食物、衣服和药品等，19名埃博拉康复患者还在医疗队队旗上郑重地签下了自己的名字。

相聚总是短暂的，但友情永远留在了中塞两国人民心中，这份情穿越生死，地久天长，永存天地。

第十五章　塞拉利昂的中国春节

雪白的情，雪白的爱，世上的生命千千万；雪白的情，雪白的爱，都因你而精彩。

——歌曲《雪白的爱》

第三批援塞医疗队在执行任务期间，恰逢中华民族的传统佳节——羊年春节的到来，41 名队员要远离家人在异国过春节，难免思亲想家。为了减轻队员们的工作压力，缓解思亲想家的心情，医疗队准备春节期间在塞拉利昂搞一台“战地春晚”。几名宣传骨干一拍即合。

“俗话说，什么季节穿什么衣服，什么山唱什么歌。尤其是在执行特殊任务期间，而且还是走出国门执行任务，更应该提早筹划，搞好顶层设计，丰富官兵的业余文化生活，这是海外执行多样化任务政治工作的一项重要内容。”在第三批援塞医疗队筹建之初，队领导就说，“不能出现白天兵看兵、晚上数星星的情况。”

出发前，三〇二医院宣传科科长李保军说：“在家千日好，出门万事难。在海外执行任务缺这少那的，要想搞一场像模像样的春晚，一定要想细再想细，带好各种晚会物资。”于是，宣传骨干仇松、朱睿、宋志杰、高兵、张芸等人，积极筹措春晚物资，买灯笼、彩带、拉花、中国结、装饰鞭炮，买小国旗、荧光棒、手拍，买锣、鼓、镲，备上铁丝、钉子、工具箱，带上舞蹈服装，制作春晚背景布……2015 年 1 月 14 日，春晚物资随第三批援塞医疗队专机从祖国运抵西非塞拉利昂。

“让塞拉利昂的‘战地春晚’成为援塞抗埃任务中的一个军营文化亮点。”队长段惠娟说。出发前，队里要求每人都要为春晚准备一个节目。

到塞拉利昂不久，队里就成立了文体委员会，定期召开文体骨干会议，组建了唱歌、舞蹈等兴趣小组，还专门成立了春晚筹备小组，认真筹划推进塞拉利昂的“中国春晚”。

“给大家一个舞台，舞出精彩的人生。”驻地室外有一个简易的小舞台，虽说有些简陋，但是经过队员们的全力布置，竟然成为春晚的亮点。春晚的背景布尺寸和舞台大小相匹配，上面画有灯笼，还有队员抗埃训练的照片。“不畏艰苦、甘于奉献、救死扶伤、大爱无疆，2015 年春节联欢晚会”的背景字特别醒目。大家齐动手，扯拉花，挂灯笼，拉鞭炮，忙得不亦乐乎。

为了把春晚办得别具特色，队领导带领节目组成员反复考察现场环境及条件，发现在固定舞台右侧露台对面就是浩瀚的大西洋，于是大家索性将大海作为另一个舞台背景，把芒果树、椰子树、茅草屋等都纳入到春晚当中。根据节目的形式和内容选择演出的舞台，这样也打破了传统晚会“一个舞台”的表演形式，将舞台分为固定舞台和移动舞台两种，有的节目在凉亭进行，有的还可以面对大西洋在海景平台进行，这无疑增加了这次春晚的趣味性和观赏性。

节目质量是决定塞拉利昂“中国春晚”品质的关键。经过春晚筹

◎ 布置战地春晚场地

备小组研究决定，春晚以“爱撒弗里敦”为主题，在遴选节目过程中注重把握三个原则：一是趣味性和娱乐性，二是富有年味和春节色彩，三是紧贴使命任务和展现精神风貌。

“目前我们的节目有独唱、合唱、舞蹈，还有诗朗诵……再加一个游戏环节，这样可以调动大家的参与性呀，就‘击鼓传花’吧，传到谁谁就表演节目，怎么样？”宣传委员庄英杰提议说。“这个好，花在非洲遍地是，可哪有鼓呀，总不能敲盘子、敲桌子吧，多难看呀！”不一会儿便有人将一面小鼓和一把鼓槌拿了过来，“天哪，这也有啊！”“没有做不到，只有想不到！”一时间，笑声四起。

春节前夕，队员在中塞友好医院忙碌完一天的工作，回到驻地已是晚上，简单吃过晚饭后，大家就集中到一起研究排练“战地春晚”的节目。“把每一次排演都当作正式演出，队员们的敬业精神和参与积极性可想而知。”春晚执行导演褚静茹说。

“队长也要亲自参加演出啊？”

“与民乐，与己乐，孰乐？当然是与民乐了！”队长段惠娟笑着说。

你看，有在食堂排演合唱的，有在凉亭排演广场舞的，褚静茹一个动作一个动作地抠，还不停地鼓励大家：“好好练，不马虎，咱们的节目还很有可能上中央电视台呢！”

这是一场自编自导自演自拍的春晚，兵演兵，兵写兵，兵唱兵；这是一场有着特殊政治意义和文化背景的春晚，既突出了援塞抗埃的任务特点，又融合了中塞两国的文化元素，铸魂，聚力，怡情。

“你向我走来，好似白云彩，温馨而美丽，又如玉兰开。多少痛苦在期盼，焦灼在等待，多少亲人在呼唤，呼唤春风来。雪白的情，雪白的爱，世上的生命千千万；雪白的情，雪白的爱，都因你而精彩。”

2月17日（大年二十九）下午6点，在海景平台上，20位女队员聚集到一起，一曲为纪念解放军第三〇二医院建院60周年而创作的歌曲《雪白的爱》，在弗里敦的上空唱响，拉开了塞拉利昂“中国春晚”的序幕，那优美的歌声、动听的旋律，无不震撼着人们的心。

在非洲人民最危难的时刻，中国人民挺身而出，向他们伸出了援助之手，正如歌中所唱的，这里面包含着雪白的情，雪白的爱。

傍晚的弗里敦，海风温柔地吹拂着脸庞，远处的灯光星星点点，驻地舞台让大家装饰得灯火辉煌，在浓浓的年味氛围中，主持人庄英杰和凌宾芳登场了，一个诙谐幽默，一个温柔甜美，两人的主持珠联璧合。

“北京、巴黎、蒙罗维亚、弗里敦，横跨两大洋、三大洲，行程近两万公里，我们漂洋过海来看你，这其实是我们的真实写照……”队员的一曲《漂洋过海来看你》唱出了大家的心声："为你我用了半年的积蓄，漂洋过海地来看你，为了这次相聚，我连见面时的呼吸都曾反复练习，言语从来没能将我的情谊表达千万分之一……多盼能送君千里，直到山穷水尽，一生和你相依。"

"我们这批医疗队是平均年龄最大的，队员们家中上有老、下有小，有的无法照顾生病的父母，有的放下1岁的孩子，有的推迟婚礼的日期，但为了这个光荣的使命，大家不远万里来到这里，在我们心中，只有一个共同的心愿，那就是祈祷非洲人民幸福安康，祈祷中塞友谊源远流长，祈祷我们41名队员平安凯旋……"队员杨晓的一段话赢来了一片掌声。接着，她和李晨合唱了歌曲《祈祷》："让我们敲希望的钟呀，多少祈祷在心中，让大家看不到失败，叫成功永远在；让地球忘记了转动呀，四季少了夏秋冬，让宇宙关不了天窗，叫太阳不西沉……"

主持人庄英杰说，后勤保障组的小伙子们很辛苦，既要开车，又要做饭，还是搬运工、理发师，有时工作时还能哼一个小曲。刘翀副队长也夸奖他们是"有灵魂、有血性、有本事、有品德"的"四有"军人，队员卢海就用一首《什么也不说》唱出了军人的豪迈："既然是来报国，当兵的爬冰卧雪算什么。什么也不说，胸中有团火，一颗滚烫的心哪，暖得这钢枪热。……什么也不说，祖国知道我，一颗博大的心哪，愿天下都快乐……"

"我们这个只有41人的队伍，能搞出一台高水平的春晚真的很不容易，队员们既是演员，又是观众，一会儿是主持，一会儿又是剧务，反正是发挥了每个人的潜能。"主持人凌宾芳说，"童年的生活是美好的，它犹如一杯加了糖的柠檬汁，酸甜可口，回味无穷；童年的回忆又是美妙的，它似一幅流光溢彩的画卷，请欣赏配乐诗朗诵《山雀子噪醒的江南》，说着说着到我上场了。"《山雀子噪醒的江南》是一首配乐诗朗诵，描述了一幅美丽的画卷，江南水乡，晨雾中，孩童嬉戏，大人在田间辛勤劳作，烟雨缭绕，春意盎然，抒发着游子对家的眷念。

“高手在民间，这话一点儿不假，在我们中间有一位高手，上得了文学殿堂，下得了公共食堂，开得了考斯特，还吹得了洞箫，不知大家知不知道他是谁？”“阳仔，阳仔，我爱你，他不是小沈阳，而是赵阳嘛。”只见腼腆的赵阳手持一支洞箫，为大家吹奏了一曲《今日君可见》，悠扬的箫声，舒缓有序，激越铿锵，既把大家带向远方，又把大家鼓舞起来，仿佛表露着队员援塞抗埃的赤胆忠心。

在音乐的律动下，由段惠娟队长带领医护人员一起表演的广场舞《燃烧吧，蔬菜》，把晚会推向了一个小高潮，他们扎着围裙，围裙口袋里装满各种各样的蔬菜，一个个面带笑容，跟随音乐舞动着热情。“燃烧吧，燃烧吧，一起摇摆，唱起来跳起来到处是舞台……”轻松的气氛在传递，感动的情绪在荡漾……

其实，在排练《燃烧吧，蔬菜》之初可不是这样。刚开始有的男队员有些放不开，不好意思做动作。但在学每一个动作时他们又表现得非常认真投入，虽说动作看似有些滑稽，但他们都在用心体会、反复练习，直到自己满意为止。

“快看，这是谁？”只见一个人戴着一副墨镜，跳着霹雳舞，走上了台，他一出场，立刻带来如潮的掌声，这不是医疗保障组组长孙志强吗？平时比较腼腆的他，一到台上竟成了活跃分子，一段“脱口秀”来源于生活，将发生在队员身上的点滴故事一串，变成了幽默诙谐的小段子，引来了大家的阵阵欢笑，驱散了一天的疲惫。

“这是一个真实的故事，它就发生在我们这里，故事的主人公叫富拉尼，她本是一个天真烂漫的小女孩，然而凶猛的埃博拉病毒妄图置她于死地，关键时刻，在全队医护人员的共同努力下，仅用了 8 天的时间就把富拉尼从死亡线上拉了回来……”当队员储芳讲述《富拉尼，我们的熊猫宝贝》这个故事时，眼中早已浸满了泪花，这个真实的故事也打动了在场的所有人，这份跨越大西洋的爱，不正是大家援塞抗埃、爱撒弗里敦的真实写照吗？

为了让队员熟练掌握穿脱防护用品的流程，段惠娟队长在和队员工作交流时突发奇想：能否将穿脱防护品排成T台上的时装秀？她的这一想法立刻引起了大家的兴趣，大家一致认为这个节目非常具有纪念意义，寓教于乐，于是"防护服时装秀"这一个节目就在下班途中敲定了。

让医护人员穿脱防护服倒是很容易，可走"猫步"并不容易。队员李雷为了把T台的感觉走出来，用手机给大家下载了T台秀，大家都对着视频找感觉，起初大家都有些不好意思，总是放不开，后来大家发现平时沉稳的李文刚、王立福竟走得有模有样，这给队员们增添了信心，于是大家就对着落地大窗户找感觉。

在动感音乐的伴奏下，医用防护口罩、护目镜、隔离衣、手套、防水雨靴等11件防护用品，成了队员们时装表演的道具，36道穿脱程序成了队员时装表演的重点，队员们两人一组，利用"猫步"走向观众，每表演完一个动作后，都来一个定位。平时看起来很危险的工作，经过队员们的时装秀显得是那样轻松和充满乐趣，不但增添了一些时尚的元素，更充满了军人的血性和阳刚。

这是一个由12名医疗队员表演的舞蹈，它的名字叫《塞拉利昂战歌》。它以钢琴协奏曲《保卫黄河》为上半场舞蹈音乐，节奏铿锵有力，充满豪迈、激昂的情绪。只见8名女队员穿着丛林迷彩服，带着红十字袖标，站成两排，动作迅速而紧密，体现了中国军人雷厉风行的一贯作风，凸显出军中天使朝气蓬勃的气势。4名男队员穿着防护服抬着担架，带着2名女护士上场，经过紧锣密鼓的"救治"，他们脱去

◎ 主持人报幕

◎ 合唱《雪白的爱》

◎ 独唱《漂洋过海来看你》

◎ 对唱《祈祷》

◎ 独唱《什么也不说》

◎ 配乐诗朗诵《山雀子噪醒的江南》

◎ 洞箫演奏《今日君可见》

◎ 广场舞《燃烧吧，蔬菜》

◎ 节目排练中

◎ 防护服时装秀表演

◎ 脱口秀幽默串烧

◎ 宾馆的非洲员工倾情献唱

◎ 散文诗朗诵《富拉尼，我们的熊猫宝贝》

◎ 舞蹈《塞拉利昂战歌》

◎ 队员们观看三〇二医院战友发来的新春祝福视频

了防护服，摘下护目镜，向着远方望去，只见辽阔的海空上五星红旗和塞拉利昂三色国旗迎风飘扬，表现了医疗队已经战胜埃博拉病毒的雄姿英采！

后半场以《东方红》为主旋律音乐，节奏悠扬雄壮，大家眼前仿佛出现了“东方红，太阳升”的壮丽景色。只见8名女队员动作优美舒展，体现了战胜疫情后愉悦的心情，特别是舞蹈的最后一个造型，两名女队员站在高高的人梯上面共同挥舞着中国国旗和塞拉利昂国旗，其他队员摆成奋勇前进的造型，这体现了中国军人以血肉之躯战胜病魔，托起中塞人民友谊的万里长城，与远处的浩渺海景交相辉映，意味深长。

在阵阵的欢声笑语中，塞拉利昂的“中国春晚”落下了帷幕。然而，在这个时候，主持人给了大家一个意想不到的惊喜，在“晚会”现场播放了三〇二医院从国内发来的新春祝福。大家默默地围拢在电视机前，聆听着院领导、战友和家人来自远方的祝福，那熟悉的声音、亲切的话语，将相隔万里之遥的援塞抗埃医疗队队员与祖国的首长、战友、家人的心紧紧联结在一起，让每个人都流下了激动的泪水。俗话说，男儿有泪不轻弹。在此时，即便是再刚强的汉子在看到自己的父母、妻子、儿女时，也忍不住落下滚烫的泪水……

那一天，弗里敦的夜是那样的美，塞拉利昂的“中国春晚”让第三批援塞医疗队41名队员暂时忘却了埃博拉，留下了一段难以忘怀的回忆。

在中国，春节是历史悠久的传统节日，它已经融进了中国人的血液，在这万家团圆的欢乐时刻，队员们远离亲友，坚守在万里之遥的西非塞拉利昂，不仅不能与亲人团聚，还要同死神斗争。队员们也有家，也有挂念的亲人，于是，他们在空余时间写下了一封封家书，为家人寄去了平安和祝福。

亲爱的老爸、老妈，眼看着春节就要到了，好多年没陪你们过年了。今年我在塞拉利昂执行抗击埃博拉任务，又不能回家陪你们过年了，我想你们也都习惯了。我看新闻东北这几天又下雪了，你们要多注意身体，注意保暖，预防感冒，尤其是老妈，我听姐姐说您最近胃口不太好，不爱吃饭，我知道您这段时间进行化疗非常痛苦，但是您还是要按时吃饭，提高免疫力的药也一定要记得吃，多听医生的，定期去医院复查。小小的癌细胞是击不垮您的，您与它抗衡了这么多年，我相信您一定会战胜它的，就像我们相信一定能战胜埃博拉一样。老妈您在家“抗癌”，我在这儿“抗埃”，最后的胜利一定是属于我们的！

◎ 苑红

我已经适应了这儿的环境，我们每天的生活非常规律：驻地、食堂、医院，“三点一线”，也非常充实，好像又回到了军校里的生活。老爸、老妈不要总挂念、担心我，我在这儿挺好的，你们要多注意身体，在家等我凯旋的消息！

中国人民解放军第三批援塞医疗队护理组队员　苑红

老婆，你还好吗？转眼间，我们到塞拉利昂弗里敦已经有20天了，由于前期训练准备充分，到达后迅即投入到了抗击埃博拉战斗中。我从第一次面对埃博拉患者时的紧张和忙乱，到现在已经非常沉着冷静了，你放心吧，只要我们科学防护，是不会感染的！到今天，我们已经成功救治了5名危重的埃博拉患者，尤其让我欣慰和感动的是一个11岁小女孩，她叫富拉尼，虽然她的父亲死于埃博拉，入院时她也很危重，但经过全力救治，富拉尼终于获救了。

记得上次给你写信，还是在20年前谈恋爱的时候，那时我们真是年轻啊，精力充沛，值完夜班第二天还可以出去玩，短暂的分离都会彼此想念。现在，我们已经人到中年，上有老，下有小，热烈的感情变得笃实厚重。本来，家庭的重担应该是我们两个人共同承担的，现在只能暂时留给你了，你辛苦了！两位老人的身体不太好，得你多照顾了，孩子的学习任务也比较重，你不能心急，一切会慢慢好起来的。其实，我们是幸运的，也是光荣的，我们为展示中国“负责任大国

◎ 段学章（左一）向英国国王医学院专家介绍抗埃情况

形象”，为帮助非洲的朋友们做出了我们的一份贡献，这种荣誉属于我，也属于你！

中国人民解放军第三批援塞医疗队医师组组长　段学章

浩瀚的大西洋一望无际，阵阵波涛，勾起我一丝丝的思绪……这次，我光荣地加入了中国人民解放军援塞医疗队，不远万里，来到塞拉利昂，向世人展示我泱泱大国的宽广情怀及崇高的人道主义精神，使命光荣而神圣！这，不也有你一半的功劳吗？

可曾记得，当我受领任务之时给你打的那个电话吗？你沉默良久，半天没有吭声……电话这头，我心情忐忑，不知该如何解释。最后，你只说了一句话：“去吧，我曾经也是一名军人，服从命令是我们的天职！”顿时，我的泪水夺眶而出。可曾记得，我天天参加院里组织的抗击埃博拉培训的那些日子吗？你默默承受了一切：在单位你是领导的参谋助手；在家里既要照顾老人，又要接送孩子、辅导作业，还要忙于家务……你为我出征、顺利完成任务创造了家庭条件。此时，感激的泪水早已化作了我前进的动力。

◎ 邵丽芳

可曾记得，我出征那个夜晚的送行场景吗？人头攒动、镁灯频闪，人们或忙于照相，或互道珍重……而你，一直站在我身旁，默默无语。可我知道，你有千言万语想说。终于，在送行的车即将启动的那一刻，“家里有我呢，你在前方保重！”此时，我的泪眼中映出同样含泪的你。结婚十七载，第一次两地过年，对你我的人生而言，意义非凡。但有领导、同事的关心支持和协同作战，我一定会平安、圆满完成任务的！值此佳节之际，在异国他乡，我的祝福跨越大西洋、太平洋，飞越亚、非两大洲，祝福祖国繁荣昌盛，祝福你们身体健康，万事如意！

中国人民解放军第三批援塞医疗队护理组队员　邵丽芳

亲爱的宝贝，你还好吗？放寒假了吧？妈妈来到弗里敦这座城市已两周了，我在这里的生活、工作一切顺利。虽然埃博拉病毒还未被消灭，但在妈妈和“抗埃精英”们的共同努力下已有很好的成效。在这万里之外，妈妈最担心的就是你，学业异常繁重，每天都是披星戴月地奔波往返在上学路上，赶时间上学，赶时间吃饭，赶时间学习，在家时爸妈唠叨最多的是催你赶紧睡觉，希望你能多睡一会儿，好好休息才能好好学习，宝贝能做到吗？

每当战友之间互相攀谈孩子、欣赏孩子照片时，我会骄傲地告诉他们我的女儿有多优秀，我真的非常有成就感，这种感觉给了我幸福和激励。出征的夜晚，正是你期末考试的前夜，为了不耽误你复习，没让你送别。出家门的那一刻，从你微微发红的眼中看到了不舍、担忧、坚定和支持，这一刻心中犹然欣慰，孩子你长大了、懂事了，不再是大人眼中的娇娇女了。

救治更多疫区人民的生命，为当地民众送去爱的温暖、生的希望是我们援塞最大的任务。在这里妈妈不仅要救助埃博拉病人，还有一项任务是培训塞方医护人员，将相关技能

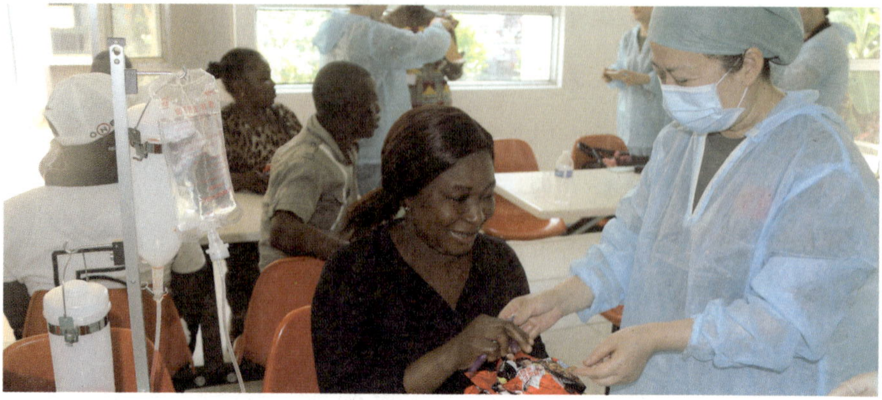

◎ 张惠英（右一）培训塞方工作人员

和知识传授给他们，俗话说："授人以鱼不如授人以渔"，这对妈妈来说是很大的挑战，不仅要克服语言沟通上的障碍，还要关注他们的学习成效。让我们一起为援塞点赞加油，为咱中国军人点赞加油。

中国人民解放军第三批援塞医疗队护理组队员　张惠英

每当清晨拉开窗帘，远眺大海，看着浪花争先恐后地涌上沙滩，思念也涌上心头。一转眼，我们已经走过了7年的风雨岁月，对待我和女儿你一直都是宽容大度、爱护有加。还记得前年我们带着女儿到海边度假，我们三口赤脚踩在松软的沙滩上享受那份悠然自得的愉悦感吗？你告诉我你一直羡慕生长在海边的人，能天天与大海近距离接触，吹海风观海潮看日出，喜欢那份惬意和浪漫。你喜欢海的湛蓝、海的宽广和深邃，更喜欢海那辽阔、能容纳百川的博大胸怀。

此刻极目远望辽阔的海岸，海的博大与宽厚也无法平复我这颗翻腾的心。接到"援塞抗埃"任务通知时，你毫不犹豫地对我说："老婆，放心地去吧！不要害怕，也不要担心家里，我会照顾好女儿的。”你哪知道，我不只是担心年幼的女儿，更多的是对你和女儿的不舍之情。

◎ 靳寸朵（左）与谢小建在驻地合影

宁静时的海安详、平和，给人以美的享受。晚霞将天边渲染得通红，那一缕霞光，恰似金丝银线，洒向辽阔的海面。老公，闲暇时想你，因为我想你在忙什么；遇到困难时想你，想你给我帮助和鼓励。想你的笑容，想你的声音，想你的梦依旧在延续。此时，老公你知道我在想你吗?

中国人民解放军第三批援塞医疗队防控组队员　靳寸朵

从为援助塞拉利昂抗击埃博拉离开北京、离开我年仅4岁的女儿，已经接近1个月了。经过紧张、劳累的一天工作，终于又回到了驻地，我的耳边仿佛又响起了女儿带着稚嫩的声音:“爸爸，你要去哪儿? ”记得我回答说:“珍珠，爸爸要去非洲，去塞拉利昂，去给那里的埃博拉病人治病。”没想到我的宝贝听后并没有哭，而是响亮地告诉我:“爸爸，我也要去非洲，去当医生给那里的病人治病。”我对她说:“那你就在幼儿园好好学习，等长大了当一名医生，也像爸爸一样，去非洲给需要救治的病人看病，拉钩上吊，一百年不许变，盖章! ”

在这新春佳节里，女儿又长大了1岁，已经懂得在电话

◎ 李雷（左）与康复患者蒂莫西碰肘

里送祝福：“爸爸，祝愿你们快快打败那个可怕的埃博拉，让非洲的小朋友们也高高兴兴过新年！”我的回答是：“爸爸一定会打败它，让非洲的宝贝们快快恢复幸福生活。爸爸在遥远的非洲，祝福我的女儿，祝福千千万万和你一样的宝贝们，健康、坚强、勇敢，能够勇于直面困难。爸爸现在充满斗志，为了祖国，为了和平与世界的未来，哪怕挑战来得更猛烈一些，必将会胜利归来！”

中国人民解放军第三批援塞医疗队医师组队员　李雷

以下是队员的新年寄语，寄托着他们的美好心愿和对祖国、对军队、对医学事业的热爱、责任感和使命感：

段惠娟：牢记亲人嘱，越洋战瘟神。共贺羊年春，佳节倍思亲。海内存知己，大爱系军魂。同思强国梦，天涯心连心。

高旭东：羊年是一首歌，歌声中全是欢乐。羊年是一幅画，画卷中尽是锦绣。

詹宁波：长风万里阔，深海蛟龙翻。戍客望北国，传语报平安。

李　晨：作为一名80后抗埃军医，在2015年新春到来之际，我在塞拉利昂祝福祖国繁荣昌盛，中非友谊世代永存，三〇二医院和谐发展，亲朋万事如意，同事工作顺利，也祝福我们夺取抗击埃博拉的最后胜利！

顾梅蕾：因为对生命的敬重，因为肩负的使命，我们远离祖国来到塞拉利昂执行抗埃任务。春节临近，思乡情更浓。祝愿祖国的亲人、朋友和战友们平安健康！新年快乐！祝愿今年降生的羊宝宝都能平安顺利！祝愿我和战友们圆满完成任务平安凯旋！祝愿西非人民早日脱离埃博拉的折磨！祝愿中塞友谊像这里遍地的古树一样，万古长青！给大家拜年了！

凌宾芳：埃无情，爱有情，子弟兵抗埃显真情！愿中非友谊之花永远绽放！

田　宏：过年了，这是我人生38年来第一次在异国他乡迎接新年，我想念祖国，想念战友，想念家人，但是为了战胜埃博拉病毒，为了世界人民的安康，为了中非人民的友谊，我们值得！我们骄傲！在这里我请祖国人民放心，请院领导和战友们放心，我一定不辱使命，早日凯旋！

李文刚：各位亲朋好友，在家辛勤工作的战友们，新年好！千山万水，大西洋挡不住我的思念，时空的距离阻不了血浓于水的感情！

杨　晓：祝我们的幸福家园再创辉煌，祝我亲爱的战友们每天都是喜洋洋，才貌都是美洋洋，身体都是沸洋洋！

千万不做懒洋洋！

刘利敏：军医抗击埃博拉，西非大地展风采。中华援塞情意真，大爱无疆谱新篇。

段学章：祝三〇二医院以六十年大庆为新的起点，在国家军队改革中勇立潮头，再创辉煌，全院官兵和工作人员健康幸福快乐！

刘　翀：李智在家辛苦了！祝铁蛋学习进步，二宝健康成长！

孟玉华：第一次离祖国这么远，但又觉得从未离祖国如此近，因为我在代表中国执行援塞任务，感到无比光荣与自豪。新春佳节来临之际，祝福祖国繁荣昌盛，国泰民安！祝福三〇二医院抓住机遇，蓬勃发展！祝福我的亲人和同事们新年快乐，羊年大吉！

于宏毅：走了两万公里，离家远了，才会更想家，更想念亲人。离开家，意味着援塞抗埃期间把沉重的家庭负担交给了爱人；离开家，意味着无法在年迈的父母面前尽孝；离开家，意味着无法见证和陪伴孩子的成长；离开家，意味着亲人之间无尽的牵挂和思念。在非洲塞拉利昂弗里敦，祝父母身体健康，妻子年轻漂亮，孩子茁壮成长，亲朋好友幸福安康！

这还是第一次在“大夏天”过春节，随着羊年的临近，远在西非塞拉利昂执行抗击埃博拉任务的第三批援塞医疗队，以各种方式迎接新春。

离春节还有些日子，队员们就将节日物品运到中塞友好医院，一到医院，队员们就开始忙碌起来。大红的灯笼和福字很快吸引了塞方伙伴们。他们跑过来好奇地问："你们在忙什么？这是什么？"大家把英语水平不错的孙志强组长推到他们面前，意味深长地说："传播中华文化靠你了。"

"马上就是中国的春节了，是新春的开始，每当这时候中国人就会挂福字、贴春联，表达对新年的美好祈愿。"孙志强讲得认真，塞方的伙伴们听得更认真。"我们也要贴！"他们兴高采烈地加入进来。

◎ 中塞医务人员在中塞友好医院营造春节氛围

传统的中国红在塞拉利昂伙伴们眼里就是很特别的"玩意儿"，让他们觉得很新鲜，但更吸引他们的是这些物件所包含的美好寓意。

队员们和塞方的伙伴们在中塞友好医院一楼、二楼门口挂上了大红灯笼，贴上了对联、福字和窗花，他们还拿起手机不停地拍照留念。不一会儿就大功告成了，大家硬是把这具有西非建筑特点的房子布置出浓浓的中国节日气氛，战地医院点缀上这一抹中国红，格外亮丽、醒目！中塞友好医院一下子多了几分中国味儿。塞方的伙伴们一边欣赏，一边不停地夸赞，拍摄祝福视频的时候，还跟队员们学起了中国话，对着镜头说：“过年好！过年好！”似乎比我们还兴奋呢！

不一会儿，大家就把中塞友好医院布置成了一个温暖、和谐的家。

2月8日上午10时，41名援塞队员准时来到中塞友好医院大门口，整齐列队。队领导说：“今天要录制春节拜年视频，给全国人民拜个早年。”

只见军用猛士车立在队伍右侧，车头朝前，车身的“中国人民解放军援塞医疗队”字样显得很气派。队员有的拿灯笼，有的拿鞭炮，有的拿中国结。队员纪冬、夏晖分别手持国旗和队旗在尽情挥舞，蹲在第一排的护士们手持“解放军援塞医疗队给全国人民拜年！”的条幅，个个看上去精神抖擞。

看到大门口这么热闹，塞方护士长爱丽丝和玛莎也加入到队伍中。

那一刻，在远隔万里之外的弗里敦，队员们齐声高喊：“我们是

◎ 向全国人民拜年

三〇二医院抽组的中国人民解放军援塞医疗队，在塞拉利昂给全国人民拜年了！祝愿我们伟大的祖国繁荣昌盛，人民幸福安康。请祖国和人民放心，在抗击埃博拉战斗中，我们坚决做到：听党指挥，牢记使命，能打胜仗，努力展示中国军人良好形象，为中塞友谊做出新贡献。”

这条春节拜年视频相继在中央电视台军事频道、北京电视台《军情解码》栏目播出，向祖国和人民展示了援塞抗埃队员的风采。

2 月 10 日上午 8 时，向全国人民拜年的队伍不断发展壮大，中国人民解放军第三批援塞医疗队以及中国移动实验室检测队、固定实验室检测队、公共卫生师资培训队、中国援塞医疗队，在大西洋畔的宾图玛尼宾馆，全体队员齐声高喊：“在塞拉利昂给祖国人民拜年了！祝大家新春快乐，万事如意！祝中塞友谊地久天长！祝世界人民健康平安！”

声音响彻大西洋，传递到祖国大陆——

当新年的钟声敲响的时候，中央电视台春节联欢晚会上，传来了

◎ 拍摄春晚拜年视频

援助塞拉利昂的多支中国队伍向全国人民拜年的画面。

也许多年以后，当援塞队员们想起在塞拉利昂度过的那个惊心动魄、别开生面的春节时，他们会欣慰地说：“在我年轻的时候，为了祖国的荣誉，为了人道主义精神，为了人类的尊严，为了帮助一个落后的国家战胜可怕的疾病，去国离家，付出心血做了一件无上光荣的大事，此生无憾！”

第十六章　要做就做第一

只要给我机会，我就要随时随地发出中国的声音。

——中国人民解放军第三批援塞医疗队翻译陆荫英

2015 年 1 月，随着中国和世界各国在西非埃博拉疫区的努力，埃博拉病毒病得到了有效控制，第三批援塞医疗队与前两批相比，工作重点和工作环境发生了重大的变化，对外国际协调和交流也面临着更加多元化、复杂化、多变化的全新挑战。

从埃博拉留观中心转型为留观诊疗中心；从疫情暴发高峰期转向疫情平稳过渡和终结期；从整个国际社会对疫情管理混乱无序、各个国际组织相互磨合碰撞，到后期逐渐规范化、数据化、常态化的严谨有序管理；从重点关注埃博拉诊疗及疫情发展，转变为关注后埃博拉时代的医疗卫生体系重建；从单一对埃博拉阳性病人的诊疗，到对埃博拉病毒病之外的各种地方病、传染病综合诊疗的转型等各个方面，瞬息万变的信息更新和严峻的医疗管理调整问题，为第三批援塞医疗队对外协调沟通和应对能力提出了更高要求。

此次随解放军第三批援塞医疗队出征，陆荫英主要负责翻译工

◎ 陆荫英

作。执行任务期间，她被称为“一个人的团队”，是医疗队的“嘴巴”、“眼睛”和“耳朵”。她没有豪言，只有实干，经过西非的烈日暴晒，她的皮肤变得黑黑的，人看上去有些疲惫，眼镜下的黑眼圈很深。

医师组组长段学章说陆荫英有两件秘密武器，一是挤眼睛，她的挤眼睛习惯，外国人以为是示好的意思。原本对她排斥和敌视，陆荫英愣是通过“不停地挤”交了一帮外国朋友，迅速打开了局面；她的第二件武器是微笑，无论是发言还是倾听，她总是面带微笑，相比较一些英美人员的傲慢，她的微笑和谦虚征服了更多的人。

说起去塞拉利昂抗击埃博拉，对陆荫英而言，算是一次意外事件。

从军 15 年来，对于抗震救灾之类的援助活动，陆荫英一直都很积极，但她从事的是肿瘤专业，不太符合援外、救灾等任务的需要。再者，她太过于单薄瘦小，领导担心她的身体吃不消。做了多年的备选，她虽心里遗憾，但还是坦然接受了，谁叫自己这体格连献血都会被拒绝呢？

但就在陆荫英对这件事不抱希望的时候，却迎来了她第一次上前线的机会。2014年底，院里通知她作为第三批援塞医疗队翻译和保健医生援塞抗埃！而且在2015年1月中旬就要出征，临阵换人是不可能了。

翻译是整个队伍的眼睛、耳朵和嘴巴，懂英语的搭不上业务的边，懂业务的英语不够专业，没有比她更合适的人选了。

就这样，陆荫英意外地参加了援塞抗埃行动。因为要提前去熟悉情况，2015年1月14日，陆荫英随第三批援塞医疗队先遣队奔赴前线。

抵达塞拉利昂首都弗里敦后，她发现中国医疗队所在的中塞友好医院与塞拉利昂政府及其他国际医疗机构的交流很不顺畅。第一次独自参加临床质量管理会议，她费尽周折才找到了会场：一个貌似废弃的教室，四周窗户均已残破不堪，残缺的课桌椅满布尘土。在一群金发碧眼的欧美人主导的国际会议上，她是唯一的亚洲面孔。别人看她的眼光带着诧异，没有人主动跟她说话，偶尔跟人对视也仅限于礼貌性的相互点头。尴尬的是，由于不熟悉情况，面对各种口音的英文，陆荫英应付不了，反应迟钝，根本听不懂会议的内容。

以下是她对这次非洲之行的深刻回忆：

医疗队外联的事情大都由我一个人负责。医院里的翻译工作，都是日常的、比较简单的，而且也比较固定，基本上医生护士自己就可以搞定。

我们进入塞拉利昂的第一天，我就参加了塞拉利昂国家埃博拉指挥中心的协调会。世界各国有关人员为此次埃博拉疫情来到塞拉利昂建立的医疗机构，或者是医院，或者是留观中心，总共有22家。世界卫生组织和塞拉利昂的政府要对这些机构进行规范化管理。每周星期一下午召开例会，例会上要收集收治患者的数据，你收了多少病人，走了多少病人，你的病人在什么时候确诊等等。

我们每天要给他们报数据，在这样的会上，各个国家都要展示自己的优势，而且每个星期都要评比打分，中国队在我们去之前数据不怎么好看。他们就会让你来解释，为什么你的指标比别人差这么多。这个问题让我很痛苦。第一次参加会，参会的大都是欧美国家，亚洲只有中国派遣了医疗队，日本、韩国要么给钱给物资，要么派人加入到别人的队伍里。我周围全是金发碧眼，就我一个黑头发黑眼睛黄皮肤。所以中国如果有什么问题，就很显眼。

每个星期数字指标都是他们统计的，开始我们排在后面。针对这个情况我发现是我们对外交流出现了问题，比如他们的规章制度你不懂，你只按照自己的模式来做，就够不上他们的条条款款。他们有一整套工作管理模式，你就要跟他们去磨合，发现问题进行调整，适应他们的工作模式，成绩不就上去了吗！

◎ 陆荫英参加塞拉利昂国家埃博拉指挥中心的会议

那个时候管理比较混乱，各个医疗机构都在那里，塞拉利昂卫生部底下也设有很多点，有收集数据的，有管理疫情的。一般人可能会想，这不是传染病吗，派医生护士把病治好了就完了。但其实这是一个庞大的体系，为什么落后国家处理不了疫情，就是因为这个。在疫情防控过程当中，其实救治病人只占一小部分比例，更多的工作是，病人患传染病送来了，与病人接触过的那些人，要把他们找出来，找出来还得进行隔离。隔离后这些人吃什么喝什么？怎么管理？每个隔离区怎么消毒？还有，死去的人怎么埋葬？塞拉利昂当地有一个风俗，人死以后，亲朋好友要去拥抱、亲吻尸体，在埃博拉弥漫之际，这样的风俗造成疫情严重扩散。所以要去感化民众，让他们把死亡的人隔离起来，这在当地是很难的一件事情，很多人都把尸体偷偷藏起来，还有人把尸体抢走了。在会上会讨论很多事，你的病人来了怎么处理的？怎么防护的？怎么汇报的？比如我们收治了一个病人，那么这个病人跟谁接触过？这个信息采集不详细的话，会给后面管理检测的人的工作带来很多麻烦。

他们管我们的医院叫 Jui（Jui Hospital，中塞友好医院的简称），一说到 Jui 就是指中国。我们在收治病人的过程当中，确实容易出问题。比如，一个病人送来了之后，实际上他跟三个人接触过了，如果信息采集不全，因为语言交流不畅，只问出一个人，还有两个没有问出来，那么那两个可能就成了传染源，有传染很多人的可能性，那就是你中国队的工作失误了。

我们中国队有检验室，检测技术水平要求很高，有些机构没有条件检测，我们就会收别的中心的血来化验。在这个过程中，出现问题也得我们协调。因为医疗牵扯到各个环节，即使这个工作不归我们管，只要牵扯到，我就要代表中国队回答所有的问题，这就要求我对各个方面，包括临床治疗、检测、疫情防控等整个体系都非常清楚。

中国队前两批援塞医疗队指标上不去有诸多原因，其中一条是没有适应他们的体系，比如一个病人来看病，你处理不得当，病人就投诉你；比如你跟不上他们的进展，因为世界卫生组织介入以后，整个防控西方国家的效率非常高，他们在不停地改变管理模式，甚至每个星期都在变，根据疫情变化而变化，就要求你与他们实时对接。要是对接不上，你的管理就跟不上，你的指标就会掉下去。这就牵扯到与他们关键人物的沟通问题，你得搞清楚他们是怎么变的，还得跟这些人成为朋友，他们才会透露给你。最后经过努力，过年前那个星期，我们抗埃数量质量指标变成第一名，只花了5周的时间，从一般变成了第一，实在是不容易。

他们的指标要考察这个病人来了之后，24小时以内诊断清楚了没有。诊断明确后，24小时之内有没有送到相应的地方去。考验的是对疫情反应的速度以及工作效率。只有这么快，才能减少传播的概率，才能给病人提供合适的治疗，才能减少死亡率。还有病人的接收，你今天收了多少病人，昨天收了多少病人，病人转出了多少。

到了第五周，我们就变成了第一名，后来我们一直维持在前一二名。牵扯到这么多方面的协调，刚开始非常痛苦，我原本不是干这些事情的。但简单说起来，其实就是工作方式的改变，实际上我们的工作质量非常高。但是你用中国人的思维和工作模式套他们的框子是不行的，就得深入到他们当中，看他们是怎么做的，再调整我们的工作方式。我每天都会问我们报数据的队友怎么报、几点报，拿到化验单怎么处理，然后根据指标考核要求调整我们的时间。

一个星期或者一个月，世界卫生组织会对上报的数据例行检查一次。我们实事求是地上报，几点几分收了多少病人，病人的诊断是什么，化验结果怎么样。数据不会存在问题，大家没有利益冲突，不用撒谎，会实打实地报。人命关天，如果你想瞒报，那可不得了，影响巨大，大家不会冒这个风险。没有人会为了赶指标，去弄虚作假，尤其在传染病这个行业，没有人敢做这样的事，错了就是错了，如果你想要掩盖什么，将会产生很大的负面影响，那是你想象不到的，假如一个病人漏报了，将会牵扯到多少问题啊！

我刚开始去的那一两个星期里，每天睡三四个小时，得把所有的关节弄清楚，我不是做这个领域的，有很多单词、概念，对我来说都是全新的。对我而言首先要在一两个星期内把这个体系摸清楚——谁负责收集数据，谁负责计算，用什么方法计算，谁制定什么方面的政策，我们相关的汇报要找谁……

刚开始，中国医疗队老是排在后面。面对这种情况，我先摆正位置，得找清楚问题，我们要以理服人，以实力服人。那里的管理者都来自英国国王大学，相当于咱们国家北京协和这样的档次，他们有很明显的优越感。但最后，他们变成了我的“粉丝”，他们说，你们做得太好了。他们还问，为什么中国队的数据从倒数的位置能提升到第一名，要我告诉他们具体的细节，那么大的提升是他们无法想象到的，于是变得非常佩服。

塞拉利昂卫生部专门管理疫情的主席，负责管理所有医疗机构，一直对我们比较客气。我们走的时候，他请我到他家吃饭。当我把这件事告诉英国机构的负责人时，对方惊讶地说，我在塞拉利昂干了这么长时间，还从来没有去过他家呢，你怎么做到的？

我们每星期一在圆形会场开会，各种各样的协调会，包括国际媒体、世界卫生组织的所有协调会都在那里开。那个会场英军负责管理，不能接电话，不能拍照，管得特别严。

我走的那一天，塞拉利昂卫生部病历管理委员会主席乌瑞博士告诉我：我们要给你一个惊喜。会议快结束的时候，他们在大屏幕上播放了我们医院拍摄的电影《天使——生命处方》的主题歌《雪白的爱》。我们在驻地宾馆办过春节联欢晚会，医疗队女同志在晚会上唱了那首歌，当时录了像。我把录像送给了当地其他中心的人，让他们感受一下中国文化，了解中国军人的气质。

结果他们就在会场上放了我们集体合唱的视频，全场的人热烈鼓掌，当时我觉得这几个月的努力被认可了，心里特别感动。随后，世界卫生组织临床管理中心的主任说：“为了

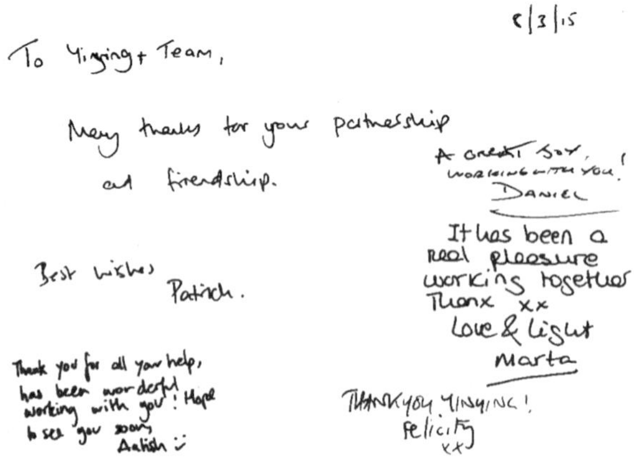
8/3/15
To Yingying + Team,
Many thanks for your partnership and friendship.
Best wishes
Patrick.
A GREAT JOY, WORKING WITH YOU!
DANIEL
It has been a real pleasure working together
Thanx xx
Love & Light
Marta
Thank you for all your help, has been wonderful working with you! Hope to see you soon,
Aatish :)
THANK YOU YINGYING!
Felicity
xx

◎ 许多外国专家在陆荫英回国前给她留下感言

◎ 塞拉利昂卫生部病历管理委员会主席乌瑞博士及全体驻塞拉利昂际医疗专家欢送陆荫英，并播放《雪白的爱》视频

感谢中国队，为了感谢陆荫英给我们解决了很多问题，我提议，大家都站到台前来，和来自中国的军人代表陆荫英一起合影留念吧。”那真是无比自豪的时刻，意味着大家都认可中国了，那一瞬间，我觉得我的任务圆满地画上了句号。

想想刚开始，那些人真的很傲慢，瞧不起别人。但他们确实起点很高，素质也很高。后来通过一点一点地努力，我们医疗队变成了第一名，很大程度上，也是他们帮我们协调的。主要是要学会与他们沟通，比如在临床讨论的时候，我们每个星期会有一次病例讨论，就是拿很特殊的一个病例大家讨论，怎么诊断，怎么治疗，会有什么问题。每次在病例讨论会上，我都会提出比较有新意的想法，渐渐地赢得了他们的尊重。对一个病人诊疗，要将中国队的科研实力展示出来。

科研基本上是相通的，临床转换一下思维就可以了。我用自己的专业态度站在临床的角度去解决他们的问题，到后来有一个斯坦福大学临床专家每次病例讨论都会特意要求我发表意见。我每次都能转换成他们的思路，告诉他们这个问题还有什么节点，还有什么方法，外国医生治疗病人，想的东西并没有我们多。在来塞拉利昂之前，我在地方踏踏实实做了6年的传染科医生，基础的素养和思维没有问题。

◎ 参观意大利埃博拉治疗中心

◎ 参观希腊埃博拉留观中心

◎ 参观澳大利亚埃博拉治疗中心

有时候往往是很简单的一个问题，比如，他们检测抽取的血样，有时候呈阳性，有时候又呈阴性，老外有时候很晕，搞不太清楚。我就从机制上告诉他，为什么会呈阳性，为什么会呈阴性，这个病还有什么样的问题，我们该怎么办。这不是每个人都能做到的。像他们那帮年轻医生，不可能达到这个水平，所以后来他们甚至有些仰慕我。他们想不到，他们看的东西、想的东西没有那么多。我们受到的教育多，实践多，我能看到问题。

◎ 参观英军驻塞第22野战医院埃博拉治疗中心

有一次，讨论一个很复杂的病例，牵涉到英国那家机构，是他们处理得有问题，检测结果当时为阴性，就把病人放走了。结果病人回家一个星期以后，检测结果又变成阳性了，这就是大问题。在这件事情上，塞拉利昂人也不满意。我告诉那家英国机构，我们能解决这个问题，他们还不服气，不相信我们能行。于是我们的实验室和检测队的实验室抽出几个人，三天三夜没怎么睡觉，有几个人甚至病倒了，就把实验结果拿出来了，把这个问题解释清楚了。英国人一看到结果就蔫了，他们认为我们做不了，当地的条件非常恶劣，他们没有想到我们把这么高级的仪器搬过去了，而且我们有这种锲而不舍的精神。

这件事让那家英国机构的人从此对我刮目相看。

后来埃博拉病人少了，大家都在商量怎么帮他们恢复医疗体系，我们就去调研，我经常走访各家医院，与他们建立起很好的关系。

我当时了解到，对塞拉利昂而言，除了艾滋病以外，乙肝是一个大问题。欧洲人没有乙肝，而黑人和中国人一样，慢性乙肝发病携带率非常高，比艾滋病病人还高，比例达到30% 以上。然后我就给他们讲中国乙肝怎么防控，乙肝、丙肝怎么治疗，乙肝导致的肿瘤怎么治。我们的肝癌微创手术在世界上是最好的，当时他们都听傻了。

记得我们回来的时候，人到了机场，有两个黑人负责安检，他们说："你是给我们讲课的老师，我们带你走 VIP 通道。"我在那边给他们上了好多次课，包括疟疾的治疗和防控，而且还上过他们的电视，所以他们对我有印象。

◎ 陆荫英在康诺特诺特（Connaught）医院授课

我接受过塞拉利昂国家电视台的新闻专访，就像咱

◎ 与塞方工作人员交流

们的《新闻联播》一样。我们要给当地的民众做宣传，鼓励他们，让他们明白虽然现在处于黑暗的时候，但我们会帮他们一起度过，埃博拉疫情一定会过去的。我们来到这里，就要把中国的形象宣传出去。中国人民解放军援塞医疗队在塞拉利昂给当地人留下了很好的印象，因为我们实实在在干了很多事情。

宣传很重要。我们好意帮他们做了不少事情，但是有些非洲人并不理解，所以要去宣传和交流。我们写了很多东西，在报纸上发表，让中国的声音慢慢地传出去。同时也跟他们官方有很好的交流，当然需要一点点地去做。

回国以后，我们带队的段惠娟副院长就问我为什么能做成这么多事情。我说，就是一点，我去了以后，完全实打实，不懂就问，每天拿着一个本子，你叫什么名字，你是干什么的，就记下来了。我会主动问他们，你们还有什么问题？需要我们怎么解决？我们中国队还有什么问题？我们还有什么没做到的？老外也挺有意思的，你如果谦虚下来，他们会把你当好朋友一样看待。有些事会私下告诉你，比如英国队发生什么事儿，我们要吸取教训；比如古巴队不吃抗疟疾药，结果他们有一个人被蚊子叮了，得疟疾死了。这样的信息很重要，我就得赶紧回来告诉队里，我们必须得吃抗疟药。中国人对疟疾没有抵抗力，脑性疟、恶性疟很容易导致死亡，我们不像非洲人有抵抗力。

◎ 塞拉利昂国家电视台专访陆荫英

英军专门在当

You can also follow our stories on: www.slconcordtimes.com

CONCORD TIMES

Concord Times Page 4

MARCH 13TH 2015

LOCAL NEWS

Chinese medical team meets Ebola survivors

CGG strategises for post-Ebola era

◎ 塞拉利昂主流媒体刊发中国医疗队抗埃事迹

地建了一个埃博拉的治疗中心，那个治疗中心只设了 12 张床，如果有英国人或者欧洲人得了埃博拉，会到他们那里治疗，所以从清洁工到看门的全是军人。他们只接治自己人，当地的人不收治。我们去他们那里参观过，他们觉得一切都很完美，绝对没有问题。结果参观完第二个星期，他们就有人感染了。与我们相比，他们还是比较随意，尤其在防控这一块，没有我们那么严谨。我们从培训开始，就是一个完整的体系，而且中国人的管理绝对比他们细致。我们任何时候都小心翼翼，我们经历过“非典”，欧美没有发生过这样严重的疫情，很多年都没有了，我们有过血的教训，知道它的厉害。

医疗队采取的是封闭式管理。刚开始的时候，美国疾病控制中心的人就告诉我说，你们中国很神秘，我们所有人都很好奇，你们在里面干什么。后来我就让他们过来看我们的春节联欢晚会，到我们这里来就餐。让他们知道，我们中国军人非常正常，也会高高兴兴地享受生活，不像他们想象的那样是一群怪异的人。最后我们打破了隔阂，让国际社会能够正确地认识我们。后来美国疾病控制中心还派司机来接我们去看他们的实验室，他们还是比较认可我们的。

我一个人在外面跑只能靠自己，刚开始 GPS（全球定位系统）也不太好使，有时候灵，有时候不灵，最后只能靠着地图跑，走一路，问一路。非洲是挺艰苦的，一个陌生的环境，安全也不能保障。我要出去接触各种各样的人，搞不清楚哪里危险，哪里不危险。

中国驻塞拉利昂大使馆的人告诉我，这次中国取得的成绩不小，国际社会一改原来对中国的看法。的确，我们在当地展现了中国的实力，并且也展现了中国人的精神风貌。中国队以一种友好开放的态度面对世界，取得了世界的认可；又通过自己实力的展现，站在了第一的位置，这是历史性的。我们有责任和义务向世界展现出中国的形象。

我还给塞方的工作人员放我们的军歌听，给他们讲中国丰富而有趣的文化。让他们从心里跟我们融到一起，从心里喜欢中国。我们去了以后，不光是传播医学知识，还需要告诉他们中国现在的变化。

这次援非产生了非常好的国际影响，展示了中国的实力。

回来后，我花了一个多月时间把埃博拉总结材料做了出来，包括一套片子和一本讲稿，在第 41 届世界军事医学大会

◎ 向康诺特医院领导介绍三〇二医院情况

◎ 向世界卫生组织大西洋国家事务部官员介绍中国援塞医疗队情况

上，做了主会场专题报告。报告会结束后，美国等各个国家军需代表团，都想要我们的幻灯片和其他资料。经过这次援非抗埃的行动，不仅在医学上，更在对中国的看法上，使世界一些国家有了很大的改变。

第十七章　来自一线的报告（三）

最豪华的阵容

讲述人：第三批援塞医疗队护理组组长孟玉华

我既是第三批援塞医疗队最先派遣过去的，也是最后撤离的，在塞拉利昂待的时间应该是最长的。我们这一批医疗队，阵容最豪华，职务级别最高。到了我们第三批，特别是护理组，前两批普通护士基本上都去了，剩下的就是护士长了，所以我带队的这一批护理组一共去了18个人，其中有16个护士长。当时大家都担心，人员整体年龄偏大，身体的耐受力可能不如前两批。但是去了之后，我的感触就是，护士长的执行力更强，年龄不是问题，经验更发挥作用，她们长期在病区从事管理工作，所以条理性、统筹性、计划性更好，执行力也强。领导的想法和意图只要一说，大家就会很快落实到位，而且每一个人都有自己独特的办法。

我们去了之后，经历的第一关就是时差的问题，特别是我们先遣组去的时候，没有时间倒时差。我们到达时，已是夜里10点多，赶到驻地大约12点多。因为第二批有人被蚊子叮咬得过疟疾，所以我们到

◎ 超级战队

了的第一件事就是吃抗疟疾药。这种药一吃就是 8 片，身体的反应非常大。头晕，恶心，呕吐，严重的会起皮疹，就是在那种情况下，第二天早上 6 点多就起了床，先遣组加上两名专家，一共 22 个人，跟着第二批援塞医疗队的人来到了中塞友好医院，察看了医院的情况。因为服用抗疟疾药，我们这一批中途周转的时间很长，加上时差，又没有休息好，我整个人都是昏昏沉沉的。

因为还有后续 22 名队友没有到，第一个星期交接之后，我们就一直在上班。我们先遣组去了 4 个医生和 8 个护士，分成了 4 组，上一天班倒一天班，到了驻地还要交接物资。我那时的体会是，人的潜能真的是非常巨大，在那种情况下，根本没时间想身体能不能吃得消，是不是扛得住。

之前我们也知道那里的疟疾猖獗，但没有身临其境是体会不到蚊虫有多么可怕的。数量多不说，最可怕的是，如果蚊子叮了患疟疾的人，再叮咬你，你就有可能被传染，简直防不胜防。不开窗户吧，那里温度很高，湿气很重，人受不了。只要开门、开窗户，你就避免不了被蚊子叮咬。与我们同时去的有一个古巴的小伙子，也就 20 多岁，就是被蚊子叮咬，得了脑疟——恶性疟疾死了。

即使遇到再多的困难，当时大家心里都憋着一股劲儿，特别是先遣组是由医疗队王政委带队过去的，都觉得不能拖队伍后腿。每个人都安排得可丁可卯的，谁跟谁搭档，哪一组负责接什么。你不能缺位，一旦缺了位，就一定要有其他人顶上。虽然我吃了抗疟疾药，每天人都是蒙的，但是班照常上，工作也正常交接。

吃一次抗疟疾药，副作用持续怎么也有两三天，但能扛 21 天。我去了之后，吃了 3 次，待了 60 多天。其实第一次吃完反应那么重，原本想着扛着不吃的，但是实在太危险了，就是从宿舍到食堂那么一段距离都会被蚊子叮咬。虽然自己不舒服，也得自己扛着，绝对不能吱声。万一哪里不舒服，就会跟埃博拉联系起来，也怕惊吓大家。其实，吃完那种抗疟疾药后，不舒服的人很多，都一声不吭地扛着呢。跟我一起去的两个护士，都是恶心、呕吐。第二天，我就和一个护士长到了医院，等于在驻地休整了一天，转过天就要接班去了，人的潜能真的很大，这是在北京无法体会到的。

第一批援塞医疗队开辟战场很辛苦，摸着黑做事情；第二批援塞医疗队重点做的是留观，病人只要确诊了，就可以转走。但是我们第三批医疗队，只要确诊了，病人就要留在这儿，也就意味着我们的风险更高，不能有一丝一毫的侥幸心理。

◎ 英姿飒爽的护士长们

头一个月，每天病人大概十多个，到春节前夕有时候能收六七个。塞拉利昂卫生部下面的指挥中心，可能看我们的治愈率在提高，所以愿意往我们这里转送病人，就像咱们老百姓看病，哪家医院声誉好就去哪里。除了确诊转过来的病人，也有我们自己收的，还有留观的患者，等待检测的结果。

人在特殊环境下的情感状态、心理状态、身体状态，完全不一样，能量能够调动起来，情感特别饱满，而且不觉得辛苦。我个人觉得，第一次代表国家执行任务，代表军队执行任务，非常光荣，这个光荣绝不是口号的光荣，是真正的光荣。尤其是去了以后，看到非洲的孩子们很可怜，那么贫穷，觉得如果不帮他一下，真的命就没了。在那里，死一个人是件很容易的事情，而对我们而言，那些生命很可爱、很珍贵，所以要想方设法地去救治每一个人。

我们在驻地发现过眼镜蛇，就在检测车附近。队里立刻把这件事向大家传达，同时从医疗护理的角度做预案，马上做了被蛇咬伤的指南，做了一个标准操作流程，一旦发生情况，马上就能够解决。那一段

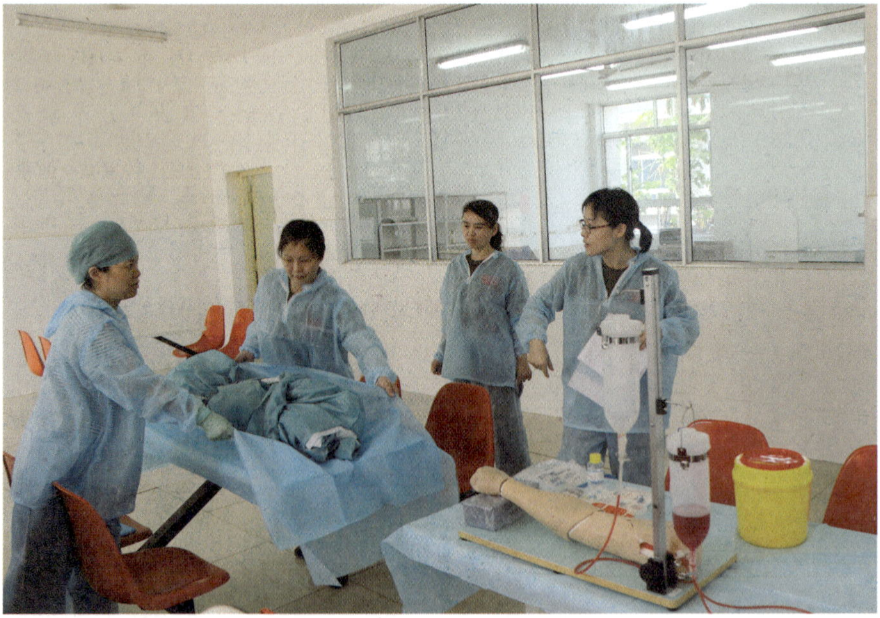

◎ 过硬的培训团队

时间里，队里要求大家吃完晚饭后不能一个人外出，要两个人结伴而行，而且一定要走没有草的地方。

我们是 3 月 20 号回国的，在塞拉利昂把正月十五也过完了。其实我们走的时候，心情并没有想象的那么急切，因为大家都在一起，心里还是挺踏实的，工作也依然井然有序。当时要派中国（江苏）援塞抗疫医疗队来，好几个护士长跟我说，给国内打电话请示一下，叫他们不用派人来了，舟车劳顿的，我们在这里已经适应了，再干两个月也没什么问题。

就我的体会而言，什么叫部队？就是在整建制出去的时候，什么困难都能克服，什么事情都有保障。可能吃的没有国内那么好，但是至少有保障，你能从中深刻地体会到安全感，什么事都不怕，都可以通过组织解决，包括吃、喝、用等所有的事。像我刚才说的眼镜蛇事件，成了很严肃的事情，大家作为一个纪律去执行，而且在我们驻地和医疗队冰箱里，备好了抗毒血清，这样的事也只有部队能做到。

到了后期，我们的治愈率提升到了 50% 多，整个国家控制疫情的情况也比以前要好很多，所以大家的重点开始关注治疗，同样都是高热，要排查出是疟疾还是埃博拉，当时还有相当一部分病人患有艾滋病，治艾滋病、埃博拉，其他的病也要治。塞拉利昂是疟疾高发区，所以我们也做防治疟疾的培训，只要觉得他们需要，就尽可能多地教给他们，尽可能把我们能够留下的东西都留给他们。

其他国家医疗机构对我们的培训还是非常认可的。我们在第一次做培训的时候，正好赶上英国人来参观，来了 5 个人，当时我们不知道，其中一个女的，是负责整个培训工作的，她一边看一边拍。后来她还专门带人来观看我们的培训，觉得我们做得非常专业、规范。

一定要活着回来

讲述人：第三批援塞医疗队护理组队员顾梅蕾

我知道参加援塞医疗队的队员基本上都是主动请缨的。我当时在外面出差，三〇二医院护理部张昕主任给我发了一条短信：抽调你为第三批援塞医疗队队员，你意下如何？我当时马上回了几个字：服从命令，没有任何问题。军人的使命感和自己多年来形成的职业素养告诉我，这个时候一定要冲上去。已经有两批去过了，前方什么样，是不是危险，其实我们心里都很清楚。

第三批医疗队队员年龄都偏大，我也是这批护士长里面年龄比较大的，执行完这次任务，第二年就可能退休了，当时实在没有人了，才抽调我们。我们一般都比医生组的医生年龄大，他们对我们很尊重，很照顾我们，我们也会像照顾弟弟一样，在生活上，在其他方面，主动分担，做一些力所能及的事情，相处得非常好。

◎ 团结就是力量

筹备战地春晚时，我们段惠娟队长也上去表演节目。当时练节目也很辛苦，每天下了班回去，一般都练到很晚。那里当时是旱季，少风，有雾霾，看不见蓝天。即使是晚上也很热，排练的时候一直在出汗。

队领导从来都和我们同甘共苦。我觉得队领导做得最好的一点，就是广泛吸纳大家的意见。我们有什么意见就直说，只要是可以采纳的，可以考虑的，领导基本上都能够满足，我们没有太多思想方面的负担。

我要是第二天上班需要进病房，头一天晚上就要自我安排早睡觉，保持充沛的精神和充足的体力。夏天睡觉睡不踏实，一个是蚊子多，一个是环境。可能是年龄的关系，一点点亮光都会影响我的睡眠，所以我得拔掉所有的电源。空调是必须开的，要不热得无法入睡，但是空调的指示灯让我晚上一旦醒来就会半天睡不着。晚上如果睡不好，第二天进病房就特别虚，进去以后就感觉马上要晕倒了。

出发之前，在三〇二医院的模拟训练中心，模拟当地的气温，在里面穿脱防护服，基本上按流程走一圈就出来了，但是去了现场以后，进入真正的病区，必须与病人交流，无法限定时间。询问病史，做治疗，还要发放药品，碰到病重的病人或是特殊的病人，比如有的病人呕吐了，有的病人躺在地上了，你肯定要有一个处理，不可能查看一下就过去了。我们医生都挺厉害，英语特别棒，英语查房一点儿问题也没有，塞方的医务人员会做当地土语的翻译。

我两个月当中进病房至少也有20次，有时候病人多，一个小时都出不来，憋闷异常，整个人都晕晕乎乎的。我们的小伙子更爱出汗，刚把衣服穿好，就开始滴滴答答地流汗。我们的防护非常科学，跟“非典”那个时候大不一样了，那时还比较盲目，戴着三层棉纱口罩，还露着缝。特别庆幸的是，我们中国援塞医疗队一个人也没有感染，其他国家都有感染，说明我们科学防护非常到位，做到了“零感染”，这简直是一个奇迹。

我们第三批援塞医疗队去了以后，都要服抗疟疾药。我第一次服用就发烧了，起了一身的疹子，一发烧了，我就主动把自己隔离起来。当然我心里知道自己不可能染上埃博拉，那个时候才进了两三次病房，就是染上也不可能那么快，但我还是向组长请了假，说我发烧了，不去吃饭了。我们组一个小护士吃了抗疟疾药就不想吃饭，但也要逼着自己吃，不吃饭哪有抵抗力？到了第四天，她吐出来一坨那个药，可想而知，服用它有多难受。

当地的蚊子特别可怕，如果带病毒的蚊子咬了你以后，你跑都跑不掉。晚上在屋里会好些，其他比如班车上也有蚊子，中塞友好医院也有蚊子。所以我们医疗队硬性规定必须吃药，如果得了恶性疟疾的话，人也够呛了。埃博拉没把你杀死，反倒让疟疾把你给杀死，不值得！三八节的时候，中国驻塞大使的夫人请我们去大使馆联欢，当时她介绍说，参赞夫人曾经得了两次疟疾、两次霍乱，在那个地方真是很不容易。

总体来说，我觉得这是一生当中特别可贵的一次经历，回想起来，即使点点滴滴也激动人心。现在想想队里的很多决策，真的是特别科学，而大家也是指到哪儿打到哪儿。人如果是忘我、无私的话，那就太强大了，可以战胜一切。当时去的一个主要的想法就是要活着回来，为了这个，告诉自己饭一定要吃下去，睡眠一定想办法调整。有些事别人帮不了你，得靠自己调整。

我们孟组长经常说，老觉得你们年纪大，怕体力不行，没想到，反倒成了老的照顾小的了，这是没有想到的。后来我就说，最重要的一点就是心态。

我去塞拉利昂的事儿一直没敢告诉我的父母。但这事儿最终还是让我妈知道了，她问我要去哪里，我当时很纠结，不告诉她也不行，如果跟她说出差，那个地方两个月可能没有信号，就算能就给她打电话，但过年肯定不行，因为她知道我的日常动态，于是我就对妈妈说了。说了以后，没想到老太太特别支持，但是我估计她得有几天睡不着觉。后来老太太为了和我联系，70 多岁学会了用微信，她想我的时候，就会在微信上写字，或者是发点儿东西给我。

◎ 顾梅蕾

因为时差的缘故，每天晚上 10 点，相当于北京时间的 6 点，我妈会准时跟我联系。我就会等老太太，她那个时间就给我发微信，给我说事儿，跟我聊聊天。她的视力也不好，曾经动过一次白内障手术，看手机屏幕就会流泪，就这样还要和我微信聊天，给她一发照片，她就高兴得不得了。

我爸以前是在团场写团场志的，文笔特别好，他专门给我这次援非写了三首诗，其中一首诗的题目是《送给援非抗埃的女儿》，里面是这样说的：

蘸着思念的眼泪，
写下潮湿的诗句，
从蜡梅盛开的那个夜晚，
吟唱到朝霞满天的清晨。
我的脚步徘徊，
却无法记录下对你无言的惦记。

我把思念托付给鸿雁，
捎去父母心里的牵挂。
背负祖国的重托，
牢记我军的使命。
用你真挚的情谊，
在异国与埃博拉抗争，
用你无私无畏的胸怀，
为他乡人民带去健康幸福。
光荣属于你！
祖国不会忘记你！

我看到后，眼泪使劲儿地流。后来洪干事收集素材，我把诗发给他了，他说诗写得挺不错的，就登在《三〇二医院报》和《中国人民解放军援塞医疗队报》上面了。我能感觉到他的诗是含着眼泪写下的，而他平常很少流露对我的感情。我觉得，老人对孩子的挂念，真的是打心眼儿里的思念。家里吃年夜饭的时候，家人和我视频通话，就让我爸爸跟我说两句，我爸完全不敢看我，一看就说不了话，老泪纵横的，就赶紧挂了。他年纪大了，经受不起这份牵挂，内心脆弱得很。

爸爸去哪儿了？

讲述人：第三批援塞医疗队医师组队员李雷

在第三批援塞医疗队里面，一定要有一个管急救的，治疗危重症的，我们去的时候，中塞友好医院已经改为留观诊疗中心，需要重症监护这方面的治疗，我是三〇二医院重症监护中心（ICU）的主治医生，所以就派我去了。因为有头两批医疗队同事的成功经验，所以一开始去的时候，我已经有充分的心理准备。我们的优势是什么呢？心里不像第一批、第二批医疗队那么紧张，已经有了充分的心理准备，而且医疗、后勤、管理制度都很成熟了。与他们不同的是，医院从留观到治疗，危险性和技术性要求更高一些。

到塞拉利昂后，当天晚上 10 点半吃了抗疟疾药后，人当时就不行了，往床上一倒就起不来了，就晕倒了，难受到那种程度。我当时想着，要不要给隔壁屋打个电话？我是搞急救的，我想除了我自己救自己，还能喊谁？就在床上扛了十几分钟，不知道什么时候睡着了。满嘴都是化学药品的味儿，就是喝醉酒吐了那种难受。然后恶心、想吐、头晕，全身都要虚脱了一样。所以必须在你明天或者后天没有值班任务的情况下再吃药，要不然你两天出不了任务，工作不了。有反应轻的，有反应重的，但人人都有反应。

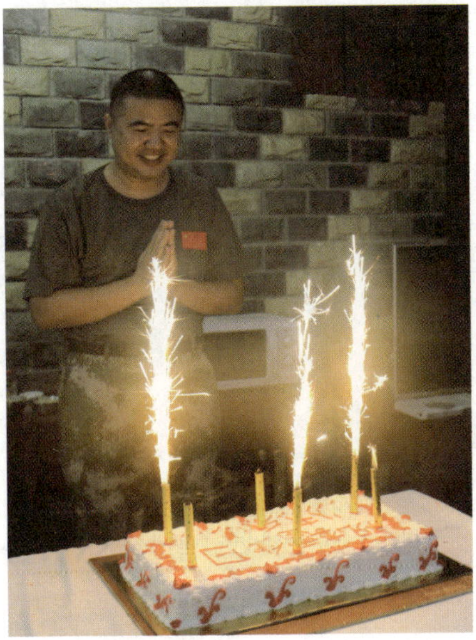
◎ 李雷在塞拉利昂过生日

交接完就正式上班，建立各种医疗制度，每天都过得很充实，还要参观别的国家的医院，对于我来说，任务还是挺重的。因为没有外科大夫去，没有麻醉科的，我等于身兼了 ICU、麻醉科和外科，从我的角度看东西，与其他医生不一样。

在外最惦记的还是孩子，平时打电话、微信、视频，不敢说想啊什么的，要不然她会不停地哭。我的孩子还是比较坚强的，

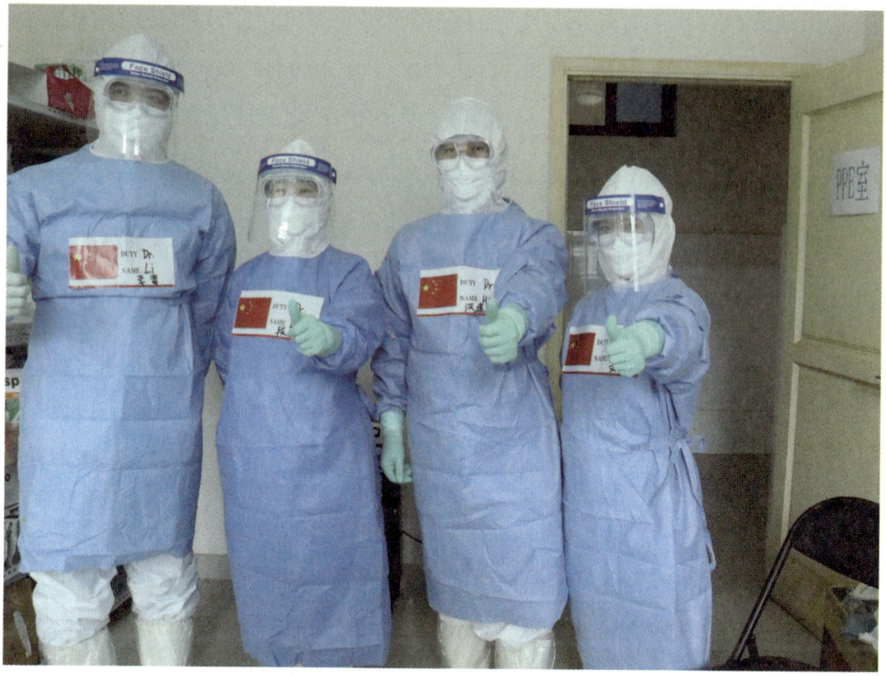

◎ 你们是最棒的！

走时她说，知道爸爸去非洲给黑人看病，她长大了也要当医生。平时聊天谈话时，我们也是尽量避开这些话题，说一些开心的事情，怕孩子受影响。后来老师跟我反映，现在孩子虽然小，但是什么都明白。有时候，她在家里会自己拿着玩具电话，装作给我打电话说：“我在这儿挺好的，爸爸我想你，不要担心我，我很坚强。”

我们这个团队战友之间的友谊，真的是坚不可摧，因为我们一同经历过生与死。虽然有前人探路，但是你真的面对的时候，就相当于走的全是悬崖，一不留神，病毒沾染到你的皮肤，人就可能完了。经历过这一次，我收获的是，除了知道孩子、家庭的重要性，战友之间的友情更珍贵，还有就是信心。将来中国真发生这种疫情，没有人比我们经验更丰富，比我们更有信心。虽然现在还没有特效的抗病毒药，但最起码能对症治疗。与塞拉利昂相比，我们现有的医疗条件也好得多，所以更有信心。在国内，条件要好很多，遇到什么问题，各地都可以支援，都是有解决办法的，跟在国外不一样。

生死搭档

讲述人：第三批援塞医疗队护理组组长孟玉华

我在护理组排班分组的时候，就跟医师组段学章组长商量如何搭配人员的问题，年纪、个性什么的，都得考虑进去。到了之后，我们发现事先的分配还是蛮合理的，大家配合得很愉快，每个人的觉悟也挺高，觉得自己个性中会影响合作的部分，都自动屏蔽掉了，干什么都要服从大局。

当时一个医生两个护士组成搭档。每次上班，就是固定这三个人，比如今天是我和搭档值班，明天就是另一组搭档。实际上，从我们训练起就开始搭档，最好是从性格、交流各方面都达到很好的配合度，如果医生比较大大咧咧的，或者这个护士比较大大咧咧，就要搭一个比较细心的；或者一个人比较外向，最好配搭一个内向的伙伴。搭档形成以后，就彼此照应，相互关爱，出了任何问题，都明白我们是一家子人，一个人也不能出问题，互相关照监督，同时也是互相管理，确保三个人都安全，我觉得，这种配搭非常有效。

其实从第一批到第三批，我们都是这么搭伴下来的。除非有特殊情况，比如女同志在生理期，我们可能临时调配另一个人，而且大家都彼此愿意，我觉得出门在外执行任务，整个团队都甘于奉献，工作非常好开展。

我曾经在病区恍惚过。恍惚时的第一个感觉就是，我绝不能倒在这里，千万不能倒在病房里，一旦我真的倒下的话，战友得背你、得

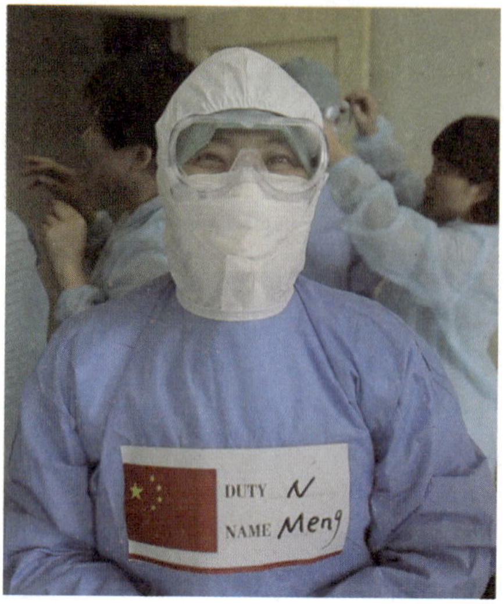

◎ 孟玉华穿戴好防护用品

扛你，人家实在没办法弄，因为都穿得那么多，自己走路都很费劲；然后特别想找一个能够坐下来，或者能够暂时靠一靠的地方。我记得自己那个时候，赶紧走到外面，外面有一个户外的场地。病房在一楼，赶紧出去坐一会儿，后来还是觉得不行，我平常特别不爱出汗，就是夏天也从来不出汗。但在那个时候，就感觉汗滴答滴答使劲儿往下流，像流水一样了，人晕晕乎乎的，分不清东西南北。得使劲儿辨认，我刚才是从这个通道进来的，我一会儿得从这个通道出去，就是这种恍惚的感觉。后来对和我一起进病房的李文刚医生说，我不行了，得赶紧出去。因为真的要倒在那个地方的话，人家很难处理。后来他赶紧把我给扶出去了。我们有对讲机，赶紧喊一个人进来，给我拿了一瓶水。我们自己进病房的时候，会带着一小瓶矿泉水，在一步一步脱完防护服以后，先补水，然后再洗澡。我喝完水后就清醒了。但是在这个过程中，对队员来说，他会觉得是一件挺小的事儿；医生也会觉得，我跟你进病房，就有义务照顾你。但是对我自己来说，就从心里特别感谢他们。等于把你安全地送出来了，我觉得单从这点上来说，我们援塞医疗队的战友情，的确非常深厚。

我们自己建了一个小群，几个天天进病房的人，名字就叫生死拍档，非常贴切。我们组里面有一个医生叫吉英杰，他是一名博士。他回来以后，已经是副主任了，他给我的一个印象特别深刻，就是心特别细。我们组里，我带了一个护士，那个护士比较年轻，总是跟着他进病房。他细致到什么程度呢？我们一起进病房、出病房的时候，洗澡间不分男女。他会对女孩说，你别着急，慢慢洗。女的要洗头，比较慢。他就会说，我在外面等你。因为整个病房和清洁区还有一段距离，他就怕这块有事儿，就是安全这一块，我觉得他为别人考虑的特别多。他就在门口站着，等着她出来，他们再一起出去。

过年前一天，我也要进病区，刚好吉英杰他们也要进病房。只见吉英杰早把衣服收拾好了，接着把矿泉水装好，然后将它们都摆放到柜子里，这样他们一从病区出来，就可以直接洗澡了。我进病区是去通过间放东西，觉得那个屋子太脏了，还有蜘蛛网。我想着要过年了，那又是我们工作的地方，就在通过间打扫起卫生。他一出病区就说，护士长怎么那么长时间还没有回去？他怕我在那里面出什么事儿，他就能心细到这个程度。正常情况下他应该换完衣服就出去了，可是过了段时间见

◎ 铿锵三人行。三人从左至右依次是第三批援塞医疗队政委王锦秋、队长段惠娟、副队长刘翀

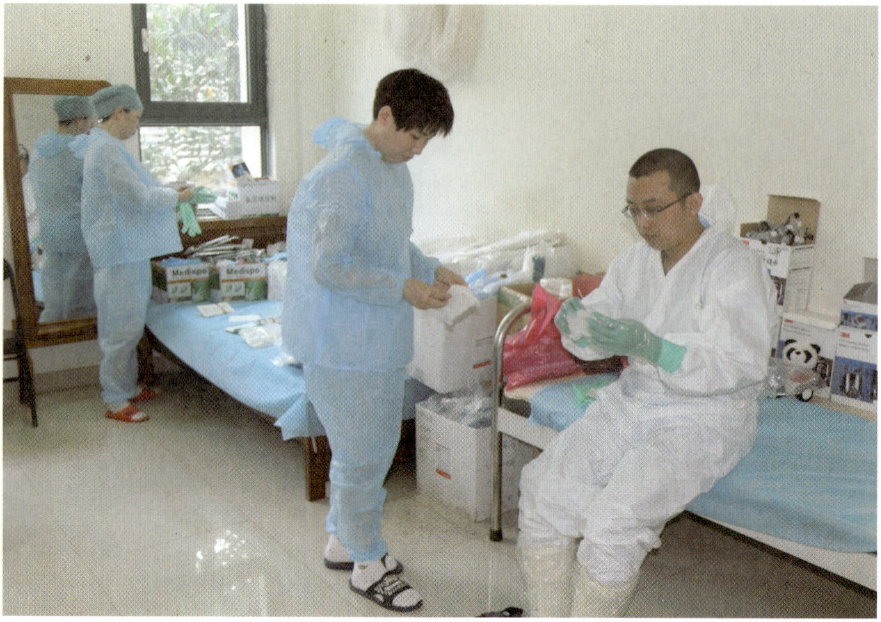

◎ 医护搭配合理

我没有回，就过来找我。我说没事儿，就是把这儿打扫打扫，弄得干净一点儿。因为卫生都是我们自己搞，无论是办公区、休息区，还是我们洗澡的地方，都是我们自己搞。那个时候，我特别感动，他会记得你几点出去，还没有回来，大概会是什么情况。你能时时刻刻感觉到有人在关注你、陪伴你，这种温暖一直存在心底。

我们有一个医疗保障组，供应一些医疗器械，修理器械，给我们配置一些东西。他们组每天会有一个人进病房，帮着抬我们的靴子，然后换消毒水，给我们临床的人做这些保障工作。詹宁波工程师就说，我结婚的时候，一定要敬你。因为他第一次进病房，是我给他穿的防护服。我个人觉得这个事情很平常，我跟谁在一起，都会让我的战友穿戴得严丝合缝，安安全全地进病房，这是我应该做的事。但是他却说，他第一次进病房是我帮他穿的防护服，而且帮他检查，就觉得特别感动、特别暖心。在那个特殊环境里，一个不起眼儿的细节都有着非常的意义。难得他还记得那么清晰，但我一点儿也不记得了。在前线别人为自己做的点点滴滴的小事儿，都会让人记忆犹新。

立春迎“三喜”

讲述人：第三批援塞医疗队队长段惠娟

从来没有像今天这样，感觉立春（2015 年 2 月 4 日）是个再好不过的好日子，三喜临门！

第一喜是伴着今天零点的钟声来的。大西洋畔的塞拉利昂弗里敦正好比祖国北京晚 8 个小时，这里的零点正是北京时间早 8 点。辗转反侧睡不着，不禁拿起已调至静音的国内手机。“今儿立春，顺祝平安！‘南丁格尔’一事已在全国公示，我们正准备英文材料上报。”

护理部张昕主任的短信不禁令我会心一笑，半夜三更睡不着觉的好处是第一时间看到了这个好消息！妇产科王新华护士长历经医院 4 次举荐，终于胜利在望了！这不仅是对她去年作为我国首批援塞医疗队防控组护士长出色工作的肯定，更是对我们去年 9 月 16 日以来三批战斗在塞拉利昂抗击埃博拉一线 46 名护理人员舍生忘死守卫生命的肯定，而且是对我们三〇二医院先后奋战在抗击埃博拉一线共 114 名队员的肯定，是对全体“三〇二人”在传染界长期奉献的肯定！作为分管护理工作的副院长，我感到无比兴奋和无上荣光。

第二喜是伴着世界卫生组织官员对我们中塞友好医院埃博拉留观诊疗中心的视察脚步来的。早上 10 点，世界卫生组织驻塞拉利昂外国工作组组长塔拉 · 维拉曼斯林、副组长查尔斯 · 布兰奇、协调员罗德里戈 · 蒙洛伊和培训员海克 · 林纳特一行 4 人来到我们中塞友好医院，他们先后视察了我们红（污染）、白（清洁）、绿（半污染）三区设置，分诊台设置和分诊流程，入院及出院流程，防护着装及诊疗流程。还饶有兴致地走进了我们每周三上午为塞方护士开办的培训课堂，并大加赞赏我们从国内带来的输液模拟培训手臂！

塔拉·维拉曼斯林组长对我中心在短期内能将一个普通综合医院改造成一个完全符合烈性传染病防护、隔离标准的传染病专科医院，共收治了近800例次的患者，并保证了医护人员“零感染”的工作能力给予了高度评价，他说中国军人在此次援助任务中发挥的创造力和执行力让他们敬佩和赞叹。

当他们得知我们不仅对病房环境进行终末消毒，还为出院的病人提供洗浴和洗浴用品，并对病人住院期间的衣物全部销毁，提供两套从中国带来的我们自己也穿的圆领背心和短裤时，他们频频点头，还问：“都是免费的吗？”我回答：“都是免费的。”

同时，出于“三〇二人”对三〇二医院文化中为病人“四零”服务的敏感，想到了我们在这里也是“四零”服务模式，除了“零待诊”“零感染”外，大家还苦练英语，与塞方护士密切配合，保障了医

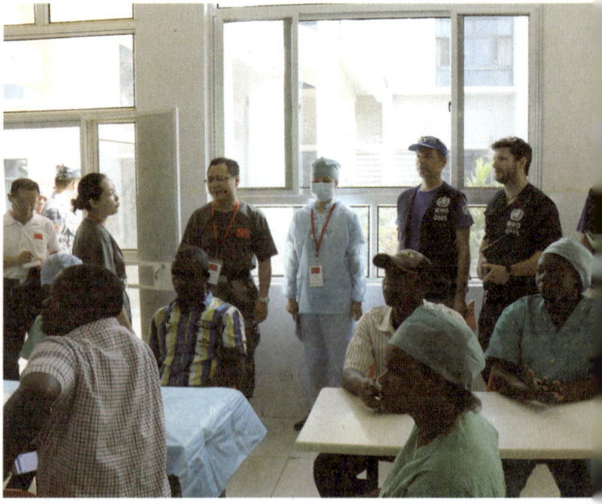

◎ 世界卫生组织考察中塞友好医院后对中国援塞医疗队的工作给予了高度评价

患沟通“零障碍”，病人“零漏诊”。

这是我第一次公开以解放军女大校的身份带队到海外执行任务。西非埃博拉疫情重灾区塞拉利昂曾是英国的殖民地，英美势力树大根深。这里有包括我们中国在内的英国、意大利、韩国、南非以及美国主导的无国界医生组织等22家国际医疗机构，作为唯一一支代表中国在塞开展埃博拉留观和诊疗工作的中心，我们是在小国家里的大国际舞台上展示中国形象，正如出发前卫生部首长提醒的“一举一动都在聚光灯下”，国际社会的评价尤为重要。接过前两批战友的接力棒，今天圆满通过了世界卫生组织官员的视察，真是件大喜事。

第三件喜事是来自河北涿州大姐的信息，说她今天中午下班回家发现老妈在窗前站着呢！腰椎压缩性骨折后在床上足足躺了快7周的老妈终于在今年的第一个节气——立春这天站起来了，我心花怒放！

爸妈家在保定，但自从我有孩子后，他们就一直充当“救火队员”，随时会被我调来北京帮忙。他们曾在我抗击“非典”时在京为我照料刚刚4个月大被迫断奶的女儿，曾在我2008年汶川抗震救灾时赶来救急。这次，他们来京与我团聚，送我出征。不料严重骨质疏松的老妈在一次剧烈咳嗽后腰部剧痛，确诊为腰椎压缩性骨折。考虑到她是过敏体质，特别是对很多药物过敏，在骨科的同学怕她打骨水泥有问题，建议保守治疗，卧床8周！我心里咯噔一下，我就要出发了，怎么办？！

这时候，我老妈的“救火队员”——我大姐从涿州赶来了，她向单位请了假，到我家来伺候老妈。我放心了，可老妈不放心了，说她在我家这样天天卧病在床会影响我出征前的各种准备工作，用她的话说是我“会不安心”。她坚持让我利用元旦放假找辆救护车送她去涿州大姐家，并保证春节不回保定了，就在大姐家过年，说大姐家有网，在那里我们可以网上见面，用她的话说这样我“会安心”。要知道，传统的老爸老妈是从来不会同意到女儿家过年的，这次为我的“安心”破例了。是啊，从元旦到今天已经1个多月了，亲爱的老妈，今天您能站起来了，对我来说，是最大的喜事！

有些事一定让你终生难忘

讲述人：第三批援塞医疗队护理组组长孟玉华

我们有一个患者骨折了，医生就问他为什么没有治疗，患者没有回答。塞方人员说，骨科医生去世了，没有地方看，怕自己感染，也怕自己受伤。在塞拉利昂，我们什么都要注意，要是骨折了，在那里真的没有地方看。

◎ 在塞拉利昂难得吃上一顿饺子

有一次，我们一组人坐车去上班，路上有两个医生相互开玩笑地说，我就在咱们来回走的路上给你选一个山头吧，一旦你回不去了，你说埋哪个山头就埋在哪个山头，要不然我就给你砍棵树，把你烧了，我背两根大腿骨回去。在那种环境说出来这样的话，大家表面上哈哈一乐，但心里还是带着那种悲壮和紧张的感觉。

最开心的是吃一次饺子。在国外吃一顿饺子，那是很不容易的，而且是中资企业自己种的韭菜送过来的，鸡蛋是当地采买的。

有一次在食堂里，队友拿一把其他单位的红外体温枪给我量体温，结果一量体温就报警，那次是真的害怕了。回去以后，我觉得红外体温枪毕竟不太准，我又拿队里发的水银体温计测量自己的体温，结果很正常。当时我怀疑是不是队里发的体温计坏了，之后，又拿出自己从家里带的一支体温计，一量还是正常，心里就觉得应该问题不大。又回想自己白天在中塞友好医院工作的整个过程，毫无问题，但心里总是不踏实。

然后我就不再和大家直接接触了，实行自我隔离。那天正好赶上我休息，第二天早晨睡醒了，还活着。然后又过了一天，再醒，还活着，然后我才敢出门。整整吃了三天的方便面。如果有谁来敲门，我就说在睡觉，主动自我隔离。

观察几天体温一直很正常，也没有任何症状，我才去上班。这事我也向领导做了汇报，她问我去病房有没有暴露，我说没有，她说那应该没有问题。她想让我抽血查一下，我说没有症状，查血是没有用的。一般不出症状，是查不出病毒来的。

随后我拿着自己带的饭盒吃饭，断绝与大家的接触。到第四天，我发现那把体温枪还在后厨，就问他们，这把体温枪放这儿干吗？有人说，这枪不好使了。这时，心里头那块石头才落下来，原来是一把坏的体温枪。

准备回国时，我们有一个护士，是跟着先遣组来的一个护士，我们也是犹豫再三，因为她是骨干，但最后决定还是让她先回。这个护士告诉我，她回国后，怎么也睡不着觉了，一直到我们回来，已经6天没有睡觉了，一闭眼睛，脑子里不知道想什么，也没有完全想在塞拉利昂的事情。但是那种紧张的状态，就是缓不过来。有人给我们做心理疏导，有人带着做运动，然后偶尔吃一点儿药，她大概吃了 5 天，人才算是缓过来了。

因为我们原来也是一个科的，我就问她怎么回事，她说真的不知道。我问她在非洲睡得怎么样，她说在非洲睡得好好的。我问她在非洲吃药了没有，我们确实给大家每个人都发了助眠的药，我从没有吃过，她说也没有吃，但回来吃过两次，吃完了就能睡着，但只要一醒，就再也没有睡意了。

我原来在北京的时候，觉就不多，习惯了这种工作状态。到塞拉利昂后，很快进入状态，凌晨 3 点多起床，就开始一直忙活，这 60 多天一直忙活着。

战地文化生活特别重要。到了那个国家之后，你在那里举目无亲，文化是无形的，随时随地的，不管是数字的、纸质的。在那里你什么也听不到，除了你周围的这些人，没有任何信息渠道。有 Wi-Fi，但 Wi-Fi 有时候一断，就好几天没有，这在那里很正常。因为当地人效率不太高，不会那么快给你修好。

◎ 练瑜伽

◎ 踢毽子

其实那里的自然条件挺好的，景色很美，原来被称作非洲的小香港，曾经很富裕。大西洋畔真的是太美了，在驻地的阳台上就能看到海岸。我们每天吃完饭，外面食堂那里有一个平台，像一个观景台，大伙儿就在那里跳兔子舞，大家一圈，所有男女一块儿跳，又简单又好玩儿，又锻炼身体，那个平台就是我们自娱自乐的地方。

我们的刘育蕾护士长瑜伽练得很好，她是跟着三〇二医院瑜伽培训班练出来的，所以她到了塞拉利昂后，就带着大家一块儿练，工作之余，早上练瑜伽，晚上跳兔子舞。春节前有一段时间，大家在排练各种节目，挺忙活的，有时候排练到晚上 10 点多。我们这支队伍，所有的一切都自给自足，文化生活也搞得有声有色。

在那个地方工作生活过之后，也会有感情的。首先它的环境很好，纯天然的。就在大西洋边，三面环海，窗外都是大海。而且那个海不像咱们到海边看到的海，都是大洋，一望无际的大西洋。海水是绿的，非常平静，沙滩是白色的。两个月来，我们每天上下班都路过著名的蓝茉莉海滩景区，但一直都没有下去看看。

我去执行这次任务的最大感受，就是我人变了。以前还计较一些什么鸡毛蒜皮的小事儿，现在都不放在眼里了，因为有过九死一生的经历。回来以后出去业务交流，每次到最后一张幻灯片，我都会说，这次经历让我体会到，活着是一种态度，不是一种结果，需要我们积极地去面对，而不是被动地去接受。

回到三〇二医院后，有时中午在食堂二楼吃饭，还能看见播放医疗队援塞抗埃的纪录片，我一看到就会把筷子放下，等看完了再吃，满脑子在跑火车，想着那个时候发生的种种情景，一切都历历在目，就好像是昨天刚发生的，还是那么的生动新鲜。

三进生命禁区

讲述人：第三批援塞医疗队政工干事洪建国

从“非典”，到“甲流”，再到埃博拉，自从进入21世纪，似乎每隔几年，潘多拉的盒子就会开启一次，为整个地球蒙上一层阴影。

常言道，国事、家事、天下事，事事关心。作为我军唯一传染病医院的一名宣传干部，关注新突发传染病发展趋势早已成为我分内的事，埃博拉横行无忌自然让我的神经紧张，以后竟能鏖战西非，与埃博拉“零距离”接触，这是我从来没有想过的事情。

2014年9月，中央军委从我们三〇二医院抽组了解放军第一批援塞医疗队，赴塞执行两个月的抗击埃博拉任务。当时，我虽然没有随首批医疗队上前线，但在后方我也没有闲着，总想为援塞做点儿事，于是，就与前线的首批援塞医疗队政工干事黄显斌天天连线，日夜撰文，宣传医疗队员直面埃博拉的感人事迹，有300多篇新闻稿件在国内外的各大媒体上发表，第一时间传递出了“中国声音”。“能宣传援塞抗埃英雄的先进事迹，在社会弘扬正能量”，那一刻我感到无比的自豪！2014年10月15日那一天，第二批援塞医疗队开始组建，得知消息我很快递交请战书，有幸成为医疗队预抽组队员，也参加了第二批援塞医疗队第一次指挥组会议。那一刻我特别兴奋，想象自己能作为一名军人上前线，战斗在那个没有硝烟的战场，那一晚我失眠了，一整夜都在考虑医疗队宣传的事儿。

第二天一起床，自己就像打了鸡血一样，特别有精神。谁知，老天爷就像给我开了一个玩笑似的，正当我准备参加第二次指挥组会议时，组织通知我，不用参加了。那一刻，我的心里像打翻了五味瓶。郁闷之后，我想组织有组织的考虑，只要能为援塞医疗队服务，身在前方后方都一样。

转眼两个月又过去了，时间很快来到了 2014 年 12 月，这时第三批援塞医疗队开始抽组了，那些天有人见我就问：“你准备好了吗？”我笑着点头。直到 12 月 15 日那一天，当三〇二医院姬院长宣读抽组队员中有我时，一直悬在我内心的一块大石头终于落了地，我如愿成为第三批援塞医疗队的“宣传干事”，高大上地自称“战地记者”“新闻发言人”，因为有先前的准备，这一次我更坦然和自信了。接下来一个月是紧张而忙碌的准备。我听取了多位同事的建议，不断完善宣传方案和思路，与媒体联合跟踪报道医疗队，挖掘了挺多感人故事，激励和鼓舞着每名队员。

2015 年 1 月 13 日的夜很黑，但是，三〇二医院院内却是灯火通明，战友、家人都来为第三批援塞医疗队先遣队员送行，我也是先遣队员。那一天，我似乎有一种“仰天大笑出门去”的豪迈感觉，然而就要出门的时候，2 岁的儿子却始终不让我走，哭着喊着要我陪他一起玩，无奈我只好撒谎说去办公室才得以脱身。随着一声“出发”的口令，队员们陆续向大轿车走去，就在这一刻，一个个亲人离别的场景无不令人动容，拥抱、挥手、呐喊。这时，我的一位老战友从河南发来信息，很短但很震撼：“兄弟，一定要活着回来见我！”抬头望着窗外送行的人群，人头攒动中我发现了妻子，我们突然四目对视，她没有挥手，而是默默地看着我流泪……那一幕，牢牢地记在我的心里。

作为一名宣传干事，不到一线是没有发言权的。抵塞后我多次要求深入埃博拉病房拍摄第一手资料，医疗队领导也许出于埃博拉的危险和医疗队自身安全等考虑，一次又一次地拒绝了我的请求，当时我焦急万分，直到半月后的 2 月 1 日，我才被批准进入埃博拉病房。事先我把照相机、摄像机用专门的袋子裹了个严实，然后自己再穿上防护服，把自己裹个严实。第一次走进埃博拉病房，因为有同生共死的战友相伴，自己没有丝毫的胆怯。我手持摄像机，脖子上挂着照相机，一会儿摄，一会儿拍，记录下队员与埃博拉战斗的瞬间。那天气温在 30℃左右，队友们看我步幅过大，一个劲儿地劝我行动要慢些再慢些，减少体能消耗。

“前方是埃博拉重症患者的病区，千万不要触碰任何东西！”同行的医生告诉我，我顿时警觉起来。“前面门口有一摊血迹！”“抬起脚，不要踩着血迹，直接迈过去。”“刚才那位患者病情严重，口吐鲜血，不幸去世了。”这让我更加认定了一个观念：与埃博拉战斗，死亡就在身边，危险就在眼前。

在病房里，我看到埃博拉患者痛苦的表情，有的已经虚弱得连睁眼都困难。在埃博拉面前，人的生命是如此的脆弱，生死可能就是一瞬间。等医护人员查完房，我们回到半污染区时，我的脸上、胳膊上、手上、后背上已经尽是汗水，疲惫的我竟忘记怎样正确脱防护服，在队友的提示下，我按照墙上画的穿脱防护服流程，将 11 件防护用品一步步地脱下来，当摘下口罩的那一刻，我感觉呼吸一口新鲜空气是多么的

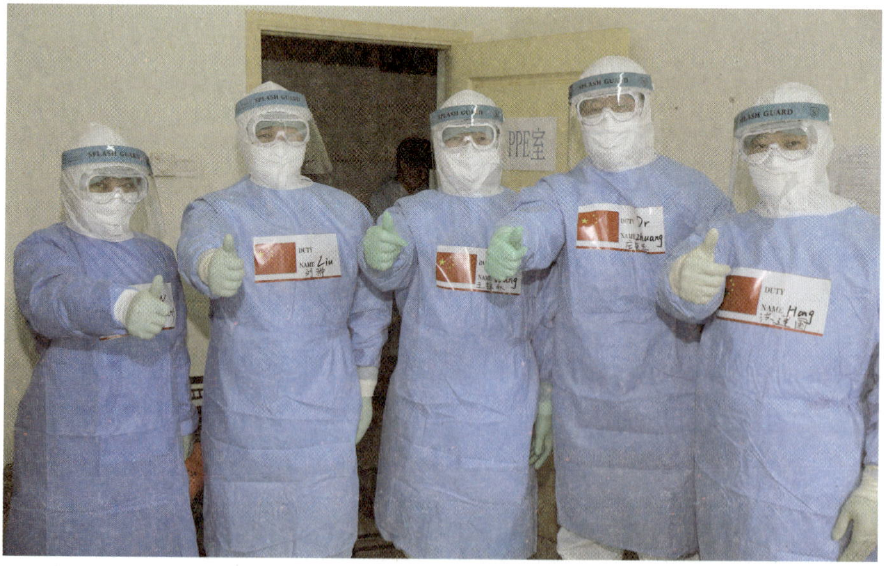

◎ 一起并肩战斗的队友

幸福啊！当走进淋浴间的时候，一瓶500毫升的矿泉水已经被我一饮而尽。

我清楚地记得再次进入埃博拉病房，那是2015年2月18日，这一天是农历的大年三十，国内的人们正在欢天喜地地迎接新年的到来。这一天，我要记录下队员们春节在非洲坚守岗位的画面。由于我前期超负荷工作，一天只睡四五个小时，头发也白了不少，那段时间身体频频发出“警告”。那天在去医院的路上，我出现了晕厥的现象，一阵阵地头昏脑涨眼花，队友们怕我身体吃不消，都一个劲儿地劝我先不要进病房了。看到队友们为了非洲埃博拉患者无私无畏的神勇表现，我没有理由“先倒下”，没有理由“说歇歇”，坚持一定要进入病房，于是，我闭上眼睛稍作调整，一睁眼又觉得浑身有了使不完的劲儿。

这次，段惠娟队长下令让我进病房时间最多不超过40分钟，并且有人全时监控我的身体状况。有了上次进病房的经验，我在这次进病房前一口气就喝掉了一瓶500毫升的矿泉水，以便更好地维持体力和水分。上午8点，医疗队早交班后，我和8名队员穿好防护服进入了病房，当时温度计显示为30℃。不一会儿，大家就走上了各自的岗位，有的消毒，有的接诊，有的查房，有的拍片，有的配药，有的送药，有的喂服，有的输液，有的检测，工作井然有序，有条不紊。

这一天，医疗队为每名埃博拉患者送去了新春贺卡和礼物，祝他们早日战胜病魔。每位患者看上去都很高兴，他们说知道中国的春节。

在病房里我还看到了年轻小伙儿卡马拉，当他接过队员们送给他的新年礼物时，一直都在说谢谢。卡马拉那双略带湿润的大眼睛，给我留下了很深刻的印象，他直直地盯着中国医疗队员，我想尽管国籍不同、肤色不同、语言不同，但人与人之间的真诚是相同的，他那眼神中流露出的尽是对中国医疗队员说不尽的感激。当我听段队长说卡马拉明天（中国的大年初一）就要康复出院时，我觉得这个消息是送给第三批援塞医疗队全体队员最好的新年礼物。“进一次埃博拉病房不容易，要把队员们在埃博拉病房的工作状态一个不落地记录下来。”这时，病房外队员拿对讲机不停地呼叫：“进病房1小时了，该出来了！”按照医疗规定，人进入埃博拉病房时间一般不超过1小时，否则身体就可能会出问题，尽管当时我早已疲惫不堪，汗流浃背，但不敢有片刻的停歇，一直不肯放下手中的照相机、摄像机，为的就是留下最珍贵的抗埃影像资料。“1个半小时了，赶紧出来！”“已经2小时了，必须出来，再不出来就出事了！”2小时后，我拖着几近虚脱的身子走出了病房，接着又是咕咚喝掉了一瓶500毫升的矿泉水。那一天，当我们回到驻地吃年饭时已是下午1点多了，那时北京时间已是大年除夕晚上9点多了，国内的春节联欢晚会已经开始1个多小时了，坐在饭堂里我无心看春晚，草草扒拉了几口饭，回宿舍赶紧整理在埃博拉病房里拍摄的素材，等整理好写完稿子已是下午4点多，此刻已是北京时间除夕夜里12点多，这时我才想起过年给家人打个电话。这是我第一次在国外过春节，也从来没有以这种方式和状态过过春节，忙碌而充实，有危险而又义无反顾，不能与家人团聚却有着特殊意义！值得高兴的是，队员们坚守岗位的新闻竟然上了中央电视台的《新闻联播》，让亿万观众看到了抗埃队员的无畏与艰辛。

半个月后的3月5日，距离回国的日子渐渐近了，于是我再次请求进入埃博拉病房。这一次，我在埃博拉病房里更加的从容和自信，并在里面拍摄和记录了许多宝贵的资料，这些都是我一生的财富。

其实，我们每批援塞医疗队中的宣传干事，为了一个共同的目标，就是宣传好抗埃事迹，传递好中国声音，在塞拉利昂都是“玩儿命”地工作，要么每天白天组织活动、协调事情、深入采访，晚上挑灯夜战，撰写稿件，及时向国内发出第一手新闻，要么写稿写到夜里3点，要么夜里3点起床写稿。因为北京和弗里敦有8个小时的时差，所以我们几乎每天只睡四五个小时，才能保证医疗队的新闻当天传回国内，第二天在国内刊播。

很遗憾的是，驻地宾图玛尼的网速很慢，有时慢得像头牛，还时不时“卡住”“中断”，所以在向国内传稿时，尤其是向中央电视台上传视频资料时，你还得瞪大眼睛紧盯着电脑屏幕，断网了，还得重新上网，重新发稿，这是很要命的！

“超级战士”

讲述人：第三批援塞医疗队副队长刘翀

在我们第三批援塞医疗队里，有6名年轻战士。于宏毅、卢海、解晨、徐晓宇4位是“大厨”，赵阳、闪占朝是2位驾驶员，他们是后勤保障组的队员，在去塞拉利昂前线之前，他们的身份是通信员、勤务员、驾驶员，但是，一踏上塞拉利昂的土地，他们立刻变成了神通广大的“超级战士”、分身有术的“多面手”。在那里，这6名战士主要由我来管理，给他们安排各项工作，我们都比较熟悉。

于宏毅是炊事班班长，也是这几个小伙子中兵龄最长的老兵，他本是三〇二医院院务部通信站的一名老班长，性格比较沉稳内敛，但是技术很娴熟过硬。卢海、解晨和徐晓宇则是院务部勤务汽车队的司机。来到塞拉利昂后，于宏毅和卢海两名“80后”班长带领解晨、徐晓宇两名战士，组成了保障医疗队的炊事班。之前，他们都和炊事班扯不上关系，有的甚至在家连厨房都没有进过。虽然，出发前他们进行了为期一个月的集训——凌晨4点半，便到食堂开始跟着阿姨学做面点；中午，向大厨们学习如何配菜、掂锅和炒菜……但是，初到塞拉利昂，想象与现实的落差把这些“大厨”搞得有点儿措手不及，在集训时学到的

◎ 后勤保障官兵风采

本领只在主食方面用上了，可见炊事班遇到的问题不少。

塞拉利昂青菜品种很少，当地菜农疏于耕作或者是他们的种植方法有问题，总之青菜特别老。往往买了几十公斤的青菜，择出嫩菜之后就所剩无几了。医护人员那么辛苦，青菜就那几样，炊事班的压力比较大。

菜品局限性大，于是，他们就靠花样翻新来增强食欲。清炒、白灼、酱焖、炝炒……炊事班把能想到的花样都做了个遍。有时于宏毅还会建议领导组织大家吃火锅，这样既方便，又能让队员们有新鲜感。炊事班还在每天提供的水果上下功夫，他不断变换造型，让大家有点儿新鲜感。

当地的炒菜锅比国内的锅大了将近两倍，掂锅十分吃力，没办法，于宏毅只能带着战士硬着头皮上。驾驶员因为出车，吃饭时间不固定，常常过了饭点一两个小时之后才能回到驻地。但无论他们回来多晚，于宏毅都会嘱咐后厨一定要记得留饭。

◎ 美味伙食

卢海班长原本是车队勤务员，踏实老练，业务精湛，古道热肠。卢班长是地道的湖南人，做得一手正宗的湘菜。在赴西非前，细心的他想着大家要在异国过年，为了让战友们能感受到家的味道，他特意嘱咐家乡的老母亲提前熏制了很多腊肉和肉丸子邮寄到北京，他再从北京一路带到塞拉利昂。

在塞拉利昂，做什么事情都没有在国内得心应手，为了方便队友们剪发，卢海自带了全套的理发工具。那段时间，男队员的发型全部都是“卢氏制造”，队员们在理发后由衷赞叹：“这不花钱的比专业理发店剪得还有型嘛！”可别小看这“业余”理发技术，在疫区尤为重要和难得——既免去了队员外出理发的奔波，也避免了潜在的交叉感染，班长想得真的很周到。

2015 年 3 月 1 日，第三批援塞医疗队在驻地举行了火线入党宣誓暨党员重温入党誓词活动，解晨和徐晓宇因出色表现被批准火线入党。

解晨性格内向，害羞腼腆，沉默寡言，但他在自己主要负责的面点工作上踏实肯干，思维灵活。一个从来没有进过厨房的门外汉，迅速成为可以独当一面的“大厨”，这和他背后的努力是分不开的。

由于主食的蒸煮时间较长，解晨每天 5 点多就要起床，尽量让早点能够品种多样：馒头、花卷、豆沙包……当地天气十分炎热，蒸箱在蒸豆沙包的过程中总是往外渗水，本来揉得比较圆滑的豆沙包很快会“起泡”，软塌塌的样子就让人没有食欲。解晨肯动脑筋，很快找到了解决办法——在入蒸箱前，他就用菜刀把豆沙包压瘪，再在上边拧出花瓣的形状。这样新颖的造型，使豆沙包变得招人喜欢起来。

最初，解晨几乎每顿都熬白米粥，但了解当地的实际情况后他便进行了调整。塞拉利昂盛产南瓜，于是大家的餐桌上多了南瓜粥；怕队员们中暑，解晨每天中午必备绿豆汤。

解晨和徐晓宇经常合作开发特色面点、小吃，让全队战友在紧张的工作之余，发出连连惊叹。徐晓宇聪明机灵、富有创造力，他的本职工作是驾驶员，别看他年轻、面带稚嫩，一举一动还像个大男孩，却爱心十足，心灵手巧。2 月 14 日，周六，队员们照常 6 点半起床、7 点半集合整队准备用早餐。刚一进饭堂，大家都被眼前的景象惊呆了——只见桌子上摆着一盘码放得整整齐齐的金黄色玫瑰花花卷。原来，这是徐晓宇为医疗队全体队员献上的“情人节早餐”！

前一晚，大家还在互相调侃着怎么过“洋节”的时候，徐晓宇就开始着手准备这份别出心裁的礼物。他综合了网上的做法，融入了自己的创意——先把南瓜蒸熟，之后压成泥，与面粉、奶粉按比例和到一起，醒 2 个小时之后再将面擀成面饼，压成圆形，然后用手一朵一朵卷出来……光看工序就复杂到让人惊叹，没想到这个身高 1.85 米的小伙

◎ 徐晓宇、谢晨火线入党

子竟有这样的巧手和耐心。

◎ 情人节的玫瑰花卷

大家对着这个“杰作”一边称赞，一边拿出手机拍照，竟都舍不得动口，一位女队员还说：“这是我见过的最美丽、最打动人心的情人节玫瑰。”虽然身处异国他乡，队员们的心都因这份深情的浪漫而温暖。种种惊喜和温暖背后，饱含了4位非专业“大厨”的努力与付出。抵达西非后初次做饭时，他们不适应大锅大火，被火燎伤后手背布满水泡，却依然坚持工作；室外气温30℃以上，他们每天守在高温炉灶旁挥汗如雨；抵达塞拉利昂已整整1个月，他们还没有踏出过驻地大门半步，更不知何为西非异域风情……但是，他们没有半句怨言，不敢有一丝懈怠。

为了保证工作人员上下班，给值班人员送饭，处理突发应急情况，外出会议交流、参观、学习等用车需要，医疗队配备了3辆汽车，但由于人手紧缺，驾驶员只有赵阳和闪占朝两人。

如果没有亲身体会，根本想象不到在塞拉利昂驾车的困难。塞拉利昂是世界上最贫穷、落后的国家之一，这里马路状况很差，全国没有红绿灯，没有道路指示牌，更没有人行道，只靠交警人工协调交通。两名驾驶员凭借经验，谨记“一慢二看三通过”的原则，很快便基本适应了首都弗里敦大街小巷的路况。他俩每天顶着高温，冒着随时出现突发状况的危险，克服语言沟通不畅的困难，奔波在弗里敦的狭小街道上，在坑坑洼洼的道路上安全行驶了2万多公里，为战友们能够顺利完成每天的工作默默奉献着自己的力量……

赵阳负责驾驶班车接送队员们上下班，每天从驻地宾馆到中塞友好医院至少跑两个来回，单程约 40 分钟。他每天 6 点半起床，发车前认真检查车况，擦拭车辆；晚上收车后，将车辆进行彻底清洗、消毒，再次检查车况；因为当地蚊子很多，他每天晚上锁车前都在车里喷洒驱蚊剂，使医护人员在车内免遭蚊虫的侵扰。忙碌了一天，很多医护人员都会在回途中累得睡着，为了避免颠醒大家，赵阳时刻紧绷神经，尽量平稳驾驶。

在出车之外的时间里，只要需要他出把力，赵阳都会冲在前边。在驻地，他常常帮着做洗菜、摆盘之类的琐事；医院经常停电，一旦停电时间过长不仅会损坏仪器，还会对病人产生直接威胁，他就变身成了“电工”，登梯爬高进行维修……赵阳总是这样照顾他人、忽略自己，他就不累吗？他额外多做的事情，不仅仅是因为有技术，更是因为他内心的责任感。

闪占朝是机动驾驶员，这就意味着他没有固定的出车时间，随时准备出发，一声令下说走就得走。弗里敦坐落在山区之中，盘山路、急弯、上下坡十分常见。闪占朝开车非常谨慎，而他最怕的就是当地特色的人车混行。有一次回驻地的路上，不知道发生了什么事情，道路上挤满了人。“就跟王府井步行街一样，车两边都是人，恨不得蹭着车身行走。”但是，不能随意按喇叭，只得越开越慢，车辆一度停滞在人群中，他生怕稍一加油就会冲倒一片……好在有使馆人员带车，否则他真不知道怎样才能通过险情。

白天还好，晚上在塞拉利昂开车简直就是“步步惊心”。因为马路两旁没有路灯，打近光根本无法全面掌握路况，打远光又对行人不礼貌甚至可能影响当地人对中国的印象，闪占朝只得小心翼翼地摸黑驾驶。一天晚上，在他的车前方不远处有个路人同向而行，直到车子离他只有几米时，路人才回头，瞬间露出了白白的牙齿——闪占朝此时才发现他，并利索地把车刹住。“天也黑，当地人肤色黑，如果他不咧嘴，根本没看到前边有人！”他说。

闪占朝独自承受了这些胆战心惊，他憋在心里不愿与人诉说，一是怕大家会为自己担心，二是即使讲述一遍也实在后怕，难免更增加心理压力。他能做的就是保持精神高度集中，不断提醒自己慢些、稳住，时刻准备着即使路边突然冒出一个人也要把车刹住。

抗埃日记《与魔共舞》

讲述人：第三批援塞医疗队护理组队员刘利敏

说实在的，我是个泪点挺高的人。平时在国内，工作再苦再累、遇到再大的委屈，我也很少流泪。但是这次随队出征，我的泪点好像降低了，记得至少流过三次泪。

第一次流泪，是我过生日的时候。当时，我累了一天，拖着疲惫的身体走进战地餐厅。突然间灯火熄灭，一个惊喜不期而至——蜡烛亮起，战友们“祝你生日快乐”的歌声响起。最亮眼的是大厨用鸡蛋和火腿肠做成的两颗“心”，代表着战友们对我的深情祝福！这是我这辈子收到的最好的生日礼物。2015 年 1 月 16 日我 35 岁的生日是我最难忘的一个生日。烛火中，我流着泪许下了愿望，希望埃博拉疫情早日结束，希望部队早日完成任务凯旋，希望战友和自己幸福平安。当时，我深刻体会到了作为三〇二医院这个大家庭一员的无比幸福！

◎ 刘利敏

第二次流泪，是我们段惠娟队长站在队伍前，大声宣布我们的抗埃综合数质量跃升各国留观诊疗中心第一的时刻。当时正值春节，队长说，春节期间，三〇二医院最关注的就是收容和数质量指标，我们在海外也时刻要与医院保持高度一致，一样要把这项工作抓好，但是我们保持好成绩的前提是要大家都安全，没有比大家的安全更重要的事情。队长激情满怀，我和队友们也热泪盈眶、激动万分。

第三次流泪，是大年三十和家里视频通话的时候。要说到了异国他乡的前线不想家，那是假的。可是工作一忙，也就忘了想了。更何况现在有先进的网络通讯，和家里视频通话并不是难事。可是大年三十，当家人的笑脸出现在手机屏幕上的时候，我还是忍不住想哭。特别是 5 岁的儿子对我说“妈妈我爱你，妈妈你什么时候回家”的时候，我的眼睛湿润了。是的，我是个母亲，也是个女儿，新春佳节，万家团圆，我多想陪着孩子、陪着老人一起吃团圆饭、放鞭炮呀！可是，我同时也是军人，军人的使命在战场，在祖国需要的时候，军人必须把家庭暂时忘掉。在那一刻，我更加真切地体会到了这身军装的分量和肩负的责任。

这三次流泪让我终生难忘，激励我加速成长。

这次参加援塞抗埃行动，促使我拿起笔来，以日记的形式记录下抗埃战斗的难忘经历，让人们了解了我身边的战友们是如何进行援塞抗埃工作的，也对我们三〇二医院有更多的认识，展示中国军医良好的精神风貌。

这次写抗埃日记是一个偶然，完全在我的计划之外。当时，随第三批援塞医疗队先遣队到达弗里敦没两天，我便在队友们的祝福下度过了自己 35 岁的生日。在那种情况下，过一个生日很珍贵而且有意义，我当时颇有感慨，跟队友们说了许多话，随队做宣传工作的洪干事便鼓励我把当时的感受记录下来，并且鼓励我要坚持写下去，一直写到抗埃任务结束，这将是一笔丰厚的人生财富。

曾经我是小有写作爱好的，但早已经放下很长时间了，当这件事情似乎变成一个任务让我去完成时，我却完全找不着感觉，硬着头皮写了一篇，简直就是“四不像”，不像新闻，不像消息，也不像文学作品，真的无法定位，也根本不可能发表。如何才能更全面、更真实地反映我们医疗队的工作和生活情况？洪干事和《解放军报》的编辑商议，干脆改用日记体，通过网络这种新媒体来记录我们的抗埃生活。一是这种方式可能更适合我，二是这种方式或许能带给关注这次援外任务的人们全新的感受。

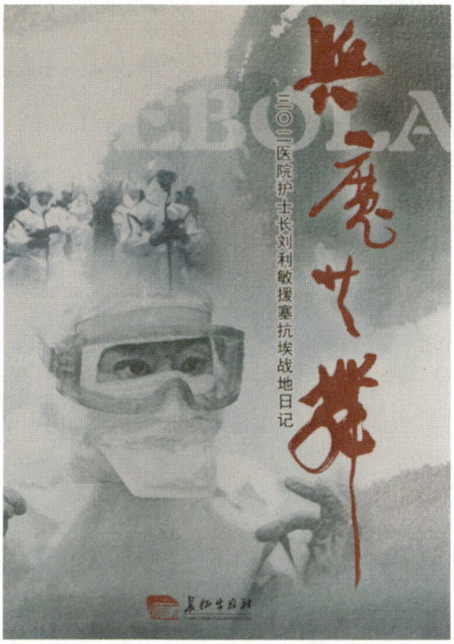

◎《与魔共舞》封面

我的抗埃日记就这样开始了。再后来，中国军网给我开通了“一位护士的抗埃日记”专栏，随时上传我写的每一篇日记。回国后，在医院和队友的鼓励帮助下，我将援塞抗埃的39篇日记加以整理，出版了《与魔共舞》这本书，以下是从中摘录的3篇。

◎ 中国军网“一位护士的抗埃日记”专栏

◎ 第三批援塞医疗队抗击埃博拉专题网页

祖国，请放心！我们一定早日凯旋！

2015年2月16日　雨转晴

凌晨3点，我被一种奇怪的声音惊醒。那声音似一锅烧开的水一直在你耳边咕嘟作响，又似机器运转发出的低频轰鸣声将整个人淹没。恐惧、烦躁的情绪立刻涌上来，我睡意全无。走到窗前向外探，原来这声音来自空中，看样子是狂风暴雨要来了，但远处的大西洋看起来却依然很平静。暴雨持续了40分钟后才渐渐缓和下来，零星的雨点不时飘落下来。直到早餐开餐时，雨还没有停。

今天上午10点，刘延东副总理要代表党中央、中央军委、国务院通过视频对所有援非抗埃的同志们进行慰问。

吃完早饭，我和轮休的同志们便登车前往中国驻塞拉利昂大使馆。

驻塞大使馆地处弗里敦威尔伯福斯使馆区，距离医疗队驻地约20分钟的车程。整个使馆建在山坡上，面朝大海，十

◎ 参加刘延东副总理新春祝福视频会议

分幽静。使馆大门是标准的中式建筑，看到高高悬挂的国徽和操场中央高高飘扬的国旗，我顿时觉得神圣而庄严。

会场早已准备就绪。10点，视频慰问准时开始。刘副总理说的第一句话便是："虽然我们在空间上相隔万里，但我们的心是连在一起的！"这简简单单的一句话让我们倍感亲切。她代表党中央、中央军委、国务院对所有在西非疫区工作的医务工作者致以亲切慰问与新春祝福。高度赞扬大家所取得的丰硕成果，并勉励大家要牢记使命，再接再厉，帮助疫区国家早日战胜疫情，做到"打胜仗、零感染"，向祖国和人民交上满意答卷。

刘副总理的讲话温暖人心，也让大家倍受鼓舞，更加坚定了我们必胜的决心！

晚上6点，大使馆举行春节招待会。除了在医院值班的队员，医疗队全体人员前往大使馆参加招待会。

夜幕下的大使馆经过精心装扮，透着浓浓的节日气氛。今天来参会的还有国家疾病预防控制中心的工作人员以及驻塞中资机构的人员。招待会上，赵彦博大使发表了热情洋溢的讲话。各单位纷纷上台表演了拿手节目，大家欢聚一堂，热闹非凡！

回驻地的路上，段惠娟队长向大家通报，上周我们中塞友好医院的抗埃医疗工作在弗里敦诸多医院中名列第一。大家听到这个好消息兴奋得齐声叫好，还集体唱起歌来。一路欢歌，唱出了大爱无疆的胸怀，唱出了收获的喜悦，更唱出了美好的祈愿。援非抗埃，必将为中塞友谊谱写新的篇章！

说说我们的“战地小报”

2015年3月4日　晴

“身穿绣有五星红旗标志的作训服，坐在贴有五星红旗标识的汽车中，行驶在中国建造的大道上，我的前方似乎也正飘扬着鲜艳的五星红旗，激励着我们不畏艰难，勇敢前行，直面埃博拉病毒，这是五星红旗赋予我们的中国精神！”

医师组纪冬医生的这段话，刊登在《中国人民解放军援塞医疗队报》上。说起我们的队报，从第三批医疗队组建至今已经出版4期了。这份小小的报纸记录着我们医疗队每一天的工作，展示着队员们的风采，更是这次援外任务中传播中塞友谊的窗口。

医疗队不足百人，小报的发行量却有1000份。在后方，它随着我们《三〇二医院报》异地同步发至总部机关、军区各大医院和地方协作医院。援塞抗埃是目前军地关注的焦点，全军许多战友和医务工作者都是这份小报的读者。它还发进了每位队员的家庭，以解家人对我们的思念之苦。在前方，它发至前方指挥组、国家疾病预防控制中心检测队、培训队以及我们每位队员手中，还发至中国驻塞大使馆。赵彦博大使给予这张小报高度赞誉，说这份“战地快报”麻雀虽小，五脏俱全，不愧是“不畏艰

◎ 创办《中国人民解放军援塞医疗队报》

难、甘于奉献、救死扶伤、大爱无疆”的援外医疗队精神的宣传阵地。

这份小报凝聚了医疗队段队长、王政委、洪干事以及后方编审工作组所有工作人员的心血。出征伊始，队领导就鼓励大家记录生活和工作中的点滴，洪干事更是深入最前线收集素材，经常加班加点到深夜。“战地”条件有限，我们的打印机早已老化，不知修理过多少回，打印一份报纸需要将近10分钟。更可气的是，打印机还经常罢工。后来，我们得到了中资企业的帮助才解决了这一问题。因为空间距离遥远和时差，与后方编审组的联系也要耗费很多精力。可是再难，队领导都坚持把报纸办下来。每一位队员也都积极写稿投稿。大家都希望这份小报贴近我们医疗队的工作实际，贴近每位队员的真实生活，成为医疗队精神文化生活的新高地！

这份小报，也是传递亲情的方舟，上面有父母亲属写给我们的牵挂和鼓励，也有队员们写给家人的爱的话语。“大爱无疆展风采，斩妖除魔显英豪。”翻译官陆荫英的父亲，写下了这首《英雄儿女》。诗词铿锵有力，溢满对女儿的牵挂，也充满了对所有队员的鼓励。这份小报更是我们最美味的精神食粮，队员们对它爱不释手，每每迫不及待地阅读，因为那是最好的精神享受，因为它记录着我们在抗埃一线工作的点滴，更因为那是我们整个援塞抗埃医疗队不畏艰难的战斗精神所在！

与中国外交官一起过节

2015年3月8日　晴

大使馆，在我的心目中一直是遥远而又神圣的。大使给人的感觉总是那么光鲜，似乎永远穿着西服，打着领带，穿梭于“上流社会”，是聚光灯下的焦点。可是在这次的任务中，通过与大使及大使夫人的接触，我有了全新的认识和感受。

这个周末，因为“三八”国际劳动妇女节的来临，我们应邀来到了赵彦博大使及夫人位于中国驻塞大使馆附近的官邸，参加他们专门为我们解放军援塞医疗队、国家疾病预防控制中心培训队及检测队的姐妹们举办的“魅力巾帼，相聚塞拉”茶话会。赵彦博大使推掉了当日部分外事活动，当起了“护花使者”，还为我们介绍了塞拉利昂的风土人情以及中塞建交的情况。赵大使的讲述风趣幽默，引得大家阵阵欢笑。大使夫人用最朴实的话语肯定了我们为中塞友谊所做出的贡献，为我们送上了最真挚的节日祝福。

这次活动，用大使夫人的话讲，是姐妹的相聚，氛围十分轻松愉快。大使夫人在整个活动中，不停地招呼着我们。这一切真真实实地发生在昨天，让我们倍感亲切。正如大使夫人所说，大使馆就是海外中国人的家！今天我们回家了。

而大使馆所有的工作人员和家眷，不也是海外的游子吗？

驻塞大使馆的工作人员及家属加起来一共30多人。他们有的直接由外交部派遣，有的通过层层挑选从其他单位选调而来，或是孤身一人，或是带着家属儿女，家属们也在大使馆里分担着一些工作。虽然塞拉利昂物产丰富，但时局动荡造成社会满目疮痍、贫穷落后，让在这里生活的人们没有感

◎ 女队员与大使夫人合影

到丝毫便利感、安全感。我无法想象他们要在这里度过两年、三年，甚至更长的时间，要经受怎样的考验。在埃博拉肆虐时，其他国家大使馆的官员和家属都撤离了，中国外交官们却没有一个人退缩。我无法想象他们在使馆不大的天地里，度过了怎样的 8 个月“禁闭”生活。他们冒着生命危险坚守岗位，默默地为祖国的外交事业做着自己的贡献，我们应该为他们点赞。

签证官张鲲领事来驻塞大使馆工作前，是山东济南大学一名法律专业教师，现在主要负责办理签证及签发其他证件，保护中国人在塞拉利昂利益，处理或执行有利于增进中塞友好发展的事宜。平时，他要处理的大小事务很多，遇到突发事件时常常在半夜被叫醒，工作一整夜都无法休息。来这里两年多时间，他只回国一次。为方便相互照顾，他的妻子女儿也随他来到了塞拉利昂。时间稍长，一家人在这里过得也还算习惯，只是感叹这里的医疗条件太差，要特别注意身体健康，不生病或是少生病，否则伤寒、疟疾等流行病都足以致命。在流行病多发的塞拉利昂，面对这些又要承受多大的精神压力啊。他的女儿小涵涵现在是大使馆最小的馆员，唯一的一名小朋友。埃博拉疫情发生以后，学校关闭了，要好的小朋友都回国了，她却留了下来。她微笑着告诉我说："我知道埃博拉有多可怕，但是我要和爸爸妈妈在一起，因为童年是短暂的。"稚嫩的脸上写着从容不迫，清澈的眼神中透着坚毅，让我不由得感到惊讶——这么沧桑的话语，竟然出自于一个11岁孩子的口中！如果不是这种特殊的经历，她又怎会有如此感触？

这个在海外抗疫过程中度过的节日，让我们更加体会到自身责任的神圣，能为祖国的外交事业做出自己的贡献又是多么的有意义。而在今天，我也更加体会到在条件艰苦的国家工作的外交官有多么不易，我要为你们送上一份最真挚的祝福，愿你们工作顺利，幸福安康！

◎ 赠送锦旗

他山之石

讲述人：第三批援塞医疗队防控组组长庄英杰

一般情况下，国际上发生了重大传染病疫情以后，都要建立定点医院，或者是援助一些定点医院。非洲的国家，因为卫生资源有限，所以要依靠国际援助。根据传染病的疫情，建几个不同类型的中心：留观中心主要功能是筛查病人，对疑似病人进行检测，阴性就放回去，阳性就转到治疗中心；治疗中心是对已经确诊的病人进行收治；留观和治疗中心要承担两个任务，既要筛查，又要确诊，确诊的病人还要治疗。

疫情到了后期专门建立了儿童留观和治疗中心、孕产妇埃博拉治疗中心、埃博拉重症患者留观中心。

建立这些中心采取了三种方式：一是在现有的医院基础上去改建埃博拉留观或者治疗中心；二是把大型的公共设施改建成医院，比如体育场、警察学校；三是建立大型的户外医院，也就是所谓的帐篷医院。

在这次援非抗埃的行动中，外国医疗机构有很多方面很值得我们深思和学习。

很多国家派人去非洲治疗病人，同时也进行收集资料的工作，为的是对疫情有充分的了解。一般的新发传染病出现之后，流行病学的资料对新出现的传染病研究非常重要。比如这种病的潜伏期多长，病人主要的临床表现是什么，多少人发热、腹泻、呕吐，还有没有其他的症状，甚至包括病人的性别、年龄、职业、地区分布，人群上有没有什么特点，性别上有没有差异，等等。

通过流行病学调查和研究，从群体上找到规律，对临床诊断治疗抢救病人，特别有指导意义。比如为什么抗击埃博拉回来后要隔离21天？那就是通过流行病学调查研究，埃博拉的最长潜伏期为21天。美国在那里建了疫情报告专线117，为了把病人基础信息收集上来，比如

◎ 意大利埃博拉治疗中心的帐篷医院

◎ 无国界医院组织在学校操场上建起的治疗中心

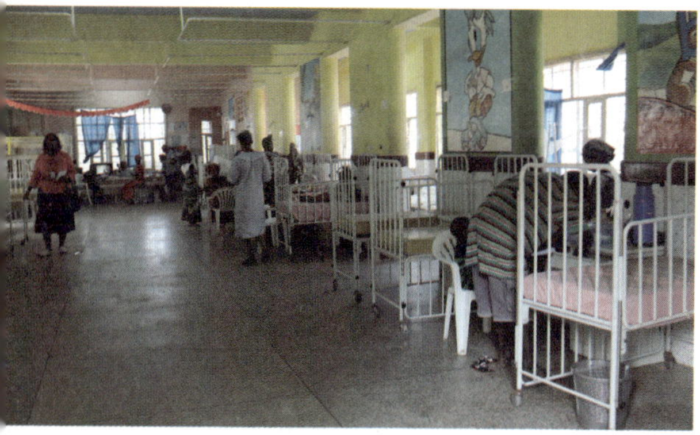

◎ 塞拉利昂康诺特医院的住院病房

◎ 英军驻塞第22医院

姓名、性别、年龄、职业、籍贯、发病的时间、出现的主要症状，有确诊或者疑似病人都是通过这个电话来报告给他们。报告的内容都是专家事先设计好的，然后再进行统计，这个数据是全国性的数据，塞拉利昂各个地区的病人都报上来后，就可以从中找出规律，比如得这种病的是农民多还是工人多，是公务员多还是学生多，是男人多还是女人多，是大人多还是小孩多等等。

我去了多家埃博拉留观或治疗中心，发现他们的模式跟我们不一样。比如我们医疗队是整建制出动，除了医务人员，还有战士、后勤人员和行政管理人员。我们基本上是从一所医院抽调，或者从各个省抽调。其他国家的埃博拉留观或治疗中心是由一个公司来承办，政府拨钱给他们或者企业、私人赞助，公司在全世界招募医生，组成无国界医生组织。或者由基金会招募医生，可以招到各个专业的医生。

再就是物资保障不同，他们只带了最基础的物资。塞拉利昂国防部成立的应急指挥中心，还有英国驻塞拉利昂的部队，负责供应食品、药品及医疗设备。而我国的医疗队，包括援助利比里亚和塞拉利昂医疗队，连一瓶酱油一瓶醋都要越过千山万水地拉过去，运送成本很高。

他们建房子找的是建筑公司，或者是部队的工兵营，这样做比较规范。

国外的医务人员分工明确，医生只干医生的事儿，护士干护士的事儿。医生不会去搭帐篷，都由专业的人员来做，包括后期的维护保养也有专人来做。物资管理方面，咱们都是由医务人员、后勤战士、管理人员来管理，显然不够专业，比如说清理、清点，信息化管理的手段比较落后，人力、物力、财力上都有很大的损耗，国外都会请专人来管理。

装备方面，埃博拉的病人吐、泻物难免弄到病房的地面或者走廊上，还有个别病人不讲究卫生，在屋里大小便，医务人员进去就容易滑倒，咱们的靴子防渗漏倒没有什么问题，但防滑效果不是特别好。部队穿的服装都是迷彩服，我们去的时候，虽然是旱季，最低气温也 22℃，最高的时候达到 34℃、35℃。而英军穿的衣服前后都透气，舒适通风，汗排得很快，医务人员工作起来舒适度更好。他们的帐篷里有夹层，里面有各种管道，夏天凉爽，冬天暖和，能够保证他们医务人员工作环境舒适，不受当地气候的影响。

设备方面，在很多留观中心里，有搞培训的帐篷。怎么去搬运病人，怎么使用担架，怎么使用抢救的设备，他们都要培训。还有一些设

◎ 英军医务人员使用的防护面屏

◎ 英军医务人员使用消毒罐集中供应消毒液

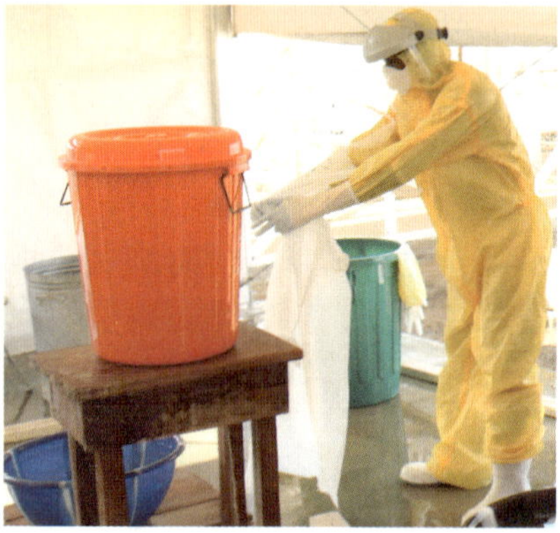

◎ 意大利医务人员使用的防护服

备是我们没有的，比如焚烧炉，传染病患者的尸体是要求就地火化的，有焚烧炉就能及时处理尸体，安全规范。

检测方面，针对烈性传染病，国外现在通用的方法就是使用手套箱。手套箱有两种，一种是一次性手套箱，用来配核酸试剂，防止核酸试剂遭到污染；还有一种是复用的手套箱，它是用来检测病人的血液标本，工作人员在里面操作，既节省了成本，又保障了安全。我们国家为检测要建立移动和固定的P3实验室，他们更简化，更节省成本。

在对留观或治疗中心区域的划分方面，他们用钢管、铁丝网或塑料网，把传染病区域划分得清清楚楚，用那些网子把传染病的“三区”，还有清洁通道、污染通道，都划分出来了。再配上各种标识，无论医务人员还是患者，在这个传染病病区里，既不会走错，又防止了人员交叉感染。

消毒方面，我们使用的还是原始办法，因地制宜，手工操作，各个分散点配消毒剂，用塑料桶、塑料箱来配制，由于含氯消毒剂刺激的气味大、腐蚀性强，对我们医护人员伤害很大，而且如果零散点配制消毒液不规范，容易出问题。而国外都采取集中配制、集中供应，由专业的人员配制消毒液，通过管道，供应到各个地方。设备先进，使用起来也科学合理，这是国际上通行的做法，就是集中消毒供应。

◎ 用铁丝网、塑料网把传染病区域划分出来

我们负责公共卫生、突发事件处理的专家以及研究流行病学专家，都应该去他们那里参观学习。针对这次西非的埃博拉疫情美国大概派了4000人，其中2800名士兵在维护秩序，另外1200名科研人员在那里进行调查，进行学术交流，对塞拉利昂埃博拉后期怎么去建社区医院，再出现病人应该怎么处理都进行了规划。

世界卫生组织印制了一本关于传染病知识的口袋书，大概有上百页，几乎包括所有的东西，用起来既方便又实用。那里面不光有文字，还配了很多图，中国人也好，英国人也好，塞拉利昂人也好，古巴人也好，只要懂英语，看里面图示的各种操作，都可以看明白，更科学实用，更具有操作性。

各国的留观或治疗中心非常人性化，病人是允许探视的。只要距离隔离网2米远，是绝对不会传染上的。病人在得病后，家属或是亲戚朋友去探望，对病人是心理上的安慰，有利于恢复健康。另外，他们还招募埃博拉康复的病人，来陪护生病的孩子。

我们中塞友好医院最好的创新就是设有视频监控设备，可以对病人的病情、病人的活动进行不间断的检查，监督塞方保洁人员消毒，对我们的医生护士个人防护提醒，还有我们医疗队的运动照相机也非常有创意，能够把医疗区域里的一些影像资料留下来，特别的珍贵。

塞拉利昂国际会议在处理突发公共卫生事件上，非常科学，每周开四五次会，在那里主要交流各所医院的情况，让大家相互了解，介绍自己的经验。各国的官员也好，医务人员也好，都能从中学到很多的知识，比如一些特殊情况的病症，你碰到了，做了介绍，我通过学习，再见到这样的病人就有经验了。这是一个很好的平台，除相互交流这些问题外，同时还可以听取专家的报告。我们为什么能去很多留观或治疗中心参观，就是通过这个会议相互认识了，然后发邮件邀请、申请，再互相参观学习，把沟通的渠道建立起来了。

塞拉利昂奇闻趣事

讲述人：第三批援塞医疗队医疗保障组组长孙志强

在塞拉利昂的日日夜夜，对每一位援塞队员来说都是终生难忘的，记忆是那么深刻，仿佛就发生在眼前，一些奇闻趣事时时浮现在脑海。

“头顶”神功

曾经有队员开玩笑地说，塞拉利昂人的脑袋不是用来思考的，而是用来顶东西的。这是怎么回事？一考究才知道，这是他们的一种生活习惯。如果你走在大街上，随处可见头顶东西的塞拉利昂人，并且禁不住为他们的“头顶”神功拍手称绝。

在塞拉利昂，人们运输东西多不用肩挑背扛，而是用头作为最好的运输工具，在这里无论男女老少，他们都会头顶着一个直径六七十厘米大小的托盘，或是头上垫着一块用毛巾制成的棉垫圈，上面放着各种东西，真是没有不顶的东西。

有顶水桶的，有顶木头的，有顶成袋水泥的，有顶满筐香蕉的，有顶成捆啤酒的，有顶成捆钢筋的，有顶成箱成袋食品的，轻则五六斤，重则上百斤，有的看上去就像头上顶着一座小山包。

◎ “头顶”神功

有一次，我们到一所医院参观，路上大家感到口渴，就想买椰子汁喝。这时，刚好有一个卖椰子的塞拉利昂妇女过来，她头上顶着一个大铁盆，盆里装了很多椰子，看上去很重。孟玉华说买两个，那位妇女示意我们帮她抬一下，她自己不好拿。于是，我们两名队员帮她从头上抬下来。事后，我们两名队员说那一盆椰子至少有 50 斤。

塞拉利昂人用头将物品顶到家里，或是在大街上顶着叫卖，他们顶东西时行动自如，还有说有笑，既不会撒落，更不会倾翻。但是，也有个别物品从头上掉下的时候。有一次，有三四个孩子跟着大人去取水，其中一个孩子头上顶着水桶，有说有笑地在路上走着，这时前面驶过来一辆轿车，起初他并没有注意到车辆，等大人提醒他有车时，小孩子慌慌张张地想避让车辆，结果，头上的水桶哗地掉了下来，浇了小孩子一身水。

当然，任何生活习惯的存在都有它的必然性。听说，塞拉利昂人头顶物品的最初原因，是遮挡毒烈的阳光，后来就形成习惯了。实际上，他们从孩童时代就训练这种基本的生活技能。也有人分析，在很多非洲国家，包括塞拉利昂，由于经济相对落后，交通工具匮乏，人们用头顶的办法来运输东西，既方便又省钱。而且，这日复一日的头顶神功，让他们的颈背肌肉变得十分结实发达，很少听说非洲有人得颈椎病的。并且他们走路时腰板挺得很直，身材都比较好。

有意思的是，一位检测队的队员看到他们头顶神功特别好奇，他也想练这种功夫，于是，每次吃饭时他都会顶着碗筷来食堂，吃完饭他又顶着碗筷回宿舍，只不过他顶着碗筷走路有些晃晃悠悠。有人笑他如果摔了碗筷就没得饭碗吃饭了，也有人笑他永远也练不成头顶神功，因为塞拉利昂人头顶东西时腰是直的，而他头顶碗筷时腰是弯着的。但是，他一直乐此不疲地练着。

不一样的扫地

每次去中塞友好医院上班的路上，我们都会看到塞拉利昂人扫地，但是，他们扫地和中国人扫地不同。

在中国，扫马路的大多是专业的清洁工，她们会拿着大扫帚，一扫帚下去就要扫 1 米长的地方，在城市就用清洁车来扫地，那样清洁卫生的速度会更快。

在塞拉利昂，在马路上扫地的大多是妇女，她们或是一个人，或是几个人，在马路边弯着腰，撅着屁股，手拿一把小扫帚，小扫帚就像咱们厨房里的刷锅刷子似的，一点儿一点儿地打扫着马路上的杂物。她们扫地的频率很快，但是效率却很低，半天扫不了几米远。有队员说，要是让她们扫上1000米马路，还不得扫一天一夜，累死也扫不完啊！

◎ 不一样的扫地

据说，扫帚对于非洲人包括塞拉利昂人来说，具有很重要的意义，它意味着新婚夫妇开始组建家庭。在南部非洲，新娘在婚后的第一天要帮助丈夫家的其他女性清扫院子，以此表明在住进自己的新家前，愿意帮助丈夫的家人承担家务。

鞋子和电话卡

塞拉利昂比较贫穷，我们队员们有过亲身经历。一次，后勤保障组的同志去买50双拖鞋，跑到首都弗里敦一个繁华的大市场，算是当地最重要的商业中心，结果都没凑够。刚开始，买东西的同志还想给女队员买些小尺码的鞋，结果跑了十几个摊位，不论尺码大小，才凑了45双。这些小摊贩连拖鞋都不敢多囤货，全指望卖了这些拖鞋再进货。

有一次，我们的队员去弗里敦电信部门，打算给队员们每人办一张20美元的电话卡，结果窗口的营业员算不清我们该付多少美元。他叫来4个同事一起算，结果，5个人算了将近半个小时才达成一致意见，也可能是平时没多少人一次性买这么多电话卡的缘故。

难以辨认的面孔

在我们眼里，非洲人长得都一个样，全身都是黑的，只有一口牙

◎ 塞拉利昂工艺品

◎ 非洲壁画

齿是白的，真是不好分辨。这对司机晚上开车来说，就更不容易了。闪占朝就特别不愿意开夜车，起初大家还以为他有“夜盲症”呢。

那天晚上，医疗队要去大使馆取文件。闪占朝虽不愿意晚上出车，但有任务还得硬着头皮出。路上，闪占朝道出了怕走夜路的原委。他说:“在塞拉利昂，本来当地人全都是黑人，到了晚上，路上连个路灯也没有，如果黑人再穿件黑衣服，突然从路边冲过来，可就惨了！”一路上，闪占朝让队员帮他观察道路两边的情况，他的眼睛瞪得大大的，车开得小心翼翼。

一天夜里，詹宁波押运货物到机场，凌晨2点货车抛锚在路上，他和塞方伙伴下车修理，转身间，塞方的伙伴就不见了，詹宁波感到有些奇怪，“人呢？哦，明白了，原来黑人在夜里我们是看不见的！”经过7个多小时的努力，车才修好。

非洲人的脸在我们看来都一样，隔着防护服就更看不清了。甚至通过名字，我们也分不清谁是谁，他们那姓名读音听起来都一样，而且重名重姓的人很多，刚开始我们都对不上病人，费了好大劲儿，待过了一段时间后才弄清，全因为重名的缘故。

为了解决这个问题，我们买了一个拍立得相机，患者入院就拍照，然后把照片贴在病历上，每次查房都带上当地护士，让他们去帮着辨认。

500年的“总统树”

应当地华人侨胞的邀请，2015年2月23日，我们派了一支医疗小分队，去驻塞的吉富渔业公司义诊。这使得我们有机会欣赏一下弗里敦市区的景观。

一路上，有耸立的高楼、漂亮的建筑、繁华的闹市、来往的车辆，还有熙熙攘攘的人群，陆荫英翻译常到塞拉利昂政府开会，对市区情况比较熟悉，于是，她就趁机给大家当起了向导：这是中国援建的中塞友谊大厦，二十世纪七八十年代建的；这是塞拉利昂国家体育场，一看就是中国建筑的风格；这是国家邮政局，算是气派的了；那座两层小楼就是塞拉利昂国家博物馆；顺着这条路上去，就是总统府了。这一片是塞拉利昂首都弗里敦最繁华的地方了，前面就是“总统树”！

◎ 总统树

从远处看去，大树高大挺拔，有十几抱粗，20 多米高。来到近处，总统树被一个圆形树坛包裹起来，立在一个十字交叉的马路中央，恰好在转盘位置上，树的四周围着一圈人物肖像画，其中一幅一眼便能认出是现任总统科罗马的画像，其他画像上的人物或许是前任总统。它粗壮的树干又横生出许多枝节，枝繁叶茂，生机勃勃，荫翳蔽日，成群的果蝠在树梢飞来飞去，给人一种神秘和沧桑之感。

听说，这总统树是一棵有着 500 多年历史的木棉树，是弗里敦的象征，在塞拉利昂的纸币和邮票上都能看到它的身影。这棵树也随着城市的变迁饱经沧桑，历史上的弗里敦曾名为格兰维尔镇，这棵古树下曾是西方殖民者贩卖“黑奴”的地方，无数黑人在这里失去自由。后来，重获自由的人们又回到此地，并将这里改名为弗里敦（Freetown），是“自由之城”的意思。

可以说，这棵总统树见证了弗里敦的历史，不管是被殖民的时期，或是内战的 11 年，还是肆虐的埃博拉疫情暴发期，都一一写进了这棵树的年轮。

塞拉利昂的婚礼

真没想到，能在驻地宾图玛尼宾馆看上一场盛大的塞拉利昂婚礼。通过与新人家属沟通交流，我们了解到塞拉利昂有趣的婚礼风俗。塞拉利昂宗教信仰主要是伊斯兰教和基督教，宗教信仰决定娶妻的数量，该国法律规定每名男子最多可以娶 3 位妻子。

塞拉利昂不同的部落婚礼习俗也不太一样，原始的部落和比较偏远的地方依旧传承着父母指婚的习俗，孩子们在很小的时候就彼此定了缘分，待男方有能力支付所有婚礼费用和接受女方后，双方家长一起商量婚礼细节。在大城市受过教育的年轻人中，自由恋爱结婚慢慢成为主流，男女方一起分担结婚的费用，但经济能力还是决定婚礼能否如期举行的关键因素。

在弗里敦，年轻人结婚综合了西方和当地的风俗，一般前一天晚上，男方、女方会分别在自己父母的家中举行告别单身生活的聚会，第二天的婚礼当天才会在一起。

婚礼一般从下午六七点开始，持续到第二天凌晨四五点，传统婚

◎ 塞拉利昂婚礼

礼和西式婚礼要分别举行。婚礼当天男方需要给女方准备一些特殊的礼物，除了常规的钱物以外，比较特殊的是男方要准备当地的一种果实——卡拉巴斯果，最大的跟脸盆一样大，这种果实很大却很脆弱，暗示女孩子是很柔弱的，需要精心呵护。卡拉巴斯果会被切成两半，中间掏空放入一些预示美好生活的物品，代表性的有米、油、盐、衣物、针线，意思是说妻子应该呵护丈夫。还有可乐果，一种药用植物种子，暗寓夫妻之间应该相互疗伤，另一寓意是子孙满堂，因为这种植物会结很多小果实。最后，用白色的布包裹好，系上有特别意义的结，在婚礼当天作为最重要的礼物送给新娘。

在塞拉利昂，新人们的结婚戒指通常是三枚一套，新郎一只，新娘两只，一只是订婚戒指，一只是结婚戒指，两只都戴在右手的中指上，很特别！

被隔离的日子

讲述人：第三批援塞医疗队队员吉英杰

那一天有着非同一般的意义，我们解放军第三批援塞医疗队结束了在非洲塞拉利昂为期2个多月的埃博拉疫情防治任务，于2015年3月21日踏上返回祖国的路程。

当飞机盘旋在北京郊区上空的时候，队友们难以抑制兴奋的心情。透过舷窗俯看北京的面貌，是那么的熟悉而又新奇。两个月的时间，我们改变了很多。我回到座位上，一边整理已经整理了好几遍的迷彩服，一边梳理自己的心绪，想把最严整的军容呈现给在机场迎接我们的人们。当飞机落下，滑轮接触跑道的那一刻，全体队员都兴奋地尖叫起来，欢呼起来："落地了……到家了……"然后大家不约而同热烈地鼓起掌来，沉甸甸的心总算落地了。

一下飞机，刚刚呼吸了几口北京的空气，我们就被要求戴上一次性外科口罩，经过机场体温检测后，从专用通道出来。机场里有些人知道我们刚从埃博拉疫区回来，看着我们，眼睛里既有尊敬之意，同时又带着疑惧。

随后，我们装好行李，上了接我们的车。走了很长时间，大家变得安静了很多，一旦踏上家乡的土地，就变得踏实了，真正地安全了。我们进驻了北京南郊大红门地区一个叫黄亭子的宾馆，前两批医疗队的医学观察地点是在北京郊外的凤凰岭上，虽然地点不同，但我们所面对的都是漫长的 21 天的医学观察。

这种医学观察是常规而必需的，是对可疑的传染病患者和曾经与传染病人或疑似传染病人有密切接触的人，按传染病的最长潜伏期采取的隔离措施，观察其健康状况，看有没有染病可能，以便使他们在疾病的潜伏期和进展期内获得及早诊治与救护，避免将病原体传播给健康人群。

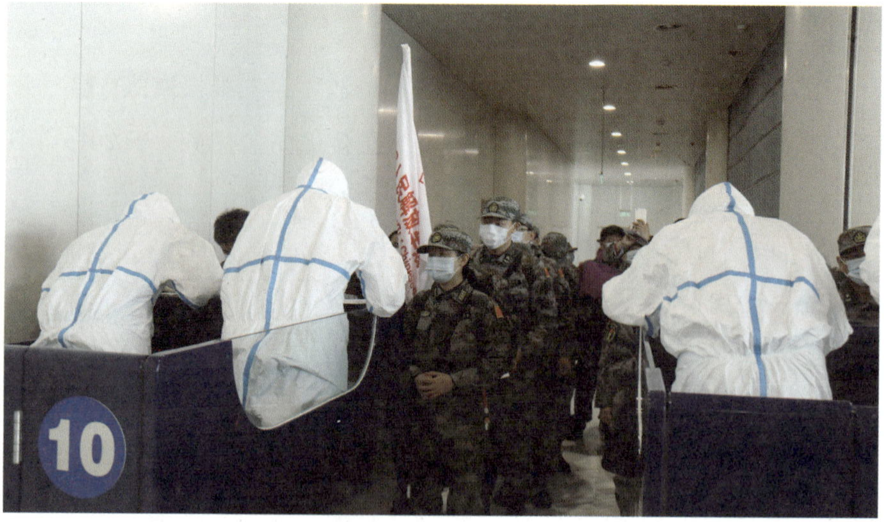

◎ 接受入境检测

对我们而言，这也是一个身体和心理调养期，在疫区长期的疲劳感和紧张感，不是一天两天能够缓解的，我们坦然接受这样一个调整期，尽管我们无法与近在咫尺的亲人相见。

到达黄亭子宾馆，已是中午 12 点了。国家卫计委、外交部和总后卫生部以及三〇二医院的领导们为我们举行了一个简短的欢迎仪式。按照医学观察的要求，仪式上没有献花，没有拥抱，也没有握手，仪式结束后，我们正式进入为期 21 天的医学观察。

医学观察是医学隔离的前一个阶段。在医学观察期间，如果有队员出现发热、虚弱、肌肉疼痛、恶心、呕吐、腹泻、皮疹、出血等症状，要第一时间报告医务管理人员并实施自我隔离，等待后续救治。如果 21 天后没有任何症状，就证明没有感染埃博拉病毒，可以解除医学观察，开始过“正常人”的日子。

医学观察采取的是集中休养、单间隔离的方式。每名队员单住一个标准间，一进入房间，我们就被眼前的一幕感动了。医院派来的工作人员早已把制作好的医学观察告知书放在桌子上，上面有提醒队员在

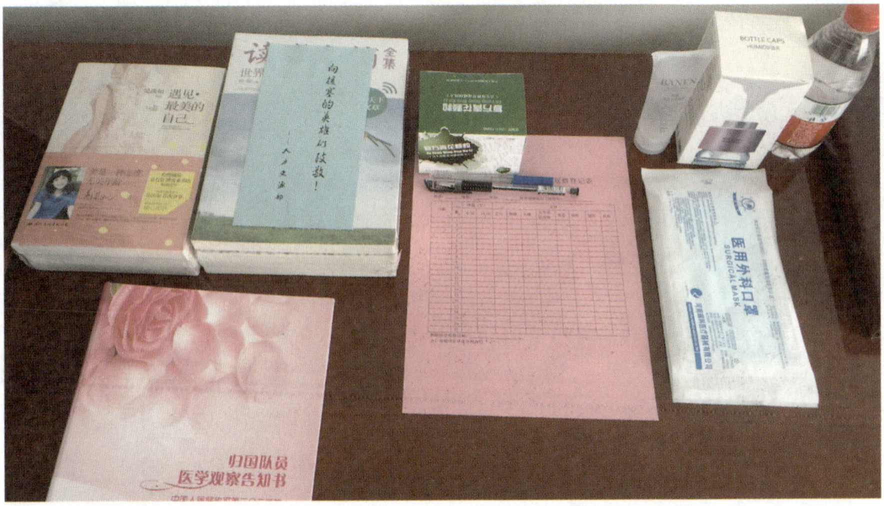

◎ 三〇二医院为隔离队员精心准备的物品

◎ 隔离点的楼道是冷清的，队员们不准相互串门

医学隔离观察期间应该注意的各种事项，桌子上还整齐地摆放着体温计、口罩、食品、水果、日用品，还有七八种杂志和图书，都是精挑细选让我们缓解压力放松身心的书籍，几乎每个细节都想到了。

放下了沉重的行囊，也放下了各种复杂的心情，久违的轻松立刻席卷了我的身体，四脚朝天地躺在了软软的床上，两个月累积的疲劳、紧张、恐惧，当然还有感动、喜悦，纷至沓来，紧绷的神经彻底放松下来，剩下的就是沉沉的睡意，我迅速地进入梦乡，这是一个不再受惊扰的梦，最好是一次能补两个月欠下的觉。累了，实在是太累了，两个月来，我几乎每天只睡四五个小时，由于严重缺觉，我练就了一闭眼就能睡着的本领。

其实，队里像我这样一闭眼就睡着的还大有人在。在塞拉利昂的时候，后勤保障组的队员比较少，司机赵阳承担了全部开车接送医护队员去中塞友好医院上下班的任务。两个月中，他以娴熟的技术和饱满的精力，安全行车一万多公里，确保了医护人员正常执行医疗任务，为救治埃博拉患者赢得了宝贵的时间。隔离的第一天，赵阳竟然没吃没喝足足睡了一整天，楼道里回荡着他响

◎ 患难之情

亮的鼾声。

一下子放下那种高风险、高压力、几乎达到人体极限的工作，大多数人都有一种如释重负的感觉。在这里，再不用担心凶狠无比的埃博拉病毒的随时袭击，再不用穿着令人窒息的厚重的防护服面对埃博拉患者，再不用每天坐着颠簸的班车疲惫地赶往医院，再不用担心蚊虫叮咬染上同样致命的疟疾，再不用忍受吃抗疟疾药带来的恶心、呕吐、头晕、食欲不振，再不用担心使用没有过滤的混浊的自来水而被传染疾病，再不用担心突如其来的停水、停电、断网，再不用为了吃饭不合口味而发愁，再不用每天接受强烈紫外线照射……

在这里，每天大家一起床，问的最多的一句话就是“你昨晚睡得怎么样？”因为有些队员早已适应了在非洲高强度的工作节奏，头脑中那根神经始终紧绷着，回国后老是调不过来时差，无法放松下来，望着天花板就是睡不着，有的人要靠吃安眠药才能睡上三四个小时，不少人被“塞拉利昂时间”给搞乱了。为了解决队员的睡眠问题，队里想了很多办法，督促大家进行健身运动，饭后去小花园散散步、聊聊天，感受一下大自然，放松一下心情。慢慢地，情况好了很多。

◎ 春天来了！

刚到黄亭子的时候，花还没有开，草还没有绿，芽还没有出，没过一个星期，天气变暖了，小花园里已是一个春花烂漫的世界，这里的桃花、樱花、杏花、玉兰花都开了。嫩绿的柳条，丝丝下垂，在春风吹拂中，有一种迷人的意趣。有队员说，冬天去了，春天到了，埃博拉走了，希望来了。

在这段医学观察的特殊日子里，大家难得有如此的闲情逸致，真真切切地感受了大自然的美丽和芬芳。漫步在路上，我有时想，在这短短的三个月的时间里，我们的经历有些难以置信，上半月还在中国，下半月就到了塞拉利昂，昨天还在塞拉利昂，今天就回到了中国，相隔十万八千里，只因一个埃博拉病毒，让我们如同穿越了时空隧道；在这短短的三个月时间里，有恍如隔世之感，三个月经历了三个季节，1 月份走的时候还是北京寒冷的冬季，2 月份在塞拉利昂体验的却是炎热的夏季（旱季），3 月份回国的时候已是温暖的春季。

队里规定，隔离期间不准让家人亲友来探视，不准私自会客或外送物品。但是，对于我们这些已经“到了家门却还没有进家”的人来说，21 天显得格外的漫长和难熬。队员刘利敏的孩子不理解地问：“妈妈，您不是已经早到北京了吗，为什么还不回家？难道是我不可爱吗？难道是妈妈不想我吗……”这让她倍感心酸。还有的队员家人生病住院，而自己又无法在身边陪护。为了执行这个任务，大家亏欠家人的实在是太多了。

到了第 21 天的时候，队里终于松口可以让队员家人来探视了，但规定只能在大门口见一面，为了家人安全不能近距离接触，距离必须保持在 1 米以上。得到这个消息，我马上告诉了爱人，一家人说当天要来看我，我心里激动万分。

我在隔离的院子里转了两圈，早早站在宾馆的大门前耐心地等着。临近中午，父母、妻子和孩子从远处走过来。我在大门的里边，家人在大门的外面。当看到年幼的孩子走近时，我的泪水忍不住掉下来，上个月她感冒了一个星期，也没怎么吃饭，整个儿瘦了一圈。

这时，孩子喊着跑过来，想让我抱她，我正要上前去拥抱她时，立刻意识到纪律，连忙让妻子把她拦住了，虽然我很清楚自己身体没什么问题，但隔离还没有结束，为了遵守铁的纪律和确保家人的安全，我还是克制住了自己的冲动。一家人都说我变得又黑又瘦，头发也白了，本来年轻的小伙子倒像个从非洲逃荒回来的“小老头儿”，爱人心疼得直掉泪。20 分钟很快就结束了，一家人正准备离开，这时孩子说了一句：“妈妈，让我再陪爸爸一会儿！”就这一句话，让我的心碎了，泪水再次模糊了双眼。

◎ 李雷见到女儿，一把抱入怀中

到了 4 月 10 日，我们的医学观察终于结束了，所有人都可以回归过去的正常生活之中。我们解放军三批援塞医疗队 114 名队员半年来真正实现了“打胜仗、零感染”，毫发无损地回来了。现在想一想，这一胜利，饱含了多少的艰辛和曲折啊！

◎ 见到久别的儿子，褚静茹激动地哭了

尾声　战斗仍在继续

对我们而言，一生中能有一次到非洲抗击埃博拉疫情的经历，就已经是很了不起、很光荣的事情了，如果能两次前赴非洲抗击埃博拉疫情，实在是难以想象的事。

——中国（湖南）援塞抗埃医疗队
副队长　杜宁

第十八章　再去一趟非洲

美国疾病控制和预防中心主任托马斯·弗里登说，“人类已经战胜了过去的每次疫情，但这需要细致的工作。就像与林火作战，哪怕漏掉一点儿火星，有一个病例没被发现，都可能让疫情再次蔓延”。

疫情尚未结束，抗埃仍在继续。根据国家和军队的统一安排，2015 年 3 月 14 日，三〇二医院又派遣了 4 名医务人员加入到中国（江苏）援塞抗疫医疗队（中国第四批援塞医疗队），飞赴西非塞拉利昂接替中国人民解放军第三批援塞医疗队，积极发挥自身传染病防治专业优势，为江苏队友做好“传帮带”，继续执行抗击埃博拉疫情任务。

而这 4 名医务人员中，有 3 人是半年内第二次返回“抗埃”一线的老队员：传染病防治专家、三〇二医院感染性疾病诊疗与研究中心三科主任姜天俊，2014 年 10 月曾经作为先遣专家赴利比里亚指导中国人民解放军援利医疗队进行埃博拉诊疗中心的筹建工作，时隔 3 个月后，他又以中国（江苏）援塞抗疫医疗队副队长的身份重返抗埃一线，负责中塞友好医院的医疗流程、质量监管和对外交流等工作；而三〇二医院门诊部急诊科护士长秦玉玲、肝病生物治疗研究中心护士张洁利则是中国人民解放军首批援塞医疗队队员，她们于 2014 年 9 月 16 至 11 月 16

日在中塞友好医院埃博拉留观中心工作。再次回到曾经战斗过的地方，他们很快进入工作状态，手把手带教地方队友。新抽调的新队员李永利，是三〇二医院临床检验医学中心技师，这次作为传染病临床检验医师，在塞拉利昂除了负责采集检验患者样本外，还要管理所有的办公生活物资，成为医疗队里最忙碌的人。

中国（江苏）援塞抗疫医疗队副队长杨永峰说，塞拉利昂的工作生活条件虽然艰苦，但解放军队员乐观向上的态度感染着医疗队的每一个人。姜天俊、秦玉玲、张洁利、李永利4人还开玩笑地自封为西游记师徒，他们说：“唐僧师徒只是到了天竺，而我们却一路向西，横跨三大洲、两大洋，来到距中国17000公里外的塞拉利昂。我们面临的挑战，更不亚于九九八十一难，我们要把前三批医疗队的使命传递下去，不能出

◎ 参加中国第四批援塞抗疫医疗队的三〇二医院4名队员，左起依次为张洁利、姜天俊、秦玉玲、李永利

◎ 中国第五批援塞医疗队的4名三〇二医院队员光荣出征

现差错。”中国（江苏）援塞抗疫医疗队队长汪华对他们的表现由衷地敬佩，他说：“我们能够顺利完成埃博拉疫情防治任务，实现‘零感染’目标，有三〇二医院医疗队队员一半的功劳。”

2015 年 5 月 16 日，援塞接力棒交到了中国（湖南）援塞抗埃医疗队（中国第五批援塞医疗队）手中。三〇二医院再次抽派 4 名医务人员加入中国（湖南）援塞抗埃医疗队，飞赴西非塞拉利昂接替中国（江苏）援塞抗疫医疗队（中国第四批援塞医疗队）继续执行抗击埃博拉疫情任务。

4 名医务人员中，杜宁、李宁、杨滢曾是解放军第二批援塞医疗队队员，于 2014 年 11 月至 2015 年 1 月全程参与了中塞友好医院埃博拉留观中心向留观诊疗中心转型工作，对病区设置和埃博拉病人的留观、收治流程十分熟悉。此次的任务是，迅速帮助地方医疗队队员适应环境、熟悉工作流程、开展防治工作，将中塞友好医院埃博拉留观诊疗中心再次恢复成原来的综合性医院。新队员黄磊虽然是首次进入埃博拉疫区，但凭着他长期从事传染防治工作的经验，很快就能投身在患者筛查、救治之中。4 名医务人员过硬的业务素质和良好的精神风貌，受到中国（湖南）援塞抗埃医疗队的高度称赞。

我终于看见了阳光

讲述人：首批援利医疗队先遣队医疗队专家、

中国（江苏）援塞抗疫医疗队副队长姜天俊

我在 1998 年就写过一篇关于埃博拉的文章，我们要追踪世界上所有的传染病，这是我们的职责，当时我就挑了埃博拉。这个传染病有这么高的复发率，都已经 20 多次，为什么会这样？有以下几个原因：一是病毒有生长的土壤，它就适合在这个环境里生存。每一种生物都有固定的存活范围，而适合埃博拉病毒的环境就在非洲的热带雨林，有了这个条件它就可以存活。中国海南也有果蝠，但是它不携带这种病毒，可以说“一方水土养一方病毒”。二是当地人主要生活在热带雨林里，吃水果、打猎，所以与病毒接触非常密切，很容易被感染。三是国家的防疫体制不完善。其实中国在 2003 年之前也不完善，但是经历了“非典”之后就完全不一样了，可以说是改天换地，特别是传染病防控取得了很大的进展，我们已经建立了非常完善的疾病防控体制。

在疾病防控这方面，中国处于世界领先的水平，尤其在疾病早发现、早报告、早隔离、早治疗这“四早”上，处于发达国家的水平。东北大学曾经做过一个模型，根据上次埃博拉在全球流行的时间，以及流行排位中国排在 16 位，推断出 2014 年 11 月 26 号埃博拉将会传播到中国来。为此《人民日报》《健康报》还采访了我，我当时就说这个模型不可靠，那只是从数学模型上来推测。但他们忽略了一个重要的因素，我们国家建立起了良好机制，如果发现一个病例，很快就会控制住，不会等到蔓延到某种程度才去控制，所以不可能出现那样的后果。任何传染病的发生都有规律，有生物规律也有社会规律，当然还要看当地的防疫水平。如果防疫水平很高，最多算是一个零散孤立的病例，不会造成大的流行，埃博拉毕竟不是靠呼吸道传播。

曾经流行一时的“僵尸”游戏就是以埃博拉患者为原型，埃博拉患者到后期，因为病毒血症，人看起来已经死了，没有任何知觉，但是过一段时间，他又会慢慢复苏。在这个过程中，他可以活动，但是他没有意志，他会到处走，会抓人咬人，这就是所谓的“僵尸”现象。我在利比里亚的时候，有一次收尸队在收尸时，发现病人的手动了一下，我还拍了照片。当时发现这个人还活着，就赶快打急救电话，送到医院去了。“僵尸”游戏就是根据这一现象进行了发挥。

埃博拉疫情最早是利比里亚最厉害，但是利比里亚很快就控制住了。因为他们防控做得比较好，大都靠外国人，在那里大大小小有将近20个国际组织和国家，也包括中国在内，都进入到了利比里亚，因为它发生得较早。没有想到的是，塞拉利昂后来居上，埃博拉病例越来越多，后来成了第一。

2014年12月10号我回国之前，利比里亚就宣布取消戒严，恢复上课了。那个时候塞拉利昂埃博拉病毒正在肆虐，随后非盟举行了会议，把所有非洲领导人叫过去，说你们看利比里亚怎么防控的，要学利比里亚的模式。然后开始加强防控，国际组织也抽一部分力量到塞拉利昂去。

这两个国家自然环境差不多，应该说，利比里亚比塞拉利昂更加贫穷，国家GDP才38亿美元，塞拉利昂的经济还好一些。我到塞拉利昂以后，中国救援队收治了很多病人。虽然我们长期做传染病防控，经历过“非典”“甲流”、各种各样的霍乱等传染病的洗礼，但面对埃博拉，我们的医生还是第一次。

我们去了塞拉利昂以后，因为在传染病防治方面有着较为丰富的经验，在治疗上做得比较成功，我们能够把它降下来。有一个指标就是血液里面病毒值的测量，病毒值越高，病毒的含量越多，说明病人病情越重，死亡率也就越高。CT值40是一个标准，40以上说明没有病毒，40以下是有病毒的，而且越低病毒越多。可以这么说，20以下算是高水平的，基本上没有活过来的。

◎ 2014年11月26日，中国援利埃博拉出血热诊疗中心成立。图为姜天俊在中心前留念

曾经有一个病人才18岁，一家六口死了四口，就剩下他和后妈还活着。他的后妈叫艾文，先是被送到我们中塞友好医院来了，有一天艾文在病房里突然哭起来了，因为我们又收治的一个患者正是她的儿子。当时那个孩子的病毒值就在20以下，塞方专门采集信息的医务人员，一看这么高的病毒值，认为肯定救不过来了。他就跟我打赌，说现在填入院单，三天之内就要填一张死亡单。

于是，我们中国医务人员想尽办法争取把那个孩子救过来，好在那个孩子身体还挺结实，那时，他人还没有进病房的时候，已经瘫倒在走廊上，我还拍了一张照片。我们让塞方的两个护士拿一个轮椅，把他抬到椅子上去，喷溅式的呕吐、高热、极度虚弱，病情就到那个程度。护士拿一个纸杯倒点儿水放在他床边，他都没有力气拿起来喝。他的病毒值18点多，基本宣告死亡。

但我们对这个孩子还是抱有希望，那就是他年轻体壮，为此我们采取了免疫封闭治疗。我们去的时候，带了很多球蛋白加激素，一次给他用5支免疫球蛋白，再加上120毫克的氢化可的松，开始冲击他，连续冲击了4次，12小时一次，正好两天。结果这个孩子的体温开始正常了，不久就可以坐在床上了。当他能起身的时候，我也把照片拍下来了。等到第四天，这个孩子就可以下床了，他穿一条短裤，裸露着上身到处走了。到第七天我们再测病毒时，数值已经恢复了正常。

这个孩子是在第14天出院的，一切指标都显示正常，当他出院的时候，我们还特意把塞方的记者请去了，我们和康复病人都拍了照。病人出院的时候，我们给他准备了一些生活日用品，他推开大门以后，正好阳光照射进来，那一刻我感觉一切充满了神奇。而他出门的第一句话就是：“太奇妙了，太不可思议了，我看见了阳光。”他说自己从踏进医院的这扇门时，就没有打算能活着出去，因为他的4个亲人都死了。他没有想到，他能够看到今天的第一缕阳光，如同天堂洞开。当时记者拍了很多照片，关于他的那篇文章被整个塞拉利昂的报刊都转载了，那是我们感觉最骄傲的时刻。我们回国之前，他妈妈也顺利出院了。这是中国医疗队水平的整体体现，真的是突破挺大的。

◎ 埃博拉患者图散康复出院

其实我们后来还用了一些抗病毒的药，还和美国相关机构联合做了一些科学研究。以目前的防治能力，如果再出现类似的疫情，绝对不会像这一次这样被动。

那个名叫安娜·克罗斯的英国女兵感染埃博拉后，她的国家非常重视，当时有6个国家都可以向她提供抗病毒的药。后来经过慎重的选择，还是选用了中国的药。他们认为我们中国的药比较靠谱，美国他们还是输液，效果不如口服药好。其实英军也有自己的医疗队，但还是举手表决决定用我们的药，他们认为更加可靠。

我们第四批、第五批医疗队，三〇二医院都专门派出专家现场指导，只要按着三〇二医院已做好的标准流程去执行就完全可以了。

我的徒弟托尼

讲述人：中国人民解放军首批援塞医疗队队员、
中国（江苏）援塞抗疫医疗队队员秦玉玲

25岁的托尼是塞拉利昂政府从社会招募的大批抗埃博拉志愿者之一，主要负责中塞友好医院埃博拉病区的感控、清洁工作。2014年9

月，我随中国人民解放军首批援塞医疗队执行任务时，第一次见到了他。托尼个头儿不高，身材消瘦，说起话来有点儿腼腆，但是特别爱笑，一笑起来露出两排洁白的牙齿，好像从来就没有烦恼。但是很快，眼前这个“没烦恼”的家伙让我“伤透了脑筋”。

作为埃博拉医疗志愿者，托尼的热情很高，但是他一点儿传染病防护经验都没有，完全不知道在极度危险的埃博拉隔离中心如何保护自己，甚至连最基本的戴手套、口罩都不当回事儿，能省则省，图方便，一副无所谓的“差不多先生”的模样，从专业感染控制的角度来看，这样的做法和意识基本已经“无药可救”了。

看着这样的徒弟，我真的是打心眼儿里犯怵。当时的塞拉利昂已经成为全世界埃博拉疫情的风暴中心，疫情发展几乎处于失控，每天新增确诊病例甚至达到上百人。在极度危险的疫情中，塞拉利昂全国有将近一半的医护人员都牺牲在了一线上，而我们医疗队是在最为危急的时期开进抗埃博拉最前线的，大家的心理压力都很大，工作上容不得一点儿闪失，要做到“打胜仗、零感染”岂是易事，而且与我们并肩战斗的塞方医护人员也是我们的战友，同样不容有失。鉴于这种情况，我只能硬着头皮对零基础、散漫随意的托尼实施最强硬的改造计划。

◎ 秦玉玲和托尼

我们的流程非常严格，

比方说戴手套，托尼开始的时候拿起橡胶手套就要套，我赶紧对他说"NO"，教他先对着手套吹气，确认不漏气后再往手上戴；托尼用脚使劲儿踩清洁桶，我赶紧制止他："NO！"向他解释清洁桶盖快速弹起，容易造成细菌飞扬，带来污染隐患，应该慢慢踩，让清洁桶盖轻轻弹起。还有一次，眼看着他套上防护服就往模拟病房里冲，我一把把他揪住，命令他做几个蹲起动作，反复确认全身没有一丝肌肤暴露在空气中才放行。结业时，托尼和其他几位同事更是被我"NO"了好多次才算过关。对于我的严厉，起初托尼并不理解，觉得我这个中国老师过于挑剔，不近人情，还给我起了个外号，叫"Madam No"（NO 老师）。

就这样磕磕绊绊，我这个"NO 老师"带着那个让我头疼的黑人徒弟开始并肩战斗在一线。在形势严酷、不容有失的抗埃现场，我们这对师徒逐渐找到了状态。当看着肮脏的呕吐物、尸体和满带病毒的医用废弃物时，托尼显得有点儿手忙脚乱，我就在一旁向他伸出大拇指，为他鼓劲儿加油。透过厚厚的护目镜，他投向我的眼神也从恐惧归于平静，再到露出自信的笑容。渐渐地，托尼的工作开始做得有板有眼，终于找

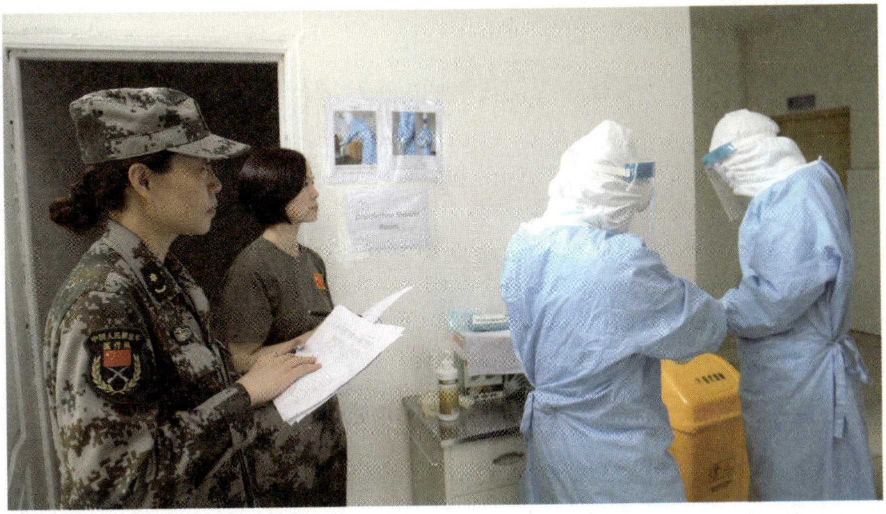

◎ 第一次执行援塞任务时秦玉玲考核托尼

◎ 回国前秦玉玲与托尼合影

到了感觉，而他发自内心的乐观精神和无所畏惧的态度也在激励着我，每每看到他精疲力竭时仍带着纯真的笑容，我低落的情绪就会振奋起来，心里充满了无限的希望。

很快，两个月的时间匆匆而过，我们就要准备回国时，托尼特别依依不舍，他专门跑来找我照了一张合影，不擅言词的他在照片背后写着：“谢谢你为我们国家做出的贡献！感谢 NO 老师！”

今年刚过完年，我突然又接到重返塞拉利昂的任务。短短 1 个月的准备之后，2015 年 3 月 14 日，我又回到了全世界埃博拉风暴中心、曾经战斗过的塞拉利昂抗埃前线。在家休息的托尼听说我回来了之后，专程带着礼物跑到医院看望我说：“NO 老师，我已经当上了保洁队负责人的助理了，而且还到其他医院去讲授埃博拉疫情防控知识呢！”看到当初那个毛手毛脚的“问题学生”现在已经成为医院的主力时，作为他的启蒙师傅，我感到无比的骄傲。

接下来的 2 个月里，我们再度并肩战斗，合作密切，我们经常在一起探讨问题、洗消医疗用品、清理废弃垃圾。这个时候，已经肆虐超过一年的死亡病毒疫情终于开始逐步好转，而我又要离开了。

2015 年 6 月，临别前，再次赶来送我的托尼握着我的双手动情地说：“NO 老师，你是我最尊敬的老师，虽然我们相距万里，下次不知什么时候能见面，但我会告诉身边的每一个人，我的老师在中国，她是一名出色的女军人，她冒着生命危险，两次来到我们国家帮助我们。”

我对他也有同样的感慨和不舍，在踏上行程的前夜，我在微信朋友圈里写道：“陌生的国度，不同的皮肤，艰难的险境，我们曾相依相伴。亲爱的朋友，让我们一起携手，迎接胜利的曙光。不求你能记得我一辈子，只求别忘记你的世界我来过。不是每个擦肩而过的人都会相识，也不是每个相识的人都会让人牵挂，托尼算是一个……”

我向祖国报告

讲述人：中国人民解放军第二批援塞医疗队队员、
中国（湖南）援塞抗埃医疗队副队长杜宁

这次任务，我将和其他 3 名队友继承前四批援塞医疗队的精神，争取早日夺取抗击埃博拉战役的最后胜利，用卓越的成绩向祖国和亲人交上满意的答卷。

2015 年 4 月以来，西非国家的埃博拉疫情逐步减缓。中国（湖南）援塞抗埃医疗队（中国第五批援塞医疗队）的主要任务是做好防控埃博拉病毒病的各项收尾工作，并协助塞方医护人员，将中塞友好医院从埃博拉疫情留观诊疗中心转型为综合医院。

当时，中塞友好医院从日均收治 2~3 名疑似患者增至日均收治 7~8 名，其中有 3 名患者已经确诊。首位确诊的埃博拉患者是年仅 21 岁的哈金，她是为了照顾病重的母亲而不幸被传染的。高热、乏力、腹泻，将这位美丽姑娘折磨得精疲力尽，连我们递给她的矿泉水瓶盖都打不开。起初，她对自己的治疗失去了信心，无论我们怎么询问病情，她就是不吭声。队员们商量如何“身病心病一起治”，我和黄磊根据患者病情，制订了周密的治疗方案，李宁和杨滢则为她进行心理疏导。在医疗队全体队员的精心照料下，哈金的病情渐渐地开始好转。6 月 12 日，她抑制不住重获新生后的喜悦之情，跳起热情洋溢的桑巴舞庆祝自己出院。哈金对我们说：“我被送来医院那天，就没想着能走出去。是中国

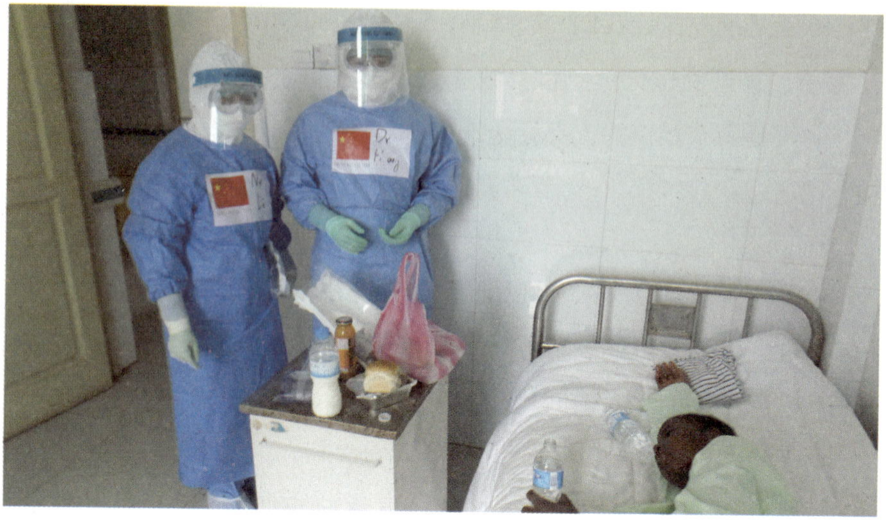

◎ 黄磊、李宁进入病房询问患者病情

医疗队给了我第二次生命，让我能跳着舞迎接新生活。”

功夫不负有心人，在医疗队全体队员无微不至的照顾下，3 位埃博拉患者都平稳度过感染期，全部康复出院了，埃博拉康复患者马瑞托拿到出院证明时，高兴地说：“是中国‘天使’救了我的命。”

培训带教塞方工作人员仍是我们的一项长期任务。有一天，李宁穿戴厚厚的防护服进入病房查看患者病情，当时一位年轻女性由于病情严重，出现了明显脱水症状，塞方护士正准备为她输液补充水分，可在手臂上就是找不到可以扎针的血管。一名护士好容易在右手腕上发现了一条血管，消毒后马上扎针，但由于血管实在太细，非但没能一针见血，还给患者手臂留下个青包，患者疼得直喊，塞方两名护士急得满头大汗，不知该如何是好。在场的李宁马上上前，试图在患者的另外一只胳膊上找到能用的血管，但扎好止血带后，仍然没有看见可以建立静脉通道的血管。李宁又扎了一根止血带，终于发现了一根相对充盈的血管。就这样，塞方护士在李宁的指导下，沿着血管走向缓慢进针，终于为患者顺利地进行了补液。塞方护士对李宁钦佩不已，而此时李宁已在

第十九章　大国的思考

抗击埃博拉疫情的斗争是全球突发公共卫生事件的一次大救援，也是对我国卫生应急能力的一次大检验。党中央、国务院高度重视，直接组织领导，有效动员和凝聚了各方面力量，印证了我们独特的政治优势，也充分体现了中国日益提升的综合国力。

习近平总书记、李克强总理高度重视和关心埃博拉疫情防控工作，亲自部署援非抗疫、国内疫情防控等工作。这是第一次由国家元首致电

◎ 刘延东副总理等党和国家、军队领导人到机场为援非抗埃官兵送行

慰问并宣布援非重大举措，第一次租用包机运输紧急物资，第一次向海外成建制派出军事卫生力量并建造诊疗中心，第一次输出生物安全 P3 实验室并自主运营，在我国综合国力稳步提升的大背景下，中国医疗卫生队伍首次走到世界舞台的聚光灯下，成为全球抗击埃博拉行动中一支不可或缺、举足轻重的重要力量，向世界展现了中国速度和中国力量。

在这次抗击埃博拉斗争中，我国健全的法律法规和卫生应急预案体系发挥了积极作用，全球最大的传染病和突发公共卫生事件直报系统发挥了信息枢纽作用，专业高效的卫生应急处置队伍发挥了防控关键作用。我国卫生应急体系经受住了全面的、严格的、实战的检验。

勇于担当，充分履行大国责任

自 2014 年 5 月 27 日第一例旅行者埃博拉病例输入塞拉利昂至 2015 年 9 月 16 日，塞拉利昂新增疑似埃博拉患者 1620 例，确诊 1464 例。落后的医疗配置及卫生管理条件，加上当地传统的丧葬习俗，导致疫情迅速蔓延。塞拉利昂政府没有能力独立控制疫情进展，需要国际社会的援助，中国政府成为第一个向塞拉利昂派驻整建制医疗队的国家。

2014 年 9 月 12 日，习主席和中央军委发布命令，由军队卫勤抽组我国首支医疗队执行援塞抗埃任务，三〇二医院承担了这一光荣艰巨的任务。军令重如山，面对统一号令，三〇二医院仅用了 2 个小时就完成了人员抽组，2 天完成方案制订和人员培训，3 天筹措 80 余类 150 吨物资。

三〇二医院在危急情况下接受任务，担负起中国政府援塞医疗援助任务中埃博拉临床病例处置的重要工作。在时间紧、任务重、无经验可循的情况下，三〇二医院积极组织相关人员进行任务评估、准备、人员抽组训练、设计实施医院改造，医疗队抽组单位三〇二医院结合既往执行2003年非典型性肺炎、2008年抗震救灾救援等任务中积累的丰富经验，抽组由管理人员、医护人员、感染防控人员、后勤保障人员等组成的医疗队，保证了医疗队功能的完整，为今后类似任务人员抽组探索出了科学的实践经验；在人员培训方面根据任务的特殊性，创新性地设计了专业理论、防护技能、工作流程和个人综合素质相结合的系统培训内容，单项操作示教指导、个人防护全流程模拟训练、工作模式仿真训练的三级递进式训练模式以及“工作模式小组”团队考核的方式，保证训练的实效性和100%的合格率，为实现医护人员“零感染”打下了基础。到2014年10月1日医院收治第一例埃博拉疑似患者为止的短短半个月内，医院的全体工作人员集中智慧和创造力，出色地完成了整个临床救治任务的筹备工作，为中国政府整体医疗援助任务的及时顺利展开、塞拉利昂埃博拉疫情的有效控制赢得了宝贵的时间。

中国首次参与西非的医疗卫生援助，两国相距万里之遥，中国没有海外保障基地，而塞拉利昂各项基础设施条件落后，药品、耗材及其他相关物资的后勤保障工作成为我援塞医疗队面临的最大困难之一。面对全新课题和严峻挑战，根据此次埃博拉疫情暴发的临床特征、塞拉利昂社会和医疗卫生情况以及解放军医疗队的自身实际，我们从物资的准备、运输、储存、使用、管理等方面做了认真细致的工作，前后方实时沟通、通力协作，不但确保了任务的圆满完成，还在特殊时期为塞拉利昂及其他国际组织提供了紧急物资援助，成为塞拉利昂唯一自给自足的国际医疗队，得到世界卫生组织、塞拉利昂人民和其他国际医疗组织的高度认可。

中塞友好医院埃博拉留观诊疗中心是塞拉利昂人口最多的城市首都弗里敦最大的留观诊疗中心之一，也是疫情早期塞拉利昂埃博拉患者收治任务最重的中心之一。在中塞友好医院的改建方面，结合当地实际情况，充分利用现有资源，经过充分论证和设计，在短短 1 周时间内完成了埃博拉留观中心的标准化改造，成为塞拉利昂第一家正规的国际埃博拉收治中心，高标准通过塞拉利昂政府及世界卫生组织的验收并投入使用。医院改造过程中，医疗队创新性地在各个功能区之间设置缓冲间、隔离栏网、中塞医护人员分开通道进出、自给自足的供水供电系统、关键区域的电子监控、规范化污水污物处理系统等，为实现患者规范化收治，保证患者间“零交叉感染”以及整个任务的圆满完成提供了硬件保障。

为提高救治质量，医疗队不断优化筛查流程，使确诊速度从 72 小时缩短到 24 小时；为拓展防控功能，医疗队突击撰写出 137 页的治疗标准程序，顺利实现从留观中心到留观诊疗中心的转型；为增强治疗针对性，医疗队冒着随时可能被感染的高风险，实施静脉补液、营养支持等治疗方法。塞拉利昂指挥中心不定期组织包括英国、澳大利亚、韩国等 22 个留观诊疗中心评比，患者 24 小时确诊率、阴性病人当日出院率等 5 项指标，我医疗队名列第一。

◎ 中国人民解放军第三批援塞医疗队出色完成任务凯旋回国

中国人民解放军援塞医疗队在半年时间内独立担当重灾区塞拉利昂的防治任务，也是出征时间最早、投入兵力最多、收治任务最重、防治成效最显著的医疗队。医疗队 3 个批次 114 名官兵，通过 185 天的接力奋战，共收治埃博拉疑似患者 773 例，确诊 285 例，埃博拉患者治愈率 51.23%，在 20 多个国家援救队伍中，创造了日均收治病人最多、日均住院病人最多、治愈率最高、全体队员无一例感染的救援纪录，培训塞方工作人员 500 余人次；配制药品套餐 1200 余份，调剂药品 124 批次，发放各类耗材 69780 件，配制消毒液 35.7 吨；为今后我国、我军再次执行类似任务积累了宝贵的经验，也在世界舞台上展现了中国令人惊奇的速度和强大的综合实力。

真实亲诚，充分展示大国外交

在外交方面，这次行动也成为一个标志性事件，充分展现了中国作为一个负责任大国的良好形象和精神风范，赢得了全世界的尊重和广泛的赞誉。

中国的对非政策一以贯之。2013 年 3 月，习近平就任国家主席后首访非洲，在坦桑尼亚尼雷尔国际会议中心发表题为《永远做可靠朋友和真诚伙伴》的演讲时说：对待非洲朋友，我们讲一个“真”字；开展对非合作，我们讲一个“实”字；加强中非友好，我们讲一个“亲”字；解决合作中的问题，我们讲一个“诚”字，无论中国发展到哪一步，中国永远都把非洲国家当作自己的患难之交。

在这次援非抗埃的行动中，淋漓尽致地体现了“真”“实”“亲”“诚”四个大字，代表中国发出了自己强有力的声音，获得了无可争议的声誉。

曾经目睹了中国三批援塞医疗队在半年多时间内援助塞拉利昂抗

击埃博拉疫情所付出的艰辛与努力的中塞友好医院院长卡努表示:“我没有理由不称赞中国的能力和责任心，优秀医生良好的品质，比如敬业、勤勉、守时、有涵养、仁慈、关爱，都可以在每一名队员身上体现出来，是中国医生们无私的行为，挽救了许多危重患者的生命。塞拉利昂的医务人员从中国队员身上学到了很多东西，受益匪浅，将成为永久的财富。我希望所有接受中国培训的塞拉利昂同仁在未来可以更好地应对埃博拉疫情。”

中国在西非埃博拉疫情暴发后，在第一时间先后向疫区国家提供了15批次、价值1.02亿元的卫生物资和2600余万元的其他保障性物资。就是在疫情最为严重的时刻，2014年9月10日，中共中央总书记、中华人民共和国国家主席、中央军委主席习近平和中华人民共和国国务院总理李克强分别做出重要批示，要求军队充分发挥技术、人才和组织优势，组建队伍奔赴西非疫区，援助西非，实施人道主义援助。

自2014年9月起，解放军援塞医疗队利用抽组单位解放军三〇二医院及军队在2003年抗击“非典”的战役中及多次国内国际应急救灾任务中积累的丰富的疫情管控经验，开始参与配合世界卫生组织及联合国引

◎ 塞拉利昂总统科罗马在中国驻塞拉利昂特命全权大使赵彦博、中国人民解放军首批援塞医疗队李进队长的陪同下，视察中塞友好医院埃博拉留观中心

导下的塞拉利昂政府、塞拉利昂卫生部，论证并成立国家埃博拉反应中心及相关职能部门，协助他们制定和颁布了《塞拉利昂留观中心标准程序》《塞拉利昂救护车与患者运输标准程序》《塞拉利昂埃博拉医疗机构与职能》《塞拉利昂埃博拉医疗机构终末消毒指南》等规范性文件，积极配合塞拉利昂卫生部对临床病例进行实时的整体规范化管理，并积极地协助和配合其他国际医疗组织在塞拉利昂顺利展开工作。解放军援塞医疗队团结合作、顾全大局的作风，受到塞拉利昂政府及其他所有国际医疗组织的高度赞扬，成为国际大协作赢得人类抗击埃博拉病毒疫情战斗的最终胜利的成功典范。

在疫情初期，塞拉利昂临时成立了突发事件处理中心并开始全面展开疫情防控工作，我国解放军医疗队作为第一支进入塞拉利昂参与临床病例处置工作的国际医疗队，不但参与了临床病例管理部门的组建及工作启动，同时在信息交流、疫情监测、沟通协调等部门的组建及工作展开方面也给予了大量的协助。2015 年 3 月 18 日塞拉利昂国际圆形会场上，塞拉利昂病历管理委员会主席乌瑞博士，将解放军援塞医疗队制作的《雪白的爱》合唱视频向与会的全体国际医疗组织成员们播放，并同时对中国解放军医疗队在塞拉利昂抗击埃博拉疫情中做出的重要贡献进行了高度评价。

援塞医疗队积极参加塞拉利昂埃博拉应急指挥中心的例会，派出临床、科研及对外交流都过硬的青年骨干专职负责参加各种例会，收集多方信息，根据会议议程，结合我方情况，积极配合塞拉利昂政府及世界卫生组织相关工作，调整我方工作模式。

疫情后期塞拉利昂政府又面临着过多的埃博拉诊疗资源和严重短缺的普通医疗卫生服务之间的资源分配不均衡等问题，解放军医疗队未雨绸缪，提前将留观中心转变为留观与治疗中心，将部分多余的留观床位改为治疗床位，缩减功能性床位；将空置的半污染区病房改为康复患者病房，为康复患者提供非埃博拉病毒病的诊疗服务；为塞方医护人员提供疟疾、发热、腹泻、病毒性感染等当地常见病的相关知识培训，开展胸片、血常规、生化、疟疾、艾滋病、乙型丙型肝炎病毒检测等复诊项目，为塞拉利昂疫情后期医疗系统功能恢复提供支持，为塞拉利昂后埃博拉时期医疗卫生体系的重建奠定基础。

除了配合塞拉利昂政府工作外，解放军医疗队还积极开展对外交流合作，跟世界卫生组织驻塞相关机构建立密切联系，积极参与世界卫生组织外国医生协调组织召开的临床协调例会，协助世界卫生组织相关部门对我中塞友好埃博拉留观诊疗中心进行考察、考核、评估，主动介绍和分享我们在患者管理、医务人员个人防护管理、医院运作管理等方面的经验；积极协助世界卫生组织帮助其他国际机构在塞拉利昂开展诊疗工作，为所有需要帮助的组织、机构和个人提供力所能及的帮助，最终协助世界卫生组织圆满完成各个阶段的整体协调及管理工作，受到世界卫生组织的高度评价。

除了业务工作外，援塞医疗队还发挥军队对外宣传的优势，接受塞拉利昂国家电视台《新闻时空》的专题采访，讲述了我援塞医疗队的工作及成绩，宣传了中国军队的精神；在当地政府报纸《协和日报》《阿沃克报》等新闻媒体上发表文章数十篇，报道了援塞医疗队努力救治危重埃博拉患者、与埃博拉治愈患者联谊等事迹，以及解放军感控专家对塞拉利昂埃博拉疫情的分析和判断，不但宣传了援塞医疗队的抗埃工作，帮助塞拉利昂人民树立战胜疫魔的信心，还向塞拉利昂和国际社会弘扬了中国军队大爱无疆的美好形象，为我军医疗战线走向国际做出了很好的榜样。

联合国也充分注意到了中国在这场事关人类的传染病暴发中所做的工作和奉献，中国的国际主义和人道主义精神、大国责任，敢于承担责任、救人危难的国家特质得到了联合国的首肯和高度评价。

对此，联合国秘书长潘基文致函中国常驻联合国代表刘结一，对中国在援助非洲抗击埃博拉中所做出的快速而广泛的应对工作表示感谢。

潘基文表示，中国对非洲各国领导人及世界卫生组织的紧急呼吁做出了迅速的反应，中方所提供的资金、人才和实物资助直接解决了最核心的需求，特别是中国医务人员在现场为缓解当地居民的苦难做出了巨大贡献，感谢中国政府在全球和地区层面为加强国际合作所做出的不可或缺的贡献。

人道至尊，充分展现大国情怀

西非抗埃，中国人民解放军援塞医疗队万里驰援救死扶伤，传递的是中华民族的无疆大爱和人道主义精神。送去生的希望，带来爱的温暖。在留观治疗中心，每天都发生着生离死别。一个大眼睛的小男孩，蜷缩在距离母亲不到2米远的地方，母子俩都竭力把手伸向对方，双双离开人世。台阶上，一对年轻男女相互依偎着离开人世。这一切，刺痛着每个队员的心。塞拉利昂女兵瑞贝卡，在母亲弥留之际赶来探望，为了让母女俩见上最后一面，医疗队员张昕给她们分别录制了视频。奄奄一息的老人为之一振，泪流满面向女儿送上了最后的嘱托；当瑞贝卡看到视频中的母亲时，泣不成声，握着张昕的手久久不愿松开。就在这时，病区传来消息：瑞贝卡的母亲走了，走得很安详。无论是11个月大的卡拉萨纳，还是11岁的富拉尼；无论是9岁的孤儿雅尤玛，还是80岁的老人穆苏，医疗队以中国人民特有的爱心善举，把他们一个又一个从死神手中夺了回来！2015年3月19日，我军第三批援塞医疗队即将启程回国，曾得到医疗队救治的19名埃博拉康复者，自发从四面

◎ 中非人民友谊源远流长

◎ 因为有你，幸福像花儿一样

八方赶到中塞友好医院，与中国恩人道别。正所谓：大医大德点燃生命之火，大仁大爱守望至善至美。

这不仅仅是一场援外行动，它展现出了中国高尚的人道主义精神和对弱势群体的人文关怀。中国政府在建立多极世界、维护世界和平战略思想的指导下，旗帜鲜明地提出了走和平发展的道路，这不仅是对世界和平做出的庄严承诺，也成为世界各地爱好和平人民的共同呼声。

改革开放，和平外交，这条适合中国国情的中国特色道路，是中国独有的。实践证明，和谐相处，睦邻友好，救人于危急，正是中国宽广胸怀的体现。中国政府执政为民，外交为民，而今不仅仅是国人受益，这样的正能量正传播到世界各地。中国作为发展中的大国，在向世界昭示着和平与友好给人民带来的福音。

中国人民解放军援塞医疗队用医术传递爱心，用关怀传递真情，表达着人与人之间至真至纯的感情。在高风险、高强度工作情况下，中国医疗队员克服高温、生理、语言等方面的困难，扎扎实实、兢兢业业、任劳任怨地战斗在第一线，时刻践行着“不畏艰苦，甘于奉献，救死扶伤，大爱无疆”的中国援外医疗队精神，用实际行动证明了中国和世界各国有着共同的命运，中国人民永远和世界人民手牵手，心连心，共同应对埃博拉所带来的灾难。中国医疗队员的感人事迹生动诠释了中华民族关爱生命、无私奉献的民族品格，集中体现了国际主义精神和人道主义精神。

未雨绸缪，充分考虑大国安全

在当今复杂多变的国际形势下，生物安全已成为必须要面对的大国策略，中国政府积极面对，构筑大国安全的防线，不但力保一国的安全，同时也为世界生物安全做出了自己的贡献。

死亡率高达50%~90%的埃博拉病毒已导致西非国家4500多人死亡，由于当前尚未找到病毒来源，又无疫苗和特效药，况且，随着美国等国出现输入性埃博拉患者后，说明这种“超级病毒”已走出非洲，有向世界各国蔓延的趋势，这再一次给我国防控埃博拉工作敲响了警钟，也增加了更多困难。

尽管我国至今还没有出现输入性埃博拉患者病例，但是埃博拉传入我国的潜在可能性还是有的。我国与非洲各国来往密切，国际人员的广泛流动性，特别是来自疫情比较重的西非四国的留学生、企业人员、我国驻上述区域的各类人员，都可能成为潜在的传染源。由于埃博拉病毒感染到发病的潜伏期为2天至21天，此期间带病毒进入境内不易被发现，而一旦发病，就会成为重要传染源。只要疫情不结束，埃博拉病毒就有进入我国的可能性。

著名传染病专家、三〇二医院专家组组长陈菊梅认为，我国目前已基本建成相对完整的公共卫生体系和重大疫情防控与处置体系，能够应对各种烈性传染病重大疫情的防控与处置。但与欧美等发达国家相比，我们在重大疫情预警与预测、海关监控、专业医疗卫生救治体系、中基层重大疫情处置软硬件平台等领域，尚存在诸多不完善、不健

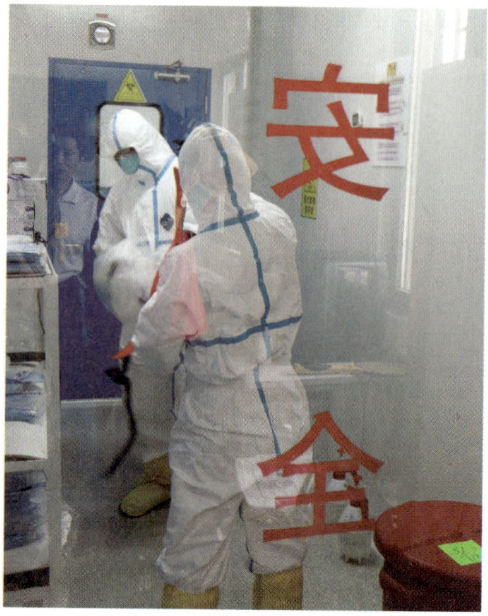

◎ 生物安全引起世界各国高度关注

全、技术手段有限、硬件平台不足、专业队伍缺乏的短板。

自“非典”暴发以来，我国已经经历了人感染高致病性禽流感、手足口病、“甲流”等传染病疫情暴发。这些突发疫情也促使我国公共卫生防控体系取得了长足进步。目前，中国共有各级疾病预防控制中心3490家，卫生人员19.3万人，各级动物疫病预防控制机构实验室2728个，初步构建起功能完善、反应迅速的疾病预防控制体系。中国已建成全球规模最大的传染病疫情和突发公共卫生事件网络直报系统。100%的县级以上疾病预防控制机构、98%的县级以上医疗机构、94%的基层医疗卫生机构实现了法定传染病实时网络直报，从医疗卫生机构发现、诊断后逐级报告的平均时间由直报前的5天缩短为4小时。但仍有许多工作需要进一步完善和提高。

近年来，新发、突发传染病不断出现，不时牵动老百姓的神经，甚至造成畏惧和恐慌。对于传染病，尤其是新发、突发的传染病，容易引起大规模人群暴发、死亡率高的传染病，老百姓缺乏相关的科普知识，往往只重视疾病的可怕之处，忽略一般的常识性问题，缺乏明确的认知。因此，平时应对公众进行传染病防治知识的科学普及，使其明白传染病的特点及规律。传染病是可以预防的，不接触传染源、切断传播途径、进行疫苗注射或预防服药等措施可以大大降低受传染病威胁的风险。因此应注重日常传染病防治知识的宣传，相关部门应成立专门的科普宣传队伍，由各专业的专家进行宣讲，提高普通人的卫生知识水平。

传染病一旦暴发，有效控制不但需要国家政府的支持，更需要临床、检验、防疫等方面专业队伍的参与。及时诊断患者、治愈患者能有效减少传染源，合理的防疫措施能有效减少新发传染病患者数量，因此平时国家应加强专业队伍建设，专业培训必不可少。缺乏专业培训，不注重学习是非常危险的，一旦发生大规模疫情，后果严重，不但影响经济发展，甚至也有可能引发民族灾难。一个善于学习、不断学习的国家及医疗卫生专业队伍可以有效应对各种传染病的威胁。因此医疗行政部门要加强投入，成立专门的继续教育和培训部门，培训专业人才，应对可能发生的各种传染病威胁，确保国家和人民平安。

疫情的暴发往往具有突然性、不确定性、不可预知性。怎么发生，发生规模多大，后果有多严重，早期不容易判断。因此早期发现疫情非常重要，相关专业队伍要保持足够的警惕性。疫情的发生和发现需要一

◎ 2015年3月10日，塞拉利昂-中国友好生物安全实验室交接仪式在中塞友好医院举行。塞拉利昂总统科罗马、中国驻塞拉利昂特命全权大使赵彦博出席仪式，实验室将为塞拉利昂实现埃博拉零病例防控目标发挥重要作用

整套完善的监测和报告网络以及对相关制度的落实。系统不完善、制度不落实可能延误重大疫情的早期发现和处置，后果严重。通过完善网络直报和抓制度落实，一旦发生严重的疫情，各级卫生行政部门能第一时间做出反应，各方联动，共同采取合理有效的措施，保障医疗及时有效救治，防护器材满足供应，各种保障有序开展，有效应对疫情挑战。因此需不断完善疫情检测和直报的网络，加强疾病监测，信息共享，及时发现和防范疫情。

需要特别指出的是，埃博拉病毒属于生物防护最高级别病毒，属四级。埃博拉也是潜在的具有极大威胁的生物武器，一旦用于战争，后果可想而知，可能带来不可估量的损失。

与发达国家先进的生物安全管理经验相比，我国在生物威胁监测预警、应急处置和科技支撑等方面仍然存在不少薄弱环节，急需从战略规划研究、组织管理体制、科学技术研究、宣传教育培训等方面加强建设。

第二十章　埃博拉疫情仍未结束

自人类跨入文明社会以来，人类与疾病的斗争一刻也不曾停息。

人类仍然饱受病痛之苦，不论中医、西医，不论吃药、打针、手术……都无法完全战胜疾病，癌症、心脑血管疾病、衰老、病变、艾滋病、传染病……仍然困扰着人类，同时也激励着人类，令人类奋发图强，为彻底战胜疾病而努力。

从哲学的角度来说，人作为有机的生命体，不可能得到永恒，不可能永远健康，人不可能一劳永逸地战胜疾病，人类与疾病的斗争将贯穿人类的历史。

从科学的角度来说，人类将逐步战胜更多的疾病，尽可能地治疗更多的疾病，尽可能地维持人体健康，而且，基因科学、生物科学、生物再造技术、电脑技术……甚至完全有能力改造人体，再造人体，实现“长生不老”，不过，这只是科学的愿景。

人类与疾病的斗争，还将无限期地持续下去。总会有新的疾病出现，侵扰着人类，比如目前的埃博拉出血热。

自 2014 年春天，西非埃博拉疫情暴发以来，1 年多的时间里，埃博拉病毒已导致非洲诸多国家的 26000 多人确诊，11000 多人死亡。同时，埃博拉病毒病也传入美国、西班牙和菲律宾等国，严重威胁到人类的健康和人类社会的稳定。

根据世界卫生组织规定，超过42天（两个埃博拉病毒隔离期）没有新增埃博拉病例即可宣告疫情结束。2015年11月7日，世界卫生组织发表声明宣布，自塞拉利昂最后一名埃博拉确诊患者第二次血检呈阴性后已过去42天，埃博拉病毒传播在塞拉利昂已经终止。继利比里亚之后，塞拉利昂成为第二个结束疫情的西非埃博拉主要疫情国。

这天，塞拉利昂民众纷纷走上街头，唱起了自编歌曲《拜拜了，埃博拉》。

世界卫生组织驻塞拉利昂代表安德斯·努德斯特伦表示，自2014年5月该国报告首个埃博拉病例以来，塞拉利昂累计发现8704人感染埃博拉病毒，死亡3589人，其中医护人员死亡221人。在塞政府的领导与全球合作伙伴的共同努力下，通过建立治疗设施、安全而有尊严的丧葬团队，与社区合作发现与阻断埃博拉，该国遏制了病例数量在去年9月至10月的大规模增长。

世界卫生组织称，埃博拉疫情严重破坏了家庭、医卫体系、经济与社会结构，所有一切需要恢复。约4000名幸存的埃博拉康复患者也需要医疗护理与社会支持。

无国界医生组织警告道："只要埃博拉存在于塞拉利昂的邻国，塞拉利昂就有出现新疫情的风险。不单单是塞拉利昂，整个西非地区都要时刻保持对新出现病例的警觉，并保证能够快速做出反应。"无国界医生组织同时也补充："更为重要的是，对塞拉利昂4051名埃博拉病毒幸存者进行照料仍然面临巨大的挑战。据报告，许多幸存者都患上了很多医学疾病，其中包括视力下降、身体疲乏、关节疼痛、心理压抑等。"

那么，有人会问："埃博拉还会来吗？"

答案是肯定的，埃博拉还远未结束，人类还没有彻底战胜埃博拉，探索和研究埃博拉病毒的工作才刚刚开始。2014年，《科学》（*Science*）杂志发表了一篇关于埃博拉病毒基因组测序的论文，这是一篇极为重要的文章，文中推断了这次埃博拉疫情的来源和传播模式。据悉，这篇论文由58名作者共同撰写，令人遗憾的是，6位作者没能看到论文的发表，其中5名作者是在工作中因直接感染埃博拉病毒而牺牲的，1名是在后期因中风去世的。可以想象，没有抗击埃博拉一线医务人员、科研人员的认真、努力和牺牲，就无法对埃博拉病毒的来龙去脉进行探索，也就没有这篇重要论文了。

习近平主席2015年访英期间，在10月20日英国议会发表的讲话中，特别提到了在塞拉利昂从事志愿服务时不幸感染埃博拉病毒的英国女护士克罗斯。她是一名英国军方医务人员，在埃博拉疫情重灾区塞拉利昂当志愿者，不幸感染埃博拉，被送回英国伦敦北部的皇家自由医院治疗。中国应英国请求，使用了中国最新研发的埃博拉抗体药物来治疗克罗斯，最终克罗斯得以康复出院。

这种埃博拉抗体药物MIL77，是由军事医学科学院基础医学研究所联合北京天广实生物技术股份有限公司、浙江海正药业股份有限公司研发出来的，除治愈了英国女兵克罗斯外，英国另外两名从疫区归国的高危疑似感染者进行预防性给药治疗后解除了隔离。目前，世界卫生组织、加拿大、英国以及无国界医生组织已提出储备应用MIL77抗体药物的需求。

据研发团队成员吕明博士介绍，MIL77抗体药物全名为重组抗埃博拉病毒单克隆抗体联合注射液，拥有自主知识产权，具有人体免疫原性低、易于规模化快速生产等特点。加拿大公共卫生局完成的真病毒攻毒实验等研究结果表明，我国生产的MIL77抗体药物药效明确、质量可控、安全性好，在药物半衰期及毒副作用等方面优于美国研发的同类产品。

2016年1月14日，中科院微生物所宣布，该所高福院士团队率先在世界上发现了埃博拉病毒入侵人体机制，这将为目前尚无特效治疗药物的埃博拉病毒指明药物研发方向。作为国际病毒学领域的一项重大科研突破，该研究成果于北京时间1月15日在国际权威学术期刊《细胞》上在线发表。作为在全世界首个发现埃博拉病毒入侵人体机制的国家，我国科学家也同时拥有了研发相关药物的优势和先机。目前，高福院士的实验室已经开始尝试通过计算机模拟计算来研发一些多肽药物去抑制埃博拉病毒。

这的确是一个好消息，但是，中国科学院院士、全军传染病研究所所长、三〇二医院感染性疾病诊疗与研究中心主任王福生，军队处置突发公共卫生事件专家组成员赵敏，在赴塞拉利昂实地调查研究时，对埃博拉疫情防治表示出一些担忧。

塞拉利昂等非洲国家多数地处热带，气候湿热，大面积雨林和沼泽滋生大量携带致命病原微生物。贫穷、战乱、原始的生活方式，医疗卫生资源的严重匮乏，以及传染病公共卫生防控体系尚属空白，使得非洲国家传染病肆虐，这是非洲国家人民患病死亡的主要原因，也是这些国家人口寿命低的首要原因。

近些年，中国与非洲各国关系密切。人员往来、经济贸易和非战争军事行动（例如维和行动，在非洲开展相关的军事训练和合作，未来医院船等远洋航行入港非洲）日趋增多，罹患传染病的风险随之凸显，同时烈性传染病输入我国的风险也在不断增加。而埃博拉病毒病、马尔堡出血热、登革热、拉沙热等非洲常见传染病和不断出现的新发传染病，不仅目前尚无有效疫苗预防，并且有作为生物战剂的潜在风险。

埃博拉，并不只属于非洲，中国的防控也面临着极大的挑战。

分别在利比里亚和塞拉利昂两个国家执行过抗击埃博拉的传染病专家、三〇二医院感染性疾病诊疗与研究中心副主任姜天俊说：“近年来，老传染病死灰复燃，新传染病不断出现；老传染病被很好地控制后，新出生的人类基本接触不到这类传染病了，那么，新人类对这类传染病的抵抗能力就下降了，因此老传染病过若干年后开始增加。另外，老传染病的病原出现耐药性，治疗效果差了，病例也会增加。面对未来新的病原，当前的技术肯定不够用。新突发传染病将一直是未来人类前进过程中需要时刻防范的、看不到却真实存在的敌人。”

世界卫生组织确认，塞拉利昂在2016年1月15日报告了一起埃博拉病毒致死病例。而前一天，世界卫生组织刚宣布西非埃博拉疫情终结。死者是一名22岁的女大学生，三天前去世，埃博拉病毒测试为阳性。当地埃博拉防控中心发言人西迪·图尼斯说，患者在邻近几内亚的边境地区染病，后不治身亡，随后100多人被隔离观察。

“这名患者是学校假期中在巴莫伊鲁马村染病的，后被亲戚送往马布拉卡政府医院接受医治。”当地医生奥古斯蒂娜·朱尼萨说，“三天后她死在家中，死讯被报告给医生。”朱尼萨没有解释死者为何会从医院回到家中，马布拉卡是通科利利地区首府。

随后的21日，世卫组织再次确认，在塞拉利昂发现新的第二起埃博拉病例，患者为那名死去女大学生的姨妈。塞拉利昂在理论上结束了埃博拉疫情，但是出现新病例以后，当地政府表示高度警觉，埃博拉病毒还可能残留在幸存者的体液之中。

人类与传染病的战斗一直都在持续。人类稍有疏忽，都可能给传染病以可乘之机，不论是老传染病还是新传染病，都不能等闲视之。

因此，塞拉利昂等国的埃博拉疫情虽然已经结束，但埃博拉有可能再次死灰复燃，仍然像一颗随时可能爆炸的重磅炸弹。它的传播速度和致死率堪称传染病中的“超级病毒”，必须高度警惕，防止它卷土重来。

非洲的埃博拉疫情还没有完全结束，一种通过蚊虫进行传播的虫媒病毒——寨卡病毒却又开始在南美洲不断侵袭“版图”，2015年5月，巴西开始出现寨卡病毒感染疫情，有150万余民众感染了寨卡病毒。世界卫生组织2016年2月19日称，已有36个国家报告寨卡病毒确诊病例，有蔓延全球之势。目前我国已出现第3例输入性寨卡病毒病例患者。

但我们不惧怕疾病，我们一直走在战胜疾病的路上，我们曾战胜了无数的疾病，我们还要继续战斗下去，也许还会出现很多难以想象的疾病，但我们终将战胜它们。

附录一：中国人民解放军援塞医疗队人员名单

第一批（30 人）

时　间：2014 年 9 月 16 日—2014 年 11 月 16 日

队　长：李　进

教导员：孙　捷

队　员：黄显斌　王　姝　贾红军　秦玉玲　王新华　秦恩强
牟劲松　李志伟　王　冶　闫　涛　刘丽英　吴　丹
陈素红　孙　娟　李因茵　吴　尧　张洁利　张　悦
郭桐生　董　政　房吉祥　刁　锴　高　磊　黄云奎
单　勇　熊　峰　邹庆伟　陈　植

第二批（41 人）

时　间：2014 年 11 月 7 日—2015 年 1 月 21 日

队　长：陈昊阳

政　委：何　巍

队　员：戴　欣　苏海滨　袁　月　张　秀　刘　冰　金　波
杜　宁　徐　哲　滕光菊　张　健　孙李建　荣义辉
张　昕　黄　顺　吴建中　韩丽华　姚　红　霍翠华
王丽珍　于晓莉　李　亚　李　宁　宋　兵　宋　燕
林惠明　黄加干　杨　滢　冯　欣　王婉雪　秦　立
刘立明　田林怀　罗新疆　朱立良　苏　林　张建光
尹杰文　付启洪　刘希乐

第三批（43人）

时　间：2015年1月14日—2015年3月21日

队　长：段惠娟

政　委：王锦秋

副队长：刘　翀

专　家：王福生　赵　敏

队　员：洪建国　陆荫英　庄英杰　谢小建　靳寸朵　段学章
李文刚　高旭东　纪　冬　王立福　李　雷　吉英杰
李　晨　孟玉华　苑　红　张惠英　杨　晓　储　芳
田　宏　凌宾芳　邵丽芳　顾梅蕾　王小艾　刘育蕾
褚静茹　刘利敏　宋雪艾　唐红梅　文　凤　孙志强
詹宁波　夏　晖　于宏毅　赵　阳　卢　海　闪占朝
徐晓宇　解　晨

附录二：中国人民解放军援塞医疗队大事记

2014年9月12日，解放军第三〇二医院接到党中央、中央军委关于紧急抽组中国人民解放军援塞医疗队援助塞拉利昂抗击埃博拉的命令。

2014年9月16日，由三〇二医院抽组的解放军首批援塞医疗队在李进队长、孙捷教导员的带领下从北京首都机场出发，国家卫生和计划生育委员会主任李斌等领导到机场送行。

2014年9月17日，解放军首批援塞医疗队30名队员抵达塞拉利昂埃博拉疫区，第一时间考察了中塞友好医院。

2014年9月20日，中国驻塞拉利昂特命全权大使赵彦博来到中塞友好医院，转达了李克强总理、刘延东副总理的重要批示，以及国家卫计委对医疗队发来的慰问信。

2014年9月24日，医疗队指导中资企业仅用7天时间，就将中塞友好医院由综合性医院改建为满足烈性传染病收治要求的专科医院，创造了令人惊叹的中国速度。

2014年9月26日，塞拉利昂总统科罗马率领政府众多高级别官员视察了中塞友好医院，看望慰问了医疗队，为中塞友好医院埃博拉留观中心建成启用揭牌，并发表重要讲话。

2014年10月1日，由中国人民解放军援塞医疗队负责运营的中塞友好医院埃博拉留观中心接收首批7名埃博拉留观患者。

2014年10月8日，中央军委副主席范长龙在国内动态清样《军队首支援塞医疗队以过硬技术作风全力帮助西非防治埃博拉疫情》一文中做出重要批示，希望医疗队再接再厉，为祖国和军队争光。

2014年10月17日，医疗保障组组长郭桐生参加塞卫生部组织的病案管理会讨论时，建议患者出现症状3天或3天以上，只需一次血液检测结果为阴性即可出院，会议采纳了该建议。

2014年11月9日，第二批援塞医疗队政委何巍带领7名先遣队员抵塞执行抗击埃博拉任务。

2014年11月13日，首批医疗队各业务组与第二批援塞医疗队先遣组交接工作全部完成，首批医疗队孙捷教导员与第二批医疗队何巍政委进行了交接工作签字。

2014年11月15日，首批医疗队从塞拉利昂启程回国，任务期间共收治埃博拉留观病人274人，在塞拉利昂所有埃博拉留观中心中保持了“日均收治病人最多、住院病人最多”的纪录，实现了中塞双方工作人员“零感染”。当天，第二批医疗队第二拨次33名队员抵塞执行抗击埃博拉任务。

2014年12月24日，世界卫生组织加拿大感控专家维多利亚·威利一行考察我援塞医疗队负责运营的中塞友好医院埃博拉留观中心，对下一步医院转型提出了具体建议。

2014年12月30日，中共中央总书记、国家主席、中央军委主席习近平为中国援非抗埃医疗队发来了慰问信，希望医疗队努力实现“打胜仗、零感染”的目标，为中非友谊做出新贡献。

2014年12月31日，中国与塞拉利昂两国正式签署中塞友好医院埃博拉留观中心转型为留观诊疗中心的协议。

2015年1月8日，中国驻塞拉利昂特命全权大使赵彦博与塞拉利昂政府、世界卫生组织的高级官员，共同出席了中塞友好医院埃博拉留观诊疗中心揭牌仪式，留观诊疗中心正式运行。

2015年1月15日，中国人民解放军第三批援塞医疗队政委王锦秋带领19名先遣队员和王福生、赵敏2名传染病专家抵塞执行抗击埃博拉任务。

2015年1月19日，中塞友好医院由留观中心转型为留观诊疗中心后的首批2名埃博拉康复患者出院，第二批医疗队为首批埃博拉康复患者举行了康复出院仪式。

2015年1月20日，中国人民解放军第二批援塞医疗队从塞拉利昂启程回国，任务期间共收治留观患者372例，治愈出院12例，收容总量始终位居前列，实现了“打胜仗、零感染”的目标。当天，第三批医疗队队长段惠娟带领第二拨21名队员抵塞执行抗击埃博拉任务。

2015年2月4日，世界卫生组织驻塞拉利昂外国医疗援助协调组组长塔拉·维拉曼斯林一行，考察我援塞医疗队负责运营的中塞友好医院埃博拉留观诊疗中心，对第三批援塞医疗队工作给予了高度评价。

2015年2月16日，刘延东副总理通过视频对我第三批医疗队进行了慰问，向奋战在抗疫一线的队员及家人送上了新春问候。

2015 年 2 月 16 日，中国人民解放军第三批援塞医疗队负责运营的中塞友好医院埃博拉留观诊疗中心抗埃综合数质量，在塞拉利昂 22 个留观中心的评比中获得第一名。

2015 年 3 月 2 日，由第三批援塞医疗队成功治愈的、迄今为止解放军援塞医疗队治疗时间最长（经过 21 天全力抢救、6 次血液检测）的埃博拉患者蒂莫西康复出院。

2015 年 3 月 7 日，由第三批援塞医疗队成功治愈的、迄今为止解放军援塞医疗队收治的年龄最大（80 岁）的埃博拉患者穆苏老奶奶康复出院。

2015 年 3 月 11 日，解放军第三批援塞医疗队举办了“中塞友好医院埃博拉康复患者联谊会”，19 名埃博拉康复患者与中塞医务人员合影留念。

2015 年 3 月 17 日，由联合国埃博拉应急指挥部举办的国际临床大会上主持人乌瑞博士高度评价了我援塞医疗队工作，并播放了医疗队全体女队员合唱的《雪白的爱》视频。

2015 年 3 月 18 日，解放军第三批援塞医疗队在塞拉利昂完成了为期 2 个月的抗击埃博拉任务，队长段惠娟与中国第四批援塞抗疫医疗队（由江苏省抽组）在弗里敦市顺利举行了工作交接仪式。

2015年3月20日，解放军第三批援塞医疗队从塞拉利昂启程回国，任务期间共收治留观病人146例，其中埃博拉确诊患者25例，非埃博拉患者121例，实现了中塞双方工作人员“打胜仗，零感染”。至此，解放军三批援塞医疗队圆满完成自2014年9月至2015年3月的援塞抗埃任务。

附录三：荣　誉

一、先进单位

1.　全国埃博拉出血热疫情防控先进集体

三〇二医院医务部计划科

三〇二医院医务部感染控制科

三〇二医院院务部勤务汽车队

三〇二医院感染性疾病诊疗与研究中心

2.　“感动中国 2014 年度人物评选”先进集体

中国援非抗击埃博拉病毒医疗队

3.　2015 中华儿女年度特别推荐人物团体奖

中国人民解放军援塞医疗队

4.　第二届生命英雄团队奖

中国人民解放军第二批援塞医疗队

二、先进个人

1. 一等功

李　进

2. 2015“最美援外医生”

李　进

3. 45 届南丁格尔奖章

王新华

4. 2014 年度全军爱军精武标兵

王新华

5. 二等功

段惠娟　陈昊阳　何　巍　刘　翀　秦恩强　金　波
杜　宁　段学章　邹庆伟　朱立良　赵　阳

6. 三等功

孙　捷　贾红军　秦玉玲　牟劲松　李志伟　闫　涛
孙李建　王　冶　刘丽英　李因茵　吴　尧　张　悦
房吉祥　刁　锴　熊　峰　陈　植　戴　欣　黄加干
罗新疆　袁　月　韩丽华　姚　红　尹杰文　洪建国
詹宁波　夏　晖　谢小建　刘利敏　李　晨　徐晓宇
谢　晨

7. 全国埃博拉出血热疫情防控先进个人

张凯博 魏 磊 黄显斌 张 扬 黄 顺 靳寸朵
王亚东 孟玉华 姜天俊 徐 哲 张 昕 张洁利
荣义辉 杨 滢 李文刚 李 宁 陈素红 夏 晖
雷继业 储静茹 孙志强 王 姝

8. 嘉 奖

庄英杰 陆荫英 郭桐生 吴 尧 徐 哲 张 健
孙李建 张 昕 荣义辉 张 健 滕光菊 霍翠华
韩丽华 刘 冰 冯 欣 姚 红 于晓莉 宋 兵
王丽珍 杨 滢 刘立明 李 宁 秦 立 田林怀
唐红梅 李 晨 苑 红 王小艾 谢小建 王立福
田 宏 凌宾芳 顾梅蕾 纪 冬 邵丽芳 褚静茹
宋雪艾 杨 晓 高旭东 储 芳 吉英杰 刘育蕾
文 凤

9. 塞拉利昂总统科罗马授予“抗疫金奖”

中国援塞抗击埃博拉疫情全体医务人员

10. 2015 年医药卫生界“平凡英雄”

王新华

11. 2015 首都十大杰出青年医生提名奖

牟劲松

三、获奖作品

1. 2015年全国党员教育电视片评比三等奖

作　品：《三〇二，世界因你而精彩》

主　题：解放军第三批援塞医疗队抗击埃博拉疫情纪实专题片

作　者：段惠娟　王锦秋　刘　翀　李保军　洪建国

2. 全军首届微电影创作大赛一等奖、首届全国卫生计生微电影最佳编剧奖

作　品：《未完成的暑假作业》

主　题：中国人民解放军援塞医疗队队员家庭亲情微电影

作　者：王锦秋　李保军　戴　欣　李媛媛　郭阳虎

3. 第六届中国人民解放军新闻奖国际传播奖

作　品：《记者探访塞拉利昂埃博拉病房》

主　题：中国人民解放军第二批援塞医疗队抗击埃博拉疫情纪实

作　者：何　巍　戴　欣　王　刚　刘立明

4. 第六届中国人民解放军新闻奖

作　品：《传染病战场上的“铿锵玫瑰”》

主　题：王新华献身传染病护理事业纪实

作　者：洪建国　张　芸

5. 2014年度全国“军旅青年学习成才”征文二等奖

作　品：《塞拉利昂生死60天》

主　题：中国人民解放军第一批援塞医疗队抗击埃博拉纪实

作　者：黄显斌　洪建国　王　达

6. 2014 年度全国“强身健体为打赢”征文二等奖

作 品：《“抗埃”卫士是怎样炼成的》

主 题：中国人民解放军援塞医疗队抗埃训练纪实

作 者：洪建国

7. 全军“强军故事”征文一等奖

作 品：《我与埃博拉的那些事》

主 题：中国人民解放军援塞医疗队政工干事抗埃纪实

作 者：洪建国

8. 2015 年十大医疗感动照片

作 品：《送行》

主 题：中国人民解放军第三批援塞医疗队康复患者联谊会纪实

作 者：洪建国

9. 2015 年全国疾控纪实摄影大赛三等奖

作 品：《环境消杀》

主 题：中国人民解放军援塞医疗队防控纪实

作 者：戴 欣

附录四：抗埃之歌

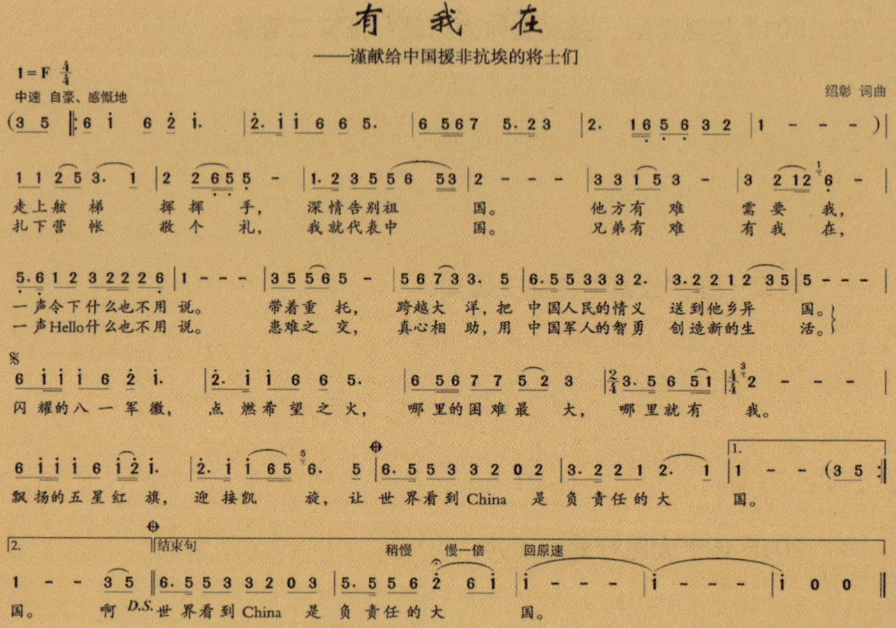
有 我 在
——谨献给中国援非抗埃的将士们
1=F 4/4
中速 自豪、感慨地
绍彰 词曲
走上舷梯 挥挥手，深情告别祖国。他方有难 需要我，
扎下营帐 敬个礼，我就代表中国。兄弟有难 有我在，
一声令下什么也不用说。带着重托，跨越大洋，把中国人民的情义送到他乡异国。
一声Hello什么也不用说。患难之交，真心相助，用中国军人的智勇创造新的生活。
闪耀的八一军徽，点燃希望之火，哪里的困难最大，哪里就有我。
飘扬的五星红旗，迎接凯旋，让世界看到China是负责任的大国。
结束句
稍慢
慢一倍
回原速
国。啊 D.S. 世界看到China 是负责任的大国。

Welcome to Sierra Leone
Departures

雪白的爱

——谨献给为三〇二医院建设做出贡献的人们

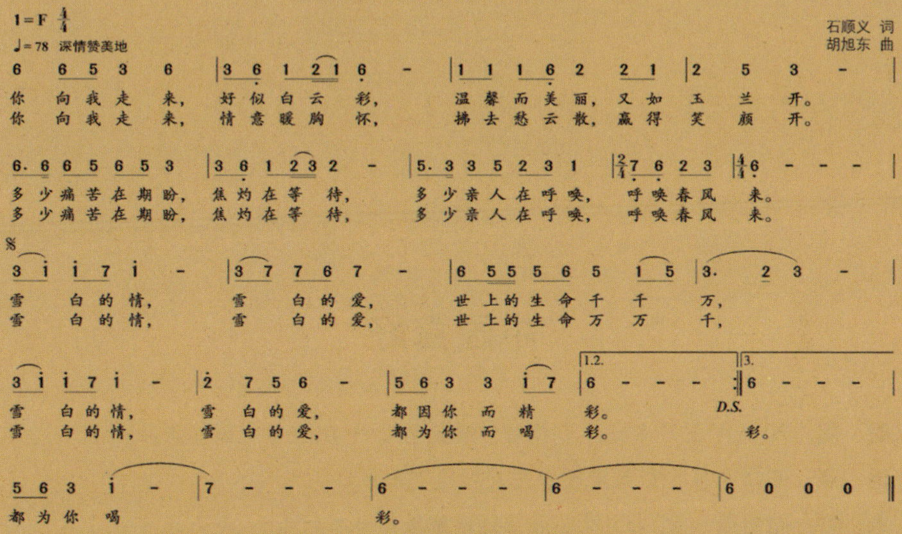

附录五：抗埃小品

中国真好

时　间： 2015 年 2 月 8 日，后段时空转换为 2 月 18 日（中国农历除夕）

地　点： 塞拉利昂首都弗里敦中塞友好医院病区

人　物： 褚静茹，女，35 岁，第三批援塞医疗队护士长。

李　晨，男，33 岁，第三批援塞医疗队主治医师。

刘育蕾，女，26 岁，第三批援塞医疗队护士。

穆　萨（李　雷饰演），男，28 岁，中塞友好医院塞方护士。

穆　苏（凌宾芳饰演），女，80 岁，非洲人。

西　塞（田　宏饰演），女，32 岁，非洲人，穆苏之儿媳。

卡提姆，男，1 岁，非洲人，西塞之子（襁褓中）。

宋雪艾，女，25 岁，第三批援塞医疗队护士。

唐红梅，女，28 岁，第三批援塞医疗队护士。

顾梅蕾，女，27 岁，第三批援塞医疗队护士。

[场景设置：舞台前部为一表演区。舞台后部为二表演区。中间由纱幕间隔。

[一表演区下场口一侧，设置道具桌、椅、电脑、电话、时钟及必要用品。

[暗场。主持人定点光。主持人报幕词结束。**出音效一。**救护车警笛声由远至近……数秒后消失。

[启光同时。**出音效二。(有台词处音乐压弱)**

[护士身着防护服出场。

褚静茹： 我是护士长褚静茹，呼叫护士刘育蕾，到监控室来。

刘育蕾： (画外音) 是，护士长，刘育蕾明白。

[李晨急匆匆上场。

褚静茹： 李医生，你去哪儿？

李　晨： 又来了病人，我去接诊。

褚静茹： 等等……(查桌上记录)，李晨医生，你进入隔离区已经45分钟了，按照隔离区连续工作不能超过1小时的规定，你现在就该出来了。接替你的医生很快就到。

李　晨： 还有时间，这15分钟对病人极早治疗很重要。放心，护士长，我有数！

[刘育蕾上场。

刘育蕾： 护士长，您找我？

褚静茹： 噢，小刘，你临时在这儿值班，我去一下检测中心。

刘育蕾： 是。

褚静茹： 刘护士，刚刚又收治的三位病人，他们分别在1、2、3号病房。病人资料已输入电脑，你先了解一下。

刘育蕾： 是，护士长！

[褚静茹下场。

[刘育蕾查看电脑病人资料。

[音乐推起来约 10 秒，压弱继续铺底。

褚静茹： (画外音) 呼叫值班护士小刘。

[刘育蕾拿起对讲机。

刘育蕾：到！我是值班护士小刘。

褚静茹：(画外音)我是护士长，我在检测中心，新入院3位病人埃博拉病毒检测均为阳性，开通全通频道，通知当班医生护士。

刘育雷：是！

[音乐气氛烘托。

刘育蕾：(将对讲机调制全通频道) 大家请注意，新收治的三位病人均为埃博拉病毒感染者，分别在1、2、3号病房，收到请回答。

[画外音交替传来。

众护士：收到，明白。

李　晨：(画外音)李晨收到，明白！我已经在病房，完毕。

[音乐二渐弱。收。

[穆萨上场。

刘育蕾：穆萨，也告诉你们塞拉利昂的护士们，新收入院三位病人，已经确诊为埃博拉病毒感染者，分别在1、2、3号病房。

穆　萨：(欲言又止，慌慌张张地转身又欲下场)

刘育蕾：等等！穆萨，你今天怎么啦？不舒服？

穆　萨：Yes！ Yes！（中国字儿外国味儿地）很不舒服！

刘育蕾：来，穆萨，我给你测测体温。

穆　萨：NO，NO！我的体温……很舒服。

刘育蕾：那你哪儿不舒服？

穆　萨：这里，这里不舒服……呕……呕……

刘育蕾：想吐？典型的埃博拉症状。你快坐下，我马上叫医生过来。(对讲)喂、喂……

穆　萨：NO，NO！不要叫医生，我不是埃博拉！我是心里抓！

刘育蕾：心里抓？心脏不舒服？

穆　萨：NO！刘护士，听我说，你知道1号、2号、3号病房的人吗？

刘育蕾：知道。新收治的3位病人，都已确诊为感染者。1号是位老人……

穆　萨：80岁了！

刘育蕾：是，她叫穆苏，年龄很大，体质很弱！2号是位妇女，叫西塞，32岁。3号？3号病房是个小患者，才1岁，叫卡提姆。他们……

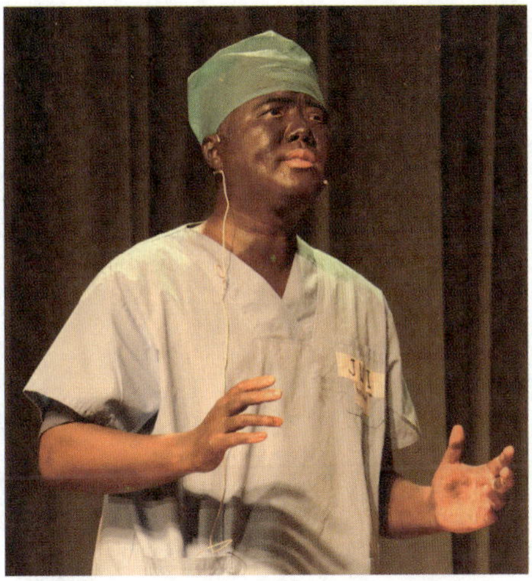

◎ 穆萨（李雷饰演）

穆　萨：他们……他们都是一家人！

刘育蕾：一家人？

穆　萨：Yes！Yes！卡提姆是西塞的儿子，西塞是卡提姆的妈妈，卡提姆是穆苏的孙子，穆苏是卡提姆的奶奶，穆苏是西塞的婆婆，西塞是穆苏的儿媳妇！

刘育蕾：等等，你是说1号是2号的婆婆，是3号的奶奶；2号是1号的儿媳妇是3号的妈妈；3号是1号的孙子，是2号的儿子？

穆　萨：Yes！ Yes！ Miss 刘，你说得很清楚！

刘育蕾：原来是一家三口啊！

穆　萨：NO！不是三口，是四口！

刘育蕾：四口？

穆　萨：Yes！

刘育蕾：还有谁？

穆　萨：Me！ Me！ 还有我！

刘育蕾：你？你跟他们什么关系？

穆　萨：是这样，1号是我的姑妈，2号是我的表媳妇，不对，是我表弟的媳妇……

刘育蕾：那这么说，3 号卡提姆就是你的侄子！

穆　萨：Yes！Yes！Miss刘，真没想到，一家四口在这里相见了，眼下是我在外边，他们却在里边，我在这里站着，他们却在那里躺着，刚才护士长让我给小卡提姆扎针输液，我的手不停地抖，还是护士长的心狠，一针就见了血啦！

刘育蕾：穆萨，你用词不对，那不是心狠，是护士长的技术好！

穆　萨：Yes！Yes！中国医生护士的技术我看到了，但我现在很纠结，纠结得很。

刘育蕾：你在纠结什么？

穆　萨：我在纠结的是，这老少三辈，究竟先救哪一个呢？我的姑妈80岁了，在塞拉利昂就是老寿星，正在享受晚年的快乐，决不能让可恶的埃博拉病毒把她的生命夺走。

刘育蕾：穆萨，我知道……

[音效三出，小孩哭声 6—8 秒收。

穆　萨：我那可怜的小侄子卡提姆，来到人世间才刚刚1岁，决不能让他还这么小，就让生命之花凋谢了……

刘育蕾：穆萨……

穆　萨：你们更要救救我的弟媳妇，她是上照顾老的，下带着小的，没有她，老人孩子怎么活？所以她也决不能离开，她还要给姑妈家多生几个小卡提姆。……解放军医疗队的天使们，我求求你们啦！(双腿下跪)

刘育蕾：穆萨，快起来。你要冷静些穆萨，你也是一名医务工作者，从我们来的那天起，咱们就在一起工作，多少条鲜活的生命，是我们共同把他们从死亡的边缘拉了回来。请你相信，我们也一定会让你的亲人们得到最好、最及时的治疗，现在的病房里，医护人员正和病毒在斗争，在赛跑！

穆　萨：我知道，可我的心情你不会懂的，Miss刘，他们和你们非亲非故，而他们都是我最亲的亲人，Miss刘，这个你不懂！

刘育蕾：你说我不懂吗，穆萨？

穆　萨：你不懂！你不懂！

刘育蕾：是，你说得对，我们和她们是非亲非故，**(音效四弱出，为道白铺底)**可为了抗击在塞拉利昂暴发的埃搏拉疫情，中国的解放军医疗队远涉重洋来到这里，已经是第三批了。在这支队伍成员里，他们有的是刚刚新婚的妻子，有的是正在照看病中孩子的母亲，有的是正在家照看年迈父母的儿子，可当他们知道，在你的家乡，你的亲人们正在饱受埃博拉病毒的侵袭与折磨的时候，他们毅然离开了自己的家人、亲人！来到这个正被埃博拉病毒肆虐的地方，来救援，来救治这里非亲非故的病人，他们心里装的不是个人的小家，他们是为了一个大家，他们是把每一位病人都当作了自己的亲人！穆萨，你懂吗？**(音效四收)**

穆　萨：好像听懂了！

刘育蕾：你看看吧！

[音效五稍强起，转弱。似有似无。

[二表演区起光。一表演区光渐弱。

[刘育蕾与穆萨分别从两边下场。

[3 张病床躺着 3 位病人，1 床一个单间，2 床、3 床另一个房间，每个床边有一名护士，褚静茹与李晨在第二表演区交流。

李　晨：护士长，1床患者刚才出现休克症状，已经建立两条输液通道抗休克治疗；2床患者存在发热症状，给予退热药物治疗；3床小患者存在呕吐物窒息，呼吸微弱，给予快速清理呼吸道，上简易呼吸器，并安排床旁胸片检查。护士长，咱们赶快去病房看看吧！

褚静茹：好的。

[音效五稍强，转弱。似有似无。

[李晨、褚静茹进入病房。

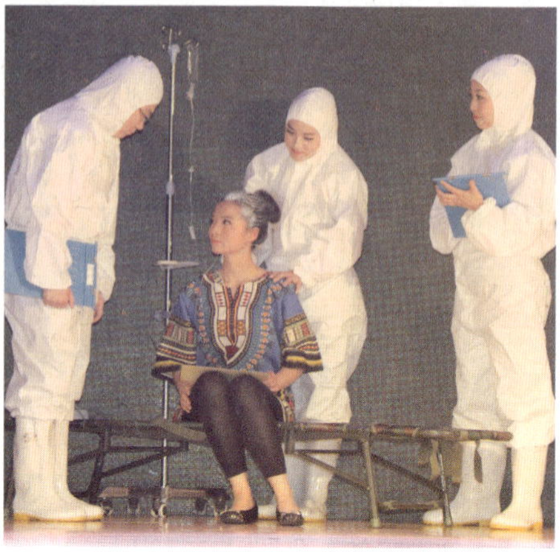

◎ 穆苏（凌宾芳饰演，左二）。穆苏感染埃博拉病毒后，中国医疗队员对她进行积极治疗

1号床

李　晨：小宋。

宋雪艾：李医生，穆苏奶奶的血压已经恢复正常，体温下降至37.5℃。

李　晨：继续补液治疗。

宋雪艾：好的，但患者生化结果提示存在低钾血症。

李　晨：给予补钾治疗。

宋雪艾：是。

褚静茹：小宋，这个病人年龄大，需要加强护理、观察生命体征。

宋雪艾：明白。

李　晨：咱们去看看病人吧。

褚静茹：好的。

宋雪艾：穆苏奶奶，李医生又来看您啦！（Musu，Doctor Li come here to see you again！）

穆　苏：哦，请把我扶起来！（Oh，please help me to sit up！）

李　晨：穆苏奶奶，现在感觉如何？（Hello，Musu，How do you feel now？）

穆　苏：我好些了，就是没力气。(I am better，but I feel fatigue。)

李　晨：穆苏奶奶，请放心，您已经脱离了生命危险，经过治疗一定会康复的！（Please be assured， you have been out of danger，after treatment you will be recovered ！）

穆　苏：谢谢，谢谢！（Thank you ！ Thank you ！）

褚静茹：再见！（Bye bye ！）

[音效五稍强，转弱。似有似无。

2 号床

褚静茹：小唐。

唐红梅：护士长、李医生，患者体温已经恢复正常，但是存在轻度脱水症状。

李　晨：给予口服补液盐治疗。

唐红梅：是。

褚静茹：走，咱们去看看病人。

李　晨：好的。

褚静茹：Hello ！

李　晨：西塞，现在感觉好些了吗？（Sesay，Do you feel better now ？）

西　塞：我现在挺好，谢谢您。我的儿子卡提姆怎么样了？求求您，救救他吧！（I am fine，thank you. How about the condition of my son Kartim？ Beg you to help him！）

李　晨：请放心，您很快就会康复的。（Take it easy. You will be recovered as soon as possible！）您的儿子病情稳定，等卡提姆恢复后，我们一定把他交给您！（The state of your son is stable，when Kartim back to health we will sent him to you！）

西　塞：谢谢！谢谢！（Thank you ！ Thank you ！）

褚静茹：别客气！（You're welcome ！）

3 号床

李　晨：咱们去看看小宝宝。

褚静茹：好的。

褚静茹：小卡提姆！

李　晨：你们看，小卡提姆的呼吸已经恢复正常了！小卡提姆，这是中国的大熊猫！

顾梅蕾：李医生、护士长，孩子的呼吸、血压、心跳均正常，床旁胸片正常，但有些营养不良。

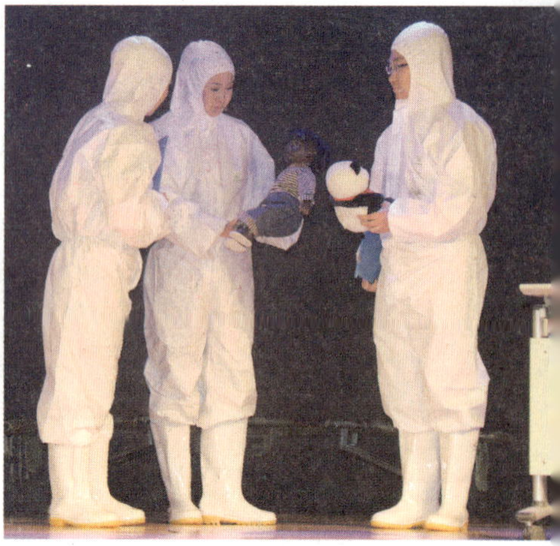

◎ 1岁的卡提姆也感染了埃博拉病毒，中国医疗队员研究治疗方案

李　晨：给予营养素冲服治疗。

顾梅蕾：是。

褚静茹：小顾，注意水温！

顾梅蕾：明白！

[音效五稍强，转弱。似有似无。

[主持人解说：为了挽救西非埃博拉患者的生命，中国医疗队的队员们，不顾个人安危，在平均气温 30℃的环境里，身穿 3 层完全不透气的防护服，日夜坚守在污染区，战斗在抗埃最前沿，把很多病人从死亡的边缘拉了回来。

[音效五收。小卡提姆一家，入院后得到了中国医护人员的精心治疗与呵护，病情逐步好转，身体恢复了正常，今天是他们入院第十天了。

[二表演区灯光暗转。舞台全黑两秒。一表演区启光。

[刘育蕾手里摆弄着 3 个中国结上。

[穆萨在后面喊小刘。内喊："Miss 刘。"

[刘育蕾回头。

刘育蕾：穆萨？！

[刘育蕾急忙把中国结藏在身后。走到桌前，放到抽屉里。

[穆萨上。

穆　萨：Miss 刘，我今天太高兴了！

刘育蕾：穆萨，今天是什么日子，这么高兴？

穆　萨：今天是2月18号，我们一家3个病号住院整整10天，今天就要痊愈出院了！能不高兴吗？

[音效六起。放完。

[穆萨情不自禁又唱又跳，非洲音乐一小段配合。

刘育蕾：行了行了，穆萨，想想你 10 天前的样子，根本就不是一个人。

穆　萨：你说我不是人？

刘育蕾：哎呀穆萨，你对中文理解太差了，我是说你今天的表现和10天前不像是一个人。

穆　萨：对的，我根本就不是个人！因为有你们，有中国医疗队的哥哥姐姐弟弟妹妹，所以我不是个人，是一大家人！哈哈……

刘育蕾：哈哈……

[音效七起，叠入孩子的笑声 5—6 秒。

刘育蕾：穆萨，他们来了。

[二表演区启光。

[音效八起，稍强转弱铺底。

[李晨与一名护士搀扶着穆苏，一名护士搀扶着西塞，护士长抱着卡提姆，分别站在病房内。

[纱幕缓缓拉开。众人走向台前。

穆　萨：姑妈……

穆　苏：穆萨！

西　塞：我的小卡提姆！（抱过孩子又看又亲吻）

穆　苏： 我看看小孙子！

[西塞抱过来让奶奶看，亲吻孩子额头。

穆　苏： 卡提姆他有福气呀，我们一家人都有福气，得了这个可怕的病，却遇上了你们这些中国天使！

西　塞： 谢谢中国医生救了我们的命，谢谢中国医疗队。

穆　苏： (握住李医生的手)愿真主保佑你们。

◎ 穆苏和小卡提姆一家人得到了中国医疗队的救治并且康复

李　晨： 老人家，这是我们应该做的！我们也祝您健康长寿！

众护士： 祝您健康长寿！

[刘育蕾拿出中国结交给褚静茹。

刘育蕾： 穆苏老人，西塞妹妹，今天是个好日子，今天你们康复出院，一家人团聚，应该祝贺你们！

[众护士鼓掌。

褚静茹： 另外今天也是中国春节的除夕，大年三十，我们把这大红的中国结送给你们！

[分送给三人，众人鼓掌。

[西塞抱着孩子，与护士们握手、拥抱，在褚静茹面前停住。

西　塞： 护士长，我会记住你的，记住你漂亮的样子，记住你的笑容，也忘不了你们这几十个人给我们送来的吉祥！

[众护士人鼓掌。

[音效八渐收。

褚静茹： 谢谢西塞妹子，我们这支队伍可不止我们几十个人，我们的背后有我们伟大的祖国，有我们亲爱的领导战友，有我们共同的

◎ 西塞（田宏饰演）代表全家感谢中国医疗队

团队——

众护士：三〇二医院。

[视频音频出医院领导、战友、家属慰问的录像片 1 分半。

[众人被感动，擦着泪，带着笑……

穆萨、西塞、穆苏：中国人可亲！中国真好！

众护士：祖国你好！祖国万岁！

[敬礼。**音效九强出。至收光后再推强后，渐收。**

[剧终。